大鱼

有爱的青春陪伴者

春风漫野
喜央 著
江苏凤凰文艺出版社
JIANGSU PHOENIX LITERATURE AND ART PUBLISHING

图书在版编目（CIP）数据

春风漫野/ 喜央著. -- 南京：江苏凤凰文艺出版社, 2023.9

ISBN 978-7-5594-7647-0

Ⅰ. ①春… Ⅱ. ①喜… Ⅲ. ①长篇小说－中国－当代 Ⅳ. ①I247.5

中国版本图书馆CIP数据核字(2023)第050087号

春风漫野

喜央 著

责任编辑	王昕宁
特约编辑	欧雅婷
出版发行	江苏凤凰文艺出版社
	南京市中央路165号，邮编：210009
网　　址	http://www.jswenyi.com
印　　刷	长沙鸿发印务实业有限公司
开　　本	880mm×1230mm 1/32
印　　张	10
字　　数	424千字
版　　次	2023年9月第1版
印　　次	2023年9月第1次印刷
书　　号	ISBN 978-7-5594-7647-0
定　　价	42.80元

目 录 | MULU

目 录 | MULU

第一章

初遇

“一个人过去，没问题吧？”

阮蔓“嗯”了一声，没再说别的话。对于这句问话，她已经习以为常了。

“东西都带好了吗？”

阮蔓又“嗯”了一声。

“缺什么妈妈给你寄过去。”

“好。”阮蔓终于开了口。

对面的何曼君还想开口说些什么，就被一阵电话铃声给打断了。她接起电话，走出阮蔓的房间。

阮蔓坐在床沿，揪着屁股底下的床单，揪皱了再慢慢把它抚平。

片刻后，房门又被推开，何曼君坐到阮蔓的旁边，握住她的手，说：“蔓蔓，你过去就住在外婆家，有什么事就找张阿姨，你以后就在她的班上了。”

阮蔓低着头，没吭声。

“蔓蔓，妈妈和你说话。”何曼君的声音提高了许多。

“知道了。”阮蔓不动声色地从母亲的手里抽出手，她对这样的亲密举动感到不适。

“换个环境也好，不是妈妈和爸爸不愿意管你，是我们都太忙了……”

“妈妈，我知道。”阮蔓打断了何曼君的话，因为这几句话她都可以一字不差地背出来。

八月底，杭城的温度依旧高得吓人，窗外的知了不停地叫着，很聒噪。

阮蔓对母亲的老家桥城几乎没什么印象了，外公外婆在她很小的时候就去世了，何曼君带她回去的次数也屈指可数。

记得上一次回桥城，阮蔓还只有六岁。

和何曼君告别后，阮蔓拉着行李箱，上了火车去往桥城。

她没有把行李箱塞到架子上，而是把它放到了腿前。一切整顿好后，她把耳机塞进耳朵里，合上眼听歌。

桥城没有开通高铁，下了火车后，还得坐半个小时的公共汽车。

阮蔓在脑子里画着地图，计算着时间，到外婆家后整顿一下，应该还可以去附近的超市买点生活用品。

到外婆家后，阮蔓从书包的夹层里拿出一把快要生锈的钥匙，插进门锁里。

她轻轻一扭，伴随着一声悠长的“嘎吱”声，门就打开了。

打开门就能对上客厅的那扇窗户，窗外是一棵巨大的槐树。

屋里并没有她想象中的那种很久无人居住的霉味，反倒带有一丝花的香甜味。她这才想起母亲提过，已经提前找人打扫过房子的卫生。

阮蔓走进去，把行李箱摊开在地上。

这间屋子的年龄比阮蔓还要大，是那种最普通的一室一厅，地面没有铺地板，而是水泥地，四周的墙壁有几处已经掉下墙皮。

窗外的槐树枝叶被风吹动，藏在里面的鸟惊得扑棱着翅膀。

阮蔓在屋子里环视一圈，终于看到角落里有一台老式风扇。

外婆家在三楼，炎炎夏日之下，刚才她提着行李箱上到三楼，额头上早已冒出一层细细密密的汗珠。

阮蔓把风扇的插头插在一旁的插座上，风扇转动起来。她把脸凑上前，丝丝凉风从她的耳旁吹过。

能在这儿待多久呢?

会是一个新的开始吗?

这时，门口探出一个脑袋，问道：“蔓蔓回来啦？”

阮蔓刚把行李简单收拾好，正准备坐下歇会儿，被这个声音吓了一跳。她从里屋走到客厅，才发现自己刚刚忘记关上大门。

阮蔓的脑中快速闪过很多张人脸，依稀想起这是隔壁屋的阿姨。小时候她和母亲回来看望外公外婆的时候，这个阿姨好像就已经住在隔壁了。

是陈阿姨，还是王阿姨?

记不得了。

“阿姨好。”阮蔓的脸上浮出笑容，乖巧地打着招呼。

阿姨手里还提着菜，像是刚下班回家，热情地说：“蔓蔓，我是隔壁的刘姨。你妈妈和我打过招呼啦，以后我在家你就来我家吃饭，我不在家你就自己解决。”

噢，是刘姨。

阮蔓应道：“好的。”

刘姨转身掏出钥匙，打开自己家的门，嘴里念叨着:“这蔓蔓生得噶登样。”

阮蔓听懂了这一句，她小时候和母亲回来的时候，总有人对她说这句话，大概意思就是夸她长得好看。

没到六点，隔壁就飘来了饭菜香，紧跟着，刘姨喊了一嗓子：“蔓蔓，可以吃饭了。”

阮蔓停下手里铺床的动作，拿起手机和钥匙，出门拐个弯就进了刘姨的家。

客厅中间的餐桌上铺着碎花桌布，桌上摆着四菜一汤，看得出来做菜的人有多么用心。

刘姨从厨房走出来，一边把解下的围裙挂在厨房门口，一边笑着说：“不晓得我做的这几个菜你爱不爱吃？”

阮蔓点点头，说：“我不挑。”

刘姨做菜的手艺不差，菜的口味也是偏甜一些。光看阮蔓面前的骨头数量，就知道她很喜欢那道糖醋小排。

一顿饭吃下来，阮蔓也大概了解了一些刘姨家里的情况。

刘姨的丈夫很早就去世了，她一个人把儿女拉扯大，现在女儿去了外地上大学，儿子在一中读书，她就等着退休了。

阮蔓悄悄抬头看了一眼，并不反感眼前的这个阿姨。

“姨，我来洗碗吧。”阮蔓起身，开始收拾碗筷。

“不用不用。你东西还没收拾完吧，快去收拾东西吧。”刘姨从阮蔓手中拿过碗筷。

就这么推搡着，阮蔓被推回到了自家门口。

但她其实并不急着回家，转而掉头往楼下走去，她要去附近逛逛，看看超市有没有什么她可以买一些日常用品。

夏天的夜晚来得比平时要稍慢一些，已经临近七点了，夜幕才缓慢降临。

街边的路灯一盏一盏地亮起，阮蔓从巷子出去，沿着马路走，才发现这里多出了很多烧烤摊，本来就不算宽的马路牙子这会儿已经成了一个小型夜市，只给来往的车辆留下一条窄窄的过道。

她踢着路边的石子，从一个又一个烧烤摊中间穿过去。

吹过来的暖风中夹杂着烧烤摊老板的叫卖声：“来咯来咯，好吃又不贵的烧烤，走过路过不要错过。”

每个烧烤摊前面都摆着不少红色的塑料凳和简易的折叠桌，从上座率就能大概判断出这家烧烤摊的味道如何。

脚下黏黏的油渍感让阮蔓感到不适，杭城因为城市管理，很早之前就没有这样的夜市了。

走过那片夜市，阮蔓看到了一栋教学楼。教学楼五六层的每间教室都亮着灯，暑假末尾就开始上课的除了高三的学生，也没有谁了。

如果猜得没错，那就是几天后她要去的学校：桥城一中。

对于转学，阮蔓已经没有什么情感上的波动了。

从小到大，她都在不停地转学。父亲没时间管她，就把她转学去母亲那边，母亲没有时间，就再把她转回父亲那边。

她像一个皮球一样，被他们踢来踢去。

桥城一中比阮蔓之前念的学校要差许多，勉勉强强算得上是一所市重点中学。

何曼君要公派培训一年，父亲阮辉今年新添了一个儿子，本就重男轻女的爷爷奶奶更不愿意继续照顾阮蔓，再加上在杭城二中发生的那档子事，何曼君才决定把阮蔓转去桥城。

何曼君的一位大学同学正好是桥城一中高二（1）班的班主任，她就托同学代为照顾阮蔓。

再往前走到一个巷口，阮蔓便看见了桥城一中崭新的大门，上面用金边镶着几个大字：桥城一中。

阮蔓没忍住笑出了声，看来这个学校校长的品位也不怎么样。

她没再往里走，对于这个学校，她一点好奇心都没有。说不定一年后，或许压根儿等不到一年，她又要辗转去另外一个城市。

阮蔓看了看四周，一路走来，她都没有发现一个大型超市。

对面的广场上，有一群跳着广场舞的大妈，正伴随着大音箱里传出的广场舞音乐，肆意地挥洒汗水。

不远处走来两个男生，阮蔓眯着眼看过去，一个男生一头黄毛，另一个男生一头红毛。两个人穿得倒还人模人样的，只不过嗓门有些大。

黄毛的声音在稍微有些空旷的巷口飘荡着："野爷到哪儿了？"

野爷？爷爷？怎么会有人叫这么奇怪的名字？

还没等阮蔓笑出声，玩着手机的红毛漫不经心地接道："野哥野哥，别叫野爷，说了几遍了。"

野哥？听着也怪别扭的。

好好的人为什么非要叫哥啊爷啊的？

黄毛"啧"了一声，嘴巴闭紧，做出一个拉拉链的动作。

黄毛和阮蔓擦肩而过。

阮蔓定了定神，回头喊道："喂。"

前面的人像是听到了，扭过头看过来。

黄毛愣愣道："阳子，我没眼瞎吧？"

一旁的红毛转过身，慢悠悠地将视线从手机挪到阮蔓身上，"噢"了一声，接着说："你没眼瞎，是有个人。"

黄毛撞了一下他，没好气道："老子是说这女生有点好看。"

阮蔓没在意两人之间的对话，问道："你们知道这附近哪里有大型超市吗？"

黄毛指着街边的一个小超市，说道："大型超市？我们这块只有小超市，喏，就那样的。"

顺着黄毛手指的方向，阮蔓看到了一个被她忽略的小店铺，门头上挂着一块摇摇欲坠，像是被风一吹就要掉落的牌子，上面用红色的记号笔写着：琪琪超市。

"那就是？"阮蔓扯了扯嘴角。

"对，你缺什么去那里买，基本的东西在那儿都能买到。"黄毛肯定地说。

"知道了，谢谢。"阮蔓又看看四周，这个超市好像的确是这附近最好的选择。

阮蔓快步向那个小超市走过去，没听到身后的黄毛正小声对一旁的人说：“这女的真好看啊。”

“谁好看？”

一个熟悉的声音传到黄毛的耳朵里。

黄毛下意识地抬手往阮蔓的方向指了过去。

孟野朝那个方向看过去，却只看到一个一闪而过的背影——白净的手臂和因为扎马尾而露出的后脖颈，还有那白色裙子的一角。

“野爷……哥，你怎么搞突然袭击？”黄毛往身后看去。

黄毛身后的孟野像是刚洗过澡，头发湿漉漉的。他一只手搭在黄毛的肩上，一只手插在裤子的口袋里。

孟野眯起眼，说：“走呗，还站在这儿干啥？”

红毛收起了手机，往傻站在原地的黄毛的屁股上踹了一脚，提醒道：“走了。”

说完，红毛便朝前跑了。

黄毛追上去，从背后给了红毛一拳。

两人在前面打闹着，孟野在后面慢悠悠地跟着。手机在口袋里响个不停，他抓了抓半干的头发，从口袋里掏出手机。

来自沈岚的未接电话一共有八个。

孟野看了眼，把手机关机，重新塞回口袋里。

他做完这一系列动作后，身后来自摩托车紧急刹车的刺耳声回旋在整条街道的上空。

大街上的人都纷纷停下手中的动作，朝声音的源头看去。

孟野向来不关心这些，他往前走了两步，又停下脚步，回过头，眼神不经意地从黄毛刚刚指过的方向掠过，看向声源处。

不过是一辆摩托车差点撞到乱闯马路的小狗。

孟野“啧”了一声，从另一边裤子口袋里掏出一颗糖，剥开包装纸后把糖塞进了嘴里。

所剩无几的暑假一晃就过去了，不过才寥寥几天，但阮蔓很快就适应了现在的生活。

平时吃饭不用发愁，屋子住得也还习惯。

桥城虽没有杭城繁华，不比那些大城市里什么都应有尽有，甚至可以说发展稍稍落后些，但这座城市的包容度却比杭城要大得多，换句话来说，桥城更有人间烟火气一些。

又或许这是母亲从小生活的地方，外公外婆在这里生活了一辈子，阮蔓对这座城市生出了一份好感。

开学的第一天，阮蔓起了个大早。

她看着面前牙杯里的牙刷发愣，那晚她的确在那个小到随时可以被忽略的超市里买到了自己需要的东西。

超市的门脸虽然小，但是麻雀虽小，五脏俱全，物价也比较亲民。

桌上的闹钟在七点准时响起，阮蔓换上昨晚就准备好的白衬衣加格子裙，随后把散在脑后的头发扎了一个马尾。

七点过五分，阮蔓准时出门。

从家走到学校，也不过十来分钟的时间。马路上的烧烤摊不见了，取而代之的是一家家早餐摊。

阮蔓心里大概明白了，一条街两用，白天卖早点，晚上就变成了夜市。

学校门口也聚集着大片的早餐摊，有不少穿着校服的学生正坐在红色的塑料板凳上不紧不慢地吃着早点，还有的学生聚在一起讲着话，声音在巷子上空飘荡着。

阮蔓从巷口往里走，没穿校服的她混在学生里面，格外扎眼。

学校大门口拉着一条红色横幅：【欢迎同学们返校！欢迎新同学入学！】

再配上那几个金边大字，从里到外都透露着一股俗气。

阮蔓进了教学楼，顺着一旁的楼梯上到四楼，一拐弯就看到了高二的老师办公室。

她抬手，敲了敲门。

“请进——”一个尖细的女声从门内传出。

阮蔓推开门，走进办公室。

“老师你好，我找高二（1）班的班主任张蕾老师。”阮蔓话音刚落，就看到坐在坐在靠窗位置的一个女老师抬起了头。

女老师鼻梁上架着一副圆眼镜，不笑的时候眉宇间透露着严厉。

阮蔓突然想起了她曾经的一个初中班主任，也是戴着一副圆眼镜，不苟言笑。

在看到阮蔓的一瞬间，张蕾笑了起来：“是阮蔓吧，快过来。”

阮蔓走上前问好：“张老师好。”

“没想到曼君的女儿生得这么好，我看看。”张蕾眼里是藏不住的笑意，她从面前的桌上拿起两套校服，递给阮蔓，“这是学校的校服，一套夏季的，一套秋季的。”

阮蔓已经很久没有听人叫过自己母亲的名字了，大多数人都叫她何记者。

何曼君当年和张蕾是同一所师范学校毕业的学生，张蕾留在家乡当了高中老师，而何曼君则去了杭城，追逐自己的记者梦去了。

阮蔓接过校服，礼貌地说：“谢谢老师。”

张蕾脸上堆着笑意，问：“听你妈妈说，你成绩还不错？”

阮蔓谦虚道：“一般般。”

张蕾看过阮蔓以往的成绩单，阮蔓的成绩一直是名列前茅的，就算有波动，也在前三名内。

见阮蔓谦虚，她也不再多说什么。眼前的孩子很乖巧，怎么看都像是标准的三好学生，张蕾满意地点点头。

黄毛冲进教室，连书包都没来得及放，就朝着正挤在一起疯狂补作业的人喊道：“我刚刚经过办公室，看到有转校生。”

班里的人正忙着抄暑假作业，压根儿没空关注转校生这事。

“阳子，就是那天我们碰到的那个，好看的那个。”黄毛一激动就会有些语无伦次。

刘睿阳缓缓地把头从桌上抬了起来，眯着眼睛问：“哪天？”

“就那天啊。”黄毛急得直跳脚。

不知道谁喊了句“老张来了”，正围在讲台前抄作业的一群人一哄而散，还没来得及听黄毛继续讲关于转校生的事，就一个个窜回到座位上，坐得笔直。

高二（1）班的教室就在四楼的尽头，从办公室出来拐个弯就到了。

阮蔓抱着两套校服，跟在张蕾身后走进了高二（1）班。

高二（1）班是文科班。

踏进教室的那一刻，阮蔓就发现班级里大多数人都在低头“奋笔疾书”——补暑假作业。

剩下的小部分人看到张蕾来了，也不收敛，继续旁若无人地大声讲着话。

张蕾站在讲台上，拍了拍桌子，大声说道：“大家安静一下，这是班级新转来的同学。”

她说完便朝阮蔓扬了扬下巴，示意阮蔓可以开始自我介绍了。

阮蔓环视了一圈台下的人，大多数人的眼神里都充满了对转校生的好奇，还有一小部分人眼里净是无所谓，一副只想让她赶紧自我介绍完，他们好补作业的表情。

阮蔓清了清嗓子，简单地说道：“大家好，我叫阮蔓。”

讲台下响起几声口哨。

张蕾指向倒数第二排空着的位置，朝阮蔓说：“你先坐那儿吧，过几天考试再调座位。”

阮蔓看向那个座位，同桌是一个戴眼镜的女生，正拿着笔在纸上写着什么。

她点点头，抱着校服朝自己的座位走去。

她又看了看教室里的挂钟，离正式上课还有十分钟。

张蕾走后，有一大半的人嚷着——

“快快快，把这个作业借我一下。”

“我都没来得及看看转校生长啥样。”

“快点把暑假作业交上来！”

…………

各种各样的声音在班级里此起彼伏，卷子满天飞。这个时候只有少数认真完成了作业的人在班上悠闲地走来走去。

没等阮蔓把书包塞进抽屉，她的椅子就被身后的人踹了踹。

“喂，我们是不是在哪里见过？”

身后一个男声传来，阮蔓扭头看去，这个年代还有人用这么老土的搭讪方式？她刚想不屑地回应这句话，眼神落到那人身上时，却愣了愣。

好像还真的在哪儿见过！

不应该，自己才来没多久。

这张面瘫脸，怎么有一丝……眼熟？

阮蔓想起来了，试探性地喊：“红毛？”

不过才几天的工夫，红毛就已经变成了黑毛，也不怪阮蔓一下没想起来。

红毛冷哼一声：“我不叫红毛，叫刘睿阳，睿智的睿，阳光的阳。”

阮蔓“噢”了一声，正打算转回头去，刘睿阳的同桌突然朝阮蔓自我介绍道：“嗨，我叫付曦，付钱的付，晨曦的曦。你好漂亮啊！”

付曦是一个可爱又漂亮的女生，头上还戴着粉色的发卡。

她冲阮蔓友好地笑着，阮蔓也弯了弯嘴角表示友好。

阮蔓瞥了眼自己的同桌，见同桌还在算那道数学题，整张草稿纸被写得满满当当的。阮蔓瞟了一眼题目，其实是一道很简单的题，这会儿工夫，阮蔓已经在心里算出了答案。

阮蔓把第一节课要用的书拿出来放在桌子的左上角，脸上没什么表情地从书里抽出一张卷子，自顾自地做了起来。

许是资金有限的缘故，学校并没有在每个教室安装空调，只有高三的教室里才有，高一高二统一安装的是风扇。

头顶的风扇在旋转的时候发出“吱吱”声，阮蔓抬头看了一眼，总感觉这个风扇下一秒就会掉下来。

上午的第一节课是英语，张蕾指派了几个男生去办公室把教材搬来教室，其他的人则在班上开始聆听开学第一天的训话。

“休息了一个暑假，心是不是都玩飞了？现在到了该收心的时候了啊。从今天起你们就成了高二的学生，已经是学长学姐了，要给高一新生做一个好的榜样。”

话说到一半，张蕾从粉笔盒里捡了一个粉笔头，朝教室的一个角落扔过去：“丁航，我在上面大讲，你在下面小讲，来来来，你上来讲。”她边说边把讲台上的位置让了出来。

顺着张蕾的视线，阮蔓看到了藏在假发下的一撮黄毛。

听到身后传来几声笑，阮蔓在心里已经有八分肯定，那天碰到的黄毛就是刚刚张蕾点名的那个人。

“老师，您讲，您讲。”丁航机灵地躲过朝他飞来的粉笔头，一脸谄媚地笑着。

张蕾的视线没在丁航的身上多做停留，转向了他身边空着的那个座位，问道：“孟野人呢？”

此话一出，无论补没补作业的人都朝丁航那儿看过去。

丁航身边的座位空空的，在这个每两人一桌的班级里格外显眼。

“他昨天见义勇为，脚摔了，在家养伤呢。”丁航冲讲台答道。

班里的人哄堂大笑着，他们心知肚明这是孟野不来上学的第一百零八个理由。

“大家按座位顺序上来领书，一人六本教科书、十二本习题本，别拿多也别拿少。”张蕾懒得戳穿丁航，指了指讲台边的教材，又指了指空着的座位，“孟野的书我先给他领了，等他来了让他来我这里拿。”

领完书后，大半节课就过去了。

张蕾没打算开始上新课，在确认每个人都拿到书后又清了清嗓子，继续开始谆谆教诲：“今天高三考试，大课间暂时不做操，但也别给我去走廊疯闹，谁被我捉到就来办公室喝口茶。等你们高三，学校就要分快慢班，想留在快班的学生还有一年的时间好好努力一下。小道消息，文科快班的班主任是我，所以你们好好表现啊，不想被刷出去就给我努力点。”

话音还没落，班里就响起了一片哀号声。

“老师别吧。”

“高三分快慢班，多影响心情。”

“这是学校领导决定的，就是为了督促你们进步。”张蕾在讲台上不紧不慢地收拾着书，踏着下课铃声走出了教室。

旁边发出拖桌子的声音，阮蔓扭头看过去，是她的眼镜同桌在和付曦换位置。

“你们可以私下换位置？”阮蔓转着手中的笔问道。

付曦把自己的桌子和阮蔓的并齐后，将书包塞进抽屉里，嫌弃地看了一眼刘睿阳，说：“到时候和老张说一声就行了，我早就不想和他坐了，我喜欢长得好看的同桌。”

刘睿阳“嘁”了一声，不屑地说：“要不是你哥让我和你坐，我才懒得和你坐。”

两个人你一句我一句地拌起了嘴，谁也不饶谁。

付曦话锋一转：“蔓蔓，你以前哪个学校的？”

阮蔓看出来了，付曦是自来熟的那种类型。她把手中的笔放在桌上，说：“杭城二中。”

“那你为什么从杭城转到桥城来？”付曦眼睛瞪得溜圆。

原因实在太复杂，一两句也说不太清，阮蔓想了想，用一句话总结道：“挺多原因的。”

趁着课间十分钟，丁航从座位上窜过来，把脸凑到阮蔓面前，问道：“你还记得我吗？”

阮蔓把视线从付曦身上转到丁航身上，语气淡淡的：“黄毛？”

“你还记得我啊。”

阮蔓摇摇头，指着丁航的脑袋说：“你的假发歪掉了。”

因为每个任课老师都在课前准备了一长段心灵鸡汤，以至于占用了不少下课时间来讲新课。

阮蔓不知道别人听进去没，她是一个字都没听进去，反倒趁着这些时间做完了一套数学卷子。

中午有两个半小时的休息时间，住校的学生基本都去学校食堂吃，住得近的可以回家也可以留校。不过高二（1）班有一个不成文的规定，就是下午要提前一小时到校，半小时做语文阅读，半小时听英语听力，偶尔数学也会来一个小测验。

基于这个不成文的规定，大部分人都选择留校吃饭，节省了不少来回的时间。

阮蔓只花了十秒钟就决定好了，也加入了留校吃饭这个队伍。

吃完从学校门口的小炒店买的炒饭后，阮蔓不慌不慢地从抽屉里抽出早上发的校服，起身去厕所换上。

在她和校服裙子上的拉链做斗争时，厕所隔间外传来女生的声音，像是两个人在说悄悄话。

“听说了吗？孟野和齐佳那事。”

“齐佳？高三那个美女学姐？”

“是啊。”

“什么事啊，他们不会……”

“嘘，别那么大声，我也不是很清楚！”

…………

孟野？野爷？

阮蔓终于拉上了拉链，同时她把从黄毛嘴里听到的野爷和今早张蕾在班上点名的孟野对上了号。

等外面的两个女生走远后，阮蔓才从厕所隔间里出来。她对着洗手池上的镜子看了看，校服还算合身。

阮蔓拿着自己的衣服回到教室后，语文老师已经站在讲台上了，而教室里只到了一半的人。

付曦说语文老师孙慧总是一副尖酸刻薄的样子，起初阮蔓还不能领会，此刻看到讲台上的人的时候，她突然懂了。

“转校生是吧？你没有一点时间观念？”孙慧递给阮蔓一个不太友善的眼神。

阮蔓抬头看了一眼挂在教室正前方的钟，一点半整。

“进来吧，以后准时点。”

“蔓蔓，你别理孙老师，她八成又受什么刺激了，找人开涮呢。”付曦用胳膊肘撞了撞坐下的阮蔓，低声说，“我们班的人都不喜欢她，谁成绩好她就给谁好脸色看。”

“没事。”阮蔓从抽屉里拿出要做的阅读训练，翻到要写的那一面。

继阮蔓之后到班上的学生都拿着阅读训练，被孙慧叫到走廊上去写，一时间教室里竟少了一半的人，显得整个教室空荡荡的，外面的走廊上却人头攒动。有几个脸皮比较薄的女生在教室里扭扭捏捏的，不愿意出去，也被孙慧毫不留情面地吼了出去。

阮蔓瞥了一眼讲台上正在释放怒气的孙慧，又垂下头。

她见过比孙慧态度还差的老师，但这都和她没什么关系，也许是半学期，也许是一学期，她就会离开桥城，而桥城一中的一切也就和她没什么联系了。

下午最后一节课是体育课，阮蔓向来对体育课没什么兴趣，打小就没有什么运动细胞。

铃声响起后，付曦拉着阮蔓慢悠悠地跟在班级大部队后面往操场走去。

跟在她们后面的两个女生把脑袋凑在一起，声音不大不小地讨论着。

"我们班这学期体育课和一班是一起上吧？"

"是啊！终于盼来了和孟野一起上体育课。"

还没来得及疑惑，阮蔓就被前面的叫喊声吸引了过去。

通往二楼的楼梯上站满了人，从一楼一直堵到二楼的转角处。

有女生在前面嚷道："老师，我们可以坚持上体育课。"

"下雨没事。"

阮蔓这才注意到外面下起了太阳雨，但气温一点儿没降。

体育老师拗不过青春期的学生，只好松口让他们先去没下雨的那一半操场集合。

阮蔓只好让付曦先去，自己噌噌噌地跑回教室，从抽屉里拿出那套秋季校服，把外套披在身上。

过两天生理期就要来了，每次生理期的第一天，她都会疼得下不来床，这会儿要是淋了雨，估计那天得直接痛晕。

阮蔓气喘吁吁地爬过操场必经之路的一个陡坡，才看到了体育老师的真面目。

一个拥有着地中海发型的中年男人。

"报告。"阮蔓规规矩矩地在队伍外喊道。

"新同学？"体育老师问。

阮蔓"嗯"了一声。

"站那儿吧，那个女同学旁边。"体育老师随手一指。

阮蔓看过去，那个空位在付曦旁边。

她把手揣在校服上衣的兜里，朝空位走过去。

桥城一中的体育课大部分时间以自由活动为主，今天不知道因为是开学的第一节课，还是体育老师见到有新同学，要装装样子，硬是让两个班一起跑完 800 米才能自由活动。

班上的哀怨声此起彼伏。

"要是早知道孟野不来上体育课，我们也不来了。"

"是啊，还要跑 800 米，一班的人给的情报一点都不准。"

阮蔓觉得这个学校的学生只有两个话题，一个是学习，另一个则是关于那个叫孟野的人。

不过，眼下更另她头疼的是迫在眉睫的 800 米。

一声哨响后，冲在前面的都是四班的，在后面慢慢晃悠的都是一班的，而阮蔓在队伍最后慢慢跟着。

一圈下来，阮蔓已经开始体力不支，她问付曦：“你知道怎么才可以逃掉 800 米吗？”

付曦指了指篮球场边的小路：“看到那边的篮球场了吗？旁边有条小路，待会儿你从那条小路过去，底下有一个空地，有长椅可以坐。”

“谢谢你，付曦。”阮蔓的步伐迈得稍大了一些，加速朝那条小路冲去。

小路的尽头果然有一个空地，面积不大却很安静。阮蔓把披在身上的外套搭在长椅上，整个人毫无形象地瘫坐在椅子上。

她拿出手机，看了眼时间。

离下课还有半小时，阮蔓从校服口袋里摸出一张被折叠成方块的数学试卷，是她刚刚上去拿外套时顺手装进来的，这下倒成了解闷的好工具。

半张卷子做完，手机铃声也刚好响起。这是她刚刚定的闹铃，怕自己错过体育课的解散时间。

阮蔓把试卷按照刚刚的折痕重新折好，和手机还有笔一起塞进裤子口袋，顺着小路回到操场。

太阳雨不知道什么时候已经停了，老师喊了“解散”后，两个的学生一哄而散。

高二上学期还没有晚自习，下午的课结束后，只有住校生还留在班级里自习。

阮蔓收拾完书包，然后从抽屉里拿出装着校服的袋子。

校服？

阮蔓突然想起了被自己遗忘在长椅上的外套，她赶紧背着书包快速往操场的方向走去。

长椅上，自己的校服孤零零地搭在那儿。

幸好没被人拿走。

阮蔓把校服叠好，又把书包里的书抽出几本，给校服腾了个位置，将它塞进去。

拿出来的书没地方放，只好抱在胸前。

沿着小路出来，阮蔓才发现篮球场上多了一些人。

桥城一中的操场不是塑胶跑道，石子和灰尘多得不像话，甚至不用看，阮蔓都能脑补出很多人在上面跑步，尘土飞扬的样子。

篮球场那块倒比操场好得多，至少有一块水泥地。

“妹妹不回家吗？”

“要不要过来一起玩？”

阮蔓顺着声音抬眼望去，看到了五六个男生，他们朝着她吹着口哨。

在一群人中，阮蔓首先看到的就是扎眼的黄毛，一放学他就迫不及待地摘掉了假发。

丁航敲着那几个调侃阮蔓的男生的头，说道：“别瞎叫，那是我女神。”

起哄声不减，反倒更甚了。

阮蔓装作没听见，收回视线往前走着，身后的戏谑声越来越大，她加快了步伐。

“好了，收拾一下走了。”一个听似吊儿郎当，实则在给她解围的声音突兀地出现，只一句话，那些戏谑声便消失得无影无踪。

阮蔓定住脚步，侧过身回头看过去。

那群男生散开后，阮蔓才看见他们身后站着一个穿着黑 T 恤的男生。男生正懒散地靠在篮球架上，校服外套松松垮垮地套在他身上。

他也抬头朝阮蔓看过来，两个人的视线就这样撞在了一起。

刚刚因为那群男生挡住，阮蔓并没有看见还有这样一个人。

男生的手垂在身侧，看向阮蔓。

他的眼底一片淡漠，整个世界仿佛都被他踩在脚下。

孟野眯着眼看过去，女生白白净净的，扎着高高的马尾辫，额前的碎发被风吹得扬起，她规矩地穿着校服，怀里还抱着几本书。

见阮蔓盯着他，孟野的嘴角勾起弧度，那双桃花眼微微上扬。

阮蔓收回视线，扭过头，朝教室方向走去。

孟野倚着篮球架，眼神还停留在阮蔓刚刚消失的方向。他把头偏向一边，问丁航：“那女生是谁？”

丁航一边往身上套衣服，一边回答：“我们班新来的转校生啊，暑假那会儿不是在那个琪琪超市门口遇到过嘛。”

“是吗？”孟野挑了挑眉，收回了视线。

刘姨今晚不在家，阮蔓自己简单地吃过晚饭后，就坐在桌前开始写家庭作业。

桌上的台灯是新买的，灯光很亮，一旁的风扇摆着头，把桌上习题册的一角吹得扬了起来。

像是卡着点般，阮蔓刚放下手中的笔，母亲的电话就打了过来。

“喂，妈妈。”

“开学第一天还适应吗？”

“适应的。”

“和同学相处得怎样？”

“都挺好。”阮蔓没撒谎，她起码已经知道了四个人的名字，如果算上那个还没见过面的孟野。

“那就好。”何曼君停顿了两秒，接着说，“蔓蔓，给妈妈一年时间，高三时妈妈就过去陪你，好吗？”

“没事……”

何曼君那头突然嘈杂起来。

“何记者，过来一下。”

“蔓蔓啊，妈妈……”

“没事，你去忙吧。”

通话时间显示为 59 秒，连一分钟都还没到。

阮蔓将手机放到一旁，开始写剩下的作业。

这么多年来，阮蔓其实早就习惯了。电话永远很快就会挂断，自己始终像一个累赘一样，被推来推去。

一开始，阮蔓还能在学校交到几个好朋友，可是转学次数多了，甚至都还来不及和身边的同学熟悉起来，就又要离开了。

在桥城一中，只要能相安无事地度过这段时间就够了。

说不定哪天自己突然就又走了，她不喜欢告别，也不喜欢再也不见。

从卫生间洗完澡出来后，阮蔓就听到大门被人敲响了。

她靠近门，问道：“谁？”

这么晚了，刘姨也不在家，还会有谁来找她？

阮蔓趿拉着拖鞋，三步并作两步，一把拿过桌上的手机，攥在手里。

门外传来声音：“我。”

阮蔓有那么一瞬间的无语：“你是谁？”

门外的人像是也觉得自己的话不对，纠正道：“刘姨的儿子，我妈让我来给你送点水果。”

“这么晚送水果？”阮蔓的警惕心丝毫没有减少。

“我才刚到家，你快点开门吧。”门外的声音渐渐不耐烦起来。

阮蔓把门拉开了一道缝。

门外的人和门里的人都愣了愣。

刘睿阳没想到妈妈口中的隔壁邻居小女孩是阮蔓，阮蔓也没想到刘姨的儿子竟然是刘睿阳。

“你随你妈妈姓？”阮蔓问。

刘睿阳把手中的托盘塞到阮蔓的手上，抬头看着眼前的人，冷淡地说：“我爸妈都姓刘。”

“哦……替我谢谢刘姨。”

刘睿阳转身回屋，冲阮蔓扬扬手，代表不碍事。

刘睿阳进屋，拿起放在玄关上的手机，给丁航发信息：【你的女神，住我家隔壁。】

阮蔓家的门关上没多久，又再度被敲响。

“是我。”刘睿阳在门外说道。

阮蔓打开门，问：“你还有什么事吗？”

刘睿阳冲她扬了扬手中的手机：“丁航想要你的联系方式。”

丁航？

是哪个？

好耳熟。

见阮蔓一脸疑惑的表情，刘睿阳提示道：“黄毛。”

噢，想起来了。

阮蔓为难地看了看刘睿阳，满脸不太情愿的神情。

对面的人像是看懂了她的表情，马上说道：“知道了，我和他说你没联系方式。”

门再度被关上。

阮蔓呼了口气，她不是不愿意给，而是觉得没必要。

没必要认识，没必要成为朋友，这样分别的时候也没必要说再见。

阮蔓下意识地在床头关灯，手摸索了一阵才想起这间屋子里的电灯开关是门边的一根绳子控制的。

她翻身下床，走到卧室门边，拉了拉那根绳。

原本亮堂堂的屋子顿时变得漆黑，房间里唯一的光源就是空调上的显示灯，在黑黢黢的房间里散发着橙色的光。

阮蔓摸黑回到床上，盖好被子。

老式空调的外机在窗外发出工作的声音，虽然在这个安静的夜晚显得有一丝聒噪，但好在阮蔓能忍受。

来桥城已经快一个星期了，说不上讨厌这座城市，但也说不上非常喜欢。

这不是城市的原因，是她自己的原因。

阮蔓第一次转学，是在小学三年级的时候，那个时候她在班上有两个玩得很好的小伙伴，她转学时还和她们约好，以后会经常联系。那个时候还没有QQ，大家所说的联系不过就是偶尔用父母的电话打几次电话。没过一年，她和那两个伙伴就失去了联系。

再然后，就是在城市间不停地辗转、奔波。

这样的日子，或许在她高考完以后，就能彻底结束了吧。

阮蔓翻了个身。

她忽然想起了那双桃花眼，瞳孔是黑亮的，可是里面什么都没有，像一潭死水般空洞。

阮蔓坐起身，又摸黑走向卧室门口，拽了拽那根绳子。

房间又重新有了光。

书包被阮蔓放在床尾，她走到床尾，拿出一个本子和一支笔，坐回到床头。

阮蔓寥寥几笔便勾勒出了一个轮廓——男生靠在篮球架上的样子。

她闭上眼睛回忆着。

男生的头发好像才剪过不久，比寸头要稍微长一些，桃花眼，高鼻梁。

阮蔓凭着脑海中的细节，一点点完善着笔下的人。

如果不是画了出来，她都不知道那一眼的工夫，自己竟然记住了那么多细节。

阮蔓看了眼床头正在充电的手机，已经快十二点了。

她把笔装回书包，本子却被塞进了床头柜里。

关上灯后，阮蔓重新在黑暗中闭上双眼。

那双桃花眼睛没再出现在她的脑海里。

“早啊。”刘睿阳打着哈欠从家里出来的那刻，阮蔓也打开了家门。

她抬头看了一眼刘睿阳一头鸡窝般的乱发，答道：“早。”

两人一前一后地下了楼。

数学课后是大课间，桥城一中一向引导学生“德智体美劳”全面发展，所以大课间高一高二年级所有的学生都要下去做操，而阮蔓是转校生，被特别批准前一个月可以不用去。

偌大的教室，就剩下她一人。

伴随着广播里传出的有节奏的音乐，操场上的学生整齐划一地做着广播体操。

教室后门“吱呀”一声被推开了，阮蔓正在做昨天那张没完成的数学卷子，没回头。

她并不关心进来的是谁。

“喂。”

身后传来一声吊儿郎当的男声。

阮蔓回过头。

孟野靠在教室后面的书架上，从书架上拿过一本书，随意地翻着。

是昨天操场上的那人。

“你叫什么？”孟野的眼神都没从书上挪开。

阮蔓反应了两拍，反问孟野：“你问我？”

“这个教室里有第三个人？”孟野把手上的书用力地塞回书架上，发出“砰”的一声响。

他抬头看向阮蔓，面前的女生还是扎着马尾，有着一张白净的脸，嘴巴微微张开着。

“阮蔓。”

“软慢？哪个软，哪个慢？”孟野盯着阮蔓看。

“左耳旁的阮，蔓草的蔓。”

阮蔓不知道自己为什么要给面前的人解释。

操场上回旋的音乐停了，同学们有序地从操场撤离。

走廊上的脚步声夹杂着嘈杂的话语声向教室这边靠近，隔壁班已经陆续有人回到了教室。

孟野终于从书架边直起身，朝自己的座位走去。

“哎，孟野来了。”

“野哥回来了？”

从后门进来的同学朝孟野的座位看过去，原本空空的座位上已然坐着一个人。

孟野?

他就是孟野?

阮蔓原本已经转回去的身子又转了过来。

付曦已经回到座位上，拿起水杯猛灌了两口水，撒娇般地冲阮蔓说：“蔓蔓，我好羡慕你，可以完整地拥有大课间。”

阮蔓这才回过神，她看见孟野的座位旁围着两三个人，正在同他说笑着。

好像刚刚那一场对话，像不曾发生过似的，只有天知地知他知她知。

“蔓蔓，你看什么呢？”付曦伸出手在阮蔓眼前晃了晃。

没等付曦顺着自己的视线看过去，阮蔓抢先一步收回了视线：“没看什么，只是那边围了几个人。”

付曦这才注意到孟野来班上了。

“噢，是孟野哥来了。昨天放学之后他就来学校了，今天估计又睡过头了，这会儿才来。”

“你和他很熟吗？”

“我哥和他熟。”付曦指了指围在孟野身边的那几个人，“我哥、刘睿阳，还有孟野哥，从小学起他们就一个班了。丁航是初中时和孟野哥打了一架后才一块玩的，两人不打不相识。”

上课铃响起，阮蔓没再和付曦继续这个话题。

从门口进来的是地理老师，一个胖胖的中年女人，课本被她夹在胳膊下。

九月的天气多变，今天的气温直逼 38℃，阮蔓看到地理老师胳肢窝那块的衣服已经被汗水浸湿了。

“同学们好，我们又见面了，这学期我继续教你们地理。”

讲台上胖胖的女老师笑得憨憨的，让阮蔓有一瞬间觉得她并不像一个老师。

付曦用胳膊肘杵了杵阮蔓，凑过来小声说：“蔓蔓，‘谭妈’是不是特别和蔼可亲？”

“地理老师叫‘谭妈’？”阮蔓低下头，压低声音问道。

旁边没传来回应，引得阮蔓扭头看过去。

付曦正在努力地憋住笑意，脸涨得通红，说：“蔓蔓，你太可爱了。地理老师姓谭，我们平时被叫去办公室‘喝茶’，她总是护着我们，像妈妈一样，所以我们都叫她谭妈。”

“这样啊……”阮蔓有些不好意思，她在以前的学校很少听到学生这样叫老师。

“我们都挺喜欢谭妈的，连孟野哥都不在谭妈的课上给她难堪。”

付曦的话音刚落，谭妈的目光就朝她们这块扫了过来，问道：“我们班这学期来新同学了？”

一瞬间，班上其他人的目光都看了过来。

丁航抢着回答道：“来了，来了。”

同学们一下子哄笑成一团。

“新同学叫什么？”谭妈倒不像其他任课老师一样，立马整顿课堂纪律，反倒不慌不忙地继续问着。

“阮蔓。”又是丁航抢着回答。

哄笑声不减反增。

有人嚷着：“怎么，丁航这么关注新同学。”

阮蔓有些不知所措，眼神往丁航那块儿飘忽着看过去，本想用眼神制止丁航，却停在了孟野身上。

孟野靠在椅背上，手上的笔不停地转动着，似笑非笑地看着她。

就像众多看戏人中的一个。

“谭妈，上课呗。”

在两人对视的第五秒，孟野开口了。

看戏的众人立马又把话题转向了孟野。

“野哥开始要听课了？”

“天啊，怕不是火星撞地球了？”

讲台上的谭妈脸上仍是带着笑，她翻开放在讲台上的课本，说：“把课本翻到第一面，我们先来看看目录，了解一下高二我们大致要学些什么内容……”

刚做完操，大家这会儿都有些累，加上因为怕太阳晒，临窗的同学早早地把窗帘拉上了，一丝阳光都照不进，整个教室陷入了一片昏暗中。

伴随着谭妈平和的声音，讲台下没一会儿就睡倒了一大片人，包括付曦。

课上到一半，阮蔓才注意到这个现象。

她活动着僵硬的脖颈，朝四周看去。

隔着两组的距离，她一眼就看到了趴在桌上的孟野的后脑勺。

“野哥，走呗，今晚去台球室？”

伴随着下午最后一节课的下课铃声响起，老师夹着课本走出教室的那一刻，丁航就按捺不住欢脱的嗓门，冲还没睡醒的孟野嚷着。

丁航的声音大到让隔着两组距离的阮蔓把这句话中的每个字听得一清二楚。

一中管得不算很严，到了高二才有晚自习。不像之前阮蔓待的杭城二中，里面的老师恨不得把一天二十四小时劈成四十八小时用。

“嚷什么？”孟野用一只手揉了揉头发，另一只手则拍在丁航的脑袋上。

身后的刘睿阳用手戳了戳阮蔓，说道：“我晚上不回去吃饭，你和我妈说一声。”

“知道了。”

他们的对话倒丝毫没有避开一旁的付曦。

“蔓蔓，你……和他……”付曦伸出的食指在他们中间来回移动。

“邻居。”两人异口同声，瞬间打破了付曦脑中延伸出来的无数种幻想。

阮蔓在学校门口和付曦告别后，两人一个往左走，一个往右走。

阮蔓低着头，走进学校旁边的巷子，这是她今早发现的一条近路。

这条巷子左侧是邻着马路的居民楼的入口，右侧则是一排小平房。

她拢了拢身后的书包，满脑子想的都是今天数学试卷上的最后一道大题，丝毫没有注意到巷子前方正聚集着一大堆人。

“哟，妹子，胆子不小啊，敢往这儿闯。”

“这妹子没见过啊。”

阮蔓回过神，看向前方传来声音的地方。巷子的前方站着两帮人，一帮站一边。

右侧那帮人没穿校服，阮蔓看不出来他们到底是学生还是成人。

但左侧那帮人倒还规规矩矩地穿着一中校服，上面的蓝灰白三种颜色的线条交错在一起，在这个巷子中格外惹眼。

阮蔓愣了愣，朝左边那帮人看过去。

她没想到那帮人竟然是孟野他们。

这一看就是她误闯了别人的地盘。

真倒霉，原本只想抄近路回家，没想到碰到这种场面。

阮蔓没想多待，刚转过身，就被离她最近的一个小混混给抓住了书包带，一把拽了过去。

“妹子别走啊，留下来给哥哥们助助兴。”

对面的丁航有些沉不住气：“喂，齐佳的事，扯上别人就没意思了吧？”

齐佳?

阮蔓来不及慌张，迅速在脑子里搜索出了这个耳熟的名字。这个名字不就是自己当时在厕所里有幸耳闻过的吗?

想到这些，她的眼神飘到了孟野那儿。

孟野站在石头墩上，不慌反笑：“转校生，知不知道这是什么巷子就敢随便走？”

阮蔓不是第一次碰到打架现场，还在上高一时，在放学回家的路上她就目睹过一群人围着一个男生打。

而那会儿她只是瞟了一眼，什么都没做。

每个学校都会有那么一群学生惹是生非。

他们游走在学校的边缘，和其他学生格格不入。

但这都与她无关。

孟野手揣在校服裤子的兜里，整个人靠在后面的墙上，脸上带着一丝若有似无的笑意。他明明是问题学生，每天却又规规矩矩地穿着校服，乍一看倒给人一种好学生的错觉。

夕阳从巷子西边照进来，孟野整个人被笼罩住，像是站在光里。

她迎着孟野的目光看过去。

不记得是哪一边先动的手，伴随着一句句脱口而出的脏话，两边的人混乱地打成一团，而阮蔓则被推到了一边。

孟野从石头墩上跳下来，一步步走到阮蔓面前，一把将她拉到自己的身边。

下一秒，一个人倒在刚刚阮蔓站的地方，差点就撞到她了。

阮蔓下意识想回头看，却被孟野一把捂住了眼睛。

他的掌心还有一丝温度，就这么贴在她的脸上。她感到被覆住的那一块儿皮肤僵了僵，全身的血液一股脑地涌上头顶。

孟野把阮蔓拽到居民楼的楼道里，一只手插着兜，另一只手仍捂住阮蔓的眼睛。

他沉重的呼吸声就响在阮蔓的耳边，一呼一吸。

阮蔓问："你们会输吗？"

孟野愣了一下，歪头盯着面前的阮蔓笑道："你来一中时间还不久，不怪你。"

阮蔓继续问："什么意思？"

孟野敛了脸上的笑，眯着眼睛看向外面没说话。

阮蔓回到家时，刘姨还没有回来。

她看了看放在桌上的闹钟——17 ： 40。

今天因为在巷子里的耽搁，她倒比平时回来晚了近二十分钟。

刚刚那场闹剧，约莫是孟野他们赢了。

最后依稀听到那伙人朝孟野他们嚷着："孟野，你给老子等着，有你好看的。"

阮蔓刚把笔盒拿出来，刘姨就提着菜回来了。

"姨，刘睿阳说他晚上不回来吃饭了。"她起身走到门口对刘姨说。

虽然刚刚经历了那么一遭，但阮蔓倒没忘记这回事。

"这孩子，又不回来吃。"刘姨转身把菜拎进厨房，"蔓蔓，你知道他跑哪里去了吗？"

联想到放学时丁航在班上号的那一嗓子，阮蔓大概能猜到他们去了哪里。

"不知道。"阮蔓撒了谎。

吃过饭，帮刘姨洗过碗后，阮蔓回到家写今天的作业。

经过这两天，阮蔓大概摸清楚了各科老师布置作业的量，其中数学作业是最多的，每天大概两张卷子的量。

文科生最容易拉开分差的就是数学，一道大题就是十几分。

显然最好的拉分办法就是题海战术，把各种类型的题目都做一遍，上了考场肚子里总能有些货。

这种题海战术，老师们百试不厌，但大多数人并不像阮蔓，老老实实写完这些卷子。

另一头的台球室。

孟野把校服和书包团在一起，当成靠枕，整个人懒散得没骨头似的靠在沙发上。

"野哥，过来玩啊。"丁航开了一桌球，桌上五颜六色的球"哗"的一声散开。

"累。"

孟野把手交叉着覆在胸口，眼睛半睁。

刘睿阳从冰柜里拿了几瓶饮料，扔了一瓶给丁航，又扔了一瓶给付晨。

他坐到孟野旁边，问：“昨晚你干什么去了？”

孟野拿过刘睿阳手里的饮料，猛灌了一口，一瞬间，饮料从他口腔顺着往下一直到胃，都变成了冰凉的。

中午他本来就没怎么吃，这会儿灌了一口冰饮料，刺激得胃有些疼。

“中午回家正好碰上那畜生。”

刘睿阳知道，孟野口中的畜生是他的爸爸——孟成军。

刘睿阳没多问，接过孟野递过来的饮料。

今天下午他们在巷口莫名其妙被六中那群人堵住，领头那人不知道是从哪里冒出来的，扬言要为齐佳打抱不平。

“野哥，你认识那个齐佳？”付晨在连进两个球后，开口问道。

孟野皱眉：“齐佳是谁？”

他当真不认识。

丁航连台球都不打了，挤到孟野身边坐着：“齐佳欣赏你啊。”

孟野依旧没回忆起来。

“不过，我还是觉着新转校生最好看。”丁航嘴里没个把门的。

孟野斜眼看向丁航，问道：“谁？”

刘睿阳插嘴：“阮蔓。”

付晨把杆子放到桌上，拿起放在一边的饮料，拉开拉环问刘睿阳：“听我妹妹说，你们是邻居？”

刘睿阳“嗯”了一声。

孟野没作声。

台球室的门被推开，随着几个人的动作，一股热浪被带了进来，随之扑面而来的是一股酸透了的铁锈味。

坐在前台里的工作人员皱了皱眉。

进来的那几人约莫四十来岁的样子，身上穿着脏兮兮的工作服，污渍已经把衣服上的商标给糊得看不太清了，裤子上的补丁东一块西一块，就连手上拎着的工作帽上也布满了污渍，从亮黄色变成了暗黄色。

“这不是小野嘛，我找了你半天，原来你在这儿呢。”领头的那个人冲孟野笑着，露出一口黄牙。

孟野眼睛也没睁，还是维持着原有的姿势，靠在沙发上。

倒是一旁的丁航，他原本撑在沙发上的手，忽地握成了一个拳头，一副随时要冲上去把面前的人揍两拳头似的。

“五百。”领头的那个人一只手比出五的手势，另一只手摸进裤兜掏出打火机，接着把耳朵上别着的烟放进嘴里，“啪”一声点燃了。

廉价烟草的味道顿时在空调房中弥漫开来。

前台坐不住了，他显然也闻到了这股子烟味。

“这位……”他顿了顿，不知道该怎么称呼眼前这个人。

“这位先生，本店开放了空调，室内禁止吸烟。”前台指了指贴在墙上的禁止吸烟的标志，他毕竟不是老板，只是一个打工的，责任感驱使着他不得不阻止冲面前这个痞子一样的人吸烟。

领头的那个人斜了一眼前台，往地上啐了口痰，又用脚上那双破鞋在地上反复来回蹭着，地上的那口痰在黑色的地砖上被拉出了长长一道水痕。

“多管闲事。”领头的人并没有把烟灭掉。

他后面跟着的那几个人也点起了烟，一时间整间屋子烟雾缭绕的。

“谁找你借的，你找谁要。”孟野终于开了口，原先闭着的眼睛变成了半眯着。

对面的人笑了起来，回过头冲身后的人说：“老子欠债儿子还，天经地义的事，是不是？”

身后的人应和道：“是——”

这算什么事。

丁航的拳头攥得太紧，手臂上的青筋一根根凸了起来，和孟野那淡定模样比起来，被道德绑架的反而更像他。

他用余光看着孟野。

孟野的眉头蹙了起来，这句话触到他的雷点了，他尤其讨厌别人说他是那个畜生的儿子，但这又是一个不争的事实。

台球室里的气氛剑拔弩张，就在丁航觉得下一秒孟野就会冲过去给那黄牙一拳时，孟野身下被当作靠枕的书包被他拿了起来。

孟野从包里数出五张红票子，甩了过去，像打发要饭的。

红票子在空中飘着，离领头那人最远的一张落在了孟野的脚边。

领头那人没和孟野生气，见到地上的红票子眼睛都在闪光。

他灭掉手里还剩半截的香烟，一边弯腰捡地上的钱，一边好声好气地朝孟野说道：“你老子好福气，我要有这么个能替我还钱的儿子，我做梦都要笑醒……啊！”

话刚说完，接着便是一声令人心颤的惨叫。

一旁的人都愣了愣，似乎没想到看起来好说话的孟野这会儿动了手。

不，准确来说是动了脚。

领头那人正半跪在地上去捡孟野脚边的一张红票子，他的手还没碰到钱，就被孟野发了狠地一脚踩下去。

听那声音，手指有八成被踩碎断的可能。

“你个小兔崽子，快放开老子。

“孟成军就这么教你的？

“痛痛痛，别踩了！

“老子的手快断了，松手，不，松脚！

“求你了，求你了，别踩了——”

那人每骂一句，孟野脚下的力度便加重一分。

从一开始的骂骂咧咧到整个人伏在地上求饶，不过几分钟的事。

前台也被这情形吓了一跳，探出半个身子来看这边的情况。

想到刚刚那人往地上啐的那口痰以及满屋子还没消散的廉价香烟的味道，前台放在电话上的手渐渐挪开了。

领头那人身后跟着的几个人相互看着对方，竟没有一个人敢上前来阻止孟野。

他们看到孟野眼底是看不清的戾气，周身散发着一股不是你死就是我亡的气息。

孟野稍微俯低了身子，伸出一只手卡住那人的脖子把他往上提，那人的脸一下子涨成了青紫色。

孟野的嘴角这会儿倒是勾出一丝弧度，他附在那人的耳边轻声说："求人不得有点求人的态度？"

他松开手后，那人一下子没了支撑，顺势又滑落到地上。

孟野松开脚，脸上挂着无所谓的表情，重新瘫回到沙发上。

"不想受伤的话，以后就别借钱给孟成军。"

见孟野不打算再继续折腾，身后的人才敢拥上来，扶起刚刚还趾高气扬，现在却如一摊烂泥般躺在地上的领头人，甚至连最后一张红票子都没敢捡。

领头那人托着自己被踩得红肿的手往外走，临出门时，还回头啐了一口。

"本来以为他老子就够疯，搞半天儿子比老子更疯……"

"野哥对那人下手忒轻了。"丁航冲付晨扬了扬下巴。

放学后的那一架没影响心情，这会儿反倒轻易就被几个中年男人惹怒，孟野心里躁得慌，顺手拿过一旁已经不算太冰的饮料，猛灌了一瓶。

空饮料瓶"哐——"的一声，被准确无误地投入桌边的垃圾桶。

孟野拎起书包，把校服搭在肩上，说道："先走了。"

刘睿阳他们知道这会儿孟野心里烦，也没出声阻拦。

他们和孟野玩那么久，像今天这种追上门来要钱的情况碰到过不少次，不用想也知道是他那个不干人事的爹在外面借钱赌博，让那些债主来找孟野要钱。

见怪不怪的事，只是白白扫了今天的兴致。

从台球室出来，外面的天已经完全黑了下来，街边的路灯一盏接着一盏亮起，整条街都被暖黄色的灯光笼罩着。

空气中夹杂着一丝暑末的闷热。

裤子口袋里的手机在不停地振动，振得孟野腿上的那一块皮肤直发麻。

他掏出手机的那刻，不停振动的手机恢复了平静，电话刚好挂断。

亮着的手机屏幕显示着——

未接来电：沈岚。

"蔓蔓，上课了。"付曦轻轻拍了拍借着课间十分钟趴在课桌上睡着的阮蔓。

“嗯。什么课？”

阮蔓抬起头，睁开眼望着一旁的付曦，眼底还有没消散的困意。她刚睡醒脸有些发烫，整张脸白里透红的。

“体育课。”付曦瞟了一眼走廊里攒动的人头，继续说道，“不就是孟野哥答应了这节体育课和四班的男生一起打球嘛，刚一下课，我们班门口就都是人。”

阮蔓揉了揉眼睛，看向窗外，的确很多人在抻着脖子，透过带有竖杆的防盗窗往教室里面看。

引起围观事件的当事人还毫不知情，阮蔓借着活动脖子的契机扭头看过去，最后一组最后一排的那个座位上，孟野正把头埋在用校服做成的枕头里，睡得正香。

窗外的人能看到的只有孟野的一个后脑勺和拱起的脊背。

每个星期都有两节体育课，分别在周一和周五的最后一节课。

周五下午的那一节，是人来得最齐的一节。

“今天人还挺多啊。”体育老师摸了摸自己差不多已经秃光的头顶，在心里默默数着人数。

站在前面两排的女生频繁地回头往一班最后一排看过去，这个小动作引起了体育老师的注意。

他一眼看过去，就看到了站在最后一排的孟野正低着头，不知道在干什么。

“看来今天人来那么齐不是因为我啊？快给老师个面子。”

体育老师故作伤心状，引得学生频频发笑。

体育老师又扬了扬手，说道：“行吧，解散吧，该打球打球，该聊天聊天，但是，不准溜回教室。”

不到一秒钟，面前的学生一哄而散。

“蔓蔓，去看球吗？”

甚至没给阮蔓拒绝的机会，付曦就已经把她拽进了人群里。凭借着付曦往日的经验，她们很快就占据了第一排的最佳观赛位置。

阮蔓还没站稳，就被身后的人推搡了一下，差点摔在地上。

阮蔓回头看向后面，一块小小的篮球场竟被围得水泄不通的，不管是高一的还是高三的，只要和他们一起上体育课的，此时都围了过来。

“怎么别的年级也过来看？”阮蔓问道。

付曦朝篮球架后方努努嘴，说道：“百分之九十九的人是来看孟野哥的，剩下的那百分之一大概是来看那另外三个的。”

篮球架后方，孟野他们不知道何时换上了球衣。

一班的球衣是白色的，阮蔓漫不经心地往篮球架那儿瞟过去，她没想到在一群穿着一样球衣的男生中间，自己能一眼就找到孟野。

孟野背对着阮蔓，球衣的背后印着他的名字和号码。

“13”是孟野的球衣号码。

同时也是阮蔓的幸运数。

“开始了，开始了。”

付曦的声音很快被周围的欢呼声给淹没，大多数人嘴里喊的都是“孟野加油”。

不知道的还以为是孟野一个人打一个班。

孟野的身影从左边很快闪到右边，朝刘睿阳招招手，球被传到他的手上。

篮球场上的少年双脚一跃，远远地投进了一个三分球。一旁围观的女生发出阵阵尖叫，场边的欢呼声一浪高过一浪。

阮蔓相信，就算孟野没投进自家篮筐，场边的女生还是会如此尖叫。

下课铃响起时，场上的比分已经拉开了差距——

10 ∶ 22。

四班是 10 分，一班是 22 分。

中场休息十分钟的空隙，不少女生拿着水和毛巾候在一旁，谁也不让谁，就等孟野一下场送过去。

阮蔓眯着眼看过去，5.0 的视力优势在此时发挥得淋漓尽致。

孟野谁的水都没接，自顾自地拿起放在一旁长椅下的一瓶水，拧开瓶盖，仰头咕咚咕咚地喝着，凸起的喉结随着他喝水的频率上下滚动着。

还没来得及收回视线，阮蔓就看到孟野看向了自己。

他的眼神里倒看不出太多情绪，但就这么直勾勾地盯着她，也让阮蔓感到自己仿佛做了什么亏心事般，脸一下就红了起来。

“野哥，刚刚那个三分球不错。”付晨撞了撞有些出神的孟野，“你看什么呢？”

顺着那个方向看过去，付晨看到了自己那傻乎乎的妹妹不知道在和阮蔓说些什么，手舞足蹈的。

“哟，我妹还在啊，还有她那同桌。”

“嗯。”孟野挑了挑眉，隔着一个篮球场的距离，他捕捉到了阮蔓看向他的目光。

“我妹和阮蔓站在一起，真是鲜明的对比，就像丑小鸭与白天鹅。”付晨说着说着就开始笑，调侃自家妹妹大概是每个哥哥的乐趣。

用白天鹅来形容阮蔓，好像还挺合适。

她的脖子又细又白，就算穿着带领子的校服，扎着马尾辫，也能显出她的脖颈修长。

为何同样是扎马尾辫，怎么她就比旁人显眼一点?

奇了怪了。

“野哥，下半场你还上不上？”四班的一个男生跑过来问，“你要是不上说不定我们班还不会输得那么惨。”

“这还用问，你野哥向来只打上半场。”付晨接过话。

按照以往的习惯，孟野在上半场负责拉开比分，下半场他基本不再上，除非是棋逢对手了，他才会打全场。

孟野朝阮蔓那儿看了过去。

她还在那里。

没等那个四班的男生脸上浮现出笑容，孟野就说：“上。”

“今天兴致不错嘛。”付晨倒是感到意外。

就四班这样的对手，哪怕孟野不上场，一班的男生都可以完虐他们，谁知道孟野竟然还和他们一起打全场。

对面那个四班的男生脸上露出哭笑不得的表情，整张脸皱在一起，难看得很。

孟野拍了拍他的肩，以表安慰。

中场休息时间结束，哨声吹响的那一刻，孟野漫不经心，像是随口对付晨说道：“打完球一起吃饭，叫上你妹妹，还有她那同桌。”

下了最后一节课，被困在教室里的学生全都解放了，一窝蜂地跑到操场来看这场毫无悬念的球赛。

挤不进来的就跑到操场的看台上去，看台上乌压压地站了一大片人。

付曦看着再次上场的孟野，纳闷道：“孟野哥今天怎么打全场？”

“怎么了吗？”阮蔓捶了捶因为站太久有些酸的腿，望向身后的人群，这会儿想出去怕是也出不去。

“孟野哥从来都只打上半场的，除非对手很厉害。”付曦的脸上满是疑惑，“可四班这水平……”

纵使阮蔓这种不懂球的人，都能通过场上的比分看出四班的实力不太行，孟野没道理看不出来。

阮蔓胡诌道：“说不定他以虐他们为乐。”

下半场打得依旧毫无悬念，四班基本上已经没有反超的余地，但基于运动精神，他们依旧垂死挣扎着，但还是只能眼睁睁地看着分距越拉越大。

在孟野投进这场球赛的第八个三分球时，阮蔓终于发现了不对劲。

下半场球赛，孟野好像只要进了球，就会往她这儿瞥上一眼。

他们的视线无数次轻轻擦过，水过无痕的那种。

每当孟野的视线扫过时，阮蔓周围这一块的女生总会尖叫。

“孟野又往我们这块看了。”

“发现没，他只要进球了，就往我们这边看。”

“他不是在看你吧？”

“他肯定是在看韩艺啦，四班班花在那儿站着呢。”

“一班的那个转校生不也在吗？”

…………

“不是吧，孟野哥怎么可能在看韩艺，你比韩艺好看多了，要看也是看你好吧。”一旁的付曦没忍住，拉着阮蔓在她耳边嘀咕着。

阮蔓问：“韩艺？哪个是她？”

“你左手边，隔着两个人的就是韩艺。”

阮蔓稍稍探出头看过去。

在众多人中，韩艺的确很漂亮，整个人娇艳欲滴，脸上挂着笑。

“她挺漂亮的。”阮蔓实话实说。

付曦抓了抓头发，说道：“反正我受不了那种矫揉造作，我还是喜欢你这种。”

阮蔓笑笑，没再接话，重新把视线投向球场中。

的确在同龄男生中，孟野是最能引起人注意的那个。

干净利落的短发，给人带来压迫性的身高，有让男生都嫉妒的脸，还带着点神秘。

除了成绩差、没耐心、脾气躁这些缺点，好像是挺符合十七八岁的女生会喜欢的那种类型。

当然，这些缺点都是阮蔓近一周来，从旁人对孟野的评价中总结出来的。

怎么看，孟野都和自己不是一路人。

阮蔓在球赛结束的那一瞬间，得出了这个结论。

球赛结束后，人群消散了一大半，无论是来看球的还是看热闹的，又或者是来看孟野的，这个时间点都急着赶回家吃饭去了。

天色开始变暗，太阳还没来得及从西边落下去，一轮浅浅的月亮就已经匆忙升了起来。

打球的那几人朝阮蔓这儿走来。

丁航朝她们挥着手，问道：“看到今天我们完虐四班了吗？”

付曦直点头，说：“看到了看到了，简直毫无悬念！”

敷衍了丁航后，付曦问自家哥哥：“哥，待会儿我们去吃什么？”

“不知道，出了校门再看。”付晨顿了顿，看向一旁的阮蔓，“阮蔓一起吧？”

阮蔓下意识地想拒绝，因为经常转学，她基本上没什么好朋友，更别提一群人一起去吃饭。大多数时候，她都是一个人，一个人看电影，一个人吃火锅。

刘睿阳说：“一起吧，我妈上夜班，你回去还要自己解决。”

“是啊，蔓蔓，一起吧，老是我一个女孩子，怪孤单的。”付曦抱着阮蔓的胳膊不撒手。

“好吧。”

阮蔓在这个时刻突然领悟到了盛情难却这个成语的意思，但同时，她的心里又多出了几分别样的情绪。

她已经很久没有感受过这样的热情了。

操场上的人已经走得差不多了，和刚刚的人挤人相比，这会儿的操场多了几分荒凉。平时没怎么注意，篮球场的后面是一座荒山，山上有几座零零散散的坟包，上面还插着清明时节祭祀用的花圈。

阮蔓没敢细看，适时抑制住了自己的好奇心。

班里其他几个打篮球的男同学这会儿已经走得不见影了，丁航和刘睿阳正在前面激烈地讨论着今天的球赛，付曦被付晨拎在身边念叨。

阮蔓看向自己的身边。

不知道什么时候，她和孟野并肩而行，落在队伍的最后。

前面的人聊得热火朝天，他们这儿反倒弥漫着尴尬的气息。

阮蔓开始没话找话：“今天你打得不错。”

“嗯。”孟野打球那会儿流了不少汗，现在被傍晚的风一吹，还有些许凉意从露在外面的皮肤上泛开，“你看得懂球？”

阮蔓被噎住，说看得懂有些昧着良心，说看不懂的话又显得之前那句话过于敷衍。

“看不懂，但我能看懂分数，差距挺大。”

身旁传出两声笑，在这安静的氛围中显得有些突兀。

阮蔓把视线从地面挪到孟野身上，因为身旁的人在风中笑得过于张扬，引得她抬头看向他。

注意到阮蔓在看他，孟野也垂着头看过去：“看我做什么？”

“你头上有个东西。”

孟野的头发上的确有个东西，卡在他的头发里，一眼就看得到。

她特意用手指了指那儿。

孟野停下脚步，朝着阮蔓低了低身子，说道：“帮我弄下来，我看不见。”

他刻意稍稍离阮蔓远了些，刚打完球一身的汗，这个味道应该并不好闻。他凝视着阮蔓的眼睛，那是一双杏仁眼，大而有神。

阮蔓倒没在意孟野的动作，她朝他走近了两步，伸手把那个东西拿了下来。她收回手的时候，小拇指不小心蹭到了孟野的耳朵，他的耳朵冰冰凉的。

在阮蔓靠近的时候，孟野闻到了她身上散发出来的一丝若有似无的味道。

是牛奶味儿。

“是桂花呢。”

阮蔓把从孟野头上拿下来的桂花放在手上，小小的黄色花瓣躺在她的掌心里。

九月，是桂花的花期了。

可能刚刚进入花期，桂花的香味还不太浓郁。

“喜欢桂花？”孟野瞧着阮蔓掌心里那小花瓣。

“嗯，挺香的。”

话题没继续下去，付曦和付晨闹着闹着就发现身后的两人落下了好远，硬是拉着付晨寻了回来。

“蔓蔓，快点儿，我要饿死了。”付曦跑过去一把揽过阮蔓，带着她就往前冲。

阮蔓提醒道：“慢点，慢点。”

孟野看着阮蔓那因为奔跑而左右晃动的马尾辫两秒，转身搭上付晨的肩膀往教室走去。

出校门时，天色已经完全黑了下来。

整个校园里除了高三那两层楼的灯还亮着，其他的楼层全是黑漆漆的一片，偶尔会有些高三学生耐不住性子，偷偷从学校侧边的围墙翻出来。

这个场景像极了阮蔓来桥城的第一天晚上，见到的一中。

另外几个一起打球的同班同学住得稍微远了些，便没跟着他们一块儿去吃饭。

他们几个一拍即合，带着付曦和阮蔓朝那条烧烤街走去。不过才七点，烧烤街的油烟味和孜然的香味隔着大老远就能闻到了。

领头的丁航轻车熟路地把他们带进一家烧烤店，比露天的那种稍微看起来要正规一些，看他们和老板打招呼的娴熟程度，就知道他们应该是这里的常客。

顾及着有女生，他们要了一个包间，老板领着他们往里拐了一个弯。

说是包间，其实并没有豪华到哪里去，只不过把外面的噪音隔开了些，外面的人嗓门稍大一些的话，在包间里也还是能听见。

阮蔓环视了一圈包间的环境，大圆桌上铺着一层薄薄的塑料台布，一扯就破掉的那种厚度，看起来质量不是很好的样子。圆桌旁有一个大柜子，上面放着纸巾和茶水，地依旧是水泥地，这样不显脏。

但好在整间屋子十分亮堂，给人一种虽然简陋，但比较干净的感觉。

"蔓蔓，别看这店环境有些简陋，但味道是真的好。"付曦附在阮蔓的耳边说着悄悄话。

"我没介意环境，只是习惯性地观察一下。"阮蔓解释道。

因为辗转于不同的地方和学校，住过校也寄宿在别人家过，阮蔓不得不学会让自己快速适应一个新环境，而适应新环境的第一步，就是观察环境。

除了适应新环境，阮蔓还要学会看人脸色，以便知道哪些人是真的喜欢她，哪些人又是打心底里不喜欢她。

她看得出来，付曦是真的喜欢她，刘姨也是。

老板是一个看起来三十多岁的男人，并不油腻，细看还能看出一丝大叔才有的帅气。

这倒是颠覆了阮蔓一直以来对烧烤店老板的误解，她一度以为烧烤店的老板都是光着膀子、不修边幅的中年大叔。

老板递给丁航一张菜单和一支笔，让他们想吃什么在后面写数量就成。

六个人围了一圈坐了下来。

等坐定后，阮蔓才发现孟野坐在了自己的身边。

男生点完了自己想吃的东西，火速地把菜单递到了付曦和阮蔓中间。

两个女生把脑袋凑在一起，研究着菜单。

一圈看下来，倒也没什么特别想吃的。

"烤面包片好吃吗？"阮蔓问身边的人。

"如果你喜欢吃甜的可以点。"孟野接过了她的话。

"你吃吗？"阮蔓问付曦。

付曦摇了摇头，比起甜她更爱吃辣。

面前的大圆桌没一会儿就摆满了各式各样的烧烤，香味弥漫在包间里。隔壁包间不知道发生了什么，说话的声音和笑声交织在一起，透过不算隔音的墙壁传到了他们这个包间。

付曦拿了一瓶可乐，阮蔓则要了一盒牛奶。

“女神，你从哪里转过来的？你应该不是本地人吧？”丁航说着拿了串五花肉，放到面前的盘子里。

阮蔓正低头看着面前的烤面包片，面包被烤成焦黄色，边缘处还有一些烤煳了的痕迹，中间最柔软的那块撒上了糖霜，看上去甜滋滋的。

莫名被点名，她茫然地抬头：“嗯，我以前在杭城。”

犹豫再三，她还是没说出“我家在杭城”这句话。

她还有家吗？什么又叫家呢？她心里一片茫然，现在他们聚在一起吃饭的场景倒显得有些不太真实。

阮蔓感觉自己飘在空中，踩不到实地。

“你为什么转学啊？”丁航继续问。

“家里的原因。”具体什么原因，阮蔓没说。

“你为什么转到桥城啊，这不是跨市转学吗？”

“我外公外婆以前生活在这儿，桥城是我妈妈的老家。”

“那你现在和外公外婆一起住吗？”

“他们……去世了。”

问到不该问的问题，丁航总算消停了下来。不过没消停一会儿，他又继续问：“和我们讲讲杭城吧，是不是比我们这儿好多了？”

阮蔓盯着面前的烤面包片有一会儿了，她咽了咽口水，刚准备开口敷衍几句话时，身边的孟野冷不丁地冒出一句：“吃饭也堵不上你的嘴？”

圆桌对面一下没了声音。

刘睿阳要了一箱饮料，那时的饮料也没那么多花样，他们喝的就是最原始的瓶装可乐。

一人三瓶，还不算多。

孟野接过刘睿阳递过来的可乐，瞧着身边的人正小口小口地吃着那块烤面包片，脸上满足的神情足以表明这个面包片是好吃的。

他伸出手，“咚咚咚”地敲了敲阮蔓面前的桌面，用只有他们两个人能听到的。

“嗯？”阮蔓抬起头，嘴唇上还残留着刚刚沾到的糖霜。

孟野问：“好吃吗？”

她点点头，说：“挺好吃的。”

“那给我一片。”

阮蔓愣了愣，她只要了两片面包片，刚刚她已经夹了一片，心里还在暗暗庆幸没人和她抢剩下的那一片时，孟野就毫不客气地伸出了手。

看着阮蔓脸上纠结又带点不舍的神情，孟野有点想笑。

但他忍住了。

他刚打算说“算了”时，面前的盘子里多出了一片面包片。

其余的四个人聊得热火朝天，倒没人注意到他们两个的互动。

服务员把热腾腾的炒饭端上来时，桌上的烧烤也吃得差不多了，空盘子旁堆满了烧烤签和空的可乐瓶。

阮蔓没想到炒饭竟然有那么大一碗，确实有些物美价廉。

这又让她对这个城市产生了好感。

平平无奇的炒饭，出乎意料的好吃，但只吃了一小半，阮蔓就有些饱了。秉着不浪费粮食的原则，她依旧机械地用勺子舀着，慢吞吞地咀嚼着。

孟野趁着回消息的空当，瞥了一眼一旁的阮蔓。她小口小口地吃着饭，咀嚼的速度也非常慢，这个时候倒又像只蜗牛了。

“吃饱了就不要硬撑了。”

阮蔓拿勺子的手顿了顿，她看了看剩下的大半碗饭，犹豫道：“有些浪费。”

“不会浪费，剩饭会留给野猫吃。”孟野抬眸扫了一眼，“给可怜的猫留点夜宵。”

“噢，好。”阮蔓这才放下了勺子。

一顿饭吃了快三个小时，到最后丁航已经开始胡乱骂起了孙慧。

“我每天看到孙慧，都觉得我欠了她八百万似的，一个人的脸怎么可以拉那么长，这老师严重影响我对语文这门课的兴趣。”

旁边的刘睿阳接过话茬：“就算没有孙慧，你语文应该也不及格。”

阮蔓只默默听着，并不接话。

她不喜欢私下讨论老师，即使是孙慧这样没事找事的老师。

孟野应该和她是一样的。

阮蔓心里突然冒出了这样一个想法，把自己吓了一跳。

她稍有些心虚地往孟野的位置瞟过去，他一直在玩手机，压根儿对丁航刚刚挑起的话题没一点兴趣。

阮蔓从口袋里拿出手机，看了眼时间，已经十点了。看这阵仗，他们应该一时半会儿还散不了。

她朝付曦那边靠了靠，低声说：“付曦，我要回家了。”

“这就回去了吗？”付曦看到阮蔓手中亮着的手机屏幕上的时间，的确有些晚了。

“嗯，待会儿还得和我妈妈打个电话。”

“我让我哥送送你，太晚了你一个人回去不安全。”

阮蔓摇头，她不是很喜欢麻烦别人，更何况回家的路程也不过几分钟，便拒绝了：“不用麻烦了。”

正低头回着消息的孟野听到她们的对话，抬头看过来，说道：“走吧。”

“真的不用。”阮蔓还是拒绝。

“我出去买东西，顺路。”孟野站起身，淡淡说道。

“让孟野哥送送你吧，太晚了，我不放心。”

阮蔓拗不过二人，和另外三人打过招呼后，跟在孟野身后出了包间。

烧烤店里人愈来愈多，丝毫没有减少的意思。

属于烧烤店的夜生活，仿佛才刚刚开始。

第二章

生日快乐

走出夜市摊，身边一下子安静了下来，十点的街道空荡荡的，没什么人。

阮蔓很少这个点还在外面闲晃。

握在手心里的手机振动了起来，阮蔓看了一眼来电显示：妈妈。

她往远处走了几步，离孟野稍远了一些，才接起了电话。

“喂，妈妈。”

“在外面……出来买点东西。”

“马上就到家了。”

“一个人。”

阮蔓说着，心虚地抬头看向孟野那边。

孟野站在树下正拿着手机回消息，丝毫没有注意到这边发生了什么。他还是一副懒散的样子，像是得了软骨病。

阮蔓看着孟野，连电话那头的人说了什么也没听清，只“嗯嗯”地敷衍着。

挂了电话，阮蔓朝孟野走去。

像是感觉到了有人过来，孟野抬起了头。

“打完电话了？”孟野把手机按灭，随手揣进了兜里。

“嗯。”

“转校生，没想到你也会撒谎。”

阮蔓抬头，看向孟野。

他听到自己打电话的内容了。

路灯透过树叶的缝隙，把暖黄的光芒洒在孟野的脸上，他的面容在这些斑驳里显得影影绰绰的，阮蔓不知道该怎么形容这种表情。

“偷听别人打电话是不对的。”她重新低下头看向地面。

“是你讲话声音太大。”

孟野拔腿朝前走去，不愿再和阮蔓在这个问题上浪费时间。

两人一前一后地走着，阮蔓刻意和孟野保持着距离。校服紧贴在他的身上，从背后看过去，孟野有点过于消瘦，他脑后的头发此刻也被风吹得有些凌乱，张牙舞爪地飞扬着。

上了一个平缓的坡后，阮蔓开口：“到了。”

孟野停住步伐，随意地应了一声。

“谢谢你。”阮蔓想了想，还是说了这句话。她并不想欠别人什么人情，尤其是面前这个人。

她没听到孟野接话。

也不知道是他开了口，声音散在了风中，还是压根儿没回话。

说完，阮蔓就上楼了。

孟野站在楼下那棵大槐树下，从口袋里摸出手机，熟练地打开手机里的游戏：俄罗斯方块。

远处的路灯在黑夜闪烁着，随着一户人家厨房里冒出来的油烟，路灯发出“吱吱——”的声音。

直到一局游戏结束，俄罗斯方块卡在一个不上不下的位置，孟野才抬起头往楼上看去，阮蔓家的灯已经亮了起来。

他把手机塞回口袋里，正准备走时，踩到了一个别人随手乱扔的烟头，他俯身捡起来，扔进了一旁的垃圾桶。

做完这一系列的动作后，孟野眯起眼。

不知道为什么，他突然想起阮蔓那张素净的脸。

晚上的炒饭有些撑肚子，阮蔓在客厅来回地走动消食。

头顶的灯泡晃着明亮的白光，照得她的皮肤更加雪白。她转头走进卧室，拿出床头柜里的本子。

本子的第一页还是她开学第一天的那个晚上画的孟野。

她提笔，在本子的第二页开始画，画的是今天在球场上闪着光的孟野。

一天中最后的那缕阳光洒在孟野身上的时候，被阮蔓无声地捕捉到了。场上那么多人都站在昏黄的余晖中时，阮蔓只看向了他。

阮蔓并不知道自己为什么要画孟野。

或许，只是因为他比别人亮眼。

周末两天时间，阮蔓都在和英语竞赛题较着劲。

刘睿阳明明和她是邻居，两人的作息时间好像完全不同，倒也没碰上几次面。

有时候她过去吃饭时，刘睿阳还在卧室睡大觉。

她这个邻居在家里也待不住，经常刘姨前脚出门上班，他后脚就跑了出去，直到刘姨下班回来之前他才回。

周一，桥城一中按照惯例，照常举行升旗仪式。

升旗仪式过后就是校长发言，总结上一周的工作以及把几个典型的爱闹事的同学拎出来反复批评，偶尔还会加上念检讨环节，不过大多数时候这个环节都是在台下人的哄笑声中结束。

阮蔓是第一次参加一中的升旗仪式，也是第一次见到她觉得品位不太好的校长。

她踮起脚瞧了一眼台上，不仅瞥到了校长，还看到了主席台旁站着的一群人。她一眼就看到了孟野和丁航，两人身上倒还规规矩矩地穿着校服。

校长的品位的确不太行，从他下半身的短裤加皮鞋就能看出，更别提脚上的黑袜子还拉得老高，硬生生地扯到了小腿肚那儿。

阮蔓低头看了看身上的校服，明明校服还不赖，怎么到了自己身上却这么……一言难尽。

校长挺着啤酒肚，拍了拍主席台上的话筒："喂喂——各班级安静一下。"

站在各个班级前的班主任纷纷回头瞪着自班学生，原本闹哄哄的操场一下子安静了下来，话筒里传出的声音飘荡在操场的上空。

"今天是开学的第二周，本来我不想多说什么，新学年新气象，大家都高高兴兴地上学对不对……"

站在阮蔓身旁的男生冲身后的人小声地嘀咕了一句："他马上就要说但是了。"

男生的话音刚落，校长继续说道："但是，才开学第二周，瞧瞧，今天一早就抓到这些迟到的，迟到不说，还试图从学校的围墙翻进来，成什么样子？"

底下一片哄笑声。

"来，孟野，你来，作为迟到代表你来说说。"校长把话筒前的位置让给孟野。从高一到高二，校长想不记住这个刺儿头都不行，凡是让他伤神的事，必有这小子。

孟野倒是没和校长客气，他象征性地拍了拍话筒，说道："我迟到了，这件事我的确有错，但我是从大门进来的，不至于错上加错。"

像是没说过瘾，末了他还加上一句："我觉得我做得还挺对，没毛病。"

底下的哄笑声越来越大，女生更是发出低低的笑声。

敢公然无视校长的，在这个学校里除了孟野怕是找不出第二个人。

阮蔓低下头，抿了抿唇。

她随即又抬起头，望向主席台上被气得脸一阵红一阵白的校长。

"笑什么？给我严肃点。"校长试图找回一点威严，一把揪出身边那一群人中笑得最欢的丁航，"这儿还有一个典型。"

他一把从丁航的头上扯下黑色的假发，随之暴露在空气中的是那一头黄发。

"才高二，你们就开始搞这些花花肠子，心思不用在学习上，等你们高三后悔都来不及。这头发像什么样子，中午就去染回来，再被我发现一次，直接请家长，没得商量。"校长在主席台上痛心疾首，仿佛被抓到染黄头发的是自己的孩子一般。

升旗仪式在打响早自习下课铃的时候终于结束了，一个班一个班有序地回教室。

付曦挽着阮蔓的胳膊，问道："我们学校的升旗仪式和你以前的学校比起来，是不是很有特色？"

"嗯……校长挺逗的。"阮蔓认真想了想才回答。

杭城二中的升旗仪式的确挺死板的，校领导们不会花这么多时间浪费在无意义的事情上，但被付曦这样一问，阮蔓却也找不出什么合适的形容词来形容在主席台上自带滑稽视觉效果的"长袜子校长"。

"没说校长，我说的是孟野哥。"付曦伸手挡了一下刺眼的阳光，"他是不是旋风无敌酷少年，撑校长的时候超级帅对不对？"

"他经常撑校长吗？"

"也不是，反正每周几乎都有孟野哥，没有的话就是他还没来学校。他心情好就撑一下，心情不好的话要么不搭理，要么就直接走人了。"

从操场到教室的一小段路一下就走到了，阮蔓还在回想着刚刚付曦和她说的那句话。

她不禁从心里发出感叹：

孟野还没被学校开除，应该算是个奇迹吧。

大课间，阮蔓照旧没有去操场做操。

她把放在桌肚里的英语竞赛申请表和身份证一同拿了出来，对照着身份证把身份证号码填在了表上。

表填好后，阮蔓再三检查没有填错信息，拿起表就往老师办公室走去。

他们这一层的走廊里没什么人，安安静静的，除了从操场上传来的广播体操的音乐，就是上面两层楼高三年级的学生在走廊奔跑的脚步声。

阮蔓的手刚搭在门把上时，便听到从办公室里传出来模糊的说话声。

"报告——"她听到回应后，打开门。

说话声顿时清晰了起来。

办公室里只有张蕾，其他的老师不知道去了哪里。

而张蕾的面前站着孟野。

孟野此时已经听得有些不耐烦了，这些话从高一说到现在，每个字都原封不动。他正想夺门而出时，阮蔓推门进来了。

阮蔓合上门，走到孟野身边和他并排站着，中间稍稍隔了些距离，面向张蕾。

"老师，我来交英语竞赛申请表。"阮蔓把申请表递给了张蕾。

张蕾接过表看了看，随手将它放在桌上。

"嗯，信息没什么问题，对竞赛有把握吗？"张蕾暂时放弃了继续对孟野的说教，转头和阮蔓聊起了关于竞赛的事情。

阮蔓没说有几成把握，只说还是要好好复习。

趁着张蕾和阮蔓聊天的空当，孟野抬眸看着被张蕾放在桌上的申请表。

表格上贴着阮蔓的白底证件照，证件照上她向来扎起的马尾竟披散开来，温顺地搭在肩上，白净的脸上双眸明亮，嘴唇微微抿着，绽开一个淡淡的笑容。

天啊！

她披散着头发怎么比扎头发还要好看！

孟野把视线从照片上挪到旁边的身份证号那一栏。

他一眼就看到了阮蔓的生日——9月22日。

那不就是一个多星期后？

孟野拧了一下眉头，这个动作却被张蕾收入眼底。她见孟野盯着桌上的那张申请表，以为他这是对好学生积极主动学习的行为感到不屑。

“孟野，你学学人家阮蔓，对学习积极性高，别人拿的奖状、证书怕是都比你吃过的饭多。”张蕾的话锋重新转向孟野，“你要是有人家阮蔓十分之一的认真，你就不是现在这个样子。现在高二了，时间快得很，一眨眼你就高三、毕业。你要认真考虑一下自己的未来啊，就你现在这样，还有什么未来可言。”

阮蔓垂着头，没作声，静静地听着张蕾对孟野的说教，用余光看了孟野一眼。

其实，自己也没有那么好。

或许，孟野也没有那么坏。

坏学生至少不会每天老老实实穿校服。

“知道了。”

孟野说了自进办公室以来的第一句话，因为沉默良久，他的嗓音此时有些嘶哑。

张蕾见他开口说了话，也没继续揪着他不放，挥挥手让他回教室去了。

阮蔓从办公室出来时，被靠在拐角处的孟野吓了一跳。男生就懒散地靠在墙壁上，双手插兜地站着，阳光从侧面照进来，勾勒出他稍带立体感的侧脸轮廓。

她不确定孟野是不是在等她，于是索性低着头往教室走去。

“会做广播体操了吗？”他嘶哑的声音从背后传过来。

阮蔓的脚顿在了原地，她转身看向孟野。在对上他视线的那一刻，她才确定他是在和自己讲话。

“还不会。”

“不打算学？”

“要学的。”

“我教你。”

阮蔓立在女厕的洗手池前，捧了水拍了拍自己的脸，溅起来的水弄湿了她额前的碎发。

幸好九月的气温还挺高的，这个时候用冷水洗脸并不会太冻人。

阮蔓看到镜子里的自己脸色不太好，嘴唇也没有血色，不知道是因为姨妈还没走的原因，还是因为刚刚自己竟然鬼使神差地答应了孟野，让他来教自己广播体操。

回到教室后，班上的人基本上都回来了，教室里闹哄哄的。

见阮蔓头发上还挂着水珠，付曦递过去一包纸巾，问道："蔓蔓，你去干吗啦？"

"去卫生间了，洗了把脸。"阮蔓接过纸巾，从里面抽出一张来擦着额前粘在一起的碎发，"刚刚我有点困，去醒醒神。"

阮蔓往孟野的位置上看了一眼，没人。

阮蔓松了一口气。

其实她觉得更不可思议的是，孟野竟然会做广播体操！

"蔓蔓，你身份证上的照片好漂亮啊。"

付曦眼尖，一眼就看到了阮蔓放在桌上还没来得及收回去的身份证，上面的照片依旧是披着头发的，和英语竞赛申请表上的几乎没什么区别。

阮蔓笑了笑，没阻止付曦看她的身份证，后桌的刘睿阳也好奇起来，把脑袋凑上前和付曦挤在一起看。

"我的身份证照片为什么这么丑！"付曦羡慕地摸了摸阮蔓身份证上的照片，但她很快又被阮蔓的出生年月吸引了，"蔓蔓，你生日是 9 月 22 日？那不是很快就要到了？"

"是啊。"

如果不是付曦提这一嘴，阮蔓丝毫没有意识到自己的生日快到了这件事。

父母离婚前，每个生日她都很幸福。

但父母离婚后，她就不怎么过生日了。

即使是生日那天，不出意外她也还是一个人，渐渐地，那天也就不再显得特别了。

"那我要开始给你准备生日礼物了。"付曦把身份证放回阮蔓手上，开始自顾自地思考该给阮蔓送什么礼物。

"其实我不过生日"这句话哽在阮蔓的喉咙里，没被说出来。

她有些不忍心打断付曦。

可能是因为和孟野之间突然多出了一个约定，阮蔓开始有意无意地注意孟野有没有来上学。

一个星期五天课，孟野分别逃了周一下午和周四上午的课。

阮蔓用手撑着头，手里的黑笔不自觉地在草稿纸上画下一道痕迹。

"阮蔓，你来黑板上解一下这道题。"

突然被点名，阮蔓浑身一个激灵，她抬头看了看讲台上的数学老师，快速起身往讲台上走去。

阮蔓大致扫了一眼黑板上的题目，这是一道函数题，不算太难。这种题型她已经做过很多了，基本上扫一眼解题思路就出来了。

几分钟的时间，答案连带着解题过程就呈现在了黑板上。

"好，下去吧。"

付曦递过来一张字条：【蔓蔓，你真是太“幸运”了，成为“老虎”这学期第一个叫上讲台做题的人。】

这里的“幸运”是贬义词。

“老虎”是他们的数学老师，因为嗓门大，所以学生私下都叫他“老虎”。数学课上大家都不太敢开小差或者做别的什么事，通常“老虎”一抓一个准，二话不说就叫人上黑板做题。

“黑板上的答案对不对？”

“对——”

“阮蔓的解题过程写得很详细，答案也是对的，不错。”“老虎”难得夸人。

想必是刚刚阮蔓走神，回想了一下孟野什么时候逃了课时，被“老虎”看到了。

阮蔓拿起笔，在字条上给付曦回话：【吓死我了。】

周五的下午，孟野拎着书包姗姗来迟，他来的时候大家正趴在桌上午休，没几个人注意到他从后门进来。

丁航被孟野往抽屉里塞书包的动作惊醒，揉着那头不情不愿才去染黑的头发望着孟野，嘟囔道：“来了？”

“嗯。”孟野把书包里给丁航带的瓜子拿出来，扔到了他的桌上，“上课别嗑。”

“天啊，野哥，你啥时候改邪归正了？”丁航就差没伸出手接住自己掉下来的下巴以表示自己的惊讶。

“别吵我睡觉。”说完，孟野便把校服揉成一团，垫到了脑袋下当作枕头。

阮蔓是在下午第二节课下课，被付曦拉去小卖部回来时，才注意到孟野的位置上多了一个人。

那人蒙着头睡得正香，丝毫没有被吵闹的同学影响到，自顾自地睡着。

教室天花板上的风扇“嘎吱嘎吱”地转着，看似在运转，实则并没有多大的风吹下来，但班上的同学秉着“开着总比不开好”的想法，就这么任由它自行旋转。

这段时间的天气一直反复无常，有时候气温甚至比夏天时还要高。

阮蔓瞧着孟野把整个头都埋进了校服外套里，有点担心他会不会把自己闷死。

短暂的担心过后，她起身走到教室的最前排，默默地把风扇的开关拧大了两档。

风扇旋转的速度明显比刚刚快了些。

她再往孟野那儿瞧，那人动了动，但没醒。

虽然不比空调带来的凉意，但至少应该不会热晕吧。

周五放学回家，阮蔓没再走那条巷子，她对那条巷子心有余悸。

刘姨今晚夜班，不在家。

走到家门口掏出钥匙时，阮蔓才想起来这茬。她把刚插进锁孔的钥匙抽出来，捏在手心里转身往楼下走去。

刚下到二楼，她就在转角处碰到了正在上楼的刘睿阳。

两人差点撞在一块儿，惊得阮蔓连连后退，胳膊肘蹭到了旁边的墙壁，沾上了不少灰。

刘睿阳虽然也被惊了一下，但反应没阮蔓那么大。

“你急匆匆地去干吗？”他把刚刚因为惊吓不慎落在地上的书包拎了起来，掸了掸灰。

“我才想起刘姨今晚不在家，下去买饭来着。”

刘睿阳瞥了一眼阮蔓的手肘处，刚刚蹭到的地方已经泛起了一片红，在她本身就白的皮肤上显得有些刺眼。

“来我家一起吃。”他抬起脚就往楼上走，走了几步见阮蔓没跟上来，又回头补了一句，“我还是会煮面条的。”

阮蔓跟在刘睿阳身后上了楼。

她用水冲着胳膊肘，灰被冲干净了，虽然仍有些泛红，但并不碍事。

刘姨家的厨房在自家屋子外面，邻着阮蔓家的厨房。两家共用着一个露天的小空地，偶尔天气好的时候，刘姨会把被褥拿到空地上搭着的竹竿上晾晒。

这两天刘姨家客厅的灯泡总是忽闪忽闪的，所以他们这两天把客厅的桌子挪到了空地上，借着五六点钟的光线吃的饭。

“阮蔓，帮我把客厅的小桌子搬到外面来。”

“噢，好。”

桌子不算重，阮蔓连搬带拖地挪了出来。

刘睿阳从厨房端出来三碗面，每碗上面都卧着一个金黄的煎蛋，再加上一旁青菜的点缀，看起来卖相还不错。

“三碗？”

“嗯，待会儿孟野也来。”

阮蔓又从屋里搬了三把板凳出来，坐下低头吃面。

面汤的味道很鲜，加上面里还放了几片腊肉，咸鲜咸鲜的。很家常的一碗面，她却很久都没吃过了。

“挺好吃的。”

“还凑合吧。”

两人有一搭没一搭地说着话。

阮蔓像是想到了什么，盯着刘睿阳那乌黑发亮的头发，问道：“你们怎么会去染那么艳丽的头发？”

“丁航那‘事精’想染，非要拉一个人去，我就去了。既然染了就得染点引人注目的颜色不是？”他的语气中带着一点骄傲，引得阮蔓又看了他一眼。

他们几个的长相都不赖，不是那种泯然众人的男生，各自有着各自的特点，只是孟野无论哪方面都更为出挑些。

阮蔓把碗里的面消灭了一半时，孟野才匆匆赶来。

给他准备的那碗面已经坨掉了，面的表面浮着一层油。

刘睿阳问："要不要给你回锅热热？"

"不用。"

孟野一眼就看到了坐在桌边安安静静地低头吃面的阮蔓。

她吃完剩下半碗面的时间里，孟野三下五除二地吃完了自己面前的那碗。

刘睿阳自觉地把碗端去厨房清洗，把桌子挪回客厅这事交给了阮蔓。

孟野则倚在走廊的栏杆上望着远方工厂上方飘起的烟雾，神色逐渐凝重。风把白色的烟雾卷到对面的居民楼上方，他眯了眯眼睛，眉头间写满了不悦。

阮蔓从屋子里出来的那刻，看到了月色落在他的肩头。

孟野这会儿没穿校服，估计是回家换了件衣服，身上的黑 T 恤背后印着一排字母。

I' m the king of the world（我是世界之王）.

阮蔓莫名觉得这串字母用来形容孟野并没有丝毫的违和感，从和他在操场上对视的第一眼起，她就知道。

只要他想，他就是世界之王。

"孟野，准备走了。"

刘睿阳一边说，一边甩了甩手上的水，从厨房出来。

"嗯。"孟野点点头。

孟野回头的那一瞬，阮蔓把视线收了回来。

借着刘睿阳进屋换衣服的空当，孟野看了一眼站在门口的阮蔓。廊灯是圆环形状，洒下来的白光在她身上照出了一圈光晕。

"明天下午两点。"

"嗯？"

"教你做操。"

阮蔓愣了愣，似乎没想到孟野会把这事放在心上，两秒过后，她才应道："好。"

几句话的工夫，刘睿阳从屋里出来，见两人隔得老远站着，像在说话，但又一副我们不熟的样子，不由得奇怪地扫了两人一眼。

"阮蔓，走了啊。"刘睿阳锁好门，和阮蔓打了个招呼。

阮蔓点头，转身进了自己家。

门外很快没了声响，空荡的楼道响起了远去的脚步声。

手机在桌上振了振，阮蔓走过去拿起瞧了一眼。

一个陌生的号码发来的两条短信。

【明天下午两点，学校门口见。】

【我是孟野，号码存一下。】

像是怕阮蔓不知道他是谁一样，孟野反倒先自报了姓名。

不过，孟野是怎么知道自己的号码的？

刘睿阳发现今天孟野倒是看手机看得很频繁，从家出来到巷口，两三分钟的时间，孟野就看了不下十次手机，像是在等谁的消息。

“怎么，有情况？”

孟野又低头看了一眼手机，阮蔓还没有回复他。

他把手机揣进兜里，回道：“不知道。”

“什么叫不知道？有就是有，没有就是没有。”

孟野扯了扯嘴角，没接刘睿阳的话。

在巷口和刘睿阳分开后，隔着一层薄薄的衣料，孟野感觉到放在口袋里的手机轻微地振了振。

阮蔓回复了。

【知道了。】

有风从巷口吹过，带来了街边桂花树的香味。

翌日。

阮蔓到校门口时，比约定好的时间提早了十分钟。

但她没想到，孟野来得更早。

她刚拐进巷子口，远远地就看见孟野站在学校对面的一棵老槐树下，他站的那块儿是荫凉处，他的周遭全是阳光。

他们中间像有一道分界线一样。

他在树荫下，她在阳光里。

因为是周末，两人都没穿校服，都穿着自己的衣服。

孟野好像独爱黑 T 恤，很少看到他穿其他颜色的 T 恤。

阮蔓小跑到树下，同他一块站在荫凉处。这两天的气温快要赶上夏季最热的那几天了，从空调房出来没走两步，额前就能渗出细密的汗珠。

孟野见阮蔓来了，便将拿在手里把玩的手机揣回兜里，从身后的架子上拎出一杯加了冰块的奶茶。

塑料杯上的标志是出了这条巷子左拐第一家奶茶店的标志。

那家奶茶店叫“一段”，有一个漂亮的女老板。

阮蔓第一次听付曦提起那家奶茶店的店名时就喜欢上了。

那儿可以是一段故事，也可以是一段过去。

突然开始，却又戛然而止的才能被称作一段。

那年还没有连锁的大型奶茶店，街边的大多数奶茶店规模都不算很大。

“一段”算是当年在一中这块儿小有名气的奶茶店。

奶茶店里有免费的空调吹，也有座位坐。很多时候一中的学生放了学，不愿意回家的，总会三五成群地聚在“一段”里，吹着空调喝着奶茶聊着天。

男生怎么会注意到奶茶店？

“谢谢。”阮蔓接过奶茶。

没来得及细想孟野是怎么知道这家奶茶店的，阮蔓就注意到了孟野的四个手指关节处都有不同程度的擦伤，再抬头看向他的脸，右边的额头上有一处伤口已经结了血痂，嘴角也破了皮。

阮蔓皱了皱眉头。

明明昨晚一起吃面时，孟野还是好好的。

“孟野，你的伤？”

“嗯？”孟野侧了侧脸，没将那些伤正对着阮蔓，“没多大事。”

阮蔓把差点脱口而出的那句“昨晚怎么了”咽回了肚子里，她挪了挪脚步，走到孟野的正前方，看着他脸上的那些伤口。

她不该多问他的私事，但她莫名有些怕，怕孟野的结局和之前她见过的那人的结局一样。

“你清理过了吗？”

“没。”

“找个地方，我帮你处理一下。”

她做不到对这些伤口视若无睹。

“行。”

孟野对这片熟，附近有个公园，他带着阮蔓朝那边走去。

这个点，人们都在家吹空调，直到傍晚气温稍稍降了些，人们才出来，散步的散步，跳舞的跳舞。

公园这时候的确没什么人，他们找到一个亭子，那儿不算晒。

阮蔓把手中的奶茶和刚刚途经药店买的一袋子消毒用品搁在长椅上，从袋子里拿出棉签，先用它蘸了蘸酒精。

酒精的味道有些刺鼻，孟野皱了皱眉，但还是坐在长椅上一动不动，等阮蔓给他清理伤口。

他额头上的血痂一碰就掉了，伤口又重新渗出血珠。

血珠不算大，就是伤口那块碰到棉签上的酒精时会有些疼，阮蔓边擦边吹，试图减轻疼痛。

孟野见阮蔓小心翼翼地给他处理伤口的样子，有些想笑，但嘴角刚扯了扯，他就疼得“咝——”了一声。

脸上的伤倒不是很疼，最疼的伤在身上。

昨晚孟野一个人回家的路上，被六中那些人埋伏了，那些人还记着上次吃的亏。

好在他还想起今天要和阮蔓见面，尽可能地护住了自己的脸，让他看起来稍微好一些。

没想到脸上的伤到底还是吓到了她。

“手上的伤处理完了。”阮蔓把用过的棉签用纸包了起来，“剩下的东西你带回去吗？”

“不用，家里有。”

孟野低头瞧着自己的指关节，伤口周围的皮肤已经被碘酒染成了棕红色。

“奶茶还不喝吗？”

阮蔓这才想起奶茶，她把奶茶拿过来，坐在了孟野身边。

放的时间有些久了，里面的冰块已经化掉了，冲淡了奶茶本身的甜味。

杯壁上渗出的小水珠一点一点地往下滑着，阮蔓用纸巾把它们擦干，没过一会儿，又重新冒出一些小水珠。

像极了刚刚孟野额头上渗出的血珠。

“好喝吗？”孟野靠在椅背上，歪着头看阮蔓。

那年的奶茶还不是奶和茶冲泡的，都是用各种口味的奶茶粉冲出来的，和后来的连锁奶茶店做出来的奶茶比，说不上有多好喝。

但那个时候阮蔓觉得，没有比这更好喝的东西了。

孟野买的这一杯是椰奶味，没有很甜，时不时还能吸上来几颗椰果。

阮蔓点头：“好喝。”

亭子外有小孩跑过时发出的嬉笑声，还有野猫发出的叫声。

阮蔓咬着吸管，犹豫再三还是开口问道：“孟野，昨晚你赢了吗？”

阮蔓的声音轻轻细细的，语调中带着一股子柔软劲，特别是叫他名字的时候。明明是一个有野性的名字，愣是被她叫出了软绵绵的感觉。

“算赢？”孟野也不知道该怎么和阮蔓解释他一打六的事。

“噢，赢了就好。”

这是什么逻辑？

不问他为什么打，和谁打，在哪儿打，反而只关心最后的输赢。

孟野甚至有些怀疑刚刚在阮蔓脸上看到的一闪而过的心疼，是他眼睛花了。

好在孟野想起来了下午的正事。

“开始吧，教你做操。”他从长椅上站起来。

“你身体没问题吗？”阮蔓虽然质疑着他，但还是跟着他一起站了起来。

“我又不是断胳膊断腿了。”

“孟野。”

阮蔓停了一下，抬起头看着面前的人。

孟野比她高出不少，两人并排站在一起，她才刚刚到他胸口那块。

是心脏的位置。

“昨晚，你不怕他们带刀吗？”

孟野也愣了愣。

“怎么这么问？”

“你先回答我。”

“我没想过。”

“如果他们带了呢？”

“我不知道。”

“你不怕死吗？”

孟野看着面前眼里满是执着的女生，他发现阮蔓在这个问题上极度较真。

两人面对面站着，孟野在等阮蔓的下一句话。

等了好一会儿，阮蔓低下了头，小声说：“如果你不怕，当我没说。”

“怎么不说，如果我怕呢？”孟野说完，清晰地看到阮蔓整个人轻微地颤抖了一下，但那只是一瞬间的事。

“我们学做广播体操吧。”

阮蔓选择岔开了话题，语气平淡得仿佛刚刚什么事都没有发生过。

孟野是真的会做广播体操，桥城所有小学、初高中都是做同一套广播体操。这套操从他小学一年级开始就没有换过，他闭着眼睛都能做出来。

一套广播体操有九节，两个小时的时间阮蔓学会了一半。

她的接受能力向来不错，无论是对新鲜事物还是新环境。

“今天就到这里吧。”孟野看了眼手机，五点多了，差不多要到饭点了。

公园里来来往往的人也逐渐多了起来，有经过的下班族，也有一些老大爷搬出了棋盘，三五成群地围在一起下棋。

“好。”阮蔓应道。

又想起还不知道今晚刘姨在不在家，她问道：“你有刘睿阳的联系方式吗？”

“怎么了？”

“我想问一下刘姨在不在家。”

“在。”

“我和你一起过去。”

阮蔓提着塑料袋跟在孟野身后，往公园的出口走去。

整座城市被夕阳笼罩着，头顶的天空被照成了橘红色。桥城随处可见的都是高大的槐树，比起刚来的时候没什么区别，只是少了些聒噪的蝉鸣。

公园的旁边是一座钢厂，钢厂的上空常年飘着散不去的白烟。到了下班的点，从钢厂门口零零散散地走出一些拎着黄色工作帽，穿着统一工作服的人，他们三五成群地朝对面的饭馆走去。

孟野和阮蔓并排走着，两个人的影子被背后的夕阳投射到地上。

一长一短。

孟野看着地上触碰到一起又分开的影子，嘴角还没来得及勾起一个弧度，背后就传来一个熟悉的男声。

“小野。”

孟野的脚步虽然停住了，却迟迟没有转身。

阮蔓微微侧身看了一眼身后，是一个穿着钢厂工作服的男人。他没摘下头顶的安全帽，安全帽投下的阴影挡住了他大半张脸。

那男人身上的工作服不算太干净，有很多地方都蹭上了黑色的油渍。

阮蔓没再细看，却在不经意间发现孟野原本随意放在身侧的手，此时此刻已经紧紧地攥成了拳头。

“孟野。”阮蔓叫了他一声。

孟野握紧的拳头渐渐松开了。

孟野把逐渐弥漫至眼底的怒意收了收，他现在不是一个人，身边还有一个不知情的阮蔓。

“阮蔓，你先回去吃饭，我待会儿再去。”

他拽着阮蔓的手腕，一把将她往前方推去。他像是叮嘱，又像是宽慰：“去吧。”

阮蔓没说话，再回头看过去时，孟野的脸上是带着笑的。

阮蔓到家时，刘姨正好炒完最后一道菜。

她把清炒小白菜从厨房端出来，冲阮蔓笑道：“蔓蔓回来啦。”

见阮蔓一个人，刘姨又问：“小野呢？他没和你一起来吗？刚刚他不是说来吃饭吗？”

刘睿阳趿着拖鞋从卧室走到门口，一副刚睡醒的样子。

阮蔓说：“他刚刚在学校对面的钢厂门口碰到了一个人，他就让我先过来。”

还没等阮蔓说完，刘睿阳连鞋也没换，就冲下了楼。

刘姨叹了口气，说：“蔓蔓，我们先吃。”

桌上的饭菜香直往阮蔓鼻子里钻，她此时也有些饿了，但她没动筷子。

“刘姨，我们不等他们回来吗？”

“先吃吧，等他们来了我再去把菜热热。”

屋内的灯泡不知道什么时候被刘睿阳换了一个，不再一闪一闪的。新换的灯泡很亮，把客厅照得亮堂堂的，像白天一样。

“刘姨，刚刚我在钢厂门口碰到的人，是孟野的爸爸吗？”阮蔓想到刚刚刘睿阳那过激的反应，像是世界马上要毁灭了，他赶着去拯救世界似的。

“八成是。”刘姨叹了口气，夹了块糖醋小排放到阮蔓的碗里，“蔓蔓，多吃点肉。”

见刘姨没再说，阮蔓也没再继续问。

又或者说，她有些不敢继续问下去。

她不知道那年的孟野已经在那个淤泥地里挣扎了多久，他越拼命挣脱，便陷得越深。

孟野知道，即使他不挣扎，也会陷下去，只因为那淤泥里还有一双手，在死命地拽着他，让他无法逃脱。

刘睿阳是在钢厂旁边的广场上找到孟野的，他正弓着背坐在花坛边看大妈跳着广场舞。

套马的汉子你威武雄壮，
飞驰的骏马像疾风一样，
一望无际的原野随你去流浪……

广场舞大妈的音箱里总是那么几首歌，每天晚上她们反复地跳来跳去，从他们初中毕业的那个暑假开始，一直坚持到了现在。

刘睿阳坐到孟野身边，问道：“哎，你没事吧？”

孟野终于不再看大妈跳广场舞了，把视线转到一旁的刘睿阳身上，将他从头到脚好好打量了一番。

“你这是什么造型？性感小短裤配拖鞋？新潮流？”

孟野一转头，刘睿阳就看到了他脸上的伤，甚至都来不及和孟野贫嘴，就猛地站了起来。

“你的脸被他打的？”

空气安静了两秒，随后响起孟野的一阵爆笑声。

“哎哟，我去，阳子，我之前怎么没发现你那么逗，笑死我了。”孟野笑得太过用力，又扯到了嘴角的伤口，他疼得“嗞”了一声。

“怎么不疼死你？”

“我昨晚回家时，被六中那帮人拦住了，你今天还能看见你野哥我，是你的荣幸。”孟野难得这么有兴致，说了这么长一段话。

“衣服掀开我看看。”刘睿阳明显不信，一打六不可能就这么点伤。

“这大庭广众之下掀衣服不好吧。”孟野看了看旁边的大妈，装作犹豫状，因为他知道即使他这么说，刘睿阳也还是会掀他衣服。

“别废话。”刘睿阳一把掀起孟野身上的黑 T 恤，只掀到一半，他的手就停住了。

孟野的身上分散着不同程度、不同大小的青紫。刘睿阳拿手指戳了下，孟野又疼得“嗞——”了声。

“他们真的是一点亏都不能吃。”刘睿阳虽然嘴上还开着玩笑，但是背对着他的孟野没看见他脸上愤愤的神情。

孟野把衣服扯下，声音淡淡的：“要我我也不愿意。”

“这帮人最好别被我逮住。”刘睿阳瞬间忘记了自己为什么这么疯狂地跑出来找孟野。

“你和那谁，碰上了？”刘睿阳暂时先把六中那帮人放到一边，正事要紧。

“嗯。”

“没啥事吧？”

“没事。”

今天也是难得，在刘睿阳的印象里，孟野很少能在碰见孟成军时像今天这般平静。如果不是阮蔓说起，刘睿阳很难从孟野现在这个状态中判断出他已经见过了孟成军。

以往找到孟野的时候，他总是浑身戾气，压都压不住。

把大妈广场舞音箱里的歌单听过一轮后，孟野总算舍得走了。

“走呗，回去吃饭了。”孟野用脚踢开了脚下的一颗石子。

“成。”

两人勾肩搭背地刚走到楼下，就碰到了低着头往下走的阮蔓，样子急匆匆的。

“阮蔓，你干吗去？这么急。”刘睿阳要不是喊住她，估计她就和他们擦肩而过了。

听到了熟悉的声音，阮蔓定住了步伐，朝着他们小跑过去，问道：“你们没事吧？我看你们很久没回，想去找你们。”

孟野松开搭在刘睿阳肩上的手，微微俯身看阮蔓。

小姑娘急得鼻尖都有些泛红，两只手揪着衣服的下摆，好好的 T 恤被她揪出了一道道褶皱。

“你知道去哪儿找我们吗？”

“不知道。”阮蔓的声音越说越小。

孟野从裤子口袋里掏出手机，在她面前晃了晃，说道：“以后记得先发个消息。”

“你怎么有阮蔓的联系方式？”刘睿阳斜着眼看孟野，他还记得就在上个星期，丁航想要阮蔓的联系方式，却碰了一鼻子灰。

孟野不置可否地笑笑，倒是什么都没说。

那晚孟野没有回家。

翌日清晨。

巷子里早早地就响起了此起彼伏的吆喝声，交不起菜市场摊位费的菜农都会用篓子挑着自己种的菜，在巷子里吆喝着。

阮蔓早早地就醒了，生物钟让她在周末依旧保持着早起的习惯。

她换了身衣服，打算出门吃个早饭。

客厅的桌上放着昨天她拎回家的那袋子消毒用品。

也不知道孟野怎样了。

走到刘睿阳家门口时，阮蔓看到了倚在走廊栏杆上的孟野。

孟野也听到了身后的动静，侧身往回望，看到阮蔓时，他有些惊讶。

“你怎么起这么早？”

“你怎么在这儿？”

两人同时开口。

“昨晚在刘姨家睡的。”孟野有些刻意地避开了阮蔓的视线，经过一晚上的翻转，他的头发现在还有几根翘着。

“你起得挺早。”

他说着，睨了阮蔓一眼。

她今天穿的是一条棉布裙，刚刚过膝的长度，配了一双绑带凉鞋。她的脚踝很细，这样的绑带凉鞋很挑脚。

阮蔓脸上细微的表情被孟野收入了眼底，见她盯着自己头顶的头发，孟野抬起手按了按。

“要不要一起去吃早餐？”

阮蔓的声音轻轻地落在了孟野的耳朵里。

他直视着阮蔓的眼睛，回道：“好啊。”

孟野是没有吃早餐这个习惯的，偶尔早上赶早起床上学，饿了的话就随意从付晨那儿顺走一杯粥。

至于为什么是粥，因为方便，吸管一插，两三口就能喝完。

两人并排往外走，从他们那一栋走到巷子口，沿路的店铺老板好像都认识孟野似的，一个个都热情地和他打着招呼。

“这些老板你都认识吗？”

“嗯，我打小就爱往刘姨家跑。”

两人挑了一个人不算很多的早餐店，找了一个位置面对面坐下。

每张桌上都摆着一份菜单，孟野把菜单推到阮蔓面前，问道：“你想吃什么？”

阮蔓低头认真地看着菜单，要了一份小笼包、一杯豆浆。

“你吃什么？”她把菜单往孟野那边推。

“你帮我点吧。”孟野双手往椅背一撑，倒是对早餐的种类没多大兴趣。

“粢饭团吃吗？”

阮蔓吃过一次粢饭团，糯米饭里可以包各种各样的食材，然后再卷起来，味道还不错，就是太大个了，她上次只吃了大半个就已经饱了。

“行。”

“你要在里面加什么？”

“可以加什么？”孟野抬眼看阮蔓，刚刚提起来的一点精神这会儿又不知道飘哪儿去了。

“你如果要吃甜口的，可以加油条、黄豆粉、肉松之类的，如果要咸口的，就加榨菜、里脊、香肠那些……”阮蔓解释到一半，才发觉到不对劲，“你没吃过吗？”

“不经常吃。”孟野打了一个哈欠，“咸口吧。”

阮蔓拿着菜单往收银台走去。

点完餐后，她瞥到收银台旁的锅里正煮着几个白水蛋，热气腾腾的。她转身看了看孟野，又要了一个白水蛋。

没一会儿，所有东西都被装在一个大托盘里，被服务员端了上来。

两杯豆浆，一人一杯。

粢饭团是孟野的，小笼包是阮蔓的。

托盘里只剩下了一个用塑料袋装着的白水蛋。

孟野咬了一口手里的饭团，咸香咸香的，比他之前总喝的那家粥要好吃。

那个无人认领的蛋躺在托盘里有些孤独，他抬起头，问道：“多给了我们一个蛋？”

阮蔓正把小笼包里的肉馅挑出来，放到一旁。

“我给你点的。”

“我不吃鸡蛋，剥蛋壳很麻烦。”孟野看着阮蔓小口小口地吃着小笼包，她吃饭的速度的确很慢，一个小笼包分了好几口才吃完。

阮蔓弯了下嘴角，说道：“你受伤了，要补充蛋白质。”

孟野不接话，他选择用低头吃饭团来逃避要剥鸡蛋的现实。

一屉小笼包有八个，阮蔓吃了五个就没再吃了。

她吃完五个小笼包的时间，孟野已经吃完了手中的饭团，他看着剩下的小笼包，问道：“怎么不吃了？”

“有些饱了。”

孟野瞧了瞧阮蔓，细胳膊细腿的，也不知道是不是风稍微大点就能把她吹走。

他从一旁的筷筒里抽出一双筷子，把那屉小笼包拉到自己跟前，一口一个。

三口便吃完了。

“吃小笼包不吃肉？”孟野把筷子搁在托盘上，这才发现托盘里的鸡蛋已经被阮蔓拿走了。

阮蔓趁着他吃小笼包那会儿，把鸡蛋在桌角磕碎了一个小口，认真地剥着蛋壳。

“这样可以吃了吧。”她把鸡蛋递到孟野面前，声音中带着一丝期待。

这小孩是不是对谁都这样?

孟野接过鸡蛋，两口吞了下去，有些噎得慌。

鸡蛋的味道还挺好的。

两人在早餐店门口分开，刚走没两步，阮蔓听到身后有人在叫她。

“阮蔓。”

她回头，晨光从孟野的背后照过来。

阳光倾泻，孟野抬起头，身后的一切此时都模糊了，她只看得清他。

她听见孟野问她。

“昨天，你是出去找刘睿阳，还是找我？”

周一的升旗仪式，孟野没有被当作典型拉上台点名批评。

因为他没来。

周二，他依旧没来。

连丁航他们几个都不觉得意外。

阮蔓忽然想起那天，孟野在早餐店门口问她的那个问题。

她当时回答：“找你们两个。”

他不会是因为这个生气才不来学校的吧?

讲台上的历史老师正在不停地讲解：“秦朝巩固统一的措施有哪些，这是个必考知识点，把这五点用笔标出来课后背，不要笔记做得那么好看，知识却不进脑子……”

阮蔓摸了摸书包底层放着的手机，想发个消息问一下孟野，她犹豫了会儿，又将手抽了出来。

阮蔓在陪付曦去小卖部的时候，装作不经意地提起：“付曦，孟野怎么没来上学？”

小卖部的零食在周末更新了一波，付曦正对着面前的两种薯片纠结着不知买哪一个，点兵点将后，她还是拿了左边那一包。

“孟野哥吗？他去他妈妈那边了。”

“他妈妈那边？”

很熟悉的一句话，因为阮蔓也经常说“我在妈妈这边”“我在爸爸这边”。

“嗯，孟野哥的爸妈离婚了，他和他爸爸留在了桥城。”付曦说完付了钱，迫不及待地打开了薯片。

她把薯片递到阮蔓的面前，说：“蔓蔓，尝一下新口味。”

阮蔓还没从刚刚接收到的关于孟野的个人隐私消息中反应过来。

他父母也离异了？

他和自己一样吗？

“蔓蔓，你想什么呢？”付曦伸出手在阮蔓眼前晃了晃，“我觉得这个味道的薯片还不错。”

阮蔓拿了一片薯片塞进嘴里，没吃出什么味道。

“那他什么时候回，你知道吗？”

“不知道，有时候他去两天就回了，有时候是一个星期。”付曦狐疑地盯着阮蔓，“蔓蔓，你问这个干吗？”

“难不成……你惹到了孟野哥？”

阮蔓正儿八经地胡扯道：“没有，就是昨天去老师办公室，听到‘老虎’在说他。”

【蔓蔓，你在干吗？】

安静的房间里，手机在桌上振动了两下。

阮蔓总算在周六的早上抽出时间来做英语竞赛题，刚做了两面就看到了付曦发来的消息。

她回道：【我在做英语竞赛题。】

付曦：【我好无聊啊！你来我家玩吧。】

付曦：【孟野哥昨天回来了，他们现在都在我家补觉，我实在是太无聊了！】

阮蔓有些犹豫，想了想，她把竞赛书装进了书包里。

【嗯，我来。】

付曦家的条件在桥城算得上不错的，她家住在学校这一块儿最好的一个小区里。这个小区以独栋别墅出名，一家一栋，付曦家是小两层的独栋别墅。

小区里的植被繁多，最中央的位置还有一个几米高的喷泉。

别墅区有些大，为了保证完全安静，每家每户都隔得很开。

“蔓蔓，这边！我爸妈这两天都不在家，我哥迫不及待地开始撒欢，真是烦死了。”付曦在小区门口一接到阮蔓，就打开了话匣子，向她吐槽着家里的那一帮人。

从小区门口进来，大约走了十来分钟，才走到付曦家。

“蔓蔓，你先上二楼，第一个房间就是我的。”付曦左拐去厨房，叫陈嫂帮忙给她们切一碟水果。

阮蔓应了一声。

上到二楼，她却傻了眼。

付曦没告诉她该左拐还是右拐。

站在原地纠结了一会儿，阮蔓选择了右拐第一间。

拧开房门，阮蔓的眉心一跳。

孟野正蜷在房间的沙发上，肚子上搭着一条薄毯。他睡着时眉头还紧蹙着，因为整个人蜷缩成一团，裤腿被蹭上去了些，露出了脚踝上的一处伤疤。

那块伤疤的颜色已经和他的肤色相差无几，看得出来是一个旧疤。

许是开门的动静惊动了孟野，他一下子睁开了眼，黑色的瞳孔中还带有些许被吵醒的不满。

阮蔓没想到他的睡眠那么浅，又或者是他压根儿就没睡熟。

几乎想也没想，她把门迅速合上，胸腔里的心跳逐渐加快。

“蔓蔓，你怎么站在那里？”付曦拿着一碟水果走了上来，“这边这边，左手第一间才是我的房间。”

付曦的房间连墙壁都被刷成了粉色，看得出来，她的家庭很幸福美满。

阮蔓坐在床上看向窗外，窗外有一只鸟扑棱着翅膀飞过。

“蔓蔓，你是第一个来我家玩的朋友。”付曦插起一块苹果，递给阮蔓。

“嗯？”

按照付曦的性格，身边应该有大把的朋友才是。

“我以前初中也有好朋友的，后来没在一个高中后也就疏远了些，再加上我天天和我哥他们那群人厮混在一起，高中也就没有什么特别好的朋友。”

“我因为经常转学，是没有朋友的。”阮蔓垂着头，手里把玩着刚刚付曦递过来的那根牙签。

付曦换了个姿势趴在床上，两条腿一晃一晃的，对阮蔓说：“可是我看到你的第一眼就想和你做朋友，这算不算是一种缘分？”

阮蔓没忍住，笑了起来：“应该是的。”

阮蔓并不讨厌付曦对自己的亲近，甚至还有点喜欢和付曦相处。这样最简单的朋友之间的相处，让阮蔓尝到了友谊的一点甜头，但她又不知道该怎么和付曦说，自己不知道在哪一天就会走掉。

付曦翻了个身，用手撑着脑袋：“其实孟野哥之前不这样的，他之前成绩比我哥还要好。”

关于孟野的话题被敲门声打断，付晨在门外说：“下来吃饭啦。”

付曦家的客厅很大，长方形的餐桌至少能同时坐下十个人。沙发的背后挂的是一家四口的合影，照片中的每个人脸上都挂着阮蔓在自家父母脸上从未看见过的幸福。

“蔓蔓，过来坐。”付曦把阮蔓拉到自己的身边坐下。

刘睿阳眯着眼，问一旁的付晨：“野哥呢？”

“还在睡，待会儿给他带点吃的上去就行。”付晨说完，夹了一块肉，放进付曦的碗里。

丁航说道：“野哥最近不大对劲。”

付晨接话：“怎么不对劲？”

“他最近挺消停的，学校也来得勤。”

刘睿阳的眼神不经意间掠过坐在他对面的阮蔓，意味深长地说：“的确。”

付晨说：“是吗？我怎么没感觉出来？”

“要是孟野连续来一个月学校，赌一个月早餐怎么样？”刘睿阳毫不客气，“你家附近那条街有家店的生煎还挺好吃，还有那肉饼面。”

“行。”付晨一口应下。

就这么一个莫名其妙的赌约，在孟野毫不知情的情况下立下了。

“哎，蔓蔓，你后天的生日打算怎么过？”付曦一抬头就看见了挂在客厅中央的日历，今天已经20号了。

阮蔓一下还真没想起来后天就是自己的生日。

“女神，你后天生日啊？”丁航立马接上了话。

阮蔓把嘴里的青菜咽下去后，才慢悠悠地开口道：“嗯……要不大家一起吃个饭？我请客？”

丁航表示赞同：“好啊，好啊。”

“中秋节和你生日正好撞上了？”付晨翻着客厅挂的日历，9月22日下面写着中秋节三个大字。

“那中午一起给蔓蔓过生日呗。”

“可以！”

八岁之前的生日，阮蔓就是家里的小公主，父亲会给她买最漂亮的裙子，母亲会给她买最好吃的蛋糕，一家三口会围着蛋糕一起唱生日歌。

八岁之后的生日，极少数的时候母亲会赶回家给她煮一碗面，大多数时候都是给她一笔钱，让她和朋友在外面一起过生日。她的母亲甚至都不知道，她压根儿没有可以陪她过生日的朋友。

八岁，像一个分水岭，隔开了阮蔓对未来所有美好的幻想。

那个时候她的确太小，注意不到父母之间的情感变化。她甚至不知道八岁生日那天，父母从学校把她接回家之前，已经在家签好了离婚协议。

父母决定一起陪她过完最后一个生日，生日后的第二天再去拿离婚证。

她在生日那天，打碎了家里的一个碗。

至少在上初中之前，她都以为是因为她打碎了那个碗，父母才会分开。所以之后她每年的生日愿望都是希望父母能重新和好，直到父亲再婚。

来桥城快一个月的时间，是她这些年来为数不多的真正开心的日子。

和付曦成了朋友，和刘睿阳是邻居，阴错阳差地进入了他们的圈子，他们算得上是阮蔓这些年来为数不多的朋友。

这是她八岁之后第一次开始有些期盼过生日。

和朋友一起过的生日。

下午的时间，付曦没再缠着阮蔓。

阮蔓坐在桌前做着带来的英语竞赛题目，付曦则趴在一旁的床上看漫画书。

家里的隔音效果很好，隔壁那几人打游戏的声音她们愣是一点儿都没听见。

不知不觉，时间来到了晚上十点。

“付曦，我要回家啦。”

两个女生聊天聊得忘记了时间，再回头看向窗外时，窗外已经被漆黑的夜笼罩住了。

“好晚了，我去问刘睿阳要不要和你一起回去。”付曦拉着阮蔓的手走出房间。

刚走到楼梯口，付曦就看到了正在门口低头换鞋的孟野。

“哎，孟野哥，你要回家吗？”付曦问道。

孟野头也没抬，把手机放在一边，专心系着左脚那只鞋的鞋带，从胸腔里闷声“嗯”了一声。

“那你帮我把蔓蔓送回家呗。”

“不用的，我还是去问问刘睿阳要不要一起回去吧。”阮蔓拽了拽付曦的手，小声地说。

“孟野哥比刘睿阳那家伙靠谱。”付曦斩钉截铁道。

门口的孟野仿佛没听到她们两个人的悄悄话，从地上拿起手机，拍了拍有些皱的裤子，抬眼扫过站在二楼的阮蔓，声音里带着刚睡醒的嘶哑：“走呗。”

阮蔓有些无奈，和付曦道过别后低着头往门口走去。

小区门口此时安静得有些可怕，没什么人进出，一旁的保安亭亮着一盏小灯，保安在里面昏昏欲睡。

阮蔓跟在孟野的身后，两人始终保持着半米的距离。

上次孟野问的那个莫名的问题，再加上他消失了一周的时间，让两人原本有些近了的距离又远了些。

短暂的沉默后，孟野先开了口。

“你上午是不是开过我睡觉那屋的门？”

阮蔓愣了片刻，点了点头后才发现自己走在孟野身后，他是看不见自己的动作的。

“嗯，不好意思啊，打扰你睡觉了。”她又应了一句。

“不是。”孟野停下了脚步，“我以为我在做梦。”

出了小区后，一前一后的两个人渐渐变成了并排朝前走，虽然中间还是隔着点距离。

街边的不少店铺都已经关了门，只剩马路两旁的路灯从街的这头一直延伸到那头，偶尔才有几辆飞驰而过的汽车。

秋老虎好似已经过去了，晚上的风吹在手臂上凉飕飕的。

“听说，你上周去你妈妈那边了？”

“嗯，去了一趟。”

孟野没问阮蔓怎么知道的，也没问她是不是知道了他父母的事儿。

像是想起了什么，孟野问道：“明天还学做操吗？”

阮蔓借着路灯的光，瞧了一眼孟野脸上的伤，好得差不多了，只是额头那处稍严重些，看样子还得有段时间才能好。

“嗯？”她没注意听孟野的问题。

“算了，明天休息吧，反正时间还充裕。”

“好。

“孟野，谢谢你啊，教我做操。”阮蔓突然无比诚恳地向孟野表达了谢意。

孟野突然停下来，低头瞧着阮蔓。

谁没事闲着教人做操?

一股无名的怒火堵在他胸口，想发泄却又无处可发泄。

“阮蔓，你好好想想，我为什么教你做操？”

两人之间刚缓和的气氛又冷下来了，阮蔓不知道自己哪句话说错了，惹到了面前的这尊大佛。

孟野也懒得和阮蔓解释，愣让她一个人想去。

直到走到楼下，阮蔓才轻声说：“我到了。”

孟野懒懒地应了一声，转身走出几步后又停在树下，直到看着阮蔓家的灯亮起，才转身回家。

刚走到巷子口时，孟野碰上了正往里走的刘睿阳。

“阮蔓到家了？”刘睿阳用一副“我懂”的表情看着孟野。

孟野一脚踹飞了脚边的石子，石子撞在一边的石墩上，又弹出了一段距离。

“嗯。”

“怎么还兴致不高了？”

“烦，回家了。”

孟野不打算和刘睿阳细说，头也不回地朝前走去，伸出手朝身后的刘睿阳摆了摆。

阮蔓没有在生日那天守零点的习惯。

22 号这天醒来时已经是早上六点半，和往常没什么不同，她只是在按掉闹铃的时候下意识地瞥了眼手机上的短信。

有付曦发来的消息：

【生日快乐！我的蔓！】

【你不会睡着了吧！】

【我不管，我是第一个祝你生日快乐的人。】

紧跟着的是父亲的消息：

【蔓蔓十七岁生日快乐。】

【希望我的蔓蔓能天天开心，茁壮成长。】

连一向都在晚上才匆匆发来消息的母亲，竟然也踩点发来了消息：

【我的宝贝女儿，生日快乐。】

【永远开心，永远快乐。】

就连丁航和付晨，还有刘睿阳这三个熬夜党都踩着点送来了生日祝福。

阮蔓躺在床上，认真地回复了每一条消息。

直到回复完最后一条，她才意识到，这些祝福里少了孟野的。

那天聊到生日的时候，他还在楼上睡觉吧，他应该不知道今天是自己的生日。可她转念又一想，孟野就算知道了，也不会无聊到踩点给自己送上祝福。

联想到周六晚上孟野莫名其妙蹿上来的火，她突然觉得没有消息大概就是最好的消息。

一整个上午，阮蔓都在生日祝福中度过。

早上阮蔓还没进教室，就有同班同学从教室里出来，笑着和她说生日快乐。

满头雾水的她走到教室才发现，原来黑板上被人写着：【祝阮蔓生日快乐。】

这事不用想，一看就是丁航干的。

正因为丁航想出来的馊点子，班上无论和阮蔓熟不熟的同学见到她都会说上一句生日快乐，所以这也是她这些年来收到最多祝福的一个生日。

中午只有一个半小时的休息时间，一行人没跑多远，去了“一段”隔壁的一家饭店。

包间是付晨提前打电话订好的。

五个人下了课直奔包间，点菜下单一气呵成。

阮蔓又是一上午都没看见孟野的人影。

“孟野哥呢？”付曦问，“你们不会忘记叫他了吧？”

“天啊，我给忘了，今早野哥他奶奶摔了一跤，他跟着去医院了。”丁航一拍脑袋，这才想起来忘了这件大事，“野哥让我替他跟你说句生日快乐。”

阮蔓淡淡地笑着说：“那你替我谢谢他。”

“你们喝奶茶吗？我去‘一段’买。”刘睿阳起身站了起来。

付曦说：“我要草莓味，加双倍椰果。”

丁航说：“哈密瓜味，谢谢。”

阮蔓和付晨都选择了凉白开，没要奶茶。

等菜上齐了，刘睿阳才拎着三杯奶茶从门口晃晃悠悠地荡了回来。

“快点快点，饿死了。”丁航催促道。

“丁航，今天是蔓蔓生日，你能不能先祝福一下寿星，再暴露你饿死鬼的本性？”付曦一巴掌拍在了丁航的背上。

“噢，对对对。”丁航端起了刘睿阳刚递给他的奶茶，站了起来。

阮蔓见他站了起来，也立马站了起来，顺带着举起了杯子。

“女神，我们来碰个杯。”丁航毫不客气地与阮蔓碰了一下杯，“我就祝你天天健康，身体开心了。”

空气有一秒钟的安静。

随即屋内爆发出一阵高过一阵的哄笑，几个人笑得像是要把屋顶掀翻了似的。

阮蔓也没忍住，跟着他们一起笑了起来。

付晨笑得眼泪直往外冒，整个人靠在椅子上捂着肚子，身体一抽一抽的。

“哎哟，这还没喝酒，你怎么就醉了啊，小航航？”刘睿阳奶茶也不喝了，整个人笑趴在桌上，调侃着丁航。

丁航没反应过来，有些莫名其妙地问：“你们笑什么啊？”

付曦问他：“你还记得你刚刚说什么了吗？”

“我不就说祝阮蔓天天健康，身体开心吗？”丁航愣了愣，“我这说的什么玩意儿？”

屋里又是一阵爆笑。

丁航的反射弧可能比他们都要长一些，大家笑了五分钟后，他才缓缓笑完，从刚刚的嘴瓢事件中恢复过来。

一顿饭吃完，墙上的钟才指向一点，一群人又唠了会儿嗑，才回到学校。

回学校的路上，丁航还不忘威胁他们不准把自己的糗事说出去。

下午放学后，阮蔓还是在学校门口和付曦道了别。

短暂的快乐后，阮蔓才意识到今天不仅仅是自己的生日，更是一个阖家团圆的日子。

阮蔓叹了口气，直接回家了。

今天的作业不算特别多，阮蔓还额外做了两套数学卷子。

中途休息那会儿，她竟意外地接到了父亲的电话。自从弟弟出生后，她和父亲的联系就渐渐少了下来。

阮蔓打电话的时候，还能听见她名义上的后妈在一旁催促的声音——

“老公，电话打完了吗？儿子好像又有点烧起来了。”

比起忙到不能着家的母亲，阮蔓对父亲的怨恨更浓。

比起母亲一个人带着她度过的这些年，她更介意父亲的新家庭、新妻子，甚至还有那个和她有血缘关系的弟弟。

在阮蔓的心中，父亲选择再婚，就是对她和母亲最大的背叛。

阮蔓揉了揉太阳穴。

桌上放着的闹钟已经转到了十一点，她拿起放在一旁的手机，屏幕上显示有两条未读消息。

是二十分钟前孟野发来的消息。

【睡了没？】

【没睡就下来，我在你家楼下。】

阮蔓心里一咯噔，握着手机就往客厅的窗户跑过去。

窗外的槐树挡住了绝大部分视线，但阮蔓还是看到了站在对面那棵树下的孟野。他身上的黑 T 恤和黑夜融为一体，要不是月光透过树梢，洒在他站的那一块地方，还真难发现那儿藏着一个人。

手里突然振动起来的手机把阮蔓的思绪拉扯了回来。

来电显示：孟野。

阮蔓本想挂断电话给他回复消息的，手一抖却按了接听键。

带有少年气的声音从电话里钻了出来："在干吗？"

阮蔓又看了看窗外，孟野已经不在刚刚那个位置了。

"刚刚做完卷子。"

"噢，那你下来。"

"孟野，现在挺晚的了，你要不先回去，有什么事我们明天再说？"阮蔓很少在这么晚的时间出门，更何况出门的动静说不定还会惊动隔壁的刘姨。

"要不你下来，要不我上去。"电话那头的人很执着，一副今晚见不到她不罢休的语气。

阮蔓最终选择了下去。

她是信他的，她要是不下去，孟野真有可能上来敲她家的门。

"你等我一下。"

"行。"那头的人语气愉快了起来。

阮蔓披了一件外套，拿着手机，在房间里环视了一圈后，又在客厅桌子上的塑料袋里拿了些什么东西，揣进口袋，再蹑手蹑脚地打开门。

外婆家的大门是木门，平时进进出出时，门总会和水泥地摩擦发出"吱嘎——"的声响。

拉开门的那一瞬间，属于夜晚的冷空气就涌了进来。

真是不知道他穿着短袖怎么能在外面待那么久的。

轻手轻脚地关上门后，阮蔓踮着脚，尽量不发出一丁点的声响。

楼道里一片漆黑，除了几缕月光洒进楼道，只有阮蔓的手机屏幕发出的微弱的亮光。

每层楼之间的楼梯很长，阮蔓数过，一层有二十八级台阶。

外婆家在三楼。

总共八十四级。

阮蔓下楼的速度很慢，她不敢打开走廊的灯，生怕突如其来的亮光在黑暗中显得很突兀。走到二楼时，楼道里有刚下夜班的人走了进来，打开了一楼的走廊灯，她这才加快了下楼的步伐。

出了楼房后，阮蔓径直朝刚刚孟野站的那个地方走过去。

他果然换了个位置，换到了树的另一边，倚靠着树。

深夜十一点的巷子里没什么人，偶尔经过的一两个路人也只是埋头赶路，没人注意到树下还有两个人。

阮蔓小跑过来的脚步声传到了孟野的耳朵里。

“孟野，你这么晚过来干吗？你不是在医院吗？”阮蔓跑得有些急，加之刚刚在楼道间摸黑下楼，害怕和紧张的情绪交织在一起，她的语速比平时提高了一倍。

孟野没急着解释，反而笑了起来。

孟野笑起来时眼角眉梢都扬了起来，桀骜不驯，狂妄张扬。

“你跟我过来一下。”孟野没等阮蔓反应，拽着她的手腕就往巷子深处跑。

脚步声回荡在巷子里，惊动了树上的小鸟，鸟鸟扑扇着翅膀，飞向了房顶。

孟野拉着阮蔓，在巷子里七拐八绕，总算来到了一块宽敞的空地上。

他的正前方有一个比平地高一些的舞台，看着像是之前的那种戏台。

“这是哪儿？”阮蔓弯着腰用手撑住膝盖，边喘气边环顾着四周。

“一个荒废的破戏台，我心情不好就会来这儿待着。”孟野拉着她从左侧上了戏台。

戏台看起来不高，上来才知道还是有些高度的。

阮蔓踩上去的那一瞬间，地板发出了响声。

“不会塌吧？”阮蔓没敢挪动步子，生怕下一秒自己就掉下去。

孟野笑道：“不会，往前走吧。”

阮蔓听孟野的话往前走，走到戏台中央那儿，她才后知后觉地察觉到身后一点儿动静都没有。

孟野没跟上来?

这个念头一旦在脑海里形成，就怎么也赶不走了。

“孟野？”阮蔓扭头看过去。

“祝你生日快乐，祝你生日快乐，祝你生日快乐，祝你生日快乐……”

孟野捧着一块小蛋糕，边唱着生日歌，边从戏台侧面走上来。

蛋糕上插着一支蜡烛，微弱的火苗在风中摇曳着，散发出来的光照在孟野的脸上。

他的嗓音很低，在这个空旷的戏台上飘荡着，一首简单的生日歌被他唱出了千万种情绪。

等阮蔓反应过来，孟野已经捧着蛋糕走到了她面前。

“生日快乐，阮蔓。”两个人面对面站着，中间隔着一块蛋糕，孟野垂着头看阮蔓，这是他第一次正儿八经地给人过生日，还是个女孩。

孟野也说不上来为什么要这么做，就像第一次在操场看到阮蔓，没缘由地替她解了围。其实那压根儿也算不上什么，他身边那群不着调的狐朋狗友说话向来那样，但也不会真的调戏小姑娘，可那天他就突然听不得他们用那样的语调说阮蔓。

“今天白天一整天我都在医院陪我奶奶，把她哄睡着再出来时只买得到这样的小蛋糕了，蜡烛也没凑够十七根。”孟野突然正经起来，一改往日吊儿郎当的模样。

“生日快乐。

“还有，中秋节快乐。

“以后的每一天都快乐。”

闻言，阮蔓的眼睛涩涩的。

肯定是晚上的风太大，吹迷了眼睛。

“孟野。”她叫了他一声。

“嗯？”

“我可以许愿了吗？”阮蔓瞧着蜡烛的蜡油正往下滑，“蜡油要滴在蛋糕上了。”

“嗯。”

阮蔓闭上了眼睛。

她已经很多年没有许过愿了，如果她想把前几年的愿望一齐补上，不知道上天会不会觉得她太贪心。

许完愿后，蜡烛被吹灭。

戏台上唯一一点光亮消失了，取而代之的是面前孟野眼里的那一点光亮。

阮蔓执意把蛋糕分给了孟野一半，理由是这样可以沾到寿星的福气。

两人坐在戏台的边缘上，阮蔓晃着腿，小口小口地吃着蛋糕。

蛋糕上的奶油稍有些腻，但好在底下的蛋糕很松软。

阮蔓吃一口就瞧一眼身旁的孟野，他手中的那半块蛋糕已经被他囫囵吃完，沾着奶油的盘子被他放在身侧。

“孟野，其实我很多年都没过过生日了。”阮蔓头一次和人讲这些，以往她都是对着花草或者空气讲的。

像是在这静谧的夜晚找到了一个情感的宣泄口，阮蔓并不排斥和孟野分享这些家庭琐事，又或者知道他的家庭环境和自己的一样，他们或许都是被家庭抛下的小可怜虫。

“我父母在我八岁那年离婚的。我妈妈是记者，一年三百六十五天都很忙，我爸爸是律师，也挺忙。我那时候小，不太懂他们为什么要分开，以为是我哪儿做得不太好。后来大了，我才知道我爸爸希望我妈妈能放弃事业，照顾家庭，但两个人都不肯各退一步。

“他们离婚后，我爸爸就回他老家芜城那边了，我妈妈则留在杭城。谁有空带我，我就转去哪儿。”阮蔓声音有些低，“我已经记不清我转了多少次学了，有时候时间短到我连老师还没认清楚，就又要走了。我没法交朋友，没人陪我过生日，没人在乎我有没有许愿，有没有吃蛋糕。

“但我来到桥城，认识了付曦，认识了你，还有刘睿阳他们。

“一切好像在我的意料之中，但你们是我这些年来唯一的意料之外。”

孟野愣住了。

他觉得阮蔓一定是被从小宠到大的女孩，他以为她活在满满的爱里。

他眼里的阮蔓品学兼优，是一个不折不扣的三好学生，老师眼里的乖孩子，或许是因为她出身于一个高知家庭，父母对她培育有方。

但他从没想过，阮蔓是孤身一人在这世界里，磕磕绊绊地长大。

“阮蔓，我听了你的秘密，那我也告诉你一个我的秘密。”

“好。”

“我父母也离异了。但或许他们分开是对家庭里所有人最好的解脱。”

手机在口袋里振动着，孟野掏出手机，是他定的一个 23 ： 45 的闹钟。

他关掉闹钟，直接从戏台边缘跳了下去，转身说道：“下来吧，我送你回去。”

阮蔓探出头看了看高度，有些犹豫地说：“我还是走楼梯吧？”

“不信我？”孟野挑了挑眉。

阮蔓用手撑着戏台的边缘，一边慢慢地往下滑，一边试探着。

松手的那一刻，她被孟野稳稳地接住。

两人并排往回走着，阮蔓不认路，全凭孟野带路。

“你奶奶没什么事吧？”

“没什么大事，腰扭了一下。”

“你这么晚还要回医院吗？”

“回家。”

阮蔓没再挑起话题，两人沉默了一下，拐过一个弯，就回到了阮蔓家楼下。

孟野瞧了眼时间。

23 ： 55。

“阮蔓，手给我一下。”

“嗯？”阮蔓不明所以，但还是把手伸了出去。

她的手腕又细又白，孟野感觉他随便捏了捏，都能留下一圈红印。

他从口袋里拿出一个盒子，盒子里是一条手链。

手链是银色的，在月色下闪着光。

上面缀着一片叶子，是蔓草的形状。

阮蔓看着孟野拿出手链，没费多大功夫就系在了她的手腕上。细白的手腕配上这样一条手链，手链并不显得突兀。

一切都刚刚好。

“这手链是我上礼拜特意去我妈那边弄的。”孟野边欣赏，边向阮蔓邀功，“还不错吧，挺好看的。”

“你怎么知道我生日的？”阮蔓有些诧异。

孟野把盒子塞到她手里，说道：“你那竞赛申请表上不都写了吗？”

阮蔓这才想起来，那天去办公室递申请表时，孟野也在。

“所以我的手机号你也是从那上面看到的？”

“不然呢？”孟野气定神闲地反问。

“好了，我虽然不是第一个祝你生日快乐的，但我一定是最后一个。”

孟野手插着兜，懒散地站在原地，刚刚一本正经的他又恢复了原先那股子散漫劲。

阮蔓笑了一下，说道：“孟野，谢谢你。”

谢谢你陪我过生日。

谢谢你买的蛋糕。

谢谢你唱的生日歌。

谢谢你出现在我的生命里。

“我发现我还挺喜欢你叫我名字的。”孟野懒洋洋地说，在脑子里演练了一星期的事突然一下子做完了，这会儿他脑袋里有些空空的，“以后你多叫叫。”

“孟野，你也把手伸出来。”阮蔓的眼睛里像装着星星似的，亮亮的。

他伸出手，五指摊开，掌心朝上。

阮蔓从衣服口袋里拿出一个月饼，是刚刚临走前在桌上的塑料袋里拿的。

下午放学回家的路上，她顺路买了两个月饼。

是豆沙馅儿的。

她把月饼放在孟野的手心里。

孟野的手比月饼大得多，小小的月饼躺在他的手心里。

“孟野，中秋节快乐。”

阮蔓拿出手机看了眼时间。

23 ： 59。

幸好，中秋节还没过。

第三章

他的未来

阮蔓的生日过后，即将迎来九月末的月考，这也是她转学之后参加的第一场大型考试。

“这次月考的考场和座位表已经贴在了后面，玩了一个暑假，这会儿考试就见分晓，看谁暑假真的在学习，谁又是真的在玩。”张蕾把手中的粉笔掰断，看着正肆无忌惮地趴在桌上睡觉的孟野，一个粉笔头便朝他扔了过去。

粉笔头扔偏了，拐了个弯朝丁航的脑袋飞去。

正优哉游哉地晃着椅子的丁航被从天而降的粉笔头砸得一愣，条件反射地站了起来，骂道：“哪个傻子扔我？”

班里一片寂静。

没人敢笑出声，一个个都在底下极力地憋住脸上的笑。要不是讲台上站着的是班主任，换成其他哪个老师，现在班里早已是哄堂大笑。

讲台上的张蕾脸色不太好看。

丁航看了看张蕾，这才反应过来，又自顾自地坐下，继续晃着椅子。

“你们已经高二了，还一点紧迫感都没有。知不知道高考多残酷，一分压倒一千人。你们现在不努力，等高三后悔还来得及吗？”张蕾瞧着班里那几个拖后腿的学生，脸上不悦的神色越发明显，“考完之后，直接放国庆七天假，这个假期别太悠闲，等返校那天成绩单就会出现在你们的桌上，所以考试时都给我认真点。”

但好在张蕾还没来得及发作，下课铃就响起了。张蕾又是从来不拖堂的那种老师，她踏着下课铃声走出了教室。

下课铃声没吵醒孟野，也没惊动正在做卷子的阮蔓。

教室里的人一窝蜂地拥向教室后面，挤在一起看考场座位表。

“蔓蔓，你在最后一个考场最后一个位置，我帮你看了。”付曦从人群里回到座位上，“我和你不在一个考场，不过你和孟野哥在一个考场。”

“孟野？”阮蔓从卷子里抬起头。

“是啊，孟野哥一向在最后一个考场。”付曦收拾着抽屉里的书，每次考试前他们都要把抽屉清空。

阮蔓咬了咬手中的笔。

虽然早就听说过孟野成绩差，但阮蔓倒是没想过他能差到每次都在最后一个考场。

九月末，桥城一中开始了新学期的第一次月考。

“哎，同学，等等。”阮蔓一只脚刚踏进考场，就被人喊住了。

她回头看过去，是一个眼熟的人。

女生没有穿校服，而是穿着现下最流行的百褶裙配长筒袜，长长的袜子完美地修饰了她修长的腿。

“孟野来了吗？”她边说边把头探进考场里四处观望着。

教室里除了阮蔓，没有别人。

“不清楚。”阮蔓的眼神快速掠过面前的女生手里拿着的那瓶水。

“那你能帮我把这瓶水放在孟野的桌上吗？”女生没有给阮蔓拒绝的机会，她几乎是说出这句话的同时就把水塞进了阮蔓的手里。

“哎……”阮蔓看着手里的水，眉头微微皱紧。

“我叫韩艺，高二（4）班的韩艺。”韩艺边回头说，边跑开了，回头的一刹那，她脑后散开的长发被风吹得扬了起来。

对照着桌上贴的考生信息，阮蔓终于在倒数第二组的倒数第二个位置找到了孟野的名字。她看了看名字和班级，都没错，便把水放在了桌子的右上角。瓶壁的凉意还停留在她的手心，她用另一只手用力地擦了擦。

孟野刚走到门口，便看见了阮蔓正在往他的桌上放水。

“给我送水？”男生懒散的声音回荡在只有两人的教室里。

阮蔓没接话，把书包塞进了抽屉里。她的位置在最后一组的最后一个，孟野正好在她的斜前方。

她不紧不慢地开口解释道：“高二（4）班的韩艺让我帮忙把水放在你桌上的。”

“噢，这样啊。”孟野坐在椅子上，不安分地前后摇晃着椅子，侧身回头看向阮蔓。

早上七点半的阳光斜斜地从窗外照射进来，阮蔓的周身都是阳光。

她抬头和孟野对视，睫毛在眼睑投下一片阴影，棕色的眼球像玻璃珠子一样镶嵌在眼眶里。阮蔓的脸上分明没什么表情，孟野却在她的眼中看到了其他的情绪。

“以后别帮人送了。”孟野拿起水，从座位上站起来，以一种投三分球的姿态把水抛进了教室后门旁的垃圾桶。

第一门考语文，语文是阮蔓的长项。

在写完最后一道阅读大题后，阮蔓抬头看了看挂在黑板正上方的时钟，距离考试结束还有一个小时。

习惯性给自己留一半的时间来写作文，这是阮蔓的考试习惯。

每次阮蔓的作文都会被当成范文，在各个班朗诵，尤其是理科班的语文老师，都喜欢拿她的作文来激励那些不擅长写作文的理科生。

她看了眼这次考试的作文题目——

《给十八岁的自己写一封信》。

今天的天气非常好，阳光把阮蔓的侧脸照得发烫，她微微侧过身，却一眼就看到了趴在桌上睡觉的孟野。

课桌底下的空间太过狭小，孟野干脆把两条长腿挪到过道上，校服裤子被蹭到脚踝上方，露出了脚踝上的伤疤。

这回倒看得清楚了一些，很长的一道伤疤，在脚踝上形成了一个半圆状的弧形，像是被什么东西划的。

阮蔓回了回神，重新开始在脑中构思作文。

她怎么也想不到，十八岁的自己会因为眼前这个叫孟野的男生的闯入，变得不同。

她提笔在试卷上写下开头：

【十八岁的自己，不需要站在阳光下熠熠生辉，也不需要在人群中发光发亮，如果可以，我想成为更勇敢的自己。】

两天的考试一晃眼就过去了。

孟野除了语文考试没提前交卷，数学和英语他都只把选择题胡乱蒙了一通后就交卷了，文综那一门更是直接缺考。

他交卷的那架势，不知道的人还以为他能拿满分。

监考老师也拿孟野没辙，好心提醒他开考后三十分钟才可以交卷，他也不听，直接把卷子拍在讲台上就自顾自走了出去。

最后一场考试结束，阮蔓回到了班上。

今天是她和付曦负责班里的卫生，两人一个还原桌椅一个扫地。

“蔓蔓，英语最后一篇阅读理解讲的什么呀，我全篇压根儿就没看懂几个词。”付曦满脸惆怅，“这次考试难度也太大了吧，不至于高二一开始就给我们一个下马威吧。”

阮蔓把垃圾扫到一处，说：“最后一篇阅读讲的是关于登月的，生僻词汇是有点儿多。”

“啊啊啊，登月和我们有什么关系，为什么拿来为难我们？”付曦气得把椅子往地上一摔，“蔓蔓，你说外国人做中文试卷是不是也像我们考英语一样难？”

“嗯，有可能。”阮蔓认真地想了想。

“算了，不提考试了。”付曦把所有的桌椅还原后，边收拾书包边问阮蔓，“蔓蔓，要不我们国庆出去玩吧？”

“嗯？去哪儿玩？”阮蔓也扫好了地，把簸箕和扫帚放回到了后门的角落处。

“我们去山上看日出吧，正好我爸一朋友在山上开了间民宿，叫上我哥他们一块儿去吧。”

“好啊。”阮蔓没异议。

从学校出来后，阮蔓往大路这边绕着回家。

回家必经的那条路上有一个公交车站，此刻车站那儿没多少人。

有一对穿着一中校服的男女，正站在车站前说着话。

像是男生把女生逗笑了，女生往男生那边靠了靠，男生却不露声色地往后退了两步。

阮蔓刚想把视线挪开，却又猛地愣住。

男生是孟野。

而他边上的女生正是韩艺。

阮蔓呆了两秒钟后，和孟野的视线对上。

孟野看到了涨得满脸通红的阮蔓。

阮蔓飞快地低下头埋头朝前走着，像是偷窥被抓了包似的，脑子一片空白，但她却又突然想起了那天在付曦家，付晨和刘睿阳的那个赌约。

孟野满脑子都是刚刚和阮蔓对视的那一刹那，从她眼里看到的惊愕。

怎么就这么巧，正在这个时候被她看到了？

要怎么解释？

解释了她会不会信？

孟野冷了脸，看韩艺的眼神也多了几分不耐烦。

要不是付晨骗他，说在车站等他，他能来车站这儿吗？

“我……”韩艺还想开口继续说些什么。

孟野掠过她，拔腿往反方向追去。

阮蔓紧了紧肩上的书包带子，眼前不停地晃过刚刚那一幕。

那人不是别人。

是孟野。

孟野对于阮蔓来说，是一个矛盾的存在。

孟野对阮蔓好的同时，阮蔓也在害怕孟野。

她惧怕他身上的张扬，惧怕他身上的那些传闻，但同时她又有些在意他，在意他今天有没有逃课，在意他身上发生的事。

更何况阮蔓从小就是一个典型的好学生，家长嘴里“别人家的孩子”，怎么看也没法和孟野那样的学生摆在一起。

连阮蔓自己都不明白这到底是一种怎样矛盾的感觉。

“阮蔓。”身后传来的是孟野那熟悉的声音。

阮蔓没回头，还是低着脑袋继续往前走，甚至还加快了自己的步伐。

“阮蔓——阮蔓——”

孟野的声音一声比一声大，惹得路边的行人都往他们这块儿看过来。

“孟野，你别叫了。”

阮蔓停了脚步，孟野大步走到她面前，微微俯身，盯着她的眼睛。

那双眼睛扑闪着，睫毛很长，很亮。孟野忽然想起了另外一双眼睛，本来还算不错的心情忽然低落下去。他直起身，说：“走吧，请你吃糖去。”

国庆假期虽然长，但各科发下来的卷子也不少，在桌上摞起来有一块橡皮那么高。

一行人约好了时间，定在5号下午出发，在山上住一晚，6号中午回。

阮蔓想趁着出发前，把最后剩下的一点作业写完。

距离上次的车站事件过了四天，孟野倒也没再刻意找过阮蔓，只是偶尔在他来刘睿阳家里吃饭时，两个人会说上几句话。

阮蔓也刻意地用试卷来分散心思，只是手上的那条手链总能让她想起孟野。

但此时，去看日出这件事更让她有所期待。

第二天是付曦爸爸的朋友派车下山来接的他们。

一行六个人，因为只住一个晚上，他们都没有带太多的行李。

孟野一上车就坐在最后一排的角落补觉，他把外套的帽子盖在脸上，比在学校更肆无忌惮地睡着。

车绕着盘山公路往上开，一圈一圈地绕着，把阮蔓绕得有些晕车。

她靠在付曦的肩上，车里只有丁航和付晨的说话声，没一会儿，她就在两人细碎的说话声中睡着了。

等她再醒来时，身边的人已经换成了孟野。

孟野两只手交叉放在胸前，正闭着眼睛在假寐。察觉靠在他肩上的阮蔓抬起了头，他也睁开了眼。

“付曦呢？”阮蔓揉了揉眼睛，一副还没有睡够的样子。

孟野回头看了看，神情自然地说：“她有点困，靠着付晨去睡了。”

被倚得久了的肩膀稍微有些酸，孟野慢慢地动了动胳膊。

阮蔓问道：“你不是在最后一排睡着吗，怎么突然过来了？”

“睡饱了，付曦困了，我就来替她。”

没什么毛病，好像一切都合情合理。

“还没到吗？”阮蔓扭头看了看窗外，窗外是大片大片的树林，每棵树看上去都像有上百年的树龄，枝繁叶茂。

孟野跟着她的视线也瞧了瞧外面，说道：“快了。”

不出十分钟，车停在了山顶的一幢别墅前。

“醒了醒了，到了。”

车里的人一个叫着一个，没一会儿，大家都从睡梦中惊醒，背着各自的包下了车。

别墅建在山顶上，的确是看日出的最佳位置。

房子前有一个巨大的露天院子，院子里有几张圆桌和几把椅子，还有一个白色的秋千。门口种了几棵桂花树，隔着老远，阮蔓就闻到了桂花浓郁的香味。

六个人去到前台处，两两一间房，很快就分好了室友。

两个女生不用说，自然是住一间，她们住 101 房。

丁航睡觉打呼，付晨又睡得比较沉，就把这两人放在了 103 房。

刘睿阳和孟野自然住到了 101 房对面的 102 房。

三个房间都在一楼，101 房和 102 房是门对门，103 房则在另外一边，和 104 房是对门。

六个人回到房间后，简单收拾了一下，就都来到了露天院子，开始准备晚上的烧烤。

十月的夜晚来得比之前要快，六点左右天色就已经暗了下来。

“拿碗来，鸡翅烤得差不多了。”丁航边往食材上刷着油，边朝另一边没干活的女生嚷着，“再不来拿就烤煳了啊。”

“来了来了。”付曦从秋千上跳下来，拿着碗屁颠屁颠地就过去了。

烧烤的孜然味充斥着庭院，几缕往上飘的烟很快就消散在了空中。

一旁的刘睿阳在往签子上穿着玉米，穿好后直接搁到了架子上。

“咳咳——好呛人，付晨，你把烟往我这边扇干吗？”丁航被烟熏得迷了眼睛，从烧烤架前的一把手退居到了二把手。

一把手由孟野接替了。

孟野站在烧烤架前，往正在上面烤着的土豆上刷料，正面刷完了，再翻个面刷反面，一旁的肉串这会儿已经被烤得正往下滴油，散发出浓浓的香味。

阮蔓坐在秋千上看着他们在一边说笑着、闹着。

她辗转去过很多学校，在很多班级待过，却从来没有认识这么一群朋友，他们的存在让她感觉，原来她不是一个人。

“喝饮料吗？”丁航从桌子那边抬过来一箱可乐。

“那必须喝啊。”付晨把烤好的几串肉放进付曦的碗里。

“你们喝吗？”丁航拿出一罐可乐，递给付曦。

付曦回道：“喝！小航航。”

“我女神呢？要不要来一罐？”丁航往秋千这边看过来。

“嗯，好。”阮蔓也加入了他们。

“这几串有点煳了，放我碗里去。”孟野把架子上烤煳的都撤了下去，他瞟了站在旁边的阮蔓一眼，“站我这边来，烟都往你那边飘。”

“噢。”阮蔓一手拿着可乐，一手拿着碗，从孟野的右边站到了左边。

孟野把烧烤架上的土豆片翻了个面，见土豆这会儿烤得有些焦焦的，问道：“吃土豆吗？”

阮蔓点点头，说：“吃。”

孟野拿了两串放进她的碗里。

“你试试看好吃吗？”

阮蔓吹了吹，咬了一小口，赞道：“好吃呀。”

孟野难得笑了一下，又拿了两串鸡翅放进她的碗里。

一群人难得自己动手丰衣足食，这下都有点兴奋，围坐在一起吃着烧烤喝着饮料。

今天的烧烤不是撒了孜然就是刷了辣椒油，倒是没有像之前烤面包片那样甜甜的食物。

阮蔓环视了一圈，除了烤玉米自带甜味，其他的食物多少都带点辣。

“吃过烤棉花糖吗？”孟野端起自己面前的杯子和阮蔓面前的杯子碰了一下。

“嗯？”阮蔓看着孟野，“烤棉花糖吗？没吃过。”

“想吃吗？”

“可是这里没有棉花糖。”阮蔓又看了一遍桌上的食材，反复确认她没有看漏。

“你想吃我就给你变出来。”

“想吃。”

“成，等着。”孟野仰头把杯子里的可乐喝掉，从凳子上起身往房间走去。

“阮蔓，孟野回房间去干吗？”刘睿阳眼尖，看到了这一幕。

“我不知道啊。”阮蔓摆手，低头抿了一口杯子里的可乐。

“野哥，你再烤一会儿，我就来替你——”丁航冲烧烤架那边喊了一嗓子。

阮蔓扭头看过去，孟野不知道什么时候又回到了烧烤架那儿，重新把炭点燃了，在架子上烤着什么。

她放下手里的碗，趁着桌上的四人吹牛皮吹得正欢时，慢慢地往孟野那儿移过去。

“真的有棉花糖？你哪儿来的？”

孟野正往签子上穿着棉花糖，然后一串串整齐地摆在架子上。

“放包里带上来的。”孟野虽然说着话，但手却没停下来，不停地翻动着架子上的棉花糖。

烤棉花糖比烤其他的食物更考验技术，一个不留神就容易烟掉，但烤得好的话，的确挺好吃。

要不是阮蔓来，估计他们那帮人没人吃这口。

“他们吃吗？”阮蔓已经闻到烤棉花糖的甜味了，吸着鼻子闻着味道。

“别叫他们，一会儿就被他们抢光了。”孟野唬她，“就这么一小包，你自己偷偷吃。”

“行。”阮蔓突然想起了上次被孟野横刀夺爱的那片烤面包，迟疑地看了孟野一眼，生怕他这次又抢吃的。

“看我干吗，这次我不和你抢。”孟野把表面烤得焦黄焦黄的棉花糖递给阮蔓，“可以吃了。”

一下子被看穿了内心的想法，阮蔓有些不好意思。

她接过孟野递过来的烤棉花糖，吹了吹才往嘴里放。

虽然表面是焦黄的，但放进嘴里，棉花糖一下子就化开了，甜滋滋的。她第一次知道棉花糖也能拿来烤，而且还挺好吃。

甜味充斥着整个口腔。

孟野瞥了一眼阮蔓。

这小孩，太容易满足了。

“还有没烤的吗？我也想试试。”

闻言，孟野递给了阮蔓一串，让出了一个位置给她。

烧烤架上的火烧得有些旺，火苗从缝隙中往上蹿，手放在架子上被烤得暖乎乎的。孟野透着火苗看着阮蔓，这种认真的表情只在她学做操和上课时才会出现。

烤棉花糖也这么认真吗?

“这么喜欢吃甜的？”

阮蔓没注意到孟野在看自己，认真地盯着手里的那串棉花糖，不停地翻着面。

“嗯。”她好一会儿才回答，“生活那么苦，就多吃点甜的嘛。”

“孟野，你看这是不是就算烤好了？”

阮蔓把手里的那串棉花糖举到他面前，语气中带着一丝骄傲，满怀期待地看着他。

孟野瞧了瞧，说道：“嗯，好了。”

“哪，给你吃。”阮蔓递给他，“给你烤的。”

孟野愣了愣，接过烤棉花糖。

人在烧烤架边站久了，连脸都被烤得有些许烫。孟野低头瞧了瞧手里的棉花糖，咬了一口。

以前倒也不是没吃过烤棉花糖，小时候家里也弄过几次烧烤，烤棉花糖还是沈岚发明的。

在孟野依稀的童年记忆里，家里也有过短暂的幸福。

只是这次吃的烤棉花糖，比以往的都要甜。

“甜吗？”阮蔓问道。

“甜。”他说。

吃饱喝足后，每个人身上都是一股烧烤味和油烟味，就连空气里都还残存着一股子炭火烧过的味道。

六个人商量着，三个人留在外面打扫，三个人回房洗澡。这样安排，效率会高一些。

没一会儿，每个人身上都散发着一样的沐浴露的味道了。

六个人围着秋千旁边的小圆桌席地而坐。地上铺着毛毯，软乎乎的毛扎在腿上痒痒的。圆桌这块儿没灯，全靠周围的那一圈地灯发出的亮光照明。

“玩点游戏呗。”付晨说着，从旁边又拎了一箱饮料过来。

“哥，拜托，我们明天早上要起来看日出，你们玩那么晚，到时候起得来吗？”付曦有些无奈，自家哥哥仿佛已经忘记了他们是来看日出的。

丁航拿出一瓶饮料，说道：“有一个人起来，叫我们就成。”

“行行行，不起来我第一个抽你。”付曦瞪了丁航一眼，“玩什么游戏？”

“玩点有意思的吧，掰手指、真心话就别玩了。”刘睿阳发表了自己的意见。

那时候手机还没有出智能机，手游更是没有，男孩子唯一的乐趣大概就是去网吧打游戏，或者去台球厅、KTV 那样的地方放肆一下。

付曦问道：“那玩啥？”

孟野低头看了看手机，说道：“十点了，聊会儿天就回去睡吧，明天还得早起。”

就这样，玩游戏的想法就被孟野否决了。

“哎，你们以后都想干啥？”付曦挑起了一个话题。

十七八岁的年龄，最常做的事就是对未来的幻想，幻想自己能成为一个独当一面的大人，幻想自己会开启怎样精彩的人生，有一份怎样的事业。

丁航首先说：“我先来我先来，我想开个酒吧。”

付晨不以为意道：“我估计我就和我爸一起经商呗。”

“阳子，你呢？”丁航撞了撞坐在旁边的刘睿阳。

刘睿阳喝了口饮料，耸了耸肩，说道：“什么工作赚钱多就干啥呗。”

一圈下来，轮到阮蔓说了。

她垂着头思考了很久，才说：“我妈应该想让我当一个老师吧，稳定。”

“当老师挺好的，可以放寒暑假。”付曦点点头，“就是碰上丁航那样的学生，挺让人头疼的。”

“怎么又带上我？这不还有野哥垫底嘛。”丁航瞪了付曦一眼。

阮蔓扯着嘴角笑了笑，没反驳。

下一个是孟野。

他不知道用树枝在地上画着什么，很入神。

“野哥，到你了。”丁航唤了一声。

“什么？”

孟野果然在开小差。

“说梦想。”

孟野把手中的树枝扔到一旁，双手往背后一撑，懒懒地说：“没梦想。”

“以后想干什么，你总有点想法吧。”丁航不死心，继续问。

孟野还真歪着脑袋，一脸认真地想了想，继而对上丁航满是期待的眼神说：“也没有。”

丁航死心了，没再揪着孟野不放，转头就问付曦去了。

一场简单的关于梦想的谈话没一会儿就结束了，大家一个个都撤回到各自的房间准备睡觉。

阮蔓看了看一回房就趴在床上睡着了的付曦，走过去给她掖了掖被子。等再走到窗边准备拉上窗帘时，她看到了不知道什么时候又从房间出来的孟野。

他一个人窝在秋千上，地灯的光打在他的周边，勾勒出他清瘦的背影。

阮蔓从没这么仔细地观察过他，他的背弓成一条曲线，两块肩胛骨微微突起，把 T 恤拱起了两块凸起。

阮蔓拉上窗帘，瞥了一眼睡得正熟的付曦，轻手轻脚地走出房间，来到院子。

“我能不能坐这里？”阮蔓指着孟野身边的位置问。

孟野像是没想到这会儿还有人没睡，眼睫毛抖了抖，然后抬起了眼往身边瞧去。

“坐。”他说。

两人静静地吹着山里的晚风，风中裹挟着凉意。

“你真的没梦想吗？”阮蔓突然问道。

孟野眯着那双桃花眼，细细长长的一条，和他紧抿的嘴唇一样。他不紧不慢地反问道：“那你呢，真的想当老师？”

阮蔓没想到孟野会反问她。

她看着孟野的眼睛，黑色的眼珠像深渊，拽着她往下坠。

孟野和她在一起的时候，偶尔也会笑，但笑起来总是让人感觉没有温度，冰冰凉凉的，就像他这个人，也是同样没什么温度。

阮蔓回道：“不想。也没人问过我想不想。

“那你呢？”

“我啊，还真没想过想干什么。”

孟野的声音很轻，轻到不仔细听就会忽略这句话的存在。

他也是真的没想过未来，混个高中毕业证，就去钢厂上班，在桥城待一辈子，大概就是这样。

那种太美好的未来，他想都不敢想，没想过离开这里，也没想过自己想要什么。

“孟野，想想吧，你的未来是你自己选的。”

孟野听到身边传来这么一句话，在风里飘着，顺着他的皮肤，钻进血管，顺着血管，流向心脏。

他真的能有未来吗?

他可以有选择的权利吗?

阮蔓稍稍一偏头，就看见孟野的头发稍微长长了点，月色照在他的身上，侧脸的轮廓被勾勒得分外明显。他的脸上没什么表情，但他单薄的身体在这轮月色下显得很孤独。

孟野偏过头，和她的目光忽然就对上了。

“阮蔓，那你也做你想做的，别为难自己。”

阮蔓看到孟野的脸上划过一丝转瞬即逝的微笑，很浅，一眨眼就没了。

她甚至觉得那是她熬夜出现的幻觉。

但那不是。

第二天早上的日出，只有孟野和阮蔓看到了。他们试图叫醒其他人，但没人应他们。

太阳从地平线上缓缓冒出头，清晨的第一缕阳光洒在了院子里，空气中都带着暖意。

阮蔓说：“太阳出来了。”

“嗯。”孟野应道。

阳光落在他们脸上，阮蔓偏头避开直射过来有些刺眼的光线。

在偏头的那刻，她发现孟野倒丝毫没躲避，反倒直视着那缕阳光，眼睛眯成了一条缝。

暖烘烘的阳光洒在他的周身，他像是树林中的一棵树，在努力地汲取着阳光。

光影在他黑色的发间跳动着、闪耀着。

此时此刻的他不像别人口中那个爱打架闹事、一无是处的孟野，反而更像一个在这贫瘠的世界中努力生活着的孟野。

假期后上学的第一天课间，几乎没什么人敢往老师的枪口上撞，经过七天的假期，成绩单应该都到了各个班主任的手里。

每个年级文理科的前一百名都会被贴在学校的告示栏上，公之于众。

“第一名竟然是她？”

“牛啊。”

“什么情况？让我看看。”

“这分数也太高了吧？”

“文科第一变了，理科第一呢？”

“理科第一没变，还是沈朝暮。”

…………

阮蔓没去凑这个热闹，她从抽屉里拿出英语竞赛书，准备趁着课间休息把答案对了。

她还没来得及翻开书，付曦就从教室外冲了进来，直奔她的座位，喊道：“蔓蔓，你猜年级第一是谁？”

阮蔓摇头，她看到付曦后面跟着的刘睿阳，双手环在胸前，上下打量着自己。

“是你啊！你成绩也太好了吧。”付曦在原地尖叫着，仿佛是自己考了第一名。

“学神，怪小的眼拙，竟然没看出来。”刘睿阳坐回到自己的位置，用笔戳了戳阮蔓的肩膀，“以前我妈拿我姐和我比，现在她终于又找到新对象了。”

“以后你要辅导我学习啊！”付曦拉起阮蔓的手。

“你哥教你都没用，阮蔓能拿你怎样？”刘睿阳说完就往后一靠，提前躲过付曦的攻击。

“阮蔓，班主任叫你过去一趟。”班长在讲台上冲阮蔓喊道。

“这就去。”

张蕾正拿着成绩单笑得合不拢嘴，见阮蔓进来，立马招呼道：“阮蔓，快过来。你的成绩不错嘛，和第二名拉开了很大的差距。”

她说着，把手中的成绩单递给阮蔓。

阮蔓看了看自己的总分，668分，和在之前学校的成绩没什么差距。

第二名是付晨，总分630分。

“继续保持啊，这样下去，考杭城大学不成问题。”张蕾笑着看向阮蔓，眼里充满了对好学生的喜爱。

路过的其他班的班主任投来羡慕的目光，说：“张老师捡到宝咯。”

孙慧在一旁接上话：“张老师班上不还有几个刺儿头，尤其那个孟野。”

“像那样的差生，只要不给学校惹麻烦，睁一只眼闭一只眼就过去了。”另一个班的数学老师顺着孙慧的话往下说。

“是啊，那样的学生家长都不管，我们哪管得了那么多。”一个阮蔓不认识的老师接了话。

阮蔓第一次觉得老师办公室如此聒噪，几乎是连走带跑地出了办公室。

回到教室，她下意识地朝孟野那儿望过去。孟野正靠在椅子上玩手机，比起班里其他人对即将发下来的成绩的担忧，他更显得对成绩毫不在意。

阮蔓只看了一眼就收回了眼底的情绪。

很快，整个年级都传遍了文科第一换了人的事。

在阮蔓没来之前，文科第一一直是付晨，现如今被一个空降的转校生给占了，不少人都围在一班门口想一睹这个叫阮蔓的女生长什么样。

整个年级都知道的事，孟野再怎么不关心，自然而然也知道了。

孟野知道阮蔓成绩好，但没想过这么好。

她居然一来就荣登年级第一的宝座，成为老师们的掌中宝、心头肉。

孟野不经意地往阮蔓的座位上瞟了一眼。

座位上的女生好像丝毫没有被门外的躁动影响到，依旧埋头写着试卷。

她越认真，越吸引他。

她这副模样像极了当初的他。

成绩出来后，几家欢喜几家愁。

不过好在这样的低气压只持续了几天，几天后整个班又生龙活虎了起来，因为秋季运动会即将到来。

暂定在十月中下旬的举行秋季运动会的消息一放出来，班里的人就拿出表开始报项目，就连在班级里一向存在感低的同学都开始跃跃欲试。

高三年级不被批准参加任何活动，就连元旦晚会都没有他们的事，所以这也是高二学生在高中生涯中的最后一次运动会。

因为下雨，周五下午的体育课改到了在室内上。

体育委员拿着一张报名表在讲台上呼吁着大家踊跃报名：“现在还有800米、1500米、铅球没有报满，还有谁没报名，举手我看看。”

阮蔓正埋头做着题，丝毫没听到班里在热烈讨论着些什么。

九月月考之后调动了一次座位，阮蔓依旧和付曦同桌，只是孟野的同桌换成了刘睿阳，两个男生坐在两个女生的后面。

“这儿有人没报名。”孟野指了指前面的阮蔓。

“阮蔓，你要报哪个项目？”体育委员这时候能抓一个是一个。

“嗯？什么？”阮蔓茫然地抬起头。

付曦凑过来告诉她：“800 米、1500 米、铅球，挑一个。”

“我可以……哪个都不报吗？”阮蔓犹豫了一会儿，说道。

“这应该不行。”体育委员为难地看了她一眼。

“那就……铅球？”阮蔓对长跑有一种莫名的恐惧。

后面传来孟野清晰的声音：“是你扔铅球，还是铅球扔你？”

阮蔓回头瞪了他一眼。

“她报 800 米。”孟野替阮蔓做了选择。

“好嘞。”体育委员和孟野一唱一和，瞬间敲定了阮蔓的项目。

“孟野！”阮蔓回头看着孟野，“你报的 800 米你自己去跑。”

“好啊，我陪你跑。”孟野一脸无所谓地耸耸肩。

阮蔓揉了揉太阳穴，话虽这么说，但她向来对每件事都很认真，包括这项被迫报名的 800 米。

秋季运动会在十月的最后一个星期四和星期五举行。

品位不太好的长袜子校长果然在开幕式这天，在操场上拉了一条红底黄字的横幅，上面写着：【热烈庆祝我校第二十届秋季运动会开幕！】

广播里单曲循环着《运动员进行曲》，操场上来来回回地跑着不同年级不同班的学生，有人在搬话筒，有人在往操场的跑道上用白灰划线。

开幕式结束之后，每个班都回到各自班级的看台上，开始准备着运动会的第一个项目。

孟野这时候才姗姗来迟，顶着他那一头鸡窝一样的乱发，一看就是刚睡醒。

“这开幕仪式怎么比上学还早？”孟野往刘睿阳旁边一坐，随意抓了抓头发。

“你来晚了一步，丁航已经去准备 100 米了。”刘睿阳说着，把放在一旁的面包递给孟野。

孟野眯着眼睛看向操场，操场上尘土飞扬的，整块地上都是沙子和泥土，很难想象很多人在上面一块儿跑步时会掀起多大的灰。

操场边的主席台上摆着几张桌子，临时搭起了一个小型广播站。学生会的学生坐在上面，负责通过话筒来通知比赛进程。

桥城一中的运动会有一项特色，就是班上会派出一些没有参赛的同学专门负责给参赛的同学写加油稿，送到主席台，学生会的学生就会念出来，整个操场都能听见。

一开始的加油稿还像模像样：

“希望高二（1）班的孟野同学在下午的男子1500米比赛中取得好成绩。”

“希望高二（1）班的孟野同学在1500米比赛中勇夺冠军。”

再后来就是：

“高二（1）班的孟野，我欣赏你！”

“高二（1）班的孟野，加油加油，你最棒！”

送上去的大部分稿子都是冲着孟野来的，而孟野本人却在自己班上的看台上悠闲地靠着刘睿阳玩手机。

下午的比赛有条不紊地举行着，看台上的人并不是很多。一大部分人借着运动会的名义趁机溜出去玩，还有一大部分人去看孟野参加的1500米长跑比赛。

阮蔓参加的女子800米紧跟在男子1500米后，她提前站在操场上等着检阅的同时，男子1500米长跑的参赛人员已经准备就绪。

操场旁边人头攒动，颇有九月份那场篮球赛的架势。

付曦陪着阮蔓过来检阅，顺便来看孟野。

跑道内圈周长400米，这就意味着起点不在同一个位置。

随着枪响，大部分的人都跟着运动员移动，渐渐地从起点处挪动到了终点处。

阮蔓因为800米的起点在这儿，没跟着大部队移动，周围的人一下子少了不少。

她踮起脚透过人群的缝隙看向跑到另一边的孟野，他脱下了校服外套，今天难得没有穿黑T恤，而是换了一件白T恤。

白T恤上什么图案都没有，只在背后印着一个英文单词——

King。

孟野跑起来的时候，才显得整个人没有那么薄弱，风把他的衣角吹得扬了起来，露出了精瘦的腰。

他跑步的时候很认真，速度也很快。

三圈半他都保持着同一个速度，后半程甚至比前半程的速度还要快。

渐渐地，他直接超了第二名整整一圈。

阮蔓的耳边嗡嗡地响，带着面前选手跑过刮起的风。

整个操场上都只喊着一个名字。

“孟野——孟野——”

她只能听到这一个名字。

最后半圈，孟野又加快了速度。

阮蔓的胳膊被付曦紧紧地捏住，阮蔓的整颗心也提到了嗓子眼。这种感觉，比她自己跑步还要紧张。

孟野冲过了终点，人工拉起的红线被他撞开，红线搭在他的腹部，在空中飘扬着。

操场上的尖叫声一浪高过一浪。

“孟野哥太帅了！”付曦在原地蹦跶着，“这速度，估计都要破纪录了。”

阮蔓勾了勾嘴角，看向终点处，人群一层包裹着一层，她已经看不到孟野的身影了。

他就该是这样。

她眼中的孟野不是老师所说的那种差生。

他就该有属于自己的锐气与棱角。

他就该在人声鼎沸的时候享受属于他的欢呼。

“高二年级女子800米即将开始，请各位运动员到赛道上做好准备。”广播里的声音传遍了操场，围在终点的人群渐渐散开。

阮蔓甚至没来得及再往那儿看一眼，就站在了自己的那一条赛道上。

她的运气很好，被分到了内圈的1号赛道。

所有人的准备姿势都是起跑的姿势，唯独阮蔓捂住了自己的耳朵。

她怕枪声，尤其是离得这么近的枪声。

发枪的裁判是学生会的一个男生，看着有些面熟，阮蔓想了一会儿才想起来这人来班上找过几次孟野。

枪声响起之前，阮蔓在起点处看到了孟野。

他横穿了整个操场跑过来，额头上还带着汗珠，他不知道去裁判面前说了些什么，裁判把枪换成了一面红旗。

“预备。”

阮蔓放下了捂住耳朵的双手，同样做好了起跑的姿势。

“跑——”

赛道上的九个人同时起跑。

加孟野，总共十个人。

他真的陪跑。

他不是刚跑完1500吗?

他陪跑那些女生不会看到吗?

阮蔓来不及想这么多，用尽全身的力气往前冲，一圈下来，她保持在一个居中的位置。

付曦带着另外三个人在终点处给她喊着加油。

最后一圈。

最后半圈。

最后100米。

阮蔓第五个冲过了终点。

“蔓蔓，你做到了。”付曦冲过来一把抱住了阮蔓。

阮蔓笑了笑，她已经累到不想出声。她从余光里看到一旁的孟野，跑完了1500米加800米，他像一个没事人一样。

“我说到做到咯。”孟野挑了挑眉，和刘睿阳勾肩搭背地站在一块。

光从孟野的背后照过来，挡住了朝阮蔓直射过来的阳光。

第一天的运动会以女子 800 米项目收尾结束。

孟野他们要和其他一些朋友去 KTV，两个女生不打算去，于是就在校门口和他们分别了。

走出校门没几步，阮蔓就发现自己把手机落在了抽屉里。

她又重新返回教学楼，往四楼走去。

腿部的肌肉因为今天运动过度，上楼梯时都在泛着酸，她每一步都走得很慢，生怕再扯痛了哪一根神经。

从楼上下来两个女生，边走边聊着天。

楼梯上已经没什么人，聊天的声音在楼梯上形成一股回音。

“你知道今天女子 800 米为什么不打枪改成挥旗了吗？”

“为什么啊？”

“打枪的那个不是我们班的吗，你猜他怎么说？”

“怎么说？”

“孟野跑过去和他说，自己同学怕枪声，让他改成挥旗子。”

“孟野对她这么好？”

“是啊，他今天还全程陪跑了。”

…………

随着两个女生越走越远，说话声也越来越小。

直至听不见。

阮蔓这才发现自己已经在楼梯上站了很久。

孟野全程陪跑。

阮蔓愣了愣。

她看到了三楼拐角处双手插着口袋，正懒洋洋地站在那儿的孟野。

阮蔓有些尴尬。

相比这一传闻中的另外一位当事人，孟野此时表现得倒是云淡风轻。

她硬着头皮往上走，想装作什么也没看见什么也没听见，和孟野来一个擦肩而过时，手腕却被孟野一把抓住。

“听到了吧？”孟野直直地盯着她。

“听到什么？”阮蔓继续装傻。

孟野盯着阮蔓的眼睛，像是想从那里看出答案，而阮蔓下意识躲避的慌乱神情被他尽收眼底。

“我是一只潜力股。”

阮蔓终于和孟野对视上，她没懂他的意思，“啊”了一声。

两人僵持了一会儿，最后孟野捻了捻楼梯扶手上的灰尘，装作轻松，嗤笑一声。

“算了，没什么。”

孟野本来不打算这么早同阮蔓说这些，谁知道回来拿个外套的工夫还能碰上自己的瓜。好巧不巧，他在楼上，她就在楼下。

阮蔓“哦”了声，从他身边低头掠过。

她一走，孟野就清醒了几分。

她有大好前程，前路光明，而自己的路还不知道在哪里。

等阮蔓拿了手机再下楼时，孟野已经不在那儿了。

包厢里的彩灯闪烁着，桌上被瓶子和果盘堆得满满当当的。红的黄的蓝的光线在孟野身上划过，包厢里有人在唱周杰伦的《晴天》，盖过了隔壁鬼哭狼嚎的声音。

“怎么回去拿个外套你就蔫了？”刘睿阳瞟了靠在沙发角落的孟野一眼。

今晚的孟野比平时要更为沉默一些，沉默到大家都以为他睡着了。

孟野没吭声，拿过桌上那杯蓝色的饮料灌了几口。

“你不会在学校门口碰到那人了吧？”

“没。”

孟野的声音有些低沉，倒不是因为阮蔓被自己吓跑而感到烦，只是因为想得太透彻，从心底生出的一种无能为力。

刘睿阳问道：“和阮蔓表白被拒了？”

孟野斜眼，面无表情地看了身边的刘睿阳一眼。

“我倒是觉得阮蔓对你很特别。”刘睿阳觉得他们两个就是当局者迷，看不清当下自己的心。

孟野叹了口气，说道：“没未来说了有屁用。”

“孟野，你变了你都没发现吧？这是你第一次谈到未来？”

刘睿阳的话一针见血。

包厢外突然吵闹起来，紧接着，包厢的门被推开了，丁航被人撞了进来，腰磕在沙发上。

孟野侧了侧头，看向门口。

又是六中那几个人，今天在包厢门口碰见了丁航，他们就知道孟野八成也在这里玩。

新仇旧账正好一起算。

孟野只认识为首的那个人——林闵。

是因为他们以前念的是同一所初中。初中时他们就没少发生冲突，孟野家的那些事林闵也有所耳闻。

“我来和老同学打个招呼，最近过得好吗？”林闵脸上挂着笑，自顾自地走进来环视了一圈，最后和孟野对上视线。

孟野往后靠了靠，从桌上拿过手机倚在沙发里玩。

包间里没人说话。

六中那帮人指望着林闵来挽回一点颜面，一中那帮人等着孟野发话。

“看来不怎么样，有这样一个爹你应该过得也不会太舒服吧。”林闵走到孟野面前，和他隔着一张桌子。

一个站着，一个坐着。

刘睿阳和丁航都知道林闵是一个怎样的人。

专挑别人的短处来激怒对方的人。

显然这一招对孟野特别有效。

这场不可避免的冲突，让整个包间里的人都提了一口气。

林闵还没有反应过来，孟野就站在了他的面前，他今天运气不好，正巧碰上孟野心情不好。

“过了这么多年你的记性还那么差？”孟野眼神狠戾，脸上倒还是一副漫不经心的表情。

“孟野，这不还是你的弱点吗？”林闵往旁边吐了口痰，笑着说。

林闵也不是个省事的，反手就把孟野拽了下来，两个人双双倒在地上。

一时间，场面混乱。到后来还是刘睿阳上去拉开了两人，六中的人一下子拥了上去，把林闵扶出了包间。

反倒是孟野什么事都没有，他抬起脚，踏着满地的碎玻璃碴往外走。

刘睿阳拎着孟野的外套追了出去，丁航留下来收拾场子。

“孟野。”刘睿阳一眼就看到了蹲在 KTV 门口的孟野。

孟野露在外面的两只手臂上有被地上的玻璃碴扎出的伤，伤口还往外渗着血。

“今天跟我回家，你这样回家你奶奶又得担心。”刘睿阳拦了辆车，把孟野推了进去。

孟野和刘睿阳刚上到三楼，阮蔓家的那扇门便打开了，屋里的光把漆黑的楼道照亮了。

阮蔓拎着垃圾袋，看到了站在不远处的孟野和刘睿阳。

他们迎着光走过来。

“你手怎么弄伤的？”他们走到有光的位置时，阮蔓才看清了孟野胳膊上的伤。

刘睿阳掏出钥匙，打开家门，冲身后两人说：“进来说。”

门被关上，客厅里亮堂堂的。

刘睿阳从房间里拎出医药箱，搁在茶几上。

明晃晃的灯光下，阮蔓看得更清楚了。孟野的手上不止有划出的血痕，有些伤口中还嵌着一些碎玻璃碴。

孟野的眼底充满了血丝，他偏头盯着面前睡衣外面随意披了件外套的阮蔓，说：“你回去吧。”

阮蔓没回应他，抬头看向坐在对面的刘睿阳，问道：“发生什么事了？”

刘睿阳抿了抿嘴唇，看了眼孟野，他不确定孟野想不想让阮蔓知道今晚的事。

客厅里除了挂在墙上的钟发出嘀嗒声，听不到一点别的声音。

“晚上我们在 KTV 碰到六中那帮人了。”刘睿阳避重就轻，没提林闵和孟野的那档子事，更没提孟野家里的事。

阮蔓皱了下眉，打开面前的医药箱，从里面拿出镊子和酒精，还有棉签。

“胳膊给我。”她对孟野说。

孟野的小臂紧绷着搭在腿上，两人僵持了一会儿，他妥协了，把胳膊伸了过去。

刘睿阳去房间拿了衣服，进了浴室，把客厅留给了他们两个。

安静的客厅里，没人说话。

阮蔓拿出酒精给镊子消毒后，先一点点把孟野胳膊上的玻璃碴取出来，碎碴上沾着血，有些刺眼。

这是她第二次给孟野清理伤口，但他受过的伤肯定远不止这些。照这样的架势，刘睿阳应该给他处理过很多次伤口。

阮蔓不知道从心底升起来的那股情绪是什么，有些酸，又有些心疼。

明明孟野站在阳光下，和所有的高中生一样，甚至他要更耀眼些，可为什么他要过这样的生活?

阮蔓用蘸了酒精的棉签轻轻地往他伤口上擦拭，她不敢太用力。

酒精渗进伤口里，应该是疼的，但孟野一声不吭，像是已经习惯了这种疼痛。

孟野垂眸看着阮蔓，眼底的怒意已经消了大半。

孟野偏头看向阮蔓，光线暗暗的，晕染在她的脸上。

有一绺头发从她耳后滑落出来，在她脸颊旁飘着。孟野下意识地帮她把头发别向耳后，头发丝儿在手里的触感是细细软软的。

听说，头发又细又软的人脾气也好。

阮蔓被孟野突然的动作惊得猛地抬起头，对上了孟野炽热的目光。

孟野收回了手。

“孟野。”

阮蔓叫了他一声，却没了下文，在心里反复斟酌的话这会儿却说不出口了，她好像没有立场说接下来的话。

如果是站在朋友的立场，显然他不会听。

如果是站在别的立场……

下午孟野在楼梯口问她，她当然听到了。

她的第一反应就是跑掉。

她十七年以来，第一次有这样的感觉。她甚至说不上来这是一种什么感觉，只是开始在意他每天有没有来上学，开始在意他打没打架，开始介意老师把他和自己划为两个等级。

但同时，她也并不确定她是否会成为孟野人生中的最后一个人，毕竟人的一生那么长，长到她对自己的未来也充满着不确定。她也不知道自己一年后会不会继续留在桥城，如果不在，孟野怎么办……

阮蔓自己都没发现，她真的在认真考虑这些问题。

孟野等了许久，也没等到下文。

他靠在沙发上，声音有些冷：“说。”

“最近不要吃刺激的东西，比如海鲜之类的，对伤口不好。”阮蔓心里的话绕了一圈，到了嘴边，变成了这样一句。

“知道了。”

孟野淡淡地说，脸上恢复了一如既往的冷漠。他合上眼，把头靠在沙发上。

屋内又是一片寂静。

阮蔓把消毒用品放回医药箱里，往门口走去，关上门的那一瞬间，她又看了孟野一眼。

沙发上的少年一动不动，像是睡着了般安静。

她轻轻合上门。

阮蔓知道。

就像第一次在篮球场遇见孟野，整个世界仿佛都被他踩在脚下，但她看到了，他在这个世界里如履薄冰。

世界如果是海，他就在往下沉，他心甘情愿地往下沉。

他不伸出手，谁也拉不住他。

运动会的第二天，孟野没有来。

阮蔓出门也没碰上他。

趁着运动会溜出去玩的人很多，加上第二天孟野没来，操场上的人明显比第一天少了许多。

下午的闭幕式结束后，时间还早，加上后面两天是周末，阮蔓和付曦并不急着回家。

两个人手挽着手往“一段”走去。

这是阮蔓第一次进到“一段”里面，以前总是匆匆从门口经过，并没有进去过。

奶茶店的柜台正对着大门，柜台后面的架子上摆满了各种颜色的玻璃罐子，里面装着不同口味的奶茶粉，每个玻璃罐子上都贴着标签。

店里女生居多，老板娘索性在店里的两侧墙上放了两块留言板，上面贴满了密密麻麻的便利贴，来喝奶茶的学生多半都会用桌上的笔，在便利贴上写下自己的心愿。

许愿高考成功，许愿友谊天长地久……

旁边那扇门的门帘忽然被掀开，刘睿阳从里面走了出来，看到站在奶茶店里的阮蔓和付曦时，他愣了愣。

留言板前的两人回头看了过来，也怔住了。

跟着刘睿阳出来的是一个年轻女人，二十来岁。

她长得很美，是那种妖艳成熟的美，和阮蔓的恬静美，付曦的可爱美都不同，甚至在十七八岁的女生中很难找出这样气质的人。

女人站在刘睿阳旁边，只比他矮一个头，怎么看也有一米七的身高。她的头发随意地绾在脑后，风情中又不失一份优雅。

“小妹妹，喝点什么？”

阮蔓这才注意到女人身上围着围裙，围裙下是一双笔直纤细的腿，白白细细的。

“两杯薄荷汽水，谢谢姐姐。”付曦点完单后，看向一旁的刘睿阳，“你怎么也在这儿？”

刘睿阳一边从身后的架子上拿下一个玻璃罐子，往杯子里面添着奶茶粉，一边答道：“在这里打工啊。”

付曦并不理会他，拉着阮蔓找了个靠窗的位置坐下了。

“蔓蔓，这就是那个漂亮的老板，漂亮吧？”付曦又偷偷看了一眼柜台后的女人，“不过她不经常在店里，我也才碰到过几次。”

阮蔓点头表示赞同。

“听说知非姐也是一中毕业的，算是我们的学姐。”付曦倒是对这些小道消息特别灵通，她往椅子上一瘫，“我们学校尽出美女，前有许知非，后有你，什么时候轮到我啊？”

进门处挂着一串风铃，只要有人进来，推开门的那一瞬间，风铃就会被风吹得丁零当啷响。

她们说话的这会儿工夫，身后的风铃响了起来。

是付曦先看到的，进来的是韩艺和她的小姐妹。

“孟野上次说话也太难听了吧？”

韩艺的声音带着一丝骄矜，她有些狂妄：“我不在乎，再怎么样也该轮到我了吧？

“况且他说话向来那样……”

两人的对话飘进了付曦和阮蔓的耳朵里。

奶茶店里放着轻缓的音乐，阮蔓瞧着正在收拾桌子的刘睿阳，朝付曦问道：“刘睿阳经常在外面兼职吗？”

付曦点点头，小声说：“刘姨一个人挺难的，刘睿阳一直都在外面兼职贴补家用。有时候是上通宵，有时候周末都不得空。”

听了付曦的话，再回想起这两个月来刘睿阳偶尔的早出晚归，甚至是一晚上不在家，阮蔓突然明白了这是为什么。

这个世界不是对每个人都那么友好，有很多人都在看不见的地方努力地活着。

自己是一个人努力地活着，刘睿阳是为了整个家活着。

那孟野呢？

孟野明明活着，却感受不到他想努力活下去的欲望。

阮蔓瞧向窗外。

奶茶店再过去一点就是钢厂，从阮蔓的角度看过去，正好能看到钢厂门口。

她一眼就看到了站在马路中间的孟野。

还有上次在钢厂门口碰到的那个叫孟野“小野”的男人——孟野的父亲。

“你给我站住。”孟成军拽着孟野的胳膊，川流不息的车从他们身边擦过。

经过一晚，孟野胳膊上已经结痂了的伤口被孟成军一扯，又裂开了口子。孟野冷眼看着身后的男人，孟成军的脸上已经丝毫看不出一点父亲的模样。

孟野一句话都不想和孟成军多说，更不想和他在这人来人往的大街上纠缠。

“你那个妈每个月给你的钱不少，你给我点能要了你的命？”

孟成军在钢厂里又喝了点酒，估计还不少，孟野和他隔着点距离都能闻到扑鼻而来的白酒味。

“孟成军，你最好别跟我提我妈。”

孟野用力一甩胳膊，把孟成军给甩开了，转身朝对面走去。

阮蔓没想到会看到这一幕，她不知道两个人说了什么，隔着窗户，她只能看见父子两人在马路中间推搡以及孟野脸上盖不住的愤怒。

自己和父母的关系只是疏远，并不像孟野那样。她早该猜到，孟野和家里的关系并不好。

但具体是哪种不好，她说不上来。

他们不像是家人，更像是仇人。

“付曦，我先走了，你回家注意安全。”阮蔓见孟野朝马路对面走来，抓起书包就朝奶茶店外面跑去。

“哎……蔓蔓……”付曦还没来得及反应，阮蔓就已经夺门而出。

一眨眼的工夫，孟野就消失不见了。

钢厂对面是一个老小区，门口没有保安亭，只有一个支着摊卖红豆饼的老伯。

阮蔓再往马路上看过去，孟野的父亲也不在那儿了。

“老伯，你看到刚刚从马路那边过来的一个男生了吗？高高的，穿一件黑T恤，头发也是黑色的，长得挺帅的……”阮蔓走到摊前，不抱任何希望地问老伯。

老伯指了指小区里面，说：“他刚进小区。”

“谢谢老伯。”阮蔓礼貌地道谢后，朝前走了几步后又折了回来，“老伯，给我拿两个红豆饼吧。”

小区里都是一幢幢的单元楼，只有一楼的房子后面才自带庭院。有些人家的庭院已经荒废掉，成了堆放杂物的地方，也有些人家的庭院里还种着花，倒也像模像样。

阮蔓漫无目的地在小区里兜着圈，这么多栋单元楼，这么多层，她未必能找到孟野。

手中拎着的塑料袋里散发出红豆饼的香味，阮蔓想了想，从书包最外侧拿出手机，从联系人列表中调出孟野。

【你在哪儿？】

手机很快就振动了两下：

【在家。】

几乎是同时，阮蔓看向了靠近墙边的那一栋单元楼。

孟野站在一楼一间房子的庭院里，时不时地低头看着手机。夕阳的余晖从西边打过来，照在他的身上，显出了几分孤独。

阮蔓朝孟野走过去，很快，孟野也隔着围栏注意到了她。

“你怎么知道我住这儿？”孟野虽然嘴上这么说着，但语气却并不意外。

阮蔓避开这个问题，举起手中的塑料袋晃了晃，说道：“先让我进去吧。”

她走进单元楼，左拐第一间就是孟野家，孟野已经打开了大门，倚在门口居高临下地看着她。

房门大开着，差不多就能看到孟野家的全貌。

阮蔓环视着房子里，孟野家比外婆家大多了，该有的家具都有，黑色的沙发，只有一张椅子的餐桌，干净的茶几。不仅没有别人生活在这儿的迹象，而且从里到外都给人一种毫无生气的感觉。

阮蔓看了一圈，终于知道这种毫无生气是从哪里感受到的。

客厅和庭院中间隔着一扇巨大的玻璃门，玻璃门外的庭院满是枯藤，既不像别家堆满了杂物，也没有葱郁的花花草草，有的只是一大堆爬满了围栏的枯藤和一把摇椅。

“给你带的。”

阮蔓把手里的塑料袋递给孟野。

“什么东西？”

“你看看就知道了。”

阮蔓换上了地上已经摆好了的拖鞋，朝里走去。

“红豆饼？在哪儿买的？”孟野把两个红豆饼拎出来，跟在阮蔓身后。

他大概真的被气昏了头，连在自家小区门口卖的红豆饼都没看到。

阮蔓回头看着孟野，说道：“你家小区门口。”

“噢，我不喜欢吃这甜滋滋的东西。”孟野把两个红豆饼塞到阮蔓手里，但掌心里还留着余温。

“特意给你买的，吃点甜的能开心点。”阮蔓坚持给了他一个。

孟野两口吃完了红豆饼，把包装袋扔进了茶几旁边的垃圾桶。

他扭头看向坐在沙发另一头的阮蔓，她正小口小口地品尝着红豆饼。

孟野往沙发上一靠，他发现自己挺爱看阮蔓吃东西，慢吞吞的，这要真闹起了饥荒，她肯定抢不过别人。

她性子这么好，吃东西又比别人慢。

阮蔓一抬头就看到了孟野正盯着自己似笑非笑。

孟野问道：“你怎么知道我不开心？”

“猜的。”阮蔓没提自己看到的事，继续吃手中的红豆饼，刻意避开了孟野的视线。

她从小就不会撒谎，只要一撒谎，准被识破。

为什么来找他？

为什么给他带红豆饼？

为什么想确认他好不好？

有那么一瞬间，阮蔓觉得自己疯了。

在这样一个陌生的环境里，阮蔓头一次感觉到自己浑身的细胞没有紧绷着，明明身边是刚认识了两个月的孟野。

两个人没再说话，沉默一直持续到阮蔓吃完整个红豆饼。

“阮蔓。”孟野突然叫她。

阮蔓抬起头看着他，眼神中有一丝茫然。

“你是不是也有点喜欢我？”说完，孟野觉得自己一定是疯了。

没等阮蔓回答，他就收回了刚刚眼底那不经意间透露出的一丝期待。

有那么一刻，他觉得阮蔓是能看到他脆弱的一面的，他想不顾一切地把她从岸边拉进海里，与他一同沉溺，但理智又告诉他，阮蔓不属于这里。

她是值得最好的。

“算了，不用回答。”孟野有些不爽，起身从冰箱里拿出一瓶果啤搁在茶几上。

阮蔓有些摸不准孟野的脾气，但她总觉得他并没有如外面的谣言传的那样脾气差，又或许是他在自己面前刻意收敛了脾气。

“孟野，我觉得我是有那么一些懂你的。”阮蔓揪着校服外套的袖口，慢慢地说，“可是我不知道这是哪种感觉。

“我不喜欢告别，也不喜欢说再见。

“孟野，你真的了解我吗？还是只是觉得我身上充满了新鲜感，和桥城这里的人不一样？”

孟野没应声。

自己好像把他的心情变得更不好了。

还是搞砸了。

阮蔓透过玻璃窗看了看外面的天，夕阳已经完全落下了，窗外的景色被淡淡的黑笼罩了起来。

“孟野，我回家了。”她起身，下意识地想去拿书包，却发现进来这么久，书包一直背在背上。

孟野还是没说话。

等阮蔓走到了门口，他才开口：“注意安全，今天不送你了。”

“嗯。”阮蔓应了声。

走出单元楼，阮蔓从庭院往里看去，左邻右舍都已经迫不及待地打开了灯，只有孟野家还是黑着的。

房间里太黑，基本看不太清里面的人在干什么。

阮蔓头一次觉得一个房子能给人这么压抑的感觉，让人有些喘不上来气。

走了几步，她又回头看了看，房间里还是一片漆黑。

好像孟野一直都活在这片黑暗里，他已经习惯了。

没人给他开灯，他自己也不愿开灯。

整个十月以运动会之后的期中考试结束，桥城也在十一月初进入了深秋。

时间不紧不慢地走着，考试后班里的座位又换了一次，孟野坐回到了最后一组的最后一排，还是该逃课逃课，该睡觉睡觉。

阮蔓还是年级第一，并且成功在十一月中旬的英语竞赛中进入决赛。

刘睿阳依旧早出晚归。

还有高二的学生要开始上晚自习了。

一切事情都有条不紊地进行着。

只是有一件事发生了改变——

孟野开始天天雷打不动地往阮蔓的桌上放一瓶热阿萨姆。

同学们头一次见孟野这样对一个女生，况且这个女生还是年级第一。

“蔓蔓，今天份的阿萨姆已送达，还是热的。”付曦伸手摸了摸放在阮蔓桌上的阿萨姆奶茶，今天也是热的。

阮蔓应了一声，把桌上的奶茶放进抽屉里。

奶茶还有些烫手，瓶身的温度还残留在她的掌心里。

阮蔓桌上的奶茶已经一天不落地出现了整一个月，随着天气越来越凉，奶茶的温度也越来越热。

孟野像是在用这样的方式告诉自己，阮蔓对他，是特别的。

刘睿阳正靠在椅背上享受付晨给他带的早餐，那个赌他果然赢了。

“阳子，你是不是早知道了？”付晨转头瞪着正一脸得意的刘睿阳，“你是不是讹我？”

刘睿阳瞥了一眼正趴在桌上睡觉的孟野，说：“我不知道，随便猜的。”

“蔓蔓，你听说了没，最近学校旁边巷子发生的那事？”付曦凑过来问阮蔓。

“什么事？”阮蔓从书包里拿出英语书，放在桌上。

付曦还想说些什么，但张蕾已经踏着早自习的上课铃声进了教室。

“大家停一下。”张蕾敲了敲讲台，“大家可能都听说了吧，学校最近晚自习之后发生的事？”

讲台下一片唏嘘，有说知道的，也有说不知道的。

“最近学校附近的巷子经常有女生遇上些奇怪的人，下了晚自习时间比较晚了，大家都让家长来接一下，特别是女生。家长来不了的就结伴回家，听到没有？”

“知道了——”

张蕾在台上大讲，付曦在台下小讲。

“蔓蔓，这事你竟然不知道？听说最近学校里已经有两个女生遇上那暴露狂了，那人到现在还没抓住。”

“暴露狂？”阮蔓手中的笔顿了顿。

“是啊是啊，你晚上回家一个人小心点，谁也不知道那人会做出什么事。”

身边的同学你一言我一语地讨论着这事：

“听说那暴露狂只穿一件风衣，里面什么都不穿，看见你就把风衣敞开，还冲你笑。”

“天啊，这么可怕的吗？”

“对啊，就是那种猥琐大叔。”

“咦，我的鸡皮疙瘩都要起来了。”

“隔壁班的于朦就碰到了，她说那人差点上来猥亵她，她现在还在医院里住着呢。听隔壁班的人说，她的精神受了挺大刺激。”

“那学校还不取消晚自习？”

“哪敢啊，现在每个高中的高二都加晚自习，我们学校怎么可能搞特殊？”

身边的人讨论得热火朝天，只有阮蔓手中的笔没停下，还有半个月就是英语竞赛的决赛了，她这会儿不能为任何事分心。

孟野像是也知道阮蔓对这个英语竞赛有多上心，在学校里也很少和她说话。

下晚自习后，阮蔓还是和往常一样一个人回家。

刘睿阳最近看起来挺忙的，一打下课铃人就不见了，经常到晚上要睡了的时候才能听到他开家门的动静。

回家的这段路，夜市那一段倒还安全，人也多。就是从学校出来到夜市中间的那一条路，晚上九点后几乎就没什么人了，冷清得很。

不知道还好，今天听同学一讨论，再加上张蕾说的那些话，阮蔓倒有些紧张起来。

学校大门在巷子里，要想走到大马路上，还得经过一段几乎漆黑的巷子，唯一一点亮光是巷子旁的路灯，有几盏正一闪一闪的，好像随时都会罢工。

阮蔓几乎是连走带跑地来到大马路上。

马路上的人还是多一些，还有几个商铺正在关门，巷口的奶茶店是为数不多还在亮着灯的店铺。

就这么走了几天，阮蔓才感觉到哪里不对劲。

这几天，她总感觉有人在跟着自己，但回过头却又什么也没看见。

几乎是一夜之间，桥城就入了冬。

昨夜的大风让地上铺满了落叶，今早还下了一场大雨。

“蔓蔓，你想什么呢？”付曦伸出手在阮蔓眼前晃了晃。

阮蔓沉思了一会儿，才开口说：“你说……我是不是出现幻觉了，我最近老觉得晚自习后有人跟着我。”

“不是吧？”付曦捂住嘴，“不会又出现了一个跟踪狂吧？”

“我也不清楚，可能是我多心了。”阮蔓摇了摇头。

“你要不今晚杀他个措手不及，验证一下？你就大声喊我看到你了，你出来。”付曦给她出了个主意，“要是那人心虚，肯定得出来。”

“还是算了吧，只要没什么事发生就行了。”阮蔓笑着说，“这方法太傻了，那人肯定不上当。”

英语竞赛在十二月中旬，考试前一天是周五。

阮蔓做完一整套卷子后，才发现已经将近晚上十点了，教室已经没人了，整栋教学楼只有高三的学生还在上第三节晚自习。

她还依稀记得值日生的叮嘱，走的时候记得关灯关门。

阮蔓收拾好书包，轻轻地带上了门。

外面的冷空气透过阮蔓的衣服领子往里钻，桥城今年尤其冷，这才十二月，晚上的温度就已经接近零下了。

阮蔓往手心里哈了口气。

也不知道再这么冷下去，这个冬天会不会下雪。

学校大门口的保安亭里的保安正在打瞌睡，双手揣在袖口里，桌上保温杯里的热水还在往上冒着热气。

走出大门没几步，阮蔓就看到巷子口的光亮处站着一个人。

巷子里那几盏前段时间还在一闪一闪的路灯这几天彻底坏了，只有巷子口有那么点亮光。

阮蔓看不太清那人的面容，只能依稀看见他的轮廓。

不知道为什么，今晚她心里的不安感尤为强烈。

阮蔓把羽绒服的拉链拉到顶端，将自己的下半张脸埋了进去。

离巷口越近，阮蔓的心跳越快。

她不得不承认，自己现在很紧张，本来已经快要遗忘的那些话，这下又全在脑海中飘荡着。

“猥琐大叔……”

“猥亵……”

“精神受刺激……”

阮蔓抬眼看了看巷口的那个身影，那人听到巷子里传来的脚步声，慢慢地转过了身。

她看到了传闻中的风衣暴露狂。

借着巷口的那一点光亮，她看清了距离她不远的陌生男人，那人正伸手解身上的风衣带子。

在接近零下的天气里，那人风衣下的腿上什么也没有穿。

与此同时，身后传来了急促的脚步声，在寂静的巷子里听得格外清楚。

阮蔓整个人僵在原地，她想跑开，即使跑进那条孟野他们曾经打过架的巷子也无所谓。

可是她的双腿像灌了铅一样沉重，一步也挪不开。

暴露狂的脸上露出了激动的笑容，令人有些作呕。

在他敞开风衣的同时，一只手覆上了阮蔓的眼睛。

阮蔓被身后的人摁进了怀里，少年独有的气息笼罩住了她。

她是熟悉这个味道的。

孟野身上独有的松木香的味道。

第四章

只认你

那一瞬间，阮蔓突然明白了。

这两个星期，跟在自己身后的是孟野。

在同学都有家长来接的情况下，是他一天不落地把自己护送回家。

阮蔓的鼻子有些发酸，不知道是因为突然想明白了这回事，还是因为鼻子猛地撞上了孟野的胸膛。

“阮蔓，把眼睛闭上。”

孟野把阮蔓拥在怀里，他的眼底泛着冷意，死死地盯着巷口的那个男人。

男人敞开的风衣里面什么都没有穿，露出的是一具令人恶心的躯体。见面前的少女并没有看到这一幕，男人有些遗憾地合上了风衣，转过头就准备朝街对面走去。

“阮蔓，你可以自己待着吗？我得抓住这畜生。”

“好。”

“把眼睛闭上，别睁开。”

阮蔓松开攥着孟野袖子的手，点头道：“好。”

孟野往前追去，伸手用力一推，那人一下子趴到了地上，没反应过来。

地上的男人哀号着，双手胡乱地在兜里掏着什么。

打斗声把奶茶店里的刘睿阳和许知非引了出来，两人一出来就看到了骑在男人身上的孟野捂着腹部。而扔在一旁地上的，是一把再普通不过的小刀，沾着血的刀身在路灯下泛着光。

不知道从哪刻起，阮蔓没听到拳头砸向身体的声音，也没再听到暴露狂的哀号声，取而代之的是令人毛骨悚然的笑声。

还有刘睿阳叫的那一声——

“孟野。”

站在奶茶店门口的许知非第一时间拿出手机，分别打了120和110。

刘睿阳用风衣上的带子捆住了暴露狂。

只有阮蔓没有勇气转过身，此时此刻她是在场的所有人中最不勇敢的那个，和半年前的她一样。

但这个人是孟野，拼尽全力对她的孟野。

刘睿阳抬头看了阮蔓一眼，她整个人抖得很厉害，并不像一般人表现出来的恐惧与害怕，更像是一种应激反应。

走到孟野身边的那几步路，她从没觉得这么长。地上的刀闪着精光，上面沾着孟野的血迹。

阮蔓几乎是一下就跪了下来，拉住了孟野的手。

拉住他手的那一刻，她整个人没有刚刚抖得厉害了。

孟野身上的白色羽绒服不知道什么时候沾上了血迹，红的白的交错在一起。

阮蔓借着光才看清那些血迹是从孟野的腹部渗出来的。

还有他的掌心，不知道什么时候也被划出了一条血痕。

抓着孟野还是温热的掌心，阮蔓的眼泪止不住地往下落，她这次没有逃跑。

“哭什么，死不了的。”孟野抬手去蹭她脸上的泪。

他见不得她哭，不管是为谁哭。

“别哭了，再哭之后我不给你送阿萨姆了。”孟野笑了笑，“没事的，衣服太厚，只是划了一个口子，没多大事的。”

许知非走过来蹲下，搂着阮蔓。

谁也不会想到，暴露狂会在风衣口袋里藏着一把刀，谁也没想到，这把刀会捅向孟野。

警车和救护车几乎是同一时间赶到。

街边的几个路人站在一旁围观，细碎的话语声在阮蔓耳边飘着。

巷口那点微弱的灯光被遮挡得严严实实，阮蔓抬眼往天上看去，月亮被云层遮住了，明天要下大雨了。

阮蔓没敢松开抓住孟野的那只手。

她怕。

怕什么呢?

怕一松手眼前的这个人就不见了。

“孟野没什么大事，刀不是直接捅进去的，而是横着划过去的。虽然伤口有些深，这会儿止完血了在缝针。”刘睿阳拍了拍阮蔓的肩膀。

刚刚在医院门口做完了笔录，阮蔓这会儿还是有些魂不守舍。

她两只手紧攥着，十个指头都在用力，指尖泛着白。

必须要抓住点什么。

她得抓住点什么，才能让自己有一丝真实感。

夜晚的急救室依然很忙碌。

坐在这里的一个小时，阮蔓看到了因为车祸浑身是血的伤者，也有因为喝醉酒酒精中毒的患者，但她想到正在急救室里的孟野时，她开始无比讨厌医院这个地方。

送走父亲的时候，是在车站。

那是生离。

而医院，代表着死别。

一个不小心，这个人就再也不会出现在自己的生命中的那种死别。

她的手背上属于孟野的血已经凝结成了血痂，阮蔓用指腹去蹭它，还没用力，便碎成了渣掉落在地上。

“阮蔓，我想问你个事。”刘睿阳坐在了阮蔓身边，侧着头看她。

没等阮蔓回话，他接着问：“你……是不是碰到过什么不好的事情，或者对什么东西有应激反应？”

阮蔓浑身僵住，即使身上裹着羽绒服，她还是觉得冷。

医院走廊的灯很亮，比巷口那点微弱的光亮上百倍。

阮蔓本身就白，受过惊后，整张脸都是惨白的。她转过头看向刘睿阳，发现他的衣服上不知道什么时候也沾上了孟野的血。

刘睿阳从没见过这样的阮蔓，如果非要用一个词来形容，那大概就是失魂落魄。

记忆中的阮蔓总是温温吞吞的，安静，话不是很多，总是给人一种很高冷的错觉，其实就是不太爱主动和人交流。有时候她明明什么都没说，但和她对视的时候，能发现她的眼里其实有很多情绪的，像是已经和你说了很多。

但今晚她的眼里没有任何情绪，像两颗棕色的玻璃珠嵌在眼眶里，毫无生气。

不知道过了多久，阮蔓终于开口说话了，因为很久没喝水，她的声音有些嘶哑。

“言语暴力算吗？

“如果那也算的话。

“那就应该有吧。

“是我罪有应得。

“高一的时候，我在杭城二中碰到过一起打架事件。当时闹得很大，上过新闻。”

阮蔓低着头，她的语气很平淡，平淡到像是在讲别人的故事，但她浑身都在止不住地发抖。

“我是那个事件的唯一目击者。因为那天我爸爸来杭城看我，放学后我急着回家，我才抄的小路。”

即使事情过去半年了，阮蔓还是没法忘记那双眼睛。

那双向她求救的眼睛。

那双眼睛里的情绪，她分明也在孟野的眼中看到过。

她是怎么注意到的孟野，大概是那天在操场，她回头看到他微扬的嘴角和眉眼。

有个声音和她说：“他在深渊里，你得去救他。”

阮蔓吐了口气，平复了一下心情，继续说道。

“回家的小路里有一条巷子，经常有混混在那里打架。那天，我听到了打架的声音……我并不是很关心这些，因为我在每个学校都待不久，但我看了一眼，是同校的学生。他也看到我了，对，应该是看到我的，后来我就没再看下去了。

“他当时分明想让我救他的……但我没有。

“第二天他没来上学，班主任说，他死了。新闻里把他的死归结为意外，没说我们学校。杭城二中是省重点中学，校领导是不会允许这样的事影响学校声誉的。

“但校内人都知道……他是被刀捅死的。

“我是唯一的目击者……

“学校想把这件事压下来，因为是放学后发生的，学校理应没有任何责任，可那个同学的父母找到了学校，我没法看到别人的父母掉眼泪，杀人就是要偿命的，所以我说了。

“然后……然后我就被千夫所指，为什么看见了却不救他，又为什么不打110报警。我没有解释的余地，因为我只看到了一群人围着他，后面的事我什么都没看见。”

刘睿阳蹙了蹙眉，高一那年，他们曾听过这个新闻的，说那个学生被刀捅死了，还听说有目击者，后来只记得学校又辟谣了，传闻就淡了下去。

这个新闻当时很轰动，张蕾还特意把他们几个叫到办公室警告了一番。

但他们没当回事。

“后来学校还是压下去了对吧？”

“学校说已经翻篇了，就不要再计较这些了。”阮蔓声音很轻。

“那些人没被抓起来？”

“没有。”

“那个受害者的父母怎么不帮你说话？”

“他们为了多讹点钱妥协了。”

阮蔓的情绪慢慢平复了下来，但她的双手依旧紧紧攥着，手背上被勒出一条条红印子。

“所以……你转学是因为这个？”

“我妈妈挺忙的，没时间管我。而我也想换个地方调整心态，在杭城好像随时随地都活在别人的言论中，好像无论我说与不说，都是错。出于善良，我说了实情，但并不是你给出去的所有善意都会绕个圈回到你身上。我只是突然明白了，原来所谓的善意换来的是引火上身，在金钱面前，真相是什么也并不重要。

“但如果能回到那一天，我还是希望自己能勇敢一点。”

阮蔓知道自己在逃避些什么，她也知道自己最终还是要回到杭城，但是她就是想短暂地逃离，逃离她所见到过的一切。

如果可以，她想勇敢一点。

勇敢地打110。

勇敢地冲上前去制止一切。

可是这个世界上没有如果，她只能用她的方式来逃避这已经发生的一切。

“都能过去的。”刘睿阳说。

“嗯。”阮蔓应了一声。

如果过去了，她不会来桥城，也不会遇上他们。

更不会遇到孟野。

“孟野的家属在吗？病人已经推去病房了，3021床。”护士从急救室出来，朝走廊里喊道。

“来了。”刘睿阳站起身，他看向阮蔓，“孟野没事了。”

病房里，孟野安静地躺在病床上。

他身上带血的衣服已经被换成了病号服，印有条纹的病号服穿在他身上也好看。阮蔓在门口停住了脚步，突然间没了再往里面迈进一步的勇气。

像是听到了动静，孟野睁开了眼，看向病房门口。

刘睿阳和阮蔓站在那儿，像两尊佛像。

“过来呀。”孟野扯着泛白的嘴唇笑，温声说道。

病房里只开了一盏小台灯，暖黄的光照在孟野的脸上，原本有些锋利的脸庞显出了一份柔和。

阮蔓朝孟野走过去，他好像是整间病房里唯一的那抹光亮。

她不仅是朝他走过去，更像是朝光走过去。

孟野听到阮蔓轻轻地说：

“孟野，幸好你还活着。”

孟野没继续笑，笑的时候会扯到腹部刚缝好针的伤口，麻药的药效已经散得差不多了，疼痛撕扯着他的理智。

第一次有一个人那么强烈地希望他活着。

他也第一次因为一个人，有了那么强烈的活下去的愿望。

如果今晚的刀是竖着捅进去的，这会儿他应该还在抢救中，说不定还没到医院，他的生命就停留在了今晚。

他突然有些后怕。

他很想陪阮蔓一年又一年。

无论以什么身份。

无论他们在不在一起。

他得陪着她。

他们就像沙漠里的旅人，同样在一望无际看不到头的沙漠里行走着，他们是彼此的甘霖，同时也是彼此的救赎。

阮蔓的眼睛有些肿，她本不想哭，可是看到孟野的那一刹那，泪腺就像一个拧不紧的水龙头，泪水止不住地往下掉。

“你再哭的话眼睛要肿成核桃了。”孟野伸手去给她抹眼泪。

他的手上还缠着绷带，也是刚刚被那把刀划伤的。

“孟野。”

千言万语又汇成了他的名字，仿佛只有叫出这两个字，听到他的回应，阮蔓才能真正安心下来。她有很多想对他说的话，现下却又什么都说不出来。

“我在。”孟野的手轻轻地覆在她的手上。

阮蔓什么都没说，她和他离得很近，都能看到他脸上的绒毛。她慢慢地从他额头看向下巴，看得很仔细，一个地方都没有错过。

原来孟野的睫毛这么长。

原来他的眼尾那儿有一颗不太明显的痣。

原来他的耳朵上有一圈小绒毛。

两人谁都没开口说话。

刘睿阳去药房拿了药回来，敲了敲门后，走了进来。

“阳子，把阮蔓送回去吧，她明天还有考试。”孟野的脑子还是清醒的，他还记得明天是英语竞赛的决赛。

阮蔓摇头，说道：“我不想回去。”

她注意到了，孟野来医院这么久，他的身边没有一个家人。

只有刘睿阳和她。

她不能走。

几番坚持下，阮蔓还是留下了。

刘睿阳在小沙发上倚着，阮蔓搬了一张板凳坐在病床前，她只有看着孟野，才能稍微安心一点。

不知道是因为麻醉剂的余效，还是因为一晚上的折腾，没一会儿工夫，孟野的眼睛就合上了。

他黑色的头发落在洁白的枕头上，睡着的时候眉头还是皱起来的，因为失血过多，这会儿嘴唇并没有什么血色。怎么能有人，穿着病号服也这么好看啊？

阮蔓看得有些出神，孟野的确是她见过的五官最好看的男生了，不知道他的父母五官有多优越才能生出这样的儿子。

人生中有无数个重要的时刻，阮蔓在今晚这个时刻确定了一件无比重要的事情——

她要把孟野拉上岸。

她突然有一种无比强烈的感觉。

这辈子她再也遇不上比孟野对她更好的朋友了。

何曼君和阮辉只给了她八年的爱与陪伴，一开始他们告诉她，即使爸爸妈妈分开了，他们还是她的父母，他们依旧是一家人。

再后来，阮辉有了自己的新生活，何曼君的事业蒸蒸日上，他们似乎都不太愿意想起，他们还有一个曾经的爱的结晶。

爱情，不过也只是个转瞬即逝的东西罢了。

但孟野不同。

因为他们是这个世界上最懂对方的人，他们互相看到了对方的脆弱和在这个世界里的无助。

冬天的早晨来得晚，直到六点半天才蒙蒙亮起来。

窗外的地上是大片大片还未干的水坑，昨晚应该下了一场雨。阮蔓六点半准时醒来，她没有赖床的习惯。

小时候就是因为她赖床，还关掉了闹铃，导致上学迟到。那件事让她很害怕，导致后来在周末她都不太能安稳地睡一个懒觉。

昨晚在病床边趴了一整夜，阮蔓醒过来时才感到胳膊有些许酸麻感。昨晚她并没有睡得太熟，甚至夜里还惊醒过一次。她用手背探了探孟野的额头，看他有没有发烧。

阮蔓的眼神聚焦到病床上的孟野身上，他还保持着和昨晚入睡时同样的一个姿势。这一夜，他一次都没醒。

阮蔓轻轻活动着胳膊，抬眼往沙发那块看去，刘睿阳已经不在沙发上了。

她站起身，再次摸了摸孟野的额头，幸好没发烧。

她拿起椅背上挂着的书包，往门口走去。

刚推开门，阮蔓就看到了走廊那头拎着早餐朝病房走来的刘睿阳。

"吃点早餐再走吧，时间还早。"刘睿阳朝阮蔓扬了扬手上的早餐，很明显，他买了三份。

阮蔓没拒绝，两人坐在走廊上的椅子里，一人手里端着一碗粉。

"考试九点开始吧？"刘睿阳问，"你是直接去考场吗？"

"得先回家拿个证件，换身衣服。"阮蔓低头看了看自己身上的衣服，校服口袋那块也沾上了一点血迹。

"我送你吧？"刘睿阳看了看手腕上的表。

"没事，你陪孟野。"阮蔓扯着嘴角笑了笑，眼神却往病房那个方向飘过去，"我可以的。"

走廊里的人逐渐多了起来，值班的医生已经换了一批，来来往往的家属拎着早餐朝各个病房走去，整条走廊都飘着各种早餐的味道。

"那件事，要和孟野说吗？"刘睿阳犹豫了一下，还是问了这个问题，这件事到底是阮蔓的一个心结。

阮蔓沉默了一阵，把夹起的牛肉重新放回到碗里，低着头，说道："你和他说吧。"

她有些退缩。

她不敢让孟野知道自己是一个多么懦弱的人，甚至是一个算不上善良的人。

"我回家了。"阮蔓盖上了盖子，站起了身，"谢谢你的早餐。"

"注意安全，考试成功。"刘睿阳朝阮蔓竖了个大拇指。

走出医院的那一刻，阮蔓闻到了空气中夹杂着泥土的味道，空气多了一份潮湿，黏黏腻腻的。

她不喜欢泥土的味道，也不喜欢下雨天。

这样的天气，心情总是不会太好。

阮蔓朝手心哈了口气，往车站走去。

“醒了？”刘睿阳提着粥进了病房。

病床上的孟野缓慢地睁开眼睛，前几天都没太睡好，他也不记得昨晚是什么时候睡着的，仿佛这一觉做了一个很长的梦。

梦里没有孟成军，也没有那个暴露狂。

“人呢？”孟野的嗓子哑得连说话都有些破音。

“阮蔓回去换衣服准备考试了。”刘睿阳把病床摇了起来，然后往床上架好桌子，把粥摆在了桌子上，“你最近只能喝粥，那些刺激性的食物不利于伤口恢复。”

孟野的嘴巴有些干，他稍微一扯嘴角，嘴唇上就出现一道干裂的口子，里面涌出了一串血珠。

他的舌头稍微一舔，血珠消失在舌尖。

面前的皮蛋瘦肉粥明显皮蛋要比瘦肉多，孟野囫囵喝了几口，就把勺子往打包盒里一扔，身体往后一靠。他斜眼看着难得老实坐着的刘睿阳，说：“你有什么要说的？”

和刘睿阳认识了那么些年，谁心里藏着点事对方一眼就能看出来。

刘睿阳靠在椅背上没动，等他把昨晚阮蔓说的那个故事原封不动地告诉了孟野后，他才注意到孟野正皱着眉，像在思考着什么。

在孟野努力回想了五分钟后，他总算想起来了自己的确是听过这回事的，同时他也想起了教阮蔓做操的那天，她问他：

“你不怕他们带刀吗？”

“你不怕死吗？”

还有第一次月考时的语文作文。

阮蔓的作文被当作范文在班上朗读。

孟野在睡梦中迷迷糊糊地听到作文的开头。

“十八岁的自己，不需要站在阳光下熠熠生辉，也不需要在人群中发光发亮，如果可以，我想成为更勇敢的自己……”

他当时还在心里暗暗嘲讽过她，到底得懦弱成什么样才只希望十八岁的自己要勇敢一点。

好像一瞬间，所有事情都串在了一起。

阮蔓对打架这件事的极度较真好像也得到了一个很好的解释。

孟野蹙眉，他的确没把阮蔓和这事放在一起想过。

刘睿阳出声打断了孟野的思绪：“我没告诉奶奶你住院的事，瞒不下去你就说去我家了，听到没？”

孟野回过神，他抬手拔下针头，跳下床拿起沙发上搭着的外套。巨大的动作幅度撕扯着他腹部的伤口，他顾不上疼，利索地换着衣服。

“你不要命了？”刘睿阳起身拉住他。

“我得去找阮蔓一趟。”孟野甩开刘睿阳的手。

“你等她考完试再说。”刘睿阳话还没说完，孟野就已经冲了出去。

孟野失踪了半个月，从阮蔓参加英语竞赛决赛的那天开始算起，整整十五天。

明天就是这一年中的最后一天了。

这是阮蔓今天第七次回头看向孟野的座位，依旧是空的。

比起班上其他人的桌上堆着满满当当的书，孟野空空如也的桌子在这个班级里显得很突兀。

班里没人知道孟野去了哪里。

包括刘睿阳和丁航他们。

这个人好像莫名地闯入了自己的生活，又在一夕之间抹去了所有的踪影。

持续了一个多月的阿萨姆奶茶没再继续送下去，不少人在背后议论纷纷。

旁人看阮蔓的眼神中似乎多了一份同情。

阮蔓没在意旁人的闲言碎语。

她的生活中除了学习，好像多了一件事。

那就是联系孟野。

据刘睿阳说，孟野在听完阮蔓的事情后，冲出病房说去找她后，就再也联系不上了，可能是去了他妈妈那儿，也有可能是手机弄丢了。

总之，他们也不知道孟野在哪儿。

阮蔓去过两次孟野的家。

大门紧闭着，院子和客厅中间的那扇落地窗被拉上了厚厚的窗帘，看不清里面。院子里的枯藤爬得更长了，上次看还只是依附在栅栏上，这会儿已经绕了个圈。连那把摇椅上都堆满了落叶。

孟野就这么突然没了音信。

今年的冬天，好像比往年都要冷。

阮蔓不知道还能不能见到孟野。

阮蔓突然有点后悔，如果那天早上是她最后一次看到他，她应该会在出门的时候回头再看他一眼。

“没被发现吧？”孟野抬头看了一眼进来的人。

屋里死气沉沉的，窗帘紧拉着，外面的阳光一丝都照不进来，房间里也没开灯，孟野整个人躺在黑暗中，像一条濒临死亡的鱼。

“看着阮蔓回家才来的。”刘睿阳把打包好的饭菜放在了茶几上，然后打开了灯。

灯突然照亮了整个客厅，刺得孟野闭上了眼睛，缓了好一会儿才睁开。长久处于黑暗中，有一点光亮都能会他觉得难受。

孟野从沙发上坐起来，脱掉身上的上衣。

房间里没有开暖气，皮肤一下子接触到冷空气，孟野皱了皱眉。

腹部的伤口反反复复，昨天他刚在医院拆了线，只是如果动作过大扯到了伤口周围皮肤的话，还是会有些疼。

刘睿阳拿了把椅子过来坐下，问道：“这学期你还去学校吗？”

“不去了。”孟野拿起茶几下的绷带还有酒精，把新的绷带在腰上绕了一圈又一圈，没怎么思考就给出了答案，“这学期也没几天了吧。”

他抬头看向刘睿阳。

“明天元旦晚会，来吗？”刘睿阳把胶布递给孟野，“班里出了两个节目……”

“没兴趣。”孟野打断了他的话，把衣服重新套回到身上。

茶几上的饭菜是在外面买的，孟野特意叮嘱了刘睿阳谁也不要说，包括付晨和丁航，也包括刘姨。

只要是任何有可能把他的行踪告诉阮蔓的人，都不要说。

他只让刘睿阳对外说，他可能回他妈妈那儿了。

“行吧。”刘睿阳抬了抬下巴，“不过再不说你的消息，付晨他们那儿也要瞒不下去了。”

“明天我联系他们。”孟野喝了口汤，闷闷地说。

刘睿阳也不拐弯抹角，直接说道：“人家阮蔓找你找得挺辛苦的，你要不给人回个短信？”

孟野拿勺子的手顿了顿，但那只是一秒的事，转头就继续喝汤，像是没听见这句话。

放在桌上的手机振动了起来。

来电显示：阮蔓。

孟野继续吃着自己的饭，愣是没看手机一眼。

很快，亮着的屏幕又熄了下去。

“既然不接，干吗不拉黑？”刘睿阳从茶几底下的箱子里拿出一瓶阿萨姆奶茶，“当局者迷，旁观者清。”

孟野剜了刘睿阳一眼，把手机翻了个面，放在沙发上。

他没法拉黑她。

孟野每天躺在黑暗中，阮蔓打来电话的时候，他总会把手机放在靠近心脏的地方，只有这样，他才能感觉到自己是活着的。

只有阮蔓能给他带来继续活下去的希望。

如果有一天，她不找他了。

他想都不敢想有那么一天。

但不能因为贪图她身上的那一点光，就把她也拉下海里。

他一个人垂死挣扎就够了。

孟野从医院冲出去找阮蔓的那天，刚出医院没多久，他就遇上了林闵那一帮人。

“哟，那不是咱一中的野哥吗？”

林闵脸上的伤好得差不多了，但有些地方不可避免地留下了疤。

孟野没打算和他们死缠，他眼下有更重要的事情要去做。

但显然对方并不是这么想的。

“昨晚你不是英雄救美了吗？听我小老弟说，你还进医院了？这会儿就生龙活虎了？”林闵说着，绕到孟野的面前。

昨晚的事都传开了，有的说天不怕地不怕的孟野为了救一个女生，被刀捅进了医院；有的说孟野身中数刀，还在医院抢救；还有的说孟野断了一只胳膊……

谣言越传越离谱。

林闵脸上的笑容带着点讽刺的意味。

谣言终归是谣言，孟野这会儿看上去并不像谣言里说的那样身中数刀或是断胳膊断腿。

林闵不太满意他当下看到的状况，孟野至少得丢半条命他才能咽下这口气。

“林闵，我劝你让开。”孟野没耐心和林闵说话。

“孟野，你最好给我看清楚，现在你是一个人，我们是一群人。”林闵脸色逐渐难看。

上次一打一，他被孟野当场下了面子。

今天一群人打一个人，他到底还是有些把握。

路过的洒水车没开音乐，他们都没注意，洒水车开过他们身边时溅了他们一裤腿的泥点儿。

“刚下过雨你开什么洒水车？”

“滚。”

两人同时开口。

只不过林闵是骂洒水车司机，而孟野骂的是林闵。

“谁给你的底气嚣张？是你那个爹，还是你拼了命要救的年级第一？”林闵的脸彻底黑了，他得拿捏住孟野的软肋，“没想到你还能多出一个软肋，赶明儿我去找你们年级第一聊聊，也不知道她知不知道你是个什么东西。”

最后刘睿阳是在医院旁边的一条巷子里找到浑身是血的孟野。

当孟野的腹部不停地涌出血液时，林闵他们怕了，落荒而逃。

孟野被送进医院抢救了整整一天，因为失血过多而导致昏迷，伤口感染导致发烧。高烧了整整五天才退下来，孟野整个人被烧得晕乎乎的。

本来不算太严重的伤口，养十来天就能好，又因为林闵，孟野在医院躺了两个礼拜才被批准出院。

孟野昏迷的那段时间，刘睿阳没敢告诉阮蔓。

等孟野清醒了，他同样也让刘睿阳不要告诉她。

烧退了的那一刻，孟野也清醒了。和阮蔓的一切，就像一场高烧，他没法把她带到自己这破如烂泥的生活，他也没法把她留在桥城，他只盼着她好。

只有自己和她扯不上一丁点关系，她就成为不了自己的软肋。

“我走了啊。”刘睿阳拎着塑料袋，顺带把垃圾也带走了。

“嗯。”孟野躺回到沙发上，“把灯关了。”

刘睿阳关了灯，打开门，一只脚迈出去后，又转头朝屋里说了一句话：“明天元旦晚会，有阮蔓的钢琴独奏。”

他不知道孟野听见没，但他得告诉孟野。

刘睿阳的这句话在空荡荡黑漆漆的房间里回荡了很久。

孟野死死地盯着天花板上那一条裂缝，没一会儿，瞳孔又散开，没有聚焦，没有目标地发着呆。

沙发上的手机此时此刻又振动了起来，他拿起手机。

亮着的屏幕上，来电显示还是阮蔓。

孟野把手机扣在自己的左胸膛上，手机的振动通过那一块皮肤传到身体的每个角落，身体中的每个细胞都在叫嚣着、雀跃着。

孟野想：我还是活着的。

手机停止了振动，紧接着传来“叮——”的一声。

是消息进来的声音。

孟野把手机翻过来，信息是阮蔓发来的。

【明天元旦晚会你来吗？我弹钢琴给你听。】

阮蔓把手机盖在桌上，她不知道孟野看不看得见她发的短信。

但她感觉得出来，孟野是在刻意躲她。

明天就是今年的最后一天了，她很想亲口对他说一句新年快乐。

这乱七八糟的一年终于要过去了，这一年她最幸运的事就是遇上了孟野，遇上了他们。

十二月的最后一天。

元旦晚会在学校的大礼堂举行，阮蔓倒是没想到桥城一中竟然还有一个深藏不露的大礼堂，在学校的另一栋教学楼的一楼。

每个班的学生热情都空前高涨，好像圆满地举行了元旦晚会后，就真的能和这一年好好地说声再见。

高一高二年级每个班都报了两个节目，后台人挤人，热热闹闹的，有跳舞的有演小品的，看起来有模有样。化妆间更是挤满了人，有节目的人都想漂漂亮亮地出现在台上。

高二（1）班除了钢琴独奏，还报了一个小品。

阮蔓只换了一身白色的裙子，并没打算化妆。

奈何付曦拎着大包小包的化妆品，硬是给班里有节目的人都化了一个妆。

阮蔓的底子本就好，不化妆也是在人群中出挑的人，化了淡妆后，整个人的气质顿时再往上升了两个度，引得后台频频有人往她这儿看，还向付曦打听阮蔓的联系方式。

其实阮蔓来桥城之后，就再没碰过钢琴了。见班里想出一个高级一点的节目，再加上一丝私心——阮蔓想弹琴给孟野听，就索性硬着头皮报了钢琴独奏。

张蕾也不知道从哪儿真的给她弄来了一台钢琴，这个节目就这样敲定了。

口袋里的手机一直没动静。

孟野还是没有回复。

隔着一堵墙，主持人开始念晚会的开幕词，紧接着是高一(1)班的节目上场。

高一有十个班级，一共二十个节目，轮到高二(1)班差不多还有一个多小时。

阮蔓突然没了把握，她开始不确定孟野会不会来。

孟野没和刘睿阳他们坐在一起。

刚踏进学校，他就听到了大礼堂里传出的喧嚣。夜色里，除了周围的万家灯火，只有礼堂内灯火通明。

他突然想起了不知道在哪儿看过的一句话：热闹是他们的，我什么都没有。

大礼堂里人挤人，并没有空的座位。最后一排站着不少人，每个人的脸上都挂着兴奋激动的神情，没人注意到孟野来了，因为他刻意压低了戴在头上的帽子。

等了几个节目之后，主持人出来报幕：“有请高二（1）班的阮蔓同学为我们带来钢琴独奏《致爱丽丝》，大家掌声欢迎。”

台下爆发出雷鸣般的掌声，一浪高过一浪。在桥城一中，还没哪个班出过钢琴独奏这样的节目，再加上阮蔓年级第一的名头，大家都尤为期待这个节目。

帷幕拉开。

舞台中央摆着一台钢琴。

阮蔓一袭白裙，坐在钢琴椅上。

从舞台上面打下来的光圈笼着她，像是有心灵感应般，在开始前，阮蔓扭头朝孟野站着的方向看过来。

她知道，孟野来了。

礼堂里的吵闹声小了许多，无论懂不懂钢琴的人都在认真地听着。

光影下，阮蔓的手指飞快地在钢琴琴键上跳跃着。

孟野从未见过这样自信的阮蔓，她从头到脚，甚至连每一根发丝都在发着光。他吸了吸气，扯到了伤口周围的皮肤引发一丝痛觉，这点痛倒让他有了一丝真实感。

他从来不知道阮蔓还会钢琴。

他不太懂音乐，更谈不上会什么乐器。

但只有他知道，这首曲子，是阮蔓弹给他听的。

一曲毕，台下响起了更为炸裂的掌声，口哨声一浪高过一浪，像要把礼堂屋顶掀翻掉。

孟野从人群中退出来，走出了礼堂。

耳边似乎还有刚刚的尖叫声，他抬手搓了搓耳朵。礼堂里的暖气开得很足，一门之隔，外面是天寒地冻。

他听到了。

很好听。

阮蔓来不及往身上套上羽绒服，只穿着一件单薄的裙子就往礼堂外冲。

孟野走了。

“孟野——”

一个清脆的声音响在身后。

孟野愣了愣，随即步子迈得更大，快速朝前走去。

“孟野，你等等我。”

身后是追上来的脚步声。

“孟野，你停一下，我就说几句话。”

他们间的距离，不过几米。

孟野转过身，看着面前被冻得有些发抖的阮蔓，叹了口气。

他把身上的羽绒服脱下来，走过去披在阮蔓的身上。不过半个月没见到她，感觉她比之前更瘦了些，下巴要更尖了，还是细胳膊细腿的。

阮蔓今天化了妆，比平时还要好看些，怪不得刚刚又是尖叫又是口哨声的。

挺好的，就这样也挺好的。

“孟野，你之前让我考虑一下，我考虑过了……”阮蔓顾不上问孟野这段时间到底去了哪里，去干了些什么，为什么不接她电话。

有些话，她必须说出来，今天不说，她总觉得以后都没有机会了。

孟野出声打断她：“我开玩笑的，你别当真。”

他的眼神有些冷漠，让阮蔓有些措手不及。

“什么意思？”阮蔓的声音有些发颤。

突然刮起的风卷起了地上的一个塑料袋，塑料袋打了个旋儿擦着孟野的鞋边飘过。孟野避开她的眼神，偏头看到了那个塑料袋。

“字面意思。”孟野的脸上浮出一股轻蔑，“腻了，不想和你做朋友了，年级第一也不过如此。”

“你骗我。”阮蔓一字一句地说。

她不信。

孟野转身就走，头也不回，一副懒得和她纠缠的模样。

“孟野，你当时跑出医院找我要和我说什么？

“孟野，你是个无赖吗？”

身后的问题一个接着一个地抛来，两个人心知肚明，他不会扭头回答，她也不会再追上去。

这是孟野头一次听见阮蔓骂人。

好脾气的她第一次骂人，竟然是骂他。

不知道是有幸，还是可悲。

“孟野，新年快乐。”

直到看不见孟野的身影了，阮蔓才用极低的声音说道。

这句“新年快乐”到底没有亲口说给他听。

她弯了弯手，手指已经被冻僵了。

十二月的桥城，真的很冷。

走到家门口，孟野才察觉到身上的凉意。羽绒服披在了阮蔓的身上，他差点忘记了。

进了屋，孟野随便往身上套了一件羽绒服，又出了门。

他知道今晚，甚至以后阮蔓可能都不会再打电话来了。

他必须找个热闹的地方待着，这样才能证明他没有那么孤单。

到底扛不住大冬天穿一条裙子就往外跑，阮蔓生了新年的第一场大病。

元旦三天假，她发了三天的烧。

烧得整个人迷迷糊糊的，但依旧不愿意去医院。

在半梦半醒中，她听到了新年第一件关于孟野的事，是付曦来她家看她时和她说的。

“孟野这学期不回来了，下学期再来学校。”

阮蔓没接话，一时间，孟野仿佛已经离她很远了。

刘睿阳来过两次，对于孟野，刘睿阳只说给他一点时间。

孟野本身性子就倔，这事除非他自己想通，否则谁说都没用。

阮蔓看起来性子温和，倔起来倒和孟野有得一拼。

他知道，两个人都在较着那股劲。

春节在一月底。

元旦三天假后，再熬一个星期，最后熬过期末考试，高二上学期就彻底结束了。

阮蔓在期末考试的头天晚上接到了母亲的电话。

“蔓蔓，今年春节你要不要去爸爸那边过？”母亲难得和她打着商量，可能也是顾及阮蔓的父亲再婚，今年还生了一个大胖小子，爷爷奶奶肯定不太待见她。

“不去了吧。”

“想回杭城吗？”

“妈妈，我就留在桥城吧，你不用操心我。”阮蔓用笔敲着桌面。

“那过年记得去给张阿姨拜个年。”

“好。”

电话两头一下子都陷入了沉默，阮蔓和何曼君都不是那种擅于找话题的人。

“蔓蔓，妈妈大概暑假前就能结束培训，你高三是想留在桥城还是转回杭城？”

阮蔓没想到母亲一下子抛出这么个问题，还没等她回话，何曼君继续说：“之前那个风波都过去了，杭城的教育毕竟还是比桥城好。”

她第一次有了不想离开一个地方的冲动。

“妈妈，我考虑一下。”

电话挂断后，手机里传出来“嘟嘟嘟”的声响，阮蔓把手机从耳旁拿开。

桌上的试卷摊开着，她此时没有一点复习的心思。

门外传来脚步声和开锁的声音，刘姨今天上的是夜班，这个点回来的也只有刘睿阳了。

门“刺啦——”一声被拉开，阮蔓站在刘睿阳家门口，抬手叩了叩门。

刘睿阳家的门上还贴着去年贴的倒福，有一个角已经翘起。和外婆家一样，他家也还在用着老式的那种木门。

刘睿阳拉开门，看到阮蔓愣了愣，但他什么都没说，侧开身让她进来。

家里的沙发被刘姨套上了蕾丝花边的沙发套，虽然看起来与刘睿阳的形象严重不符，但家的味道非常浓。家里大到柜子，小到碗筷，都是刘姨亲自买回来布置的。

几乎没有任何铺垫，阮蔓直接开口说：“我知道你和孟野有事瞒着我。

“我跟踪过你，看到你去医院了。

“但我没敢进去看，孟野在医院，对吧？”

刘睿阳挑了挑眉，学霸无论在哪方面都是学霸。

他不否认但也不承认，嘴唇抿着，双手环在胸前，靠着身后的柜子看着她。

“他家发生过什么？”阮蔓继续问道。

刘睿阳的神色变了变，双手垂了下来，手指关节被他按得“咔咔”响。

“不好说那就不说了。”她换个方式继续问，“所以孟野躲着我是因为他家的事？”

刘睿阳沉默半晌，开口回答：“不全是。”

阮蔓悬着的一颗心一下子落了地，虽然不知道孟野之前到底经历过什么事，但总算解开了一点她心里一直存着的疑问。

“其实孟野是一个特别好的人，他之前成绩也不错的，如果不是因为那些事……”刘睿阳苦笑了两声，“阮蔓，你能拉他一把的，你是一个能让他变好的人。”

阮蔓很少听到有人用“特别好”来形容孟野。

在同龄人口中，他是被讨论得最多的那一个，几乎所有人都说他叛逆、狂妄。

在老师的口中，他不学无术，成天混日子，没有一丁点上进心，就是个不折不扣的小混混。

其实阮蔓很难相信孟野身边会有真心待他的朋友，他们四个人，只有孟野的成绩没眼看，这样的差距他们怎么会玩到一块儿？但她发现刘睿阳他们几个是真真切切地希望孟野好。

从阮蔓第一天来到桥城，在大街上听到孟野的名字的那一刻开始，他们冥冥之中就已经开始了牵扯。

他是她的良药。

她亦是他的救赎。

阮蔓说：“考完试，带我见孟野一面吧。”

“好。”刘睿阳点头。

阮蔓站起身，往门口走去。

经过刘睿阳身边时，她停住了脚步看向他，说：“我高三……也许会回杭城，也有可能继续留在桥城。只要我在一天，他肯伸出手，我一定拉住他。”

期末考试那两天过得很快。

考最后一门英语时，天空飘起了雪花。一开始只是雨夹雪，没一会儿就转成了大雪。

“下雪了，下雪了。”

“真的下雪了！”

空中漫天飞舞的雪花引得教室里的学生已然忘记了考试，频频往窗外望去。

考英语时，大家难免都有些激动，只盼着最后两个小时赶紧度过，好出去撒欢。

阮蔓收好书包，和刘睿阳一起往“一段”走去。

许知非坐在“一段”的柜台后，见刘睿阳和阮蔓来了，她站起来，冲两人笑着问：“要喝什么？”

“我来帮你两个小时，待会儿得带她去找孟野。”刘睿阳掀开一旁的门帘走进去，进去没几秒，又退出来对阮蔓说，“你随便找个位置坐吧，想喝什么记我账上。”

许知非倚在柜台旁，朝阮蔓笑了笑，问道：“小野的朋友？”

阮蔓也笑了，摇了摇头。

她还是坐在上次靠窗的那个位置。

窗外的雪下个不停，听付曦说，桥城已经有几年冬天都没有下过雪了。

所以大家在考试的时候看到下雪才那么激动吗？

许知非不知道什么时候坐到了阮蔓对面，正用手撑着头看她。

“你和小野闹矛盾了？”

阮蔓没马上回答，而是看着对面的人。

许知非身上的墨绿色毛衣把她的皮肤衬得雪白，头发散开了来，像海藻一样，是成熟女人的美。

“应该是的。”

“你可以和小野一样叫我知非姐。”许知非朝刘睿阳那边看了一眼，“你和小野倒不像是一路人。”

“嗯。”阮蔓愣愣地说，“很多人都这么说。”

其实哪用别人说，阮蔓自己心里也清楚。

从一开始，她和孟野的终点就不同。

“你们老师要是知道你和小野成为好朋友，怕是要扒掉他一层皮吧？”

“为什么？”阮蔓抬头问道。

“年级第一和年级倒数第一搅在一起像什么话？”许知非板着脸学老师说话。

窗外的天色逐渐暗了下来，雪依旧簌簌地落着。

两个小时后，刘睿阳领着阮蔓往一片城中村走去。

这片区域鱼龙混杂，几乎所有的家长都会警告自家孩子，上下学经过时不准往里面去，生怕孩子一个不小心就走错了路。

那条街上的店铺采用的都是那种闪着五颜六色的光的劣质招牌，刘睿阳带着阮蔓七拐八绕进了一家店。

这家店有三层，招牌上闪烁着几个红红绿绿的字，字太刺眼，阮蔓甚至都没看清。

木楼梯被踩得嘎吱嘎吱响，楼梯上上上下下的人无一不是着装夸张，嘴里冒出来的是一句接一句的脏话。

周围的人对这样的场景像是早已习惯，视若无睹。

但像阮蔓这样穿着校服的人，在这里找不出第二个。

上到二楼，清新的空气更为稀薄。

烟雾缭绕，把挂在天花板上的灯蒙上了一层层拨不开的雾。屋里面的暖气开得很足，窗户紧闭着，散不开的烟味熏得阮蔓有些头疼。一盏灯下摆着一张桌子，桌旁围着很多人，不停地叫好，有人喝着酒，有人围着桌边摇骰子，每个人在这里都能找到点事做，让自己显得很忙。

这里面充满了颓废的气息，在里面待久了的人也就不太想出去，仿佛在这里才能找到自己存在于这个世界的意义。

跟着刘睿阳往里走，阮蔓一眼就看到了被人群围着的孟野。

他正弓着腰在台球桌边眯着眼打台球，桌上的球只剩下最后两个。

身边围着的人都在等他打进最后一个球。

孟野垂了垂眸，手里的杆往前一杵，球在桌上绕了一圈，准确无误地进了洞。

周身的喝彩声一浪高过一浪。

阮蔓被烟雾熏得眯起了眼睛。

还没等刘睿阳开口叫他，孟野就抬了头，准确无误地一眼看到了站在不远处的阮蔓。

没带一点犹豫，孟野从人群中朝阮蔓这边走来。

刘睿阳识趣地过去替了孟野，给足了两人空间。

离得近了些，阮蔓站在孟野的身影中。

他居高临下地看着她，脸上的神情很淡，连她被过路的人撞了一个趔趄，他也不伸手扶，只是站着看她。

两人僵持着，谁都没先开口说话。

孟野身上的戾气比往日都要重些，没人和阮蔓说过，他冷漠的时候比发火还要可怕一些。

“孟……”阮蔓开口的一瞬间，她的手腕就被孟野紧紧地拽住，整个人还没反应过来，就被他拖了出去。

一楼的玻璃门被孟野撞开，冷风扑面而来。

冷热交替太快，手腕也被拽得生疼，一时间，阮蔓不知道是该先让孟野松开手，还是先把脸埋进羽绒服里。

“你知道这是哪里就来？”孟野把阮蔓往前一甩，力度不大，阮蔓只小小趔趄了一下就站稳了。

她手腕上的一圈红痕有些明显，拽的力度孟野明显没有控制好。

连续几个小时都在下雪，地上已经有了一层薄薄的积雪了。

直到孟野看到落在阮蔓头顶的雪花，他这才反应过来桥城下雪了。他在那污糟之地待太久了，连续几天都没出来。

如果不是因为阮蔓，孟野可能今天也不会出来，也看不到这场雪。

阮蔓走到孟野面前抬头看他，他出来得急，身上还是那件单薄的黑衣。

“就这么想和我交朋友？”孟野用手捏住阮蔓的下巴，迫使她抬头和自己对视。他的力道有些过大，他手下的那块皮肤很快就红了。

孟野脸上的笑意在这场风雪中显得云淡风轻，随后，他略带玩味的话语传入阮蔓的耳中：“阮蔓，别试图拽着我往前走，你太高看自己了。”

话音落下的那一刻，阮蔓的脸便快速在他眼里放大了几倍。

“啪——”

阮蔓用力地扇了孟野一巴掌，力度虽不及刚刚他的十分之一，但还是发出了一声脆响，引得街上的男男女女纷纷看向他们。

孟野的头微微侧向一边，碎发扎在他的眼皮上。

他用舌头抵着刚刚被打的左侧脸的口腔内壁，事情虽然让他感到意外，但达到了他要的效果。

孟野回过头，却愣住了。

他看到阮蔓的眼眶有些红。

阮蔓不是因为孟野对她的态度委屈，而是因为他就这么让自己堕落下去，就这么放弃了自己而感到难过。

以前他还能发出求救的信号。

现在他的眼里什么都没有了。

连最后一丝光也灭了。

“孟野，虽然我刚刚打了你，但我不会和你道歉。我来找你只是想和你说，我不知道你曾经经历过什么，我也不知道到底因为什么事让你放弃和我做朋友。”

阮蔓笑得有些难看，因为她在努力地把泪水憋回去。

“没有人对我那么好过，可能以后也不会再有人对我那么好。

“但是只要你伸出手，我就会拼了命地去拉你，如果连你自己都放弃了自己……

“我可能真的也没办法了。

“孟野，我想拉你一把，不是因为我闲得没事做，也不是因为我善良，我不是什么圣人，而是因为我觉得你值得有一个很好的未来。

“你不能凭着这一点就肆无忌惮地欺负我。

“你对我的好我都还给你了，我不欠你的，你要知道这一点。”

身后的玻璃门被推开，一群人边嬉笑打闹，边说着一些下流的话语。

阮蔓垂下了头，她有些控制不住涌上来的泪水。

孟野一言不发，但能感觉到自己心底最柔软的那一部分被阮蔓击中了。从她开口说的第一个字开始，他胸腔里越来越激烈的心跳声让他感到，他在这个世界上还是有一席之地的。

有一个人，看到他最不好的模样。

不是破口大骂他一通，更不是那些暗言讽刺。

而是实实在在地给了他一巴掌，把他打醒。

两人的头顶都浮着一层雪花，看起来倒像是一起白了头。

孟野确认他就是在这个瞬间，被阮蔓彻彻底底地降伏了。

“孟野，你考虑一下吧，我回家了。”

阮蔓往后退了两步，转身朝刚刚来的方向走去。

孟野没留她，站在原地看着她在积雪中踩出来的一串脚印出了神，再抬头望去时，只能看到她脑后的马尾在身后一摆一摆的，背影纤弱，即使穿着厚重的羽绒服也不显胖。

“谈得怎样了？”

身后的玻璃门又被推开，刘睿阳两三步走到孟野身边。

风吹得脸有些生疼，刘睿阳眯着眼睛看向街的那头，那个身影越来越小，在一片白茫茫中逐渐消失。

“你跟阮蔓回去吧。”孟野转身拉开玻璃门，停了两秒，回头往阮蔓走的那个方向看了一眼。

这里是桥城晚上最热闹的一块地方，走出了那条街，阮蔓才感到自己被一种前所未有的凉意围绕着。

一路走来，她没有回过一次头。

她不知道她到底在孟野心中的分量有多少，她也不知道自己能不能拉他一把。

她在赌，赌一个有可能的可能。

这大概是她十七年人生中做的最出格的一件事，在她早就规划好的人生中，没有桥城，更没有孟野。她会拼命地学习，高考志愿会报考一所离家很远的大学，可以不用再颠沛流离，这就是她对未来所有的期许。

阮蔓抬头看着漫天的大雪，路边的枝丫上已经落了厚厚一层。

这是今年的初雪。

听人说，初雪时许的愿望都会实现。

她闭上眼，虔诚地许着愿。

那她就向初雪许愿。

祝愿孟野前途无量，岁岁平安。

祝愿他有大好人生，永远活在光明之下。

“小野，今年过年要不要来妈妈这边？”沈岚的语气中依旧带着一丝讨好的成分。

“不来了。”

孟野说着，用手按了按眉心。这些年，他倒渐渐不怎么害怕孟成军了，反而更害怕接沈岚的电话。

“你知道的，其实你邱叔是疼你的……”

“不是这个原因。”

孟野打断了沈岚的絮叨。

邱智斌是孟野的继父，以前没有结过婚，更没有孩子，视孟野为己出。

沈岚是在离开桥城后的第二年春天嫁给了邱智斌。

他们的相识还得感谢孟成军，而孟成军知道这件事后在家里破口大骂了一个礼拜。

“小野，你不开心吗？”沈岚的语气有些犹豫和不确定，她不知道自己该不该问这个问题。这几年她和孟野的关系越发紧张，两个人都在战战兢兢地和对方相处着，生怕哪天说错了话，又惹得对方不开心。

“没有，只是有一个想一起走下去的朋友。”

孟野拉开玻璃门，走到庭院里站着。外面又在下雪，距离上次见到阮蔓时下的那场雪，已经过了一个星期了。

今天的这场雪下得更大，院子外面的空地上已经有人堆起了雪人，雪人胖乎乎的，傻站在那儿。

就在沈岚准备另找一个话题时，孟野又说话了。

“她非常好……成绩好，长得也还凑合吧，还会弹钢琴。

“老喜欢扎马尾，其实她披头发还行。

“她很白，眼睛挺大的，应该是瓜子脸，就是太瘦了……

“她和别人都不太一样。”

听了自家儿子的描述，沈岚知道这女生绝对不止长得还凑合。但同时她也很开心，因为这个女生，孟野同她讲了这几年以来最长的一段话。

孟野说到这里突然有些迷茫，眼神从那个雪人身上移开，像是在发呆，但嘴里却又在继续说着话。

“妈，我挺差劲的，我很怕自己辜负她对我的友谊。

“最近因为她，我很开心，但是我梦见小茴的次数也变多了。”

这是沈岚离开桥城的第四年，自从她离开桥城后，孟野再也没喊过她一声妈，更没有和她提过孟茴。

这是四年来母子俩第一次谈到这个话题。

沈岚有些揪心地疼。

“小野，小茴她……一定不希望你不幸福。”沈岚的声音有些哽咽。

刘睿阳家。

“蔓蔓，帮我把这些送去小野家行吗？”刘姨从厨房里拎着一袋东西走了出来，“你知道小野家吗？”

阮蔓正在自家客厅里做着学校发下来的寒假作业，每个任课老师都以每天两张卷子的进度来布置的作业。

阮蔓抬头看着从门口探头进来的刘姨，连忙跑过去接了她手里的袋子，答道：“知道的。”

布袋子里装的是刘姨亲手做的腌菜，再过十天就要过年了，各家各户都开始准备起了年货，特别是像这样的腌菜，更是挂满了家门口。

谁家门口挂的腌菜更多，就代表谁家更富有一些。

阮蔓前两天去付曦家时，她家的门口就挂了满满两大排。

腌鱼、腌腊肠、腌肉一样不落。

“这里面有一些腌鱼，还有一些姨自己腌的小菜，这些都是可以直接吃的。”刘姨把布袋子打开，里面的盒子一个个摆放得整整齐齐，“小野要是想吃腊肠啊那些热乎的，就让他和往年一样直接过来。”

“好。”阮蔓把袋子放在桌上，转身从客厅一旁的衣架上拿下围巾和手套。

“这小阳不知道又跑去哪儿了，只能让你跑一趟了。”刘姨看阮蔓的眼里尽是疼爱，四个多月的相处时间，让刘姨愣是把阮蔓当成女儿来对待，“对，围巾手套都戴好，外面这会儿还在下雪。”

“没事儿，刘姨，我穿得特别多。”阮蔓把手机和钥匙放进口袋里，从桌上拿起袋子，和刘姨道过别后就下了楼。

下着雪的桥城，和阮蔓刚来时见到的桥城又有了些不同。

这条巷子里的店铺老板她也渐渐熟了些，路过时也能打上几声招呼，就像每次孟野和他们打招呼一样。

在很多个不经意间，阮蔓以一种极快的速度融入了这座城市。

她很喜欢这样的感觉，很有人情味儿。

阮蔓笑着冲正在从仓库里搬运货物的炒货店老板问了句好，拎着布袋朝孟野家走去。

一路走来，雪落了阮蔓一身。

直到走到孟野家门口，她却没了再往前一步的勇气。

阮蔓在孟野家的单元楼门口站了十分钟。

她站的地方正是风口，寒风把她吹得直哆嗦。

一个星期前她对孟野说的那些狠话，她事后想起来都有些懊悔。

谁也不知道他会怎么选择。

阮蔓低头看着已经被雪打湿了的鞋尖，正看得出神。

突然，一楼左边的那一户的门开了。

孟野身上胡乱裹着一件薄外套，一只手拿着钥匙和手机就出了门。大半个人踏出门的一瞬间，他的余光就看到了正站在楼道口吹冷风的阮蔓。

少女额前的碎发被风吹乱了，她扭头看向他的一瞬间，他才看到她的鼻尖已经冻得通红。

孟野紧握在门把上的手松了松，以一种不太能让人注意到的细微程度。

“你站那儿干吗，过来。”孟野的声音有些急。

阮蔓还有点蒙，一下子没反应过来。她的眼神在空中飘了好一会儿，才落到了孟野的身上。

他眉头又拧在了一起，这是他要发火的前兆。

他生什么气呢？

他凭什么生气？

看见我就这么生气吗？

那一秒钟，阮蔓脑子里浮现出了各种各样的猜测，却唯独没有猜到那个正确答案。

见阮蔓还傻站在原地，孟野直接两三步走了过去，把她拉进了屋。

屋外下着大雪，屋里开着很足的暖气。

孟野把阮蔓按到餐桌旁那唯一一张椅子上坐着，反手关上了门。

“你怎么知道我在门外？”阮蔓看着孟野把自己手里的布袋子接过放在桌上，然后又回到她面前，半跪在地上去脱她脚上的靴子。

虽然两家离得并不算远，但一路风雪，阮蔓不仅脚上的靴子打湿了，就连里面的袜子也有些湿。

被孟野脱掉靴子后，她这才感觉到袜子粘在脚上，湿漉漉的，令人很不舒服。

她缩了缩脚，不愿意孟野继续脱她的袜子。

但没成功。

孟野手上的力道很大，湿袜子和靴子被放在了一边。

“要不是刘姨给我发消息说你要来，你打算在门外站到什么时候？”孟野心里憋着一口气。

孟野拿起茶几上的餐巾纸，半跪在地上，认认真真地把阮蔓的脚擦干，然后将其塞进棉拖鞋里。

“我……我不知道你在不在家。”阮蔓在有暖气的屋子里，被冻僵的脑袋也渐渐复苏了一些，这会儿反应倒挺快，随意扯了一个理由想搪塞过去。

脚上虽然穿着棉拖鞋，但她并没有起身随意走动。

屋内的空调打到 30 度，客厅的角落还摆着一个老式暖气炉，正散发着火红的光。

孟野把靴子放在炉子旁，又将湿袜子搭在暖气炉上烘烤着。

做完这一切，他才回头看着阮蔓问：“手机是摆设？”

“我之前给你打电话你不接，发消息你也不回，我怎么知道你这次会不会理我？”阮蔓抻着脖子反驳。

这一段时间所有的委屈都在这一句话中爆发了。

阮蔓想，其实自己也没有自己想的那么坚强。

空气沉寂了下来。

孟野抿着唇，光看脸上的神情倒也看不出来他此刻的心情。

阮蔓的心头更是涌上一阵酸楚，被冷落的明明是她，孟野又是站在什么样的立场上和她生气呢。

半晌，孟野才缓慢地朝她这边走来。

他知道的，自己这样的做法有多么幼稚，更是活生生地将阮蔓从自己的身边推开，但是她还是没放弃自己，还想着要拉自己一把。

这样的阮蔓，他没法放弃。

这些天以来，他一直想不通的事情在这一刻恍然大悟。

小姑娘的脸憋得通红，像是在生气，又像是在委屈。

孟野把阮蔓身上被雪水打湿的羽绒服脱了下来，搭在她身后的椅背上。预料之中的眼泪在还没有掉下来之前，就被阮蔓用手背狠狠地擦掉了。

她才不要在他面前哭。

孟野把阮蔓连人带椅子地挪到了沙发旁，然后用手碰了碰她的脚踝，还是很凉。

没经过她的同意，他把她的脚从棉拖鞋里拉出来，搁在了自己的腿上，再用沙发上的毛毯裹住，这样会更暖和一些。

阮蔓来不及反应，就听到了孟野的声音。

“阮蔓。”

他的声音很低，语速很慢。

“我给你讲一个故事，你认真听。”

孟野很少用这么认真的语气说话，他对外展示的永远是一副吊儿郎当没个正行的样子。阮蔓知道他给别人看到的那一面，只是他想给别人看到的那一面。而大多数人往往仅凭这一面就对他下了定论，把他钉在了坏孩子那一面上。

玻璃窗前的窗帘只留了一条很窄的缝隙，透过缝隙看过去，窗外依旧是大雪纷飞。屋内只开着一盏昏黄的台灯，整个房间都陷入了一片昏暗之中。

阮蔓看着孟野的脸被那昏暗的光分成了一半明一半暗。

故事都是从很久很久以前开始的。

“我妈遇上孟成军那年，她十九岁，来桥城念大学。她是那年的大学生中最好看的一个，而孟成军初中念完就没上学了，早早进钢厂上了班。他们是在夜市摊上认识的，孟成军对我妈一见钟情。孟成军年轻时挺帅的，喜欢他的人挺多，别人说的亲事他也不应，一门心思地追我妈。

“少年时的感情总是来得汹涌，我妈压根儿来不及细想，就坠入了爱河。

“再后来，我妈就休学了，为了嫁给我爸和家里人也断了关系，然后第二年生了我。

“我还有一个妹妹，叫孟茵，比我小六岁。”

阮蔓没想到孟野竟然还有一个妹妹。

她的眼睛瞪得溜圆，问道：“那你妹妹……”

“如果她还活着，今年应该十二岁了。”

如果还活着？

那意思就是她已经不在了。

“她从小就很可爱，很漂亮，很讨街坊邻里的喜欢。”孟野说到这儿闭了闭眼睛，他的手指抠进沙发里，整个指关节都在用着力，“虽然孟成军真的是个畜生，但是我和孟茴都遗传到了他和我妈所有的优点。”

他口中的孟成军，应该就是那个总是出现在钢厂门口的男人，也就是孟野的父亲。

阮蔓上次在奶茶店远远瞥过一眼，虽然孟成军身上穿着的是钢厂统一的工作服，整个人也有些邋遢，但还是掩盖不了他曾经有过很好看的皮囊这个事实。

而孟野在同龄人中，是自带光芒的，他是那种一眼看上去痞帅的男生，但痞气中又不带流气。可想而知，孟茴从小也是很好看的。

故事总是有曲折起伏，平静的铺垫后总是用但是来转折。

“但是孟茴说不了话，说得好听点是这样，说难听点的话……”孟野苦笑着，“她是个哑巴。”

“我妈怀孟茴的时候，生了一场大病，大概是因为她吃了什么药，孟茴才说不了话的。那年我六岁，还处于一个什么都刚懂一点却又什么都不太懂的年龄。孟茴出生前，孟成军只是喜欢喝酒和赌博，但还不打人。后来，孟茴出生了，他开始一喝醉就打我妈，打我，家里能砸的东西全被砸了。起初他还会道歉，到最后仿佛变成了一件理所应当的事儿。

“邻居说，男人打自己的老婆天经地义，但我再大点才知道，那叫家暴。孟成军觉得孟茴不是他亲生的，他的孩子怎么会有缺陷，又或者说，怎么能有缺陷，成了别人茶余饭后的谈资。他想把孟茴扔到福利院去，是我妈拼了命才护下来。

“孟成军总觉得我妈有一天会离开他，偏执到有些不可理喻，又或者说是他自己生性多疑。”

孟野顿了顿，把腿上有些滑落的毛毯重新裹了裹，继续说：“我小时候有段时间挺讨厌孟茴的，总觉得是因为她，孟成军才开始发狂的，让一个原本还算看得过去的家一夜之间就塌掉了。其实不是的，孟茴只是压死骆驼的最后一根稻草。

“从那之后，孟成军很少回家，大部分时间都待在棋牌室赌钱，要么就去外面喝酒。我很希望他永远不回家，因为一回家，我妈就要受伤，孟茴就要哭，家里的钱就会被他拿走。”

“奶奶呢？”阮蔓问道。

奶奶这个角色一直没有被孟野提起过。

孟野摇摇头，无可奈何地说：“她管不了，也没法管，孟成军喝醉了连亲妈都打。

“因为我和孟茴，我妈没法离开桥城，更没法离开孟成军。她嫁给孟成军时二十岁，在这个家忍气吞声了十四年。

“我没什么美好的童年，小时候印象最深刻的就是每次孟成军回家的时候，我妈会把我和孟茴从窗户那儿托出去，让我带着孟茴去刘姨家躲着。等再回到家时，我妈总是一身的伤。她总是说，没事的，再熬熬。她不期待孟成军会在某一天幡然醒悟，她只是在等我和孟茴都长大的那一天。”

阮蔓猛地想起了孟野脚踝上的那条看起来有些年头的疤，一瞬间所有的情绪都涌上了心头。她没法想象童年时期的孟野每天都生活在担惊受怕里，生活在那个叫孟成军的男人的阴影下。

她不是孟野，没法站在他的角度感同身受，但这一刻，她特别想去抱一下孟野。

孟野直挺着的背稍稍放松了些，往后靠在沙发上。

他的神情有些倦怠，他从来没有向一个人这么完整地讲述这个故事。

“我妈没等到那天。

“孟茴八岁的时候，我十四岁，念初二，孟茴因为说不了话，八岁了还没去上学。其实那就是很普通的一天，我和往常一样去上学，只是等我中午回到家时，一切就都不一样了。

“孟茴死了，我妈在医院抢救，孟成军进了警局。家里一地狼藉，还有大片大片的血迹。

“我忘了我是怎么去到医院的，当时我妈就在病床上躺着，一动不动的，整个人像一个玻璃娃娃，轻轻一碰就会碎掉一样。

“大概就是在那天，我才明白每次我妈把我和孟茴从窗口送出去之后，她所承受的到底是一种什么样的痛苦。

“我也不记得到底是邻居阿姨还是警察告诉了我整件事。我出门上学后，孟成军从棋牌室带了一身酒气回家的，大概是输了很多钱，又或者是工作上不太如意，那天他很暴躁。我不在家，我妈只能在孟成军进家门的前一刻，把孟茴从窗口托了出去，她让孟茴来学校找我。

“去找哥哥，哥哥是孟野。这是孟茴这辈子做的最后一件事，听到的最后一句话。”

阮蔓的心随着这句话狠狠地抖了一下，她抬头看向孟野，发现他很平静。如果不是挨得近，阮蔓甚至发现不了他正在颤抖的睫毛。

因为是哥哥，所以有保护妹妹的责任，要一辈子保护妹妹。

这是孟野在孟茴出生的那一刻，给自己赋予的义务。

这个世界上有很多这样家暴的事件，每天都在不同的家庭上演着。

有些人选择反抗，也有些人选择了忍。

孟野不知道沈岚有没有后悔过她的选择，因为她的选择，孟茴死了。

但是相比之下，孟野更恨自己。

为什么没能在孟茴需要他的时候立马出现？

这如今的一切，谁身上的罪都少不了。

“孟野，孟野。”

孟野听到有人在叫自己，那个声音离自己很近，但又好像很远，很不真实。

“孟野。”

是谁在叫他?

又会有谁叫他呢?

孟野猛地回神，看向眼前。

眼前还是熟悉的场景，屁股底下坐着的是沙发，脚下踩着的是实地。背后冒出的汗粘着他的衣服，触感有些难受。

一切都是真实的。

只有面前看着他的阮蔓有些美好得不真实。

“孟野。”

阮蔓又叫了一声。

孟野不知道什么时候走的神，阮蔓连叫了好几声他才反应过来。

毛毯下裹着的脚已经暖和了起来，阮蔓把脚抽出来，盘腿坐到了孟野身边。

突然的肢体接触让孟野真真切切地回过了神。

距离那天已经过去了四年，所有人都在跟着时间往前走，孟成军依旧是那样，沈岚也过上了新的生活，只有孟野。

他的躯壳被时间推着长大，灵魂却一直停在了那天。

孟茴死的那天。

阮蔓拉住了孟野的手。

他的掌心是潮湿的，暖暖的。没有一丝犹豫，阮蔓把自己的手和他的手紧紧扣在了一起。

都说十指连心，她希望她能通过这样的方式分担他的痛苦，即使一点点也行。

“你……脚踝上的疤，是什么时候留的？”阮蔓把话题岔开了，孟野需要短暂地逃离一下关于孟茴的话题。

孟野愣了愣。

她什么时候注意到的?

他微微偏头看向阮蔓，说道：“不记得了，只记得是孟成军有一次打我妈，我想保护她，拉扯之间菜刀从案板上落了下来，在脚下划了很长一道口子。”

他怎么可能不记得，关于孟成军的每一场家暴，他都记得无比清楚，他不敢忘。

只是没必要说出来了，说出来只会吓到阮蔓。

“很疼吧？”阮蔓轻声问道。

“已经不疼了，真的。”

“继续说孟茴……”孟野吐了口气，“孟茴是在下楼找我的时候摔死的。我没看到那一幕，我最后看到她的时候，她还是很好看，就像是睡着了一样。我不知道生命的最后一刻孟茴想的是什么，或许是在恨哥哥吧。

“我妈在医院躺了一个月才能下地走路。孟茴的死，终于让她下定决心要和孟成军离婚，但孟成军不肯。这个时候，邱智斌，也就是我的继父，也是那次负责案情的警官，他主张我妈请律师告孟成军，一旦成功，等着孟成军的就是法律的制裁。

“我妈最后没告，因为孟成军怕了。他同意离婚，但条件是把我留下，孟家的儿子不能走。”

阮蔓瞪大了眼睛，努力让自己平静下来。

让孟野留下来干吗，留下来任他施加暴力吗?

“我妈纠结了很久，是我替她做的选择。”

十四岁的孟野站在沈岚的病床前，眼里是赴死的决绝。

他说：“我留下，你走吧，走得越远越好，永远别再回桥城了，不要回想桥城的一切，包括我和孟茴。”

孟野的手指在阮蔓的掌心里打着圈，说道：“后来我才开始打架，我不能是被欺负的那个，孟成军算错了，他以为我和我妈一样懦弱。再后来我妈走了，去了别的城市，和邱智斌结了婚，我也从家里搬了出来。”

像是知道阮蔓想问什么，孟野捏了捏她的手指，安慰道：“没事的，一开始他打我时我就跑，再后来我再大一点，他就已经打不过我了，真的没事了。”

“你妈妈真的就这么丢下你，走了？”阮蔓听到自己的声音都在颤抖，她没法理解这其中的复杂滋味，她只知道孟野在那场博弈中，成了上一辈人婚姻的牺牲品。

他被放弃了。

如果当年沈岚执意请律师打官司，孟野是能离开桥城的。

他的未来会不会被改变，又或者说至少会比现在好?

孟野舔了舔有些干裂的嘴唇，整个人像被抽走了灵魂似的，瘫在沙发上。完整地讲出这些事，用尽了他身上所有的力气。

其实说出这个故事，反倒没有他意料中的那么难过，时间真的能冲淡很多事情。

家里曾经也有过快乐的时候，只是那时候他太小了，很多事情已经记不得了。他脑子里留下的都不是什么美好的回忆，尖叫声和哭泣声在脑子里乱成一团。

“打官司……时间线会拉得特别长，我妈等不了了。我知道她迫不及待地想离开这个地方，我知道的。”孟野轻声说，“我不能走，也走不掉，我没法装作什么都没发生过，然后一走了之，我被困在这儿了，我得赎罪。”

孟野的声音很轻，沙发旁边暖气炉发出的“吱吱”声都比他的声音大。

他没法怨沈岚。

沈岚已经耗在这里十五年，她耗不起了，但他可以。

就算沈岚真的要带他走，他也是走不掉的。

孟茴在这儿，孟野没法撇下她一走了之，然后心安理得地享受用她的命换来的好日子。

他必须带着这一份愧疚与懊悔，在桥城一直一直待下去。

然后赎罪。

“孟野，你看着我。”阮蔓正视着孟野，想说点什么来安慰他，但又觉得说什么都很无力。

每个人都没法真正地站在别人的视角看待问题，没有人能真正感同身受。毕竟那些伤痛，只有亲身经历过，才知道到底有多痛。

她见过在球场意气风发的他，也见过满身是伤的他，还有看日出那天早上在阳光中的他。

淡漠或是热切的他，她都见过。

却独独没有见过这个时候的他，脆弱到不堪一击。

这个时候好像无论什么都能把他击倒。

明明孟野也是受害者，为什么最后只有他一个人承受了这一切？

阮蔓突然有些懂了，为什么刘睿阳会用“特别好”这个词来形容孟野，为什么学校里的老师那么讨厌他，但校外上至刘姨下至巷子里的老板们都很喜欢他。

孟野厌恶学校厌恶老师，因为是在他上学时孟茵死掉的，但他却每天依旧穿着校服。他内心应该也是想融入学校的，只是因为那道过不去的坎。

孟野转过头来和阮蔓对视上。

他听到她说：

“孟野，时间走得很快的，它不会等你。日子也在一天天地过，每个人都在向前走，你不要把自己困在原地。你可以走得稍微比别人慢一些，但不能停住不动，后面的风景你得往前走才能看到。我可以允许你短暂地停滞不前，或许，你觉得这段黑暗真的很难走出去，但现在有我陪你往前走。等很久之后的某一天，你再回头看，这些压根儿就算不上什么。如果你相信我，就把你的手交给我。只要你努力地活着，时间会改变很多东西的。

“一切都会好起来的。

“赎罪的人不该是你，而是孟成军。”

阮蔓一字一句说得无比坚定。

孟野被她这副模样逗得嘴角弯了弯，一个不太明显的笑出现在他脸上，但还是被阮蔓捕捉到了。

看到孟野笑了，阮蔓的心里反倒更不好受了。

“孟野，你信不信我？”她仰着头执着地问着这个问题，“我永远不会放弃你，永远。”

阮蔓并不知道永远到底有多远，但现下这一刻，她无比确定她永远都不会放开双手。

在问出这个问题的时候，阮蔓脑补了无数种可能——

“不，我不信你，我只信我自己。”

“我凭什么要信你，你是我的谁？”

“信你？你自己信你自己吗？”

脑子里乱作一团。

然后孟野微微启唇，吐出四个字：

“好，我信你。”

身上所有的细胞仿佛在那一瞬间猛地炸裂开，像无数朵烟花一齐升上高空绽放。他们之间，一句“我信你”就让人无比开心。

爱，在两个离异家庭里都是很奢侈的东西。

但信任，是他们之间远比爱更重要的东西。

阮蔓突然松开孟野的手，跳下沙发走到餐厅，从桌上的布袋子里拿出两个已经凉透了的红豆饼，然后又回到沙发上坐下。

“在小区门口买的红豆饼，放在袋子里就忘记了。”阮蔓把其中一个塞进孟野的手心里。

“热热？”孟野朝厨房那块扬了扬下巴。

“你家有微波炉？”阮蔓倒没想到，连餐桌都只配一把椅子的屋子，竟然会有微波炉这种奢侈的东西。

孟野从她手中拿过另一个红豆饼，带着她往厨房走去，说道：“有时候不想做饭，就在外面随便买点吃的带回来热了凑合着吃。”

“你还会做饭？”阮蔓仿佛听到了什么不得了的惊天大消息。

微波炉的插头被插上，孟野把红豆饼往里面一塞，定好时间，按下了开始键。微波炉发出“嗡嗡”的声响，里面的小托盘载着两个红豆饼旋转着。

孟野双手兜在胸前，斜着眼居高临下地看着阮蔓，说道：“不相信？以后有机会做给你吃。”

看这架势，这表情，孟野刚刚那短暂的脆弱好像已经过去了，又恢复到了不可一世的样子。

“我要吃糖醋小排，番茄炒蛋，清炒莜麦菜……”阮蔓没和他客气，“噼里啪啦”地点了一大堆菜。

“行。”孟野勾起唇笑，“胃口挺好，怎么不见长点肉。”

阮蔓还没来得及反驳，微波炉就发出“叮——”的响声。

孟野转身打开微波炉，扑面而来的红豆饼甜滋滋的香味，顿时溢满了整间厨房。他拎着包装纸的一角，放在手心里吹了吹，等稍微凉了些才递给阮蔓。

许是饿了，阮蔓虽然还是小口小口地吃红豆饼，但是速度倒比上次快了一些。

“我觉得，还是刚做出来的时候更好吃，你觉得呢？”阮蔓慢条斯理地咀嚼着，还不忘和孟野讨论一下红豆饼什么时候最好吃。

孟野三下五除二地吃完了，他垂着头看她吃，没接话。

阮蔓见他不说话，这才把视线移到他的身上。

孟野不知道在想什么，盯着她出了神。

“阮蔓。”

他出声叫她。

阮蔓知道他可能要认真地说些什么了，便睁着湿漉漉的杏眼看着他。

“我还是那句话，我是一只潜力股。如果你选择投资我，我一定会给你带来巨大收益。

“只涨不跌。

“我会好好读书，跟上你的步伐，等高考完你来检查我。如果那时候，你还愿意投资我，那么未来我们可以站在一起吗？”

第五章

新年快乐

孟野是认真的。

空气又安静了下来，倒不是在想着怎么回答孟野，阮蔓只是单纯地怔住了。

从没有一个人这样问过她。

设下的期限是这辈子。

一辈子的事情，谁又说得准呢？

就像她刚刚许下永远的诺言，永远到底是多远呢？

倒不是因为父母失败的感情经历让她面对这个问题时有些退缩，她只是没想过有一个人会这么在意她，比自己的父母还要在意。

而这份在意又能维持多久呢？

真的会有一辈子这么久吗？

同时，阮蔓也不知道孟野能不能承受住高三时自己可能会离开的事实，万一……万一她离开了桥城呢？

不过几秒的时间，阮蔓已经在大脑中思考了很多问题。

“砰砰砰——”

大门被人用力地拍响。

“孟野哥哥，小野哥哥，野哥，你在家吗？”是丁航的声音。

门外随即传来几声哄笑，听这笑声，付晨、付曦、刘睿阳怕是都在外面。

阮蔓看到孟野的眉头皱得越来越紧，一个没忍住笑出了声。

门又被拍响。

“怎么回事，不在屋里？”

“不能啊，刚刚经过院子不还看到屋里有光吗？”

“睡着了？”

外面的人你一句我一句地讨论着。

正当丁航准备再次拍门时，大门被猛地拉开。

屋内的暖气扑面而来，丁航没在意孟野的黑脸，直往屋里钻，说道：“好暖和，好暖和。”

很快，一行人都愣住了。

屋内站着一个不知所措的阮蔓，正对着他们无可奈何地笑了笑。

付晨第一个反应过来，问道："什么情况？"

"野哥，你刚刚半天不开门……"丁航伸出手哆哆嗦嗦地指向孟野，"我女神为什么会在你屋子里？"

除了刘睿阳，其他三个人面面相觑，大眼瞪小眼。

几乎是同时，他们找出了组织里的叛徒，三人一齐往最后看去，质问道："刘睿阳，你个叛徒，看样子你什么都知道又什么都不说是吧？"

刘睿阳抱头解释："我的确不知道是什么情况，我也很蒙。"

行。

看这情况，叛徒倒戈了。

果断选择了大部队。

"你们脑子里装的什么龌龊东西！"孟野用一种极其嫌弃的眼神望着身边的四个人。

"等等，我只是过来帮刘姨送腌菜的，你们想什么呢？"阮蔓果断制止了他们的无限想象力，顺便把锅甩给了刘睿阳，"要不是刘睿阳不在家，也轮不到我来送。"

刘睿阳一脸蒙。

这都行?

为什么是我为你们背锅?

最后这场口舌之战以刘睿阳扛下了这口锅为结局。

"你们风风火火过来干吗？"孟野从冰箱里拿了一瓶饮料，递给刘睿阳，以示安慰。

"打雪仗啊。"付曦走到玻璃窗前，一把拉开了窗帘，对阮蔓说，"刚刚给你打电话，你没接，我们就想着先过来找孟野哥，然后顺路再过去找你。"

窗外已经是白茫茫的一片，银装素裹。

桥城真的有好几年没下过这样的大雪了，上一次下大雪是四年前，沈岚走的那一年。

孟野眯着眼睛看向窗外，那一年的冬天，他已经从家里搬了出来。谁来找他，他都不出门，要不是身边有刘睿阳他们几个，他恐怕早就死在了那年冬天。

孟野有想过去陪孟茴的，可是到头来他舍不得死。

死的人一了百了，痛苦是留给活着的人的，他见不得沈岚再一次难过。

今年冬天，又下了大雪。

身边还是那几个叽叽喳喳的人，唯一不同的就是多了一个阮蔓。

孟野把视线转向窗边，那个人正趴在玻璃窗上和付曦一起看着窗外漫天飞舞的大雪。

今年，多了一个期待。

生活好像也不是那么差劲。

活下去好像也不是那么难。

“走呗，出去打雪仗。”丁航轻车熟路地往孟野的房间走去，翻箱倒柜一番后，终于从柜子里翻出手套和围巾。

没一会儿，几个人全副武装地出了门。

他们没走多远，就选了街对面大妈们跳广场舞的那块场地。

地上的雪很厚，踩在脚下有些虚。

一路上两个女生不停地踉跄，就在付曦快要第七次摔倒时，丁航忍不住了，嫌弃道：“哈哈哈，你这么弱，我待会儿才不要和你一组。”

付晨见不得自家妹妹被嫌弃，他反应迅速，从地上捞起一把雪在手里团成一个球，朝丁航砸去。

一场没有分组，没有规则的打雪仗就此拉开了序幕。

两个女生弱到基本没有什么战斗力，四个男生在雪地里愣是要分出个胜负来，衣服上、头发上都沾上了白色的雪。

尤其是孟野，追着丁航跑了大半个广场，硬是要新仇旧账一起算才肯罢休。

付曦趁机把阮蔓拉远了一些，两个人站在一旁看着他们，笑得嘴巴都咧到了耳根下。

“蔓蔓，你和孟野哥……”付曦朝孟野的方向努了努嘴，欲言又止。

付曦突然抛出的问题让阮蔓愣了愣，但随即就反应了过来。

“嗯，我们一起努力学习。”阮蔓脸上的笑容不减反增，连她自己都没发现，只听到孟野的名字她就已经很开心了。

丁航把一个雪球砸在了付曦的背上。

付曦没料到丁航突然偷袭，大声叫道：“哥！丁航偷袭我，帮我报仇。”

说完，她拔腿就开始满广场地追丁航。

趁着大家不注意，阮蔓慢慢蹭到了孟野身边。

孟野背对着她半蹲在地上，不知道在捣鼓着什么。他的背上都是还没化掉的雪碴子，在黑色的羽绒服上特别显眼。

“干吗呢？”阮蔓猛地出声。

果不其然，孟野的手不经意间抖了抖，手上小雪人的头“咔哒——”一声掉回了雪地里。

他不动声色地把雪人的头从雪地里捡了起来，又按回到了它胖胖的身子上。

“捏雪人呢！”孟野眼皮也不抬，继续捣鼓着手里的雪人。

“这么小能叫雪人吗？”阮蔓质疑道。

“那就叫小雪人呗。”

阮蔓紧了紧脖子上的围巾，然后瞟到孟野光溜溜的脖子上。

犹豫了几秒钟，她伸手取下了自己脖子上的围巾，往孟野的脖子上围。

“你戴着，我不冷。”孟野腾出一只手来阻止她。

“不，我觉得你冷。”

孟野拗不过她，只能安慰自己：有一种冷，叫阮蔓觉得你冷。

没过几分钟，两个小雪人就捏好了，被孟野搁在花坛边上。

一高一矮。

孟野不知道从哪儿找到的树枝，插在小雪人的两侧，当作两只手。

“为什么它没有眼睛鼻子嘴巴？”阮蔓问，“这样不会分不清正反面吗？”

“大雪人才配拥有这些。”孟野胡乱地掰扯着，“这两个雪人像不像我们？”

阮蔓沉思了一会儿。

“嗯……我觉得……不太像，毕竟我们都有眼睛鼻子嘴巴呀。”

话虽这么说，但她还是凑近端详了两个雪人很久，说道：“可惜不能保存下来，太阳一出来就要化了。”

孟野从口袋里掏出手机，对着两个有点丑的雪人拍了张照片。

“这不就行了。等以后下雪，我都给你捏雪人，每年都拍一张。”

他说这话时扬了扬下巴，一副不得了的样子。如果不知道他的事，任谁看了他都会觉得这是个不得了的男生。

他谁都不放在眼里。

阮蔓盯着他的瞳孔看，然后忽然笑了。

因为她在他的眼里看到了自己。

“你给我放手。”身后传来一声怒吼。

阮蔓和孟野同时回头看过去。

是刘睿阳，他正用尽全力朝街对面吼出刚刚那句话，因为太过用力，他脖子上的青筋一根根突起。

他这副样子一点都不像平时好像什么都不太在意的刘睿阳。

一群人的目光顺着他的视线看过去。

街对面，是许知非和一个年轻的男人。

年轻男人正拽着许知非的胳膊不让她走，突然听到刘睿阳的一声怒吼，手一下子松开了。

刘睿阳没有一丝犹豫，就冲到了街对面。

丁航他们反应过来后也想冲过去，却被孟野拦住了，他摇了摇头。

对面的年轻男人像是没想到事到临头被一个未成年的小毛孩插一脚，转头朝身后的许知非说着些什么。

许知非把刘睿阳拉到一旁说了几句话后，原本浑身竖着刺的刘睿阳突然沉默了下来。

他侧开身，给年轻男人让出一条道后，转头走了回来。

像是担心刘睿阳，许知非回头看了两眼他，才跟在年轻男人的身后走了。

原本沉浸在打雪仗中的欢乐气氛，一下子变得凝重了起来。

大家都不明所以。

天色逐渐在时间的流逝中变暗，桥城冬天的夜晚来得很快，几乎没有什么过渡，夜色就瞬间笼罩了下来。

是孟野率先打破了沉默：“要不要去我家吃饭？”

付晨打着哈哈道：“你家就一个板凳，怎么坐？”

到最后，大家还是直接在外面找了家馆子，决定临时凑合一餐，等过两天再去孟野家吃一顿年饭。

包间里。

大家谁也没开口问刚刚那事，一个劲地聊着些开心的话题逗刘睿阳开心。

“阳子，你姐是不是要回了？”丁航抛出一个话题。

“嗯。”刘睿阳明显对这个话题不太感兴趣，“怎么，你想她了？”

丁航连连摆手道：“别别，你姐那智商完全碾压我好吗？”

“你们有什么想问的就问，憋着不难受吗？”刘睿阳瞥着桌上的人。

除了孟野，其他人都被他刚刚的那一声怒吼吓了一跳。

没人见过刘睿阳这副模样。

孟野之所以懂，是因为如果有这样一个人拽着阮蔓，他可能就不止怒吼那么简单了。

“刚刚那男人是谁啊？”付晨也不藏着掖着，直接挑明了问。

“许知非的前任男友。”刘睿阳灌了口饮料，又添了一句，“她的‘白月光’。”

“是不是叫……陈鹤年？”付曦歪着脑袋想了很久，终于憋出这么一句话。

刘睿阳听到这个名字，愣了愣，瞟了付曦一眼，问道：“你怎么知道？”

还真是？

大家一下子把注意力都集中到了付曦身上。

付曦说：“陈鹤年你们都没听过吗？我们省四年前的理科高考状元，以723分考去的京城大学。他也是桥城一中毕业的，整个桥城大街小巷都挂满了横幅，你们竟然忘记了？当时还有从省城来的记者采访他。”

经过付曦这么一说，付晨也想起来了。

“是不是一直贴在学校红榜上的那个人？”

桥城一中的红榜上的人每年都在更新，但独独有一个人，被一直贴在上面。

“对对对。”付曦疯狂地点着头，“我记得当时报纸上也有陈鹤年的采访，他真的很帅，那张脸很有辨识度。当年的阵势那么大，我今天看到了一个侧脸才对上号，果然真人也很帅。”

“不过，陈鹤年是知非姐的前任？”丁航又把话题重新绕了回来。

“他们在一起过。”刘睿阳疯狂过后又变回了那张冷漠脸。

“你怎么了解得这么清楚？”丁航随口问了句。

刘睿阳抿唇没说话，风从窗缝钻了进来，发出奇怪的声音。

孟野挑了挑眉，其中滋味不言而喻。

众人该喝水的喝水，该吃东西的吃东西，只有阮蔓忽然对刘睿阳的故事产生了浓重的好奇心。

“想什么呢？”孟野伸出手在她面前晃了晃。

“没想什么。”阮蔓摇了摇头。

吃完饭后，一行人并没有急着回家，愣是在大马路上瞎逛了两圈，磨蹭了好一会儿才有回家的想法。

中途刘睿阳接到了许知非的电话，匆匆忙忙就走了。

送阮蔓回家的“艰巨任务”就落到了孟野头上。

这得天独厚的二人相处时间，孟野自然不能错过。

这一天发生了太多事，阮蔓先是知道了孟野的故事，然后又懵懂猜到了刘睿阳的心事。信息量太大，阮蔓一路上都在不停地消化着这两件事。

冬天的桥城是没有夜生活的，尤其是在这样下着大雪的夜晚。

除了偶尔下夜班晚归的行人，整条大街上很少再有像他们这样大晚上不回家在外面瞎逛的学生。

夏天那会儿街上还有热闹的夜市，因为今年的这场大雪，很多烧烤摊都被迫提前关门回家了。

巷口的路灯投下的光亮在雪地上形成了一个又一个的光圈，靴子在雪地里踩得“嘎吱嘎吱”响。

孟野伸手拍了一下阮蔓的脑袋，说道：“你今晚老走神。”

像是不满又像是好奇。

“今年过年你怎么过啊？”阮蔓突然停下脚步，问出了她刚刚在想的问题。

大街小巷里的店铺都充满着浓浓的年味，她这才突然想起过不了多久就要过年了。

孟野呢？

这么多年他是怎么过年的？在每个家庭欢聚一堂，一起看春晚的时候，他又在哪儿呢？

“在家，不去哪儿。”孟野说完又添了一句，“可能大年初一去老城区给我奶奶拜个年。”

“你会遇上……他吗？”阮蔓犹豫了一下，还是没说出孟成军的名字。

“应该不会。”

“你呢？不回杭城？”孟野伸手在兜里掏着什么，掏了个空。

阮蔓摇头，说道：“我妈挺忙的，回去了也是我一个人。”

“那你除夕来我家。”

“刘姨家除夕那晚……”

没等阮蔓说完，孟野就打断了她的话：“刘姨除夕夜得值夜班，刘睿阳他姐出去玩，所以刘睿阳也来我家。”

“我就不去了吧，不太好。”

孟野伸手在她脑门上轻轻弹了一下，说道：“想什么呢？你外婆家没电视，来我家一起看春晚。”

“嗯……那行。”阮蔓应道。

“对了，寒假你没什么事吧？”孟野像是随口一问。

“没事，怎么了？”

两人从巷口拐进去，往巷子里走着，旁边的老式居民楼里时不时传出来几声狗吠。

孟野从牙缝里挤出几个字：“给我补课。”

从小他的成绩就还不错，但自从孟茴死后，他就尤为抗拒学校。

但他依旧每天都穿校服，这身校服无时无刻不在提醒着他自己还是个学生，他再抗拒也得融入进去。

“补课？”阮蔓重复了一遍。

“对，我得和你考同一所学校，再不行也得同一座城市。”孟野无比坚定地说。

阮蔓还没有考虑过这个问题。

孟野是从什么开始想的呢？

大概就是在山上的那个晚上，阮蔓和他说“孟野，想想吧，你的未来是你自己选的”。

他努力活下去，孟茴应该也会替他开心吧。

所以孟野做了人生中最重要的一个决定。

“好。”

阮蔓回道。

她知道孟野说出这句话的时候，她就已经拉住他了。

她成功了。

少年时萌生出的想法，伴随着无数次犹豫，无数次退缩，无数次踌躇不前，却又只在某一次，就在心底无比笃定。

就像那野草，烧不尽。

春风吹又生。

年味越来越浓了。

各家各户的门上都贴上了新的对联和新的福字，在外的打工人和求学人也陆续踏上了归乡的旅途。超市门口循环播放着“过新年呀，过新年，欢欢喜喜过大年……”，就连楼下炒货店里的人也络绎不绝。

“老板，这个瓜子给我来五斤。”

“老板，这开心果怎么卖？”

“老板，这个花生有没有味儿啊？”

好像一年以来所有的不开心都能在这喜庆的年味中被冲淡。

孟野对过年倒没什么感觉，他家不吃年饭，一年到头连面都见不上的几个人，也没必要在这喜庆的日子里相聚一堂，相看两厌。

去年他去沈岚家过的年，说不上有多么其乐融融，又说不上尴尬，更像是一种被人捆上了双手双脚般的拘束。

沈岚离开桥城后，整个人气质的都变了。

也说不上变，可能只是回到了她年轻时的样子，整个人自信开朗。如果不是亲眼所见，可能走在大街上，孟野也未必能一眼认出她。

是邱智斌陪着她走出了过往的阴霾，婚后的日子让沈岚做回了自己。

邱智斌虽然是一名刑警，但他家境富裕，他当初娶沈岚时，邱家竭力反对，可最后还是同意了。不过并不乐意孟野跟着进邱家的大门，包括邱智斌提出的孟野改姓邱。

“孟野，不准发呆。”阮蔓用手指敲着桌面。

也不知道孟野从哪儿弄来了五把椅子，围着餐桌摆放，加上原先的一把，正好六个人六把椅子。

阮蔓和孟野坐在同一边，也好方便她能随时监督他。

“我没发呆。”孟野狡辩。

“你已经盯着这道题超过十分钟了。”阮蔓抬头看了看挂在客厅的钟。其实才过五分钟，如果孟野没发呆，这会儿早就跳起来反驳她了。

果不其然，孟野不作声了。

是心虚的表现。

“要不然中场休息十分钟？”

连着补了一礼拜的课，阮蔓大概摸清楚了孟野的底，初中的知识掌握得还挺牢固，反应也快。这会儿高一上学期的课程阮蔓已经给他讲了一大半了，他接受能力很强，就是有一个缺点——

碰到不会做的题，他就爱偷偷发呆。

“行。”孟野伸着懒腰往椅背上一靠，斜眼看着一旁的阮蔓。

两人这一个星期一直在认真学习，不知道的还以为阮蔓是他请的家庭教师。

想到这儿，孟野脸上原本因为休息十分钟而眉飞色舞的神情瞬间就耷拉了下来。

“孟野，要不然我们做完今天的题去超市逛逛？”阮蔓像是背后长了眼睛，能看到孟野耷拉着的脸，不经意地问了一句。

“超市？琪琪超市吗？”

“桥城没有大商场吗，大商场底下的那种大超市？我们去吃个饭顺便买点年货回来。”阮蔓放下了手里的笔，转过头来看着孟野。

突如其来的休息时光把孟野砸了个晕头转向，他连连点头道：“啊……好啊。”

阮蔓说：“那你没有休息时间了，赶紧写，再不写完天都要黑透了，再晚点我就不去了。”

旁边传来笔尖摩擦纸张的“沙沙”声。

这一招果然对孟野有用，学习就应该奖惩有度。

阮蔓满意地点了点头。

漫长的做题时间因为今天有了个盼头，反而感觉过得特别快。

放下笔的那一刻，孟野感觉自己就像一只犄角上吊着一根胡萝卜的羊，终于在历尽千辛万苦后碰到了那根胡萝卜。

“收拾一下，准备出去吧。”阮蔓把课本和试卷整理好塞进书包。

身边的人高兴得就差没有一蹦三尺高，一边哼着歌，一边走进房间换了一身衣服。

阮蔓则在外面帮他收拾着客厅。

客厅茶几上堆着各种各样的东西——几瓶喝空了的矿泉水瓶、她借来的高一课本，还有几张每张纸上都画了几笔的草稿纸，草稿纸下还藏着电视的遥控器。

生活在一点点慢慢变好，也挺好。

把书本摆放整齐，整理好桌面后，阮蔓转过背来继续整理沙发。

昨晚孟野应该没回房睡，今早阮蔓来的时候，孟野还躺在沙发上小憩着。

她拿起靠枕，准备放回原位时，却看到了靠枕下压着的东西——一张全家福。

用木制相框裱起来的一张全家福。

下面的时间是十二年前的今天。

二十来岁的孟成军和大着肚子的沈岚，还有六岁的孟野。

孟野乖乖地站在父母中间，但脸上有一股子不悦，身体明显更靠近沈岚那边一些。他没有笑，嘴唇紧紧地抿着，但眼睛是亮晶晶的，带着小孩子独有的那种亮。当时孟野虽然才六岁，但模样的确是邻居看了都会夸的那种。

阮蔓记得孟野说过，他和孟茴都结合了父母所有的优点。

照片上的沈岚即使大着肚子，眼角眉梢之间也有一种说不上来的韵味。

那时的孟成军和现在相比，要帅得多。

孟野冷冰冰的时候的确和孟成军的眉宇之间有些相似，但懒洋洋的时候，神情又要更像沈岚一些。

这是阮蔓第一次看到小时候的孟野。

她与十二年前的孟野对视着，想象他照这张照片的时候是一种怎样的心情呢？这么多年来，他不肯扔掉这张照片，每个夜晚都会拿出来反复看吗？

甚至没有藏起来，没有压箱底，只是压在了昨晚睡过的枕头下。

阮蔓的眼眶一酸，她不知道那些年孟野每次从窗户那儿接过沈岚托出来的孟茴时，是一种怎样的心境。

是一次次无止境的、反反复复的动作让他感到麻木，还是在这个过程对这个家彻彻底底失望。

孟野换好衣服，拉开了门。

客厅里，阮蔓已经把相框放回了原位，像什么都没看到一样，靠在门边等着他。

“钥匙带了吗？”阮蔓问道。

孟野拍了拍兜，示意已经装了进去，阮蔓这才放心地拎起书包往外走。

桥城只有一个大商场，离他们这一块有点距离，得坐五站公交车才能到。

两人站在冷风中等了近一刻钟的车，一辆摇摇晃晃的2路公交车才缓慢地开进站。车上的人不是很多，只有零零散散的几个人坐在前半截车厢。因为车内只开了车头那一盏小灯，后半截车厢陷入了黑暗。

除了司机，没人注意到这辆车又上来了两个人。

孟野往投币箱投了两块钱的硬币，拉着阮蔓往最后一排走去。

当年桥城的路还不是什么柏油马路，大马路上稍微开过几辆车就尘土飞扬的。轮胎轧过马路上的石子儿，整辆车颠颠簸簸的。

这样剧烈的摇晃感，阮蔓还是在第一天到桥城，坐的那半个小时的公共汽车上感受到的。连上山那次，也没有摇晃得这么厉害。

今天这辆车的车速并不快，但就是颠得厉害。

“晕车吗？”孟野借着前半截车厢的那一点光，勉强看清了阮蔓的脸。

阮蔓摇摇头，回道：“没事。”

幸好只有五站，如果路程再长一点，她可能就要晕车了。

“怎么突然想到买年货了？”

阮蔓一边把手放在嘴边哈着气，一边说：“借着买年货的由头让你放松一下不行吗？”

孟野勾了勾唇，说话声音很轻柔：“行，正好过两天除夕，他们过来吃饭，买点零食在家备着。”

这话从哪个角度听都有些怪，但阮蔓也说不上来具体怪在哪儿。

公交车开出三站后，车里几乎没什么人了。

除了司机和一个拎着包靠在窗户上睡着的男人，只有坐在最后一排的他们。

阮蔓把窗户拉开了一条小缝，车外的冷空气夹杂着鸣笛声、说话声、嘈杂声，一齐涌入车内，把她冻得脖子一缩。

车内虽然没开空调，但好歹是一个密闭的空间，温度还是要比车外高得多。

一旁的孟野也被吹得一个激灵，整个人立马挺直了身板。

“好冷，好冷。”阮蔓合上了窗缝。

嘈杂的声音被关在了窗外，车内又恢复了刚刚的宁静。

车悄无声息地停下，前方是还有三十秒的红灯。

孟野问：“阮蔓，你打算考去哪座城市？”

阮蔓听到声音转过头，愣了愣。

她歪着脑袋，想了大概十几秒，说：“嗯，京城吧，想去别的城市看看。”

“那我的高考志愿，也填京城。”孟野装作一副漫不经心的样子说道。

绿灯亮起，2 路公交车重新启动的那一刻，他许下了这个承诺。

玻璃窗上不知道何时起了一层水雾，把车内外彻底隔绝开来，里面看不见外面，外面也看不见里面。

没有人知道，十七岁的孟野在车厢的最后一排，在这个寒风冬夜，对阮蔓许下了一个诺言。

商场总共有三层，第一层是各种化妆品和衣服的专卖店，二楼是各种各样的小吃店，地下一层则是桥城最大的超市。

“你想吃什么？”孟野在手扶电梯上突然回过头问道。

阮蔓扫视了二楼的店一圈，看样子都还行，她就随便指了一家看起来还不错的店。

事实证明，味道的确还不错。

两人吃饱后，慢悠悠地往负一楼晃去。

“末班公交车是几点？”阮蔓看了看手机上的时间，又抬头问孟野。

“九点半。”

“那还来得及，现在才八点。”她把手机放回羽绒服口袋。

两人找了一辆推车，开始从生活区往里逛着。

说真的要买什么，好像也没有明确的目标。要不买些什么吧，好像又的确对不起两人白白跑这一趟。

孟野推着车，阮蔓跟在他旁边。

“你……”

“我……”

两人同时开口道。

“你先说。”

“你先说。”

两人又同时开口。

阮蔓叹了口气，说：“嗯……我看你家抽纸快没了，买点抽纸？”

“橡皮筋帮你保管了。”孟野一伸手，把她头上扎着的那根橡皮筋顺到了自己的手腕上。

阮蔓的头发尽数散开，搭在她的肩上。

“你的头发好像长长了。”

生活区没再怎么逛，他们直接朝零食区奔去。

这个点了，超市里人也还很多，很多人来了一趟又一趟，一波一波地往家里置办着年货。他们俩在疯狂抢购的人群中反倒突显出了一丝悠闲。

阮蔓慢慢逛着，时不时停下来看看商品。

孟野就在旁边跟着，她停下来时他也停下来等她。

“吃不吃话梅？”阮蔓拿起一袋话梅朝孟野摇着。

孟野摇头说："酸，倒牙。"

"那我吃。"阮蔓把话梅放进推车里，继续往前走着。

"你喜欢吃酸的？"孟野跟上来问她。

"还行。"

"那你喜欢吃辣的吗？"孟野继续问道。

"一般……怎么了？"阮蔓回头疑惑地看他。

孟野脸上写满了失望。

"没什么。"

"怎么了？"阮蔓耐着性子又问了一遍。

孟野盯着阮蔓看了几秒，小声说："以后再和你说。"

两人又逛了会儿，拿了一些零食，就推着车往收银台走。

四个收银台前都排着长队，每个人面前的购物车里或购物筐里都是满满的东西，颇有一种要把超市都搬回家的感觉。

好不容易找到了队尾，孟野推着车过去占了个位。

队伍中有不少人分工明确——一个人排队，另一个人还在超市和收银台之间不停地来回奔跑，不停地往推车里加东西。

周围人声鼎沸，闹哄哄的。

阮蔓头一次看到这么热闹的场景，以往在家过年，就算何曼君在家，两人也从不置办年货，更没有亲人要去拜访，总是草草吃一顿饭就算过年了。在阮辉那边，更是没有这个机会出来到处逛。

头一次置办年货的新鲜感，加上身边这个看起来貌似不太着调的人，让阮蔓感到前所未有的新奇。

她踩在推车的横杠上四处张望着，到处都是人头，人挤人。

"孟野，你之前置办过年货没？"阮蔓在横杠上转了个身，背靠推车，两只手撑在推车边上，用一种平视的角度问他。

头顶的光照在孟野的脸上，他被亮光刺得眯了眯眼，往旁边挪了两步，这才完全睁开眼。

今天还没在光线这么好的地方近距离看过他，阮蔓这才注意到孟野有一只眼睛的双眼皮变成了单眼皮。一单一双，显得眼睛一大一小。

眼睛下面还有痕迹很淡的黑眼圈，不凑近看很难发现。

孟野揉了揉眼又搓了把脸，回答道："和我妈办过几次，后来家里也就不弄这些了。"

一天的学习加上昨晚没怎么睡着，在这么吵闹的环境下，孟野竟然有了一丝疲惫。

"你是不是累了？"

尽管孟野不停地揉眼搓脸，阮蔓还是看到了他身上散发出来的疲倦。

"有点。"孟野又掐了掐眉心。

阮蔓探出头往队伍前面看了看，回头说："快到我们了。"

的确，从早上一直到晚上，又是体力劳动又是脑力劳动，大罗神仙这会儿也得犯困。

“哎，你这人怎么回事？一直往队伍里塞东西，后面的人还要不要排了？”他们这条队伍前面的一个中年妇女终于忍不了这种行为了，跳出来指着她前面的妇女说道。

因为有人不停地往推车里塞东西，这条队伍已经停了好久。

“我又不插队，又不违法，还不行了哦。”前面的妇女不甘示弱，立马回击。

周边几条队伍的人正排队排得烦躁，这下目光一下都被这场争吵吸引了过来。

“你这样很没素质的，晓得吗？你这样子搞后面的人也要买单的啦。”

“那我要买的东西多，你要是等不了你换条队排。”

前面那个妇女的老公，也就是专门负责往推车里加东西的男人见自己的老婆被欺负了，立马也加入了争吵。

你一言我一语的，谁也不让谁。

大家都在看戏，只有几个人上去劝了劝，但都被骂了回来。

“孟野，我收回我刚刚觉得置办年货很有趣这个说法。”阮蔓扭头和孟野说。

头顶传来低沉的笑声，孟野说：“其实除了这个还真挺有趣的。”

“付曦他们是除夕那天来吗？”

“嗯，今年她爸妈在外面做生意，估计赶不回来了。”

“那是晚上一起吃年饭吗？”阮蔓问道。

“对啊，下午再准备，来得及。”孟野说完，探头看了看前面的情况，思索着要不换条队，但又觉得重新排队有点划不来，毕竟自己的位置离收银台只有几步的距离了。

“行。”

“嗯？怎么了？”

“那你上午还可以学习。”阮蔓一本正经地点点头。

孟野抓在推车上的手僵了僵，用一种不可思议的眼神看着她，说道：“不是吧，除夕夜也不放过我？”

“学习是不分时间的。”

前面的闹剧终于收场了，围观的人群渐渐都收回了自己的视线。

阮蔓刚要开口想说点什么，就听见离她不远的另一条队伍里，传来了熟悉的声音。

“蔓蔓？”

语气中带着一丝不确定和试探。

阮蔓抬头望过去。

隔壁队伍和他们齐平的地方，站着班主任兼何曼君的多年好友——张蕾。

张蕾用一种不可置信的眼神扫视着阮蔓和她身边没有站相的孟野。

她犹豫了一下，开口问道：“你们……怎么会一起来超市？”

她看向阮蔓的眼神中写满了：阮蔓，你快告诉我你和他只是在超市撞见的。

阮蔓避开了张蕾的视线。

她没想过会在超市碰见张蕾，还是和孟野一起碰见。

突如其来的碰面让她一下慌了神。

正当她犹豫不决时，孟野开了口。

他懒洋洋的，一只手捏着购物车扶手，一只手插兜站着，用一种事不关己高高挂起的姿态对张蕾说：“张老师好，阮蔓同学是刘睿阳的邻居，我去刘睿阳家找他来超市，但他不在，正好阮蔓同学有要买的东西，这才一起来超市的。”

孟野几句话堵住了张蕾，而且他一口一个老师一口一个同学，叫得张蕾心惊肉跳。

孟野什么时候这样礼貌过?

他平时在办公室那样子，像是随时都能站起来和老师打一架。这会儿出了学校，在学校该有的礼貌竟然全都有了。

张蕾狐疑地看了看两人，眼睛像一个扫描仪一样，从上到下，从里到外扫视着面前的两人。

的确也没有什么亲密举动，如果真像孟野所说的那样，倒也是正常。

阮蔓应该也看不上孟野那小子，那小子空有一副好皮囊，怕不是被他欺负了?

张蕾扶了扶眼镜，忽然看见孟野的手上戴着个黑色的东西。还没等她看清，孟野把那只手也搭上了推车，羽绒服立马遮住了那个东西。

可能是个手链什么的吧。

张蕾想。

她再次把眼神投向阮蔓，想向阮蔓要一个肯定答案。

阮蔓不慌不忙地点了点头，慢慢地说：“是的，张老师，就是孟野说的那样，我正好也想来买点东西，刘姨就叫我和孟野同学一起来了。”

张蕾听到她这么说，没再怀疑。

“蔓蔓，年后记得来家里吃饭，你妈妈和你说了吧？”

“说了，让我一定要去老师家拜年。”

“在外面就叫我张阿姨，不用叫老师了。”张蕾笑了笑。

队伍开始快速往前移动着，很快三个人都买好了单。

“张老师，那我们就先回去了。”

孟野极度反常地讲礼貌，但说奇怪也说不太上来。张蕾只当他转了性子，朝他挥了挥手。

“阿姨，那我们走了。”

张蕾对阮蔓倒是不敷衍，应道：“好，注意安全。”

今年桥城还没有禁鞭炮烟花，街上到处都是鞭炮碎屑。谁家吃年饭就往大门口扔一串鞭炮，此起彼伏的鞭炮声在楼道里回荡着，昨天晚上时不时能听到“噼里啪啦”的声音。

大年三十一早，阮蔓就被楼道里的鞭炮声给炸醒了，紧接着就是一阵敲门声。

“蔓蔓，起了吗？”

刘姨在外面有节奏地敲着门。

阮蔓难得赖床，身体在被子里蜷缩成一团，头往门口那个方向伸着，喊道：“姨，我还没起——”

“早饭姨给你留了，姨出去买菜，我们一起吃年饭啊。”

“好。”

阮蔓从床头拿过手机，有一条未读短信。

发件人是孟野。

【除夕夜快乐。】

再往上翻，每天都会有一条定点祝她快乐的短信。

【除夕夜前一天快乐。】

【除夕夜前两天快乐。】

像是要把他这辈子没送出去的祝福通通送给她一样。

阮蔓弯了弯嘴角，给孟野回了个电话。

铃声一直响到快结束，电话才被接起。

“喂——”一个充满着困倦的声音从手机里传来。

“你还没醒吗？”阮蔓听到电话那头同样也传来“噼里啪啦”鞭炮炸响的声音。

孟野抓了抓头发，极不情愿地睁开了眼睛，没好气道：“谁家大早上放炮，这下彻底醒了。”

阮蔓暗笑，清了清嗓子说：“中午我不过去了，在刘姨家吃年饭，下午我和刘睿阳一起过去。”

“行。”孟野那边传来“窸窸窣窣”掀被子的声音。

“你早上中午都要吃饭，别嫌麻烦不吃。”阮蔓耐心地交代着。

“嗯……你快点来。”孟野又缩进了被子里，把手机压在脑袋和枕头中间，说话声音嗡嗡的。

“那我起了，你再睡会儿。”

阮蔓挂了电话，没再赖床，坐起身往身上套衣服。

餐桌旁坐着不情不愿被迫起床的三个人。

阮蔓、刘睿阳，还有他姐姐刘玥。

“我都放假了还要被迫早起。”刘睿阳闭着眼睛拿起一根油条就往嘴里塞。

刘玥从他手中夺下那根油条，说道：“小子，你姐我都上大学了，还不是要被迫早起。”

刘玥在杭城读大学，前不久才放假回家。

不得不说，刘睿阳和刘玥长得真的一点都不像。刘玥是那种外向的性格，更像太阳。刘睿阳对谁都淡淡的，性子反倒更像月亮一些。

“蔓蔓这次期末考试又是第一吧？”刘玥转过头来笑眯眯地望着阮蔓。

“咳咳……”阮蔓一口豆浆呛在喉咙里，“嗯……”

刘玥迅速转过头，一巴掌拍上刘睿阳的脑袋，教育道：“你学学别人蔓蔓，次次第一。你怎么就没半点你姐当年的风范，成绩不上不下的。”

这变脸速度吓得阮蔓没敢继续喝第二口豆浆。

“对了，姐，我下学期想转理科。”刘睿阳晃着脚上的拖鞋，云淡风轻地说着，好像转科就是点菜一样那么简单的一件事。

不止阮蔓愣了，刘玥也愣了。

“转理科干吗？还有一年半就高考了，你现在能跟上？”

“能，我对文科实在没啥兴趣，背的东西忒多了。”刘睿阳又拿起一根油条往嘴里送去，声音含含糊糊的，“而且以后我打算学医。”

“学医？”刘玥用难以置信的眼神望向他，“你别是一时兴起。”

“没，认真考虑过的。”刘睿阳一副认真的表情。

“行吧，你自己做决定，只要是认真的，家里支持你。”刘玥拍了拍自家弟弟的肩膀，顺手擦了把油。

“刘玥，你不要以为我没看见你用拿过油条的那只手往我身上抹。”

“我弟最好了。”

阮蔓有些羡慕这相亲相爱的姐弟俩，付曦和付晨也是这样，只准自家人欺负自家人。

如果孟茴还活着。

孟野是不是也会这么开心？

应该会吧。

吃过早饭后，阮蔓就帮着刘姨一起在厨房炸肉丸子。

把肉馅剁碎后，拌上胡萝卜和鸡蛋，捏成丸子裹上淀粉下锅炸。没一会儿，厨房里的香味就飘进了楼道里。

过年不仅得炸肉丸子，还有藕夹，吃不完的可以放在冰箱里冻起来，要吃的时候再拿出来解冻。

刘睿阳顺着这股香味进了厨房，刘姨炸一锅他就吃一锅。

“还吃，中午还吃不吃饭了？”刘姨用筷子打着他的手。

“太香了嘛。”刘睿阳一边往厨房外走，一边又顺走了一碗。

“蔓蔓，你们晚上都去小野家看春晚是吗？”

阮蔓点头道：“嗯。”

“哎，小野那孩子可怜，以往每年除夕我让他来这里，他倔，总是一个人在家过除夕。”

“他总是一个人吗？”阮蔓继续着手里的动作，把肉馅揉成一个团往油锅里放。

“听小阳说，他去年去了他妈妈那儿，没待几天就回来了，估计是待着不自在，他妈妈走后他就是一个人过年了。”刘姨感叹着，“好好两个孩子，硬是被那狗东西弄成这样，我平时在钢厂里看他爸爸成天喝得醉醺醺的，哪像父亲的样子。”

阮蔓张了张嘴，想再问些什么，却又欲言又止。

“你们今年都去陪他也好，这孩子得需要点热闹。”刘姨把炸好的丸子放在一旁沥着油。

阮蔓“嗯”了一声，还是没问出想问的问题。

中午刘姨弄了一大桌子菜，四个人一人一边坐着。

桌子中间摆着一条鱼，象征着年年有余。

饭吃到一半，刘姨进了房间，没过一会儿就又走了出来。

“来，这是蔓蔓的。”刘姨递给阮蔓一个红包。

红包并没有多厚，但它的分量却让阮蔓心里一震。

“不用了，刘姨。”阮蔓摆手，“真的不用了。”

“别和我妈客气。”刘睿阳说着，夹了块肉进自己的碗里。

“是啊，蔓蔓，赶紧享受能尽情收压岁钱的日子吧。”刘玥在旁边朝阮蔓使着眼色，示意她赶紧收下。

“谢谢刘姨。”阮蔓双手接过红包，放进自己的羽绒服口袋里。

“小阳，玥玥，这是你们的。”

“谢谢妈！”姐弟俩没客气，直接拿过来揣进了兜里。

一餐年饭吃得其乐融融。

吃得差不多了，阮蔓简单收拾了一下就准备和刘睿阳出发去孟野家。

街道两边的店铺基本上都早早关了门，巷口的那家水果店门口有几个小孩在玩着摔炮。

“砰——”

摔炮在刘睿阳的脚下炸响，刘睿阳朝那几个小屁孩挥了挥拳头。

“你和孟野说了高三可能会走那事没？”

“还没……”阮蔓边走边说，“说不定我据理力争一下可以留下来。”

刘睿阳用另一只空着的手摸了摸后脖颈，说：“你提前给他打个预防针吧，我怕他受不了。”

“嗯。”

“阮蔓，谢了，如果真有那一天，你别放弃他。”

“不会的。”

“喂，这个菜不是这么弄的吧。”付晨对照着陈嫂的菜谱，一个步骤一个步骤地对着丁航的每一步。

“做菜太难了。”丁航把料酒往桌上一推，“去把咱野哥喊起来，让他来。”

“谁去喊？”付晨回头望着众人。

孟野给来的第一个人开了门后，就回房间补觉，一直到现在都没个动静。

众人面面相觑。

“蔓蔓去。”付曦指了指坐在身边的阮蔓。

阮蔓轻手轻脚地拉开房门，孟野房间的窗帘拉得很严实，一丝光都没透进来。

床上的被子中间拱起了一团。

借着那微弱的一点光，阮蔓看到了床上睡着的孟野。

刚刚外面的吵闹似乎一点都没有惊动到他。

孟野黑色的头发落在枕头上，脸上没什么表情，睡着的时候表情管理也到位，并没有流口水这种事情发生。

阮蔓半跪在床边，静静看了他一会儿后，才伸出手隔着被子拍了拍他，小声喊道：“孟野，醒醒。”

孟野翻了个身，没理她，继续睡。

阮蔓又绕到床的另一边，继续喊他：“起来了。”

孟野皱了皱眉，眉心间微微拱起，过了两秒后眼睛才微微睁开一条缝。

“孟野，他们都还在外面等你去当主厨。”阮蔓伸手推了推他。

“嗯……等着吧，有饭吃就行了。”孟野的腔调里带着浓重的困意。

“你昨晚几点睡的？”

“不记得了。”

“孟野，起来呗，我去给你打下手。”阮蔓耐心地劝着他。

“行吧，起了。”

阮蔓出来后没多久，孟野就从房间里慢悠悠地晃出来了。

“快，我们的孟厨神，今天的年夜饭就交给你了。”付晨把陈嫂一笔一画写下来的菜谱往孟野身上一扔。

孟野伸手接过，往旁边一放，说道：“用不着。”

“你，过来打下手。”他指着阮蔓。

“呜呼，解放了——”其他人一窝蜂地跑向沙发，将厨房留给这两个人。

孟野没看身后阮蔓的表情，转身往厨房走去。

阮蔓跟着走进厨房，顺手拉上了推拉门。

“你上次点的什么菜？”孟野回头问道，“糖醋小排，番茄炒蛋，清炒莜麦菜是吧？”

阮蔓点点头，她没想到孟野记得这么清楚。

孟野在一大堆菜中翻找着，问道：“要吃可乐鸡翅吗？”

“要。”

“是不是只要是甜的就喜欢？”

“嗯……酸的也喜欢。”阮蔓认真地回答道，“所以番茄炒蛋能多给点醋吗？”

“能……”孟野回头看了阮蔓一眼，眼里带着不太明显的笑意。

“我要做些什么？”阮蔓撸起袖子，跟在他的屁股后面。

孟野环视了一圈，从客厅拿了把椅子放在厨房门口，朝阮蔓努了努嘴：“坐着就行。”

“这么简单？”阮蔓有些不太敢相信。他刚刚还一副要把自己当免费劳动力的样子，这会儿倒像是黄鼠狼给鸡拜年——没安好心。

“对，闲得无聊就和我讲话。”

其实看孟野做菜的过程并不无聊，这些菜在他手里都变得特别听话，不像刚刚丁航手忙脚乱的。

孟野从冰箱里拿鸡蛋时，顺手拿了盒柠檬茶递给阮蔓。

“你从什么时候开始学做饭的？”阮蔓晃着腿问道。

孟野切菜的手顿了顿，说道：“小学吧，会点简单的。后来一个人住了，就学了点。”

“那你平时每天都自己做吗？”

“不做，懒。”

“他们都吃过你做的菜吗？”

“就做过一次。”

炒菜其实很快，准备的过程才是最漫长的。

阮蔓看着孟野把小排焯了个水，鸡蛋在碗里打散，鸡翅洗好切上花刀。他的速度很快，还能一边和她讲话，一边做事。

“孟野，你当时从医院追出来……要和我说什么来着？”

阮蔓咬着吸管，盯着有条不紊的孟野。

他拿刀的手顿了顿，没看她。

“没什么，就是想和你说一句，那件事不是你的错。当时如果是我，我什么都不会说。”

阮蔓一直觉得，这个世界上没有人会完完全全站在别人的角度去体会别人的感受，感同身受这个词就是个错误的存在。

“她怎么这样啊，见死不救？”

“成绩好长得好也没用啊，挺铁石心肠的。”

“听说她看到了那群人捅人啊，她怎么不及时打 110 ？”

“天啊，她人品竟然这么差？”

“你们知道什么？流言一传十十传百，怎么就传成了这样？我只是看到了他们一群人在那儿，后来的事我什么都没看见。什么都没看见，听不明白吗？我怎么会知道后来发生的事，我只是说出了我看到的，我又有什么错？说出事实就错了吗？说出来就应该被千夫所指吗？

“换成你们当中的任何一个人，应该都不会说出来吧？你们又有谁能真的站在我的角度看这件事？

“还有你们，口口声声让学校还你们儿子，却只是想用这件事来讹学校更多的钱。为什么不去找杀你们儿子的凶手，为什么自己孩子的死亡真相在金钱面前不值一提？”

这些话在阮蔓的心中已经排练过无数遍了。

直到离开杭城的那一天，阮蔓都没有说出来。面对越来越离谱的传言，更严重的是有人说她也是那群杀人犯中的一员，她百口莫辩。

在别人眼里，她已经被死死地钉在了道德的十字架上。

出于保护学校的百年声誉，学校选择息事宁人。

出于金钱的目的，受害人家长对真相不管不顾。

“为什么不会说？”阮蔓捏着柠檬茶盒子的指尖泛白。

“保全自己吧。”孟野把切好的西红柿放进了盘子里，转过身看着她，“当年我家邻居知道孟成军的行为是家暴，但他们都自己骗自己，告诉我男人打自己的老婆是一件天经地义的事。最后一次警察上门，他们都统一了口径，警察问什么都说不知道，不了解，没听过。你看，每个人在触及自己利益的时候，都会先选择保全自己。”

“可是……”

“可是你比他们都勇敢，真的。阮蔓，你很棒。

“所以不要自责，更别怀疑自己。”

孟野的速度很快，没一会儿桌上就摆满了菜。

番茄炒蛋、糖醋小排、可乐鸡翅、清炒莜麦菜、白灼基围虾、东坡肉，还有菌菇汤。

六菜一汤，整整齐齐地摆在桌上。

孟野特意把阮蔓爱吃的菜都摆在了她的面前。

“这味道，闻起来贼正宗。”丁航又当起了马屁精，“今天又有口福了。”

“干个杯吧？”付晨举起了杯子。

“干杯——”

大家一齐碰了个杯。

趁着没人注意，孟野把自己的杯子轻轻往阮蔓手中的杯子上一碰。

不得不说，孟野的厨艺是真的不错。

番茄炒蛋也的确加了很多醋。

“野哥，这道菜你手抖了吧？”丁航拿筷子敲着盛着番茄炒蛋的那个盘子，“忒酸。”

“没。”孟野抬了下眼皮，“有人爱吃酸。”

饭后丁航和刘睿阳承包了洗碗这项工作，剩下的四个人坐在沙发下的毛毯上，摸着圆滚滚的肚皮，惬意地看着电视。

春晚已经开始了，电视上红红的一片，几乎每个人身上穿的都是红色的衣服。

主持人说着新年祝贺词。

窗外家家户户都亮起了灯，跟着是连绵不绝的鞭炮声，屋里说话的声音都被这声音给盖住了不少。

阮蔓放在茶几上的手机振动了起来。

来电显示：妈妈。

阮蔓朝他们示意了一下，拿起手机往院子走去。

“喂，妈妈。”

“今天在刘姨家吃了年饭了吗？”何曼君略带疲倦的声音从手机里传出。

“吃过了。”

“那就好。”

不知道是谁家又往外扔出一串鞭炮，在空旷的小区里炸响。

“蔓蔓，你不在家里吗？”何曼君问道。

“嗯……我和付曦在外面放烟花。”阮蔓说着，扭头往客厅里看了看。

孟野正低头玩着手机，他身上的颜色都随着电视机里照射出来的光在不停变换着。

“注意安全，早点回家。”

“嗯……”阮蔓应了声。

话筒里又是一阵沉默，但何曼君并没有急着挂电话。

小区里有人在放烟花，烟花冲向天空，在黑色的夜晚绽放出一朵朵绚丽的花朵，把天空映得五颜六色的。

烟花虽美，但消失得也很快，眨眼的工夫就散开了。

烟花很快就放完了，小区内又回归了安静。

阮蔓说：“妈妈，新年快乐。”

“女儿，新年快乐。”

孟野拉开玻璃门走了出来，问道：“打完电话了？”

阮蔓回头看他，点头道：“嗯。”

阮蔓已经不记得上一次和何曼君一起过年是什么时候了。

好像还是初一那会儿吧。

何曼君的工作性质就是在所有人越闲的时候她越忙，有时候还会被派到偏远地区出差，一去就是很久。

阮蔓小的时候会吵会闹，会抱着何曼君的大腿不让她走，但最后的结局无一例外都是何曼君还是会走。

每次她总会说：“妈妈很快就会回来的。”

父母离婚后，阮蔓就不再闹了。

每次何曼君有工作时，阮蔓都会很乖地说：“妈妈，你走吧，我会好好听邻居阿姨的话的。”

阮蔓怕自己再任性，就谁都不会要她了。

阮蔓从没有和何曼君说过，她不喜欢去芜城，不喜欢重男轻女的爷爷奶奶，更不喜欢老是转学，这样她一个朋友都没有。

在所有的童年记忆中，她一直都在努力学习，努力做到最好。

因为她觉得，只有自己最好，何曼君才会多关注她一点。

可是即使这样，家长会何曼君也很少去。

记忆里有一次小学六年级的元旦晚会，邀请每个学生的父母来参加。

有一个节目是给前十名的学生准备的，要和父母共同完成。

而阮蔓一个人孤零零地站在台上，何曼君没来，阮辉也没来。

最后是两个老师领着她完成那个节目的。

大概就是从那天起，阮蔓才真切地感受到，自己人生漫长的一条路，从很早开始就是一个人在走了。

何曼君不是没有试图补偿过阮蔓，但她并没有意识到，自己一次次在女儿的人生重要时刻缺席的那刻开始，就已经离阮蔓越来越远了。

“忘记买烟花了。”孟野站在阮蔓身侧，淡淡的一句话就把她的思绪拉了回来。

“没事啊。”阮蔓耸了耸肩，“这样过年，我挺满足的。”

“想不想玩仙女棒？”

“有吗？”

“丁航带来的。”

一群人站在小区里，围着一大包仙女棒。

“丁航，你怎么买仙女棒这种小姑娘玩的东西给我们一群大老爷们儿玩？”刘睿阳用两根指头拎着一根仙女棒，嫌弃地说。

“我和蔓蔓不算小姑娘吗？”付曦倒是很喜欢这些仙女棒，她转身朝丁航竖了个大拇指，“小航航，干得漂亮。”

“有得玩就不错了，这仙女棒还是我捡漏的呢。”丁航从口袋里掏出打火机，拿起一根仙女棒，“刺啦”一下就点着了。

仙女棒在黑夜里燃起，绽放成一朵小烟花。

“快快，再拿一根来，不然要灭了。”丁航朝他们嚷道。

付晨眼疾手快，拿了一根接上去。

一根一根地点燃，很快就人手两根仙女棒，包括一开始嫌弃得不得了的刘睿阳。

阮蔓拿着手上的仙女棒在空中画着圈，一旁的付曦兴奋地跳着，又点燃了一根。

空气中尽是仙女棒燃放完后的烟味儿，混着他们哈出来的白色雾气，一齐往上升去，继而散开。

“蔓蔓，好玩吗？”付曦又拿了一根仙女棒给她。

阮蔓没有玩过仙女棒，马上接过，重重地点了点头。

孟野把手上的两根仙女棒燃完后，就没再接着点了。

他站在树下，从口袋里掏出手机，有些机械地刷着空间。刷了没一会儿，他就觉得有些无聊了，于是就倚在树旁静静地看着他们疯成一团。

玩到一半，刘睿阳也退出了，站到了孟野旁边。

“怎么？有心事？”孟野瞥了他一眼。

刘睿阳先是沉默，过了好一会儿才说：“我下学期转理科了。”

“嗯？这么突然？”孟野愣了愣。

“想学医，许知非她爸那病……得治。”刘睿阳说，“还有我妈以后万一有个什么病痛，家里有个医生方便。”

“能跟上吧。”孟野说道。

不是“能跟上吗”，而是“能跟上吧”。

孟野信他。

“能。”刘睿阳说，“可能会把兼职减少一些。”

“成，有什么事和我说。”孟野拍了拍刘睿阳的肩膀。

“你怎么考虑？”刘睿阳问道。

孟野耸耸肩，说：“考去一个学校呗，还有一年半，够了。”

没人看到他们各自眼里对未来的坚定。

“快点快点，要跨年倒计时了。”

丁航又从沙发旁边的零食兜里掏出几包薯片扔在茶几上。

“快了快了，还有两分钟。”付曦盯着客厅挂着的时钟。

很快，主持人在舞台上开始了倒数。

客厅里的他们也跟着主持人一起开始了倒计时，没人再去碰桌上的零食，房间里除了倒计时声就是浅浅的呼吸声。

“五。”

“四。”

“三。”

“二。”

“一——”

“新年快乐！”丁航第一个叫道。

“新年快乐！”窗外不知道哪一家，喊出了同样的一句话。

阮蔓侧过头，看向坐在她身边的孟野。

孟野整个人隐在黑暗中，他黑色的瞳孔被黑暗衬托得越发黑亮。

客厅里开了空调，空调温度开到了三十度，每个人都只穿着一件短袖。

窗外突然又爆发出了新一轮的鞭炮声和烟花声，大家在屋里说话都要提高几个度。

阮蔓看到孟野的唇微微张开，朝她说了几个字。

那几个字的口型是她再熟悉不过的了。

“新年快乐。”

阮蔓把身子转了过去，附在他的耳边轻声说：“孟野，新年快乐。”

新的一年，辞旧迎新。

那就以前好的不好的都让它过去，我会陪着你，以后你的路永远都会有阳光照亮，你的人生也会永远在光明之下。

第六章

起风了

大年初一的第一顿早饭，六个人吃的是汤圆。

这是桥城的习俗，寓意团团圆圆。

吃完早饭后，因为初一要去长辈家拜年，大家就各自匆匆回家了。

屋子里顿时只剩下了阮蔓和孟野两个人。

突如其来的安静，让他们两个一下都没缓过神来。

就像是狂欢后的安静里，只剩孤独。

“待会儿和我去一个地方。”孟野收了碗往厨房走去。

“什么地方？”阮蔓问道。

“去了就知道了。”孟野特意卖了个关子。

新年第一天，街上的人比往日都要多。

很多店铺在新年的头几天都不会开门做生意，但通常这个时候超市小卖部都会抓紧时机，在门口摆放很多大家走亲访友时需要买的礼品。

系着好看蝴蝶结的果篮、一箱箱牛奶饮品，还有烟酒，摆得琳琅满目的。

平时生意再萧条的店铺，在新年的头几天都能赚得盆满钵满。

孟野拦了一辆出租车，两人坐定后，他才报出一个地址。

出租车往一个阮蔓从没去过的方向驶去，沿路的景象变得越来越质朴，高楼大厦逐渐变成了平房，每家每户门口都挂了红灯笼，贴上了红对联。

与他们住的那块的过年气氛是不太一样的。

车停在路口。

出租车司机扭头说：“开不进去了。”

孟野没说话，递给了司机一张红票子，也没让他找零，便下车了。

阮蔓看了看那个路口，的确是开不进去了。

路口很窄，窄得大概三个人并排走，都会感觉很拥挤。

“从这里走吗？”阮蔓回头问道。

孟野说：“嗯。”

穿过这个路口，视野才逐渐开阔起来。

这大概是桥城的老城区，家家户户都透出一股质朴的气息。

除了他们，也有不少年轻人回老城区看望家里的老人。

老城区这块有很多桥，桥下面有一条流速较平缓的小河。河面有零散的几条乌篷船，上面的船夫正在招揽着生意。

桥城大概也是因为老城区有很多桥，所以才叫桥城吧。

阮蔓环视着周围的景象，脚下的一砖一瓦仿佛都记载着桥城的历史。

孟野走到一家小卖部前，挑了几盒礼品，付好钱后才发现阮蔓正站到桥上抻着脖子往下看。

“看什么呢？”

“随便看看。”阮蔓看着那些乌篷船，问道，“你小时候一直生活在这里吗？”

孟野一边领着她往前走，一边说：“小时候住过一段时间，后来钢厂分了房子，孟成军带着我妈就搬出去了，现在只有我奶奶住这儿。”

“那你是带我来看……奶奶？”阮蔓瞪大了眼睛。

“嗯，认个人而已，别紧张。”孟野被她这副模样逗得有些想笑。

就算阮蔓想逃，这会儿已经走到了这里，也没有退路了，只能硬着头皮跟着孟野一直往前走。

老城区的房子都极具历史感，白墙红瓦。

孟野奶奶家的房子非常好认，比普通的平房要更好看一些，屋顶还带着一个小露台。

院子外面的那扇大门是一道铁栅栏，孟野推开栅栏门，朝里面喊了一句：“奶奶，我来了。”

奶奶佝偻着背从里面走出来，步子颤颤巍巍的。

“小野来了？”

“嗯，来了。”孟野把手里的礼品盒放到桌上，转身去扶奶奶。

“这是？”奶奶瞥到了还站在门口没进来的阮蔓。

阮蔓三步并作两步，往奶奶身边走过去。

孟野的奶奶和自己的奶奶不太一样，自己的奶奶尤为强势，在她的脸上几乎看不到一丝和蔼的影子。

正因为何曼君和奶奶一样强势，所以那几年何曼君和她的关系处得并不好，加上阮蔓是一个女孩，奶奶就更不喜欢何曼君了。有好几年过年，何曼君都没有和阮辉一起回芜城。

“奶奶，我是孟野的同学，今天和他一起来看您。”

“同学啊，小野很少带同学来，之前来过一个叫什么什么阳的……”奶奶回想了一下，笑道，“哎，你瞧我这记性。”

“奶奶，是刘睿阳。”孟野提醒道。

“对对，那小伙子也俊得很，他今年没来吗？”奶奶往门口探了探头。

“他拜年去了。”孟野把奶奶扶到椅子上坐着。

三人讲了一会儿话，奶奶就去厨房做饭了。

她要让阮蔓尝尝自己的手艺。

“我奶奶做菜没我好吃。”孟野说完就领着阮蔓往屋顶的露台走去，露台上有奶奶自己种的各种蔬菜，还有一些花。

“你和奶奶关系还不错？”阮蔓蹲在花架旁，看那盆绿萝垂下来的枝条。

“还行吧，奶奶是除了我妈，我唯一的亲人了。”孟野拿起小铲子给菜松了松土，他拍了拍手，继续说，“以前住一起时，奶奶挺疼我的，后来孟成军打我妈，奶奶护过几次。”

阮蔓没看到孟野眼底闪过的那一丝恨意。

“孟成军连自己亲妈都打，我妈就不让奶奶再管这档子事了。”

阮蔓拨动绿萝的手顿了顿，侧过头看着孟野。

孟野不知道什么时候站了起来，身材修长，双手插在兜里望着远方，任由风把他的头发吹得凌乱。

如果孟野没有经历过这些事，他会有多优秀？

外人都说他脾气差，但她从来没有看过他这一面。

他身上仿佛有一个开关，平时关上的时候他总是一副事不关己的态度，但只要有人触碰到那个开关，他就会随时爆发。

阮蔓想，孟野的那个开关应该就是孟成军，还有孟茴。

一道伤疤本来已经结了痂，却要被人反复撕开，反复在伤口上撒盐，不让愈合。

桥城这个人口密度小的城市，孟野家那档子事，早在那一年就传遍了。

那么孟野身上还有什么是阮蔓不知道的事呢？

孟野当初和她撇清关系，刘睿阳说不全是因为他家的事，那么还有什么事呢？

阮蔓想不到。

“小野，蔓蔓，下来吃饭了。”奶奶在楼下喊着。

“好，来了。”

奶奶并没有做很多菜，都是几个家常菜。

老年人的口味偏淡，口感的确比不上孟野做的菜，但是有家的味道。

饭后孟野洗碗，奶奶拉着阮蔓在院子里絮叨。

“蔓蔓，以前没听小野提过你啊。”

“我是这学期转学来桥城的。”

“你是哪儿人？”

“杭城的，我外婆家在桥城。”

一老一小坐在椅子上聊着天，面前的茶壶冒着热气。

从这四四方方的老房子往上看，天空也是四四方方的。

“杭城啊，离这儿也不算很远。”奶奶脸上带着慈祥的笑容。

“是啊。”

“蔓蔓，我看得出来，我这个孙子喜欢你。”

阮蔓愣了愣，她没想到奶奶竟然会说这句话。

“小野小时候特别讨邻里的喜欢，那些老太太都羡慕我孙子成绩好，又听话，长得也俊。唉，只是他爸不是个东西，委屈了小野，还有我儿媳妇。”奶奶叹了口气，尽管孟野的父母已经离婚，老人家还是固执地称沈岚为儿媳妇，“我就希望小野能好好的，好好的就行。小时候我护不了他，等他大了我也老了，我这个儿子真是作孽啊。”

因为长时间独居，突然之间找到了一个愿意听她说话的人，奶奶的情感像一个拧紧的水龙头突然被打开了阀门。

每个母亲都爱儿子，奶奶不例外。

孟成军即使再混账，他也还是她唯一的儿子。

这么多年来，奶奶也一直觉得是孟家亏欠了沈岚娘俩，还有已经去世的孙女。

所以在沈岚提出离婚的那刻，奶奶就知道再也留不住他们母子了。

但她没想到，孟野留了下来。

“小野这孩子和我不算亲，我知道他来看我只是出于一个晚辈对长辈的尊重。我没想过他会留下啊，他应该和我儿媳妇儿一起走的，这地方，没盼头啊。要不是因为他爸，他也能和别家小孩一样的，怪我啊。”

奶奶虽然已经老了，但是心里如明镜一样。

她知道自己的孙子永远没法和她像真正的亲人一样，也知道他恨透了孟家，并且永远不会原谅孟成军。

所以她就希望，孟野能开心点，对生活有个盼头，就行了。

不求大富大贵，只求平平安安。

阮蔓说：“奶奶，这是孟野的家事，我不好多说，但我只想努力地把他带到一条有光的路上去，我得让他努力活下去。”

临走前，奶奶塞了两个红包给他们，几番推搡下，他们还是收下了。

老人家说，新年收红包，这一年都会讨个好彩头。

“刚刚你和奶奶聊什么了？”孟野问她。

“随便聊了一些，没什么的。”阮蔓不想老是在孟野面前提起以前，“不过，奶奶嘱咐我要把你盯紧了，得让你考个好大学。”

孟野笑了一声：“这老太太火眼金睛。”

“不过孟野，你什么时候开始注意到我的？”阮蔓歪着脑袋问道。

孟野眯着眼睛，看向身侧的她。

良久，阮蔓听见他说：“大概，是第一次在操场上看见你的时候吧，那会儿总觉得你并不属于这里，身上藏满了秘密，我大概是对你那时的眼神产生了好奇。”

很多个瞬间，孟野都会觉得阮蔓和他身边的人都不一样。

因为阮蔓是拉他迎向光的那只手。

整个寒假就这样按部就班地过完了。

阮蔓除了每天给孟野补课，有空时和付曦他们一块儿玩之外，还去了张蕾家拜了年吃了饭。

意料之外的惊喜有两个。

第一个是大年初一从孟野奶奶家回来的那天，她在兜里发现了孟野偷偷塞进来的红包。

第二个则是她的英语竞赛成绩在省内排第一。

排名第一意味着可以去参加全国的竞赛，只要是一等奖，她就可以直接保送进杭城大学。

二月初，安静了一个寒假的巷口重新热闹了起来。

学校门口的早餐摊重新摆了起来，还是一样的红色塑料凳，还是一样的场景，还是那些学生，一样的校服。

阮蔓却觉得和半年前她第一次来这个学校时的感觉变得不太一样了。

这种不一样的感觉大概叫作亲切感。

因为寒假也和付曦他们经常见面，所以阮蔓并没有一种与同学很久没有见到的感觉。

和上学期唯一不同的就是，刘睿阳转去了理科一班。

除此之外，其他都和往日一样。

即使过了一个喜庆的年，孙慧还是一副别人欠了她几百万的模样，教地理的谭妈好像又胖了一圈，“老虎”说话还是和以前一样喜欢喷口水，“地中海”的发际线又往后移了一点。

开学那天张蕾依旧在讲台上发表着班主任开学鸡汤，一字一句和上学期基本不差，只是时间线从还剩两年变成了还剩一年半。

高三学姐齐佳也在专心准备高考。

孟野也不再逃课和迟到，就连星期一的批斗大会都已经看不到他的身影。

全校都知道孟野开始埋头学习了。

很多事情看似风平浪静，实则暗地里波涛汹涌。

“蔓蔓，3 月 21 日是刘睿阳十八岁生日，你说我送点啥？”付曦把脑袋搭在阮蔓的胳膊上，向她求助。

阮蔓停下了正在写试卷的笔，喃喃道：“那不就是下个星期六的事？”

“对啊，你快想想。”付曦愁得眉头都皱在了一起，“马上孟野哥也要生日了，你可以顺带着一起想。”

“孟野什么时候生日？”阮蔓愣住了。

认识孟野这么久了，她还不知道孟野的生日是什么时候。

“5 月 19 日。”付曦说，“孟野哥是金牛座的最后一天，还是 5 月 20 号的前一天，特好记。”

“是挺好记的。”阮蔓不自觉地勾了勾嘴角。

“蔓蔓，我才发现你是处女座的最后一天呢。”付曦说着低下头，从书包里掏出一本星座书，不停地翻找着什么。

过了好一会儿，她终于从书里抬起头，然后把书举到阮蔓眼前。

“你看，我是说我依稀记得，金牛座和处女座的配对率是100%吧，果然是的。”

阮蔓顺着付曦手指的方向看了过去，不知道付曦从哪里淘来了一本星座分析书，每个星座都分别和其他十一个星座有着明确的配对率。

而金牛座和处女座是最配的。

“你还信这个？”阮蔓把星座书推了回去。

“信则有，不信则无。”付曦宝贝地抱着她的星座书。

阮蔓没说话。

是挺巧的，所以她信了。

3月21号，星期六。

刘睿阳生日。

刘睿阳自从转去理科班之后，每天都在忙着赶进度，和他们在一起的时间也大大减少了，只有午饭的时候才能一起。

即使阮蔓住在他隔壁，碰见他的机会也比之前少了。

大家都想趁着他十八岁的生日，好好玩一天。

他们六个人站在电影院门口，刚刚买好半小时之后的那一场电影的票。那年电影院的生意还比较萧条，除了他们这些追赶新鲜事物的十七八岁的孩子，电影院基本上没多少人光顾。

“蔓蔓，快来照大头贴。”付曦朝站在旁边的阮蔓挥着手。

电影院旁边有一个小型的电玩城，里面的娱乐设施种类不算特别多。付曦眼尖，一下子就发现了角落里的照大头贴的机器。

阮蔓掀开帘子走进去。

“快快，我们来照几张，留个纪念，这个可比手机的画质清晰多了。”付曦在前面摆弄着机器。

“咔嚓——”

几张相片连着从右边出口滑了出来，付曦挑出两张递给阮蔓，说道：“蔓蔓，给你两张！我把我最美的两张给了你，你要好好留作纪念。”

阮蔓笑着接过相片，相片上的她有些紧张，眼神里更多的是茫然。

付曦就比阮蔓自然多了，她应该是经常来照大头贴的。

阮蔓眼珠子一转，问道：“付曦，孟野有没有照过大头贴？”

“好像没有，每次我和我哥照，叫了孟野哥他都不来。”付曦把相片放进口袋里，“怎么，你想和孟野哥照吗？”

“试试？”阮蔓把头从帘子里探出去，朝她刚刚站的位置喊了一声，“孟野，你过来。”

孟野正靠在影院门口，和刘睿阳他们聊天。

“孟野，我们照个大头贴。”阮蔓满怀期待地看着他。

孟野皱眉看着眼前的机器，还有屏幕上那花里胡哨的贴纸，一个“不”字就要脱口而出时，却卡在了喉咙里。

他没法打消阮蔓的积极性。

半晌，他吐出一口气，从牙齿缝里蹦出来一个字：“行。”

阮蔓学着刚刚付曦教她的步骤，一步步调试着机器。

“我有一个要求。”孟野用手弄了弄头发，四肢僵硬地站在阮蔓的身后。

阮蔓头也不回，问道：“什么？”

“把这些花里胡哨的贴纸去掉。”

这个要求并不过分，阮蔓欣然答应了。

“要照了啊，表情摆好。

“看这里。

“三，二，一。”

阮蔓按下了按键。

按下按键的那一刻，她脸上扬起了一个好看的笑容。

在这一刻，她是真的开心。

两张相片从右侧出口滑了出来。

阮蔓拿起来看，相片上两个人的身高差不太明显，因为孟野为了配合她稍微蹲下身。她的神情比刚刚自然了许多，一旁的孟野却整张脸绷得紧紧的，脸上虽然没什么表情，但还是掩盖不了他英俊面容，他甚至没注意自己下意识地往阮蔓身上瞟去。

“这张给你，这张我自己留着。”阮蔓递给他一张。

虽然两张没什么特别大的区别，但她还是精挑细选了一下，把自己稍微好看一点的那一张给了孟野。

孟野接过来，稍微瞟了一眼。

相片上的女生明眸皓齿，面容清秀，目光纯澈，头稍稍往他这边偏了一些，有一绺头发耷在了他的肩上。相反，他就显得比较严肃。

“蔓蔓，孟野哥，电影可以进场了。”付曦朝这边嚷道。

“马上来。”阮蔓拽着孟野往影院门口走去。

那天看的电影叫什么名字，阮蔓在很多年之后已经不记得了。

她只依稀记得那是一部比较小众的文艺片，有一幕是男主角骑着自行车载着女主角在田埂上飞驰，风把他们的头发和衣角掀了起来。

男主角在风声中喊着：“你会忘了我吗？”

女主角在他的背后同样朝他喊：“如果你忘了我呢？”

后来男女主角分开了，他们分开后的那几年被“几年后”这三个字一笔带过了。

那几年的时光像是被窃取了一样，无人问津。

这个问题的答案在影片的最后有了答案。

女主角再找到男主角时，男主角已经结婚生子了。

虽然几年后大家再回头看这部影片，觉得无比狗血，但在上映的那一年赚足了观众的眼泪。

从影院出来，他们直奔饭店。

刘睿阳是他们中间第一个满十八岁的人，十八岁按理来说是人生第一个重要的转折点，但刘睿阳却不屑一顾。

“只要我乐意，我年年十八。”

嚣张如他。

吃完饭后，大家没有再继续轧马路。

玩了一天，大家都有些累了。

付晨兄妹和丁航出了饭店后往左拐回家，刘睿阳打车赶去了“一段”，只剩下阮蔓和孟野两个人往右边拐，慢悠悠地晃回家。

三月的天说变就变，白天还是晴空万里，这会儿天空就已经飘起了小雨。

孟野在附近的小超市买了一把伞，撑在两人的头顶。

伞很大，底下足足能装进三个人。

他们两个人已经很久没有这么放松过了。

孟野不知道自己在担心什么。

不过片刻，他就理清了头绪，从在超市碰到张蕾那天开始，自己就有一股莫名的无能为力感。直到今天，看完那部电影，他才意识到他在不经意间已经极度依赖阮蔓了。

如果他们也有一天面临分离呢?

万一有一天阮蔓像孟茴或者沈岚一样走掉了呢?

她会忘记自己吗?

今天的那部电影，阮蔓和孟野都看得异常平静。

两人没有过多的交流，出了影院更没有像其他人一样讨论剧情。

但是他们都不约而同地想到了一个问题——

他们会不会也有分开的那一天。

如果真的有那一天。

又会是谁忘记谁呢?

在楼下和孟野分别后，阮蔓转身上楼。

刚踏上二楼，阮蔓借着光看到了一个熟悉的身影。

是刘睿阳。

“许知非，我今天十八岁了，可以对自己做的事负责了。”

逼仄的楼道里，刘睿阳的声音压得很低，但阮蔓还是听见了。

回应刘睿阳的是沉默。

阮蔓没继续往下听，而是用最快的速度下了楼。

孟野还在楼下没走。

他用脚踢着马路牙子上的石子儿，正抬头望向阮蔓家。

今天她家的灯还没亮。

他刚想掏出手机给阮蔓发消息，就见她从楼道口那儿走了出来。

“怎么了？”他迎上去。

阮蔓摇摇头，说道：“知非姐在上面。”

孟野立马就懂了。

“要走走还是？”

“走走吧。”

两人漫无目的地从巷子里往外走。

街对面有一个老人正坐在小板凳上，摇着一个黑色滚筒样子的东西。

突然，“砰——”的一声响，整条街都回荡着余音。

水果摊门口拴着的小狗被吓得狂吠起来，停在路边的摩托车也开始“嘀嘀嘀”尖叫。

路过的行人和他们俩也吓得不禁一抖。

阮蔓条件反射地用双手捂住耳朵。

“那是什么东西啊？为什么会那么响？”她被吓得心一颤一颤的，直到余音都消失了还没有缓过来。

对面的黑滚筒冒出一阵烟。

“哈哈哈！”孟野笑弯了腰，这声巨响也在他的意料之外。他指着街对面那个黑滚筒说，”那是摇爆米花的工具，就是把玉米粒扔进去，然后不停地用手摇动，发出那声巨响后就可以吃了。”

“爆米花？”阮蔓死死盯着那个黑滚筒，生怕它再趁她不注意发出一声巨响。

只见那个老人把黑滚筒打开，从里面倒出了一大袋子的爆米花。

“想吃吗？”孟野问道。

阮蔓点点头，一晚上经历了两次暴击，她需要吃点东西转移一下注意力。

孟野买了一袋爆米花，塑料袋里的爆米花还是热乎的。

阮蔓伸手拿了一个放进嘴里。

用黑滚筒炸出来的爆米花和电影院里卖的那种爆米花味道不同。

电影院里的爆米花有一股甜腻的味道，这样炸出来的虽然不是很甜，但很脆。虽然一开始吃没什么味道，但越嚼越香，嘎嘣响。

“好吃吗？”孟野说着，也拿了一个放进嘴里。

“还可以。”阮蔓又拿了一个，“我在杭城从来没见过这样做出来的爆米花。”

“我小时候街上挺多的，后来做的人就渐渐少了，现在这个做爆米花的老爷爷也很久才出来一次。”

“你小时候经常吃吗？”阮蔓随口问道。

孟野平静地说：“孟茴挺喜欢吃的。”

“孟野……”阮蔓想说点什么来缓解一下气氛。

“没事，往前走，我知道的。”孟野打断了她的话，在塑料袋里挑了一个最大的爆米花塞进她的嘴里。

一袋爆米花不多，两个人坐在台阶上你一个我一个，一下子就吃完了。

阮蔓还感觉有些意犹未尽。

“孟野，我突然想吃你烤的棉花糖了。”阮蔓盯着对面的烧烤摊喃喃道。

其实阮蔓也不太饿，只是看着烧烤摊，就联想到之前在山上的那晚，孟野为她一个人烤的棉花糖。

孟野站起来拍了拍裤子，说道：“行，你野哥给你弄去。”

“我跟你一块儿去。”阮蔓也站了起来。

孟野从隔壁小卖部买了一包棉花糖，又不知道用什么法子说服了烧烤摊老板把烤架借给他用十分钟。没一会儿，烤得焦黄的棉花糖串就交到了阮蔓手上。

“搞定了。”孟野从烧烤摊那儿抽出两个红色塑料凳，两个人就在马路牙子边坐着。

阮蔓拿出几串递给孟野，说道：“你也吃。”

“我不爱吃这甜滋滋的东西。”孟野说。

阮蔓没收回手，执着地把那几串递给他。

“行吧，生活已经很甜了，再甜点也不是不可以。”孟野接过那几串烤棉花糖。

孟野对火候掌握得很好，烤棉花糖的表皮是焦焦的，但是内里很软，用嘴稍稍一抿就化掉了。

“孟野。”阮蔓突然出声。

“怎么了？”他侧过头，习惯性地挑了挑眉。

“你为什么对我有求必应？我父母都没这样对过我。”

马路牙子上的噪音逐渐消退下去，两个人平静地对视着。

孟野的眸子黑得像墨，浓得在眼里化不开。

“万一有一天，我不在桥城了，或者我……”

孟野打断了阮蔓的话：“什么意思？”

阮蔓紧紧捏着手里的签子，像是要捏紧一点什么才有勇气说出来下面的话。

几天前，阮蔓再次接到了母亲打来的电话。

“蔓蔓，上次我问你的事儿你考虑好了吗？”何曼君像是随口不经意间一提。

“妈妈，我想……留在桥城。”

对面的何曼君有些意外，确认道：“留在桥城？”

“对。”

“为什么？”

“马上高三了，我不想老转学，而且在这边有新认识的朋友，好不容易熟悉了环境，如果可以保送的话，其实时间也不剩多久了。”阮蔓把在心里排练过无数次的说辞一字不差地重复了一遍。

电话那头是长达十秒钟的沉默。

“妈妈考虑一下。”

这是何曼君最后的答案。

没有直接否定，证明还是有回旋的余地。

阮蔓不得不赌一把。

“我说了我想留在桥城，但不知道我妈妈会不会同意。”

孟野松了一口气，回道：“如果你真的要回杭城，大不了放假了，我……我们就去杭城找你玩，然后我们往一个学校考就好了。”

没什么大不了的，杭城和桥城离得也不算太远。

“孟野，那你会忘记我吗？”

这句话终于被问出了口，从看完电影的那一刻起阮蔓就很想问孟野。

如果真的有那么一天，他会忘记她吗?

下一秒，阮蔓就听到了答案。

“不会。你记不记得，我和你说过，时间和距离都不是问题。

“这就是我的答案。”

很多年后，阮蔓依旧记得。

那晚巷口的风里夹杂的全是孟野身上的松木香。

刘睿阳的十八岁生日好像是一个转折点。

那是阮蔓印象中最后的快乐时光。

接踵而来的事情打了他们所有人一个措手不及。

孟野在三月底的月考中一举跃出最后一个考场，排名直逼前一百名。

但这个成绩，却不被承认。

周一最后一节体育课，老师办公室里。

“孟野，你自己说吧，语文是不是作弊了？”孙慧把孟野的月考卷往桌上一摔。

办公室里的每个老师心里都清楚，孙慧看不惯这个叫孟野的学生很久了，因为班里有这么一个拖后腿的学生，她迟迟评不上学校里的优秀教师。

“我把你每一科的试卷都拿来看了。”孙慧往椅背上一靠，直截了当地说，“我不认为这是你能考出来的成绩。”

张蕾走过来，象征性地翻了翻被孙慧摔在桌上的试卷，说道：“孟野，你是什么水平老师都知道，你作弊的话老师也看得出来，不要当老师是傻子。”

站在办公桌前的少年眼里冰得没有一点温度，脸色阴沉，插在兜里的手已经紧紧地握成了拳头，但他还是很努力地在克制着自己的情绪。

因为阮蔓和他说过，在学校里尽量不要和老师对着来，要学会克制住自己的情绪，要尊重老师。

孟野咬着牙说：“我没抄。”

孙慧腾地站起来，对着办公室里的老师说：“你们瞧瞧，这是一个学生该有的态度吗？”

老师们你看看我，我看看你，互相传递着眼神。

他们都知道孟野是个问题学生，老师根本就没被他放在眼里。

隔壁班一个新来的老师接了句嘴：“学生就该有学生的样子，‘一日为师，终身为父’这句话听过没？”

一个老师开了口，其他的老师都开始接起了话。

孟野垂着眼，谁也不看，但是胸口上下起伏的幅度越来越大。

就在这时，一只手搭在了他的肩膀上，轻轻地拍了拍他，示意他平复一下情绪。

他扭头看，身后的人是谭妈。

谭妈朝孙慧伸出胖乎乎的手，说道：“把孟野的地理试卷给我看看。”

孙慧不明所以，从一沓试卷里翻出孟野的地理试卷，递给谭妈。

办公室里一下子安静了下来，空气中只有试卷翻动的声音和众人的呼吸声。

孟野的眼底布满了血丝，这会儿的他像一只被惹怒的狮子，浑身的毛都竖了起来，仿佛下一秒就要扑到别人身上开始撕咬。

“我觉得孟野有这个水平。”谭妈把卷子从头到尾看了一遍后说道。

这一句话太让人震撼了。

孟野大口喘着气，呼出的每一口气都带着一丝咸腥味。

“孟野，你是自己做的吗？”谭妈问了一句，语速很平缓。

孟野的声音因为过度隐忍而几乎嘶哑：“我没有作弊。”

办公室里安静了两秒。

“谭老师，空口无凭的，孟野他以前的成绩从来没超过一百分，这回考了四百来分，这怎么说得过去啊？”

“是啊，谭老师，这样子以后我们还怎么管学生了？”

“以后学生都学他作弊，我们老师怎么管？”

老师们你一言我一语。

孟野捏着拳，沉默着。

他不想再辩解了。

有些事是怎么都说不清的。

张蕾双手环在胸前，坐在椅子上看着孟野，一言不发。

作为班主任，她的确不太喜欢孟野，但作为一名老师，她还是希望自己的每一个学生都好。

“行，他不承认那就再做一遍好了，我亲自出卷子，亲自监考。”孙慧尖厉的声音陡然在办公室一群老师的声音中拔高。

所有人都看向她这边，目光中带着不可思议。

“孙老师，不至于吧，一个作弊的学生值得你花这么多心思？”老师A接话。

老师B说道：“要不算了吧，他要抄你就让他抄，看他高考怎么抄。”

孟野冷笑了一声，抬起一直垂着的头，锋利如刀割的眼神划过了办公室里的每一个老师，除了谭妈。

紧接着，他说出的话让整个办公室唏嘘一片。

他俯身双手撑在桌上，眼睛死死地盯着孙慧，冷冷地说：“孙慧，你死乞白赖想当我后妈的样子真恶心。”

所有人都倒吸了一口凉气。

后妈？

孙慧？

反应快的老师一下就想通了孙慧为什么会一直揪着孟野不放。

孟野的嘴角扯出一个张扬的弧度，眼前的孙慧像是在大庭广众下被揭下了身上的最后一层遮羞布，脸上一阵青一阵白，她嘴巴微微张开想说些什么，却又没说出口。

他用一种只有他和孙慧，还有坐在一旁的张蕾能听见的声音说：“你知道孟成军家暴吗？就算他和我妈离婚了也不愿意娶你，你连个挨打的机会都没有。真可怜。”

“蔓蔓，不好了。”付曦怀里揣着两瓶水往操场看台上跑去，“我刚刚去买水，听到有人说孟野哥在老师办公室和孙老师吵起来了。”

阮蔓猛地从试卷里抬起头，往篮球场上看去。

刚刚还在打篮球的孟野这会儿已经不见人影。

“怎么回事，他们为什么吵起来了？”阮蔓快速把卷子折好塞进校服口袋，起身就往教学楼去。

付曦跟在她的身后说：“好像是因为孟野哥这次的月考成绩。”

“成绩？”阮蔓停住了脚步，“成绩怎么了？”

“老师怀疑……孟野哥作弊。”

阮蔓感到自己的心脏猛地一紧。

作弊？

怎么可能？

孟野的实力她是最清楚的。

“我去办公室找孟野。”阮蔓扔下一句话就往教学楼方向跑去。

付曦在后面喊道：“你去办公室怎么说啊，你不怕老师问你吗？”

怕吗？

当然怕。

但是按照孟野的性子，他未必能忍气吞声、心甘情愿地被扣上一个莫须有的罪名。

她来不及想这么多了。

“报告——”阮蔓几乎是一下把门撞开。

办公室里的老师都朝门口看了过来。

孟野不在里面。

张蕾推了推眼镜，眯着眼睛望向门口，问道：“怎么这么急？”

几乎在同一时间，阮蔓就调整好了呼吸，面带微笑地问张蕾：“老师，刚刚有人说你喊我有事。”

“我没喊你啊。”张蕾疑惑地摇摇头。

“啊，那打扰老师了。”阮蔓带着一脸诚恳的歉意合上了办公室的门。

孟野不在，那他去哪儿了？

阮蔓扭头回了教室，从书包最底层掏出手机，给孟野发过去两条消息。

【你在哪儿？】

【看到回我消息。】

孟野没有回复。

发过去的消息石沉大海。

三月底，码头边的风依旧刮得人脸生疼，但孟野没什么感觉，他只是出神地盯着码头上来来往往的船只。

向远处行驶的船只开始鸣笛，笛声吵得他太阳穴突突直跳。

从办公室摔门离开后，他才发现其实并没什么地方可去。

孟野也不想找阮蔓，不想把这些负面情绪带给她。

其实很早之前，孟野就知道孙慧对孟成军的心思了。

孙慧和沈岚是同一届的大学生，当年孟成军一门心思扑在沈岚身上，压根儿就看不见追在自己身后跑的孙慧。

或许孟成军有多喜欢沈岚，孙慧就有多喜欢孟成军吧。

即使孙慧心里很清楚孟成军是个怎样的人。

沈岚和孟成军结婚后，孙慧其实是死心了的，后来她被分配到别的城市当了一名老师。

可是这么多年，她都没再遇到一个更喜欢的人。

直到前几年，她又调回桥城，同时也知道了孟成军离婚的消息，心里这么些年一直攒动的小火苗终于烧成了一把大火。

孙慧不是没有听过那些流言，说孟成军家暴，对老婆不好，性格暴躁，只知道酗酒赌博。

但是她还是一门心思地想嫁给他。

即使是给孟野当后妈。

孟成军对沈岚的爱，几乎到了一种病态的程度。

孟成军爱沈岚，离婚了也爱，所以他才会在知道沈岚二婚后，在家里破口大骂了一个礼拜。

刻在他骨子里的自卑让他不得不通过打骂这种形式，让自己看起来家庭地位要稍高一些。

因为他内心觉得自己配不上沈岚。

孟成军十几年前没有接受孙慧，十几年后当然也不会接受。

所以孙慧把这种恨转移到了孟野身上。

孟野在她眼里不仅仅只是一个差生，更是一个眼中钉、肉中刺。

孟野扯了扯嘴角，他对上一辈的感情故事并不感兴趣，只是碰巧有一次看到了孙慧和孟成军的纠缠，才知道了这些陈芝麻烂谷子的事。

“呵。”

只有风听到了他的这声轻笑。

与此同时。

阮蔓站在孟野家门口，她敲了敲门，屋里没有人回应。

孟野不在家。

她从书包里拿出一把钥匙，插进锁孔，打开了门。

这把钥匙是之前孟野留给她的，偶尔早上孟野睡得很熟时，她就会拿这把钥匙自己开门进来。

房间里空无一人。

茶几上有几张还没来得及收起来的试卷，地上躺着的笔应该是从桌上滚落下来的，笔盖和笔身分成了两部分。

客厅的玻璃窗没关紧，一阵风吹过，掀起了窗帘的一角。

沙发上还有昨夜睡过的痕迹，薄被和枕头胡乱地搅在一起，堆在沙发上。

甚至都不用去卧室看，阮蔓就已经猜到了昨晚孟野又是在沙发上凑合了一夜。

试卷写累了就往沙发上一躺，醒了再继续写。

阮蔓坐在沙发旁的地毯上，眼睛一眨不眨地看着茶几上的试卷，试卷上的每道题孟野都认认真真地在旁边写下了解题过程。

不会的就用铅笔画一个圈，等着阮蔓来教他。

试卷下的草稿纸露出了一角，阮蔓将它抽了出来。

是孟野打的数学草稿，那些龙飞凤舞的公式和数字中夹杂着两个不仔细看就很难看出来的汉字。

是她的名字。

阮蔓。

“阮蔓，你辅导我学习。”

“我们得去同一所大学啊，实在不行，也要在同一座城市。”

“做了一天的题了，休息一会儿吧？”

“这题很容易好吗，看你哥哥分分钟给你做出来。”

…………

那些孟野说过的话此时此刻不停地在阮蔓耳边回荡。

她努力压制住心底的那丝苦涩，在屋里漫无目的地兜着圈。

这样一个努力迎头往上赶的孟野，老师们又凭什么说他作弊呢？

除了上次看到过的全家福，阮蔓再也没在这个房子里看到有关于一点他之前生活的痕迹。

孟野房间的窗帘一直是拉上的，阮蔓很少进他的房间。她把沙发上的被子叠好，将枕头压在被子上面，抱进了他的房间。

果不其然，窗帘是拉上的。

阮蔓走过去，拉开窗帘。

窗外的视野居然还不错。

他看过吗？

应该没有吧。

孟野的卧室里有一个很大的书柜，底下两层放着书，上面两层放的是一些杂物。

书柜下面放着一个大箱子。

箱子的最上面放着的，是那张全家福。

阮蔓蹲下来拿起那张全家福，发现底下放着的是几张用蜡笔画的画，画上都是四个人手拉着手。

稚嫩的画法，应该是孟茴画的。

再下面是孟野的几张奖状，小学时的三好学生奖状，运动会男子 1500 米第一名的奖状，初二上学期参加的数学竞赛获得全省一等奖……

大部分奖状上都有被撕裂过的痕迹，随后又好像被人细心地用透明胶粘过一遍。

所有形容孟野优秀的象征，在他初二那年戛然而止。

阮蔓说不上来这种感觉，像是被什么东西堵住了喉咙，哽在心头。

心中泛起的酸楚久久没法散去，她很想替孟野好好地哭一场，但她不能，她还得领着他继续往前走。

总有一天，孟野会优秀到别人无法企及的地步。

门口传来了钥匙插进门锁的声音。

“哐哐——”

钥匙又拔出了锁眼，继而又换了一把钥匙插了进来。

是孟野吗？

他回来了？

阮蔓走到客厅，打开了大门。

她一愣。

门口的人不是孟野。

而是孟成军。

门外是冲天的烟酒气息，顿时让阮蔓感觉窒息。

孟成军不知道喝了多少酒，从脸一直红到了脖子根。

他勉强扶着门框站着，刚准备冲里面吼些什么，才发现面前站着的人压根儿不是孟野，而是一个小姑娘。

“小姑娘，我见过你，就是在钢厂门口看到你和我儿子一起的。”孟成军边说话，边从嘴里喷出酒气。

阮蔓不自觉地往后退了两步。

她没想到，去年九月的事情，过去了那么久，孟成军竟然还记得。

就是他害得孟野跌进了深渊，活在阴暗中，也是因为他，孟茴才会去世。

孟成军是这一切的源头。

虽然她很不想理会面前的这个男人，但她又不得不喊了一句：“叔叔好。”

“孟野对你很好吧？”孟成军突然凑近阮蔓，眯着眼睛问她，“他是不是把钱都给你了？”

阮蔓又往后退了两步，盯着孟成军，然后摇了摇头，回道：“他没有给过我钱。”

“不可能，他妈每个月给他那么多钱，他能给谁花？”孟成军的声音提高了两个度，“他把钱藏哪儿了？”

阮蔓还是摇头：“我不知道。”

“呸——”孟成军往地上啐了一口，转去客厅开始到处乱翻，试图找出孟野藏着的钱。

“住这么好的房子，这个不肖的狗东西一点都没有感恩之心，钱都不拿来给老子花……”

一长串脏话从孟成军嘴里飙出来，阮蔓瞪大了眼睛。

从孟野和其他人的描述中，她没法直观地感受到孟成军到底有多么垃圾，但今天这场出乎意料的遇见，让她强烈地感受到了面前这个人没有下限的无耻。

“孟野住的房子，你出过钱吗？孟野上学，你供过他吗？

“你凭什么让孟野把他妈妈供他读书的钱拿来给你？他又为什么要对你有感恩之心？感恩你因为自卑所以家暴？感恩你让这个家四分五裂？感恩你打亲妈？还是感恩你害死了他亲妹妹？

“就算以后你不在了，孟野都没必要为你守孝三天，因为你不配。

“我暂且叫你一声叔叔，我也知道我不该对你们孟家的事指手画脚，我知道我刚刚说的话是对大人的不尊重，但你今天真的刷新我的三观了。”

阮蔓一口气说了一长串话，没带喘的。

说完，她瞪着孟成军。

孟成军只愣了几秒，紧接着，他扭过头回瞪着阮蔓，用手指着她吼道：“我孟家的事什么时候轮到你一个外人指手画脚？你再给我说一句，有你好看的，你个小娘们儿嘚吧嘚吧的。”

“我说到你的痛处了吧？这些年来你应该很自卑吧？”阮蔓往后退，背抵在玄关柜上。

她记得刚刚把手机放在了玄关上。

她必须不停地激怒孟成军，让他把注意力放到自己身上，这样他就不会继续翻孟野的东西。

不出她所料，孟成军暴跳如雷。

他的脸上是藏不住的怒火，丝毫看不出一点当年英俊潇洒的样子。

那一瞬间，孟成军仿佛听到了当年沈岚对他说的那句“孟成军，你知道是什么害了你吗？是自卑”。

如果孟成军当年是这副模样，或许沈岚根本就看不上他。他以为自己娶到了心爱的女人，就会有美满的一生。可是婚后日复一日的相处中，两人的矛盾越来越大。

沈岚喜欢看书，而孟成军压根儿就看不懂她看的那些书，他只喜欢打牌、喝酒。他讨厌那些文绉绉的东西，更讨厌沈岚和他讲外面的世界。

他就是一个小城市里混个初中毕业就去钢厂做事的工人，和他们那些文化人不同。

品不了茶，也谈不了诗。

孟成军一只手扬了起来，吼道：“你是不是和沈岚那女人一样欠打？”

孟野刚走进单元门口，就听到了屋子里那个熟悉的声音，还有另一道熟悉的怒吼声。

再往里走，家门大开着，孟成军的对面站着阮蔓。

千钧一发之际，孟成军高高扬起的手被孟野死死地抓住。

孟野把孟成军的手像甩脏东西一样甩开，质问道：“孟成军，你打完我妈还要跑来我家打她？”

距离父子俩上一次见面，已经过去快四个月了。

这四个月孟成军很老实，没给孟野惹任何麻烦。但今天，他再次惹怒孟野了。

阮蔓看着几乎是从天而降的孟野，有些愣神。

她被孟野护在身后时，这才发现孟野拽住她的那只手一直在发抖。

当孟野站在面前时，孟成军这才发现，他的儿子已经不知不觉比他还要高了。

感性不过两秒。

“你在学校给老子惹什么祸，孙慧把电话都打到我这里来了。考试作弊，你现在挺有种的啊。”孟成军从鼻子里冷哼一声。

“孙慧这么巴巴地贴你，你装傻充愣这么多年也够了吧？”孟野说。

孙慧?

孟成军?

这两人怎么扯上关系的?

阮蔓被震惊到了。

“你少管我，你作弊我不管，那是你的事。”孟成军背着手四处搜寻，他的脸上因为喝过酒又剧烈地怒吼过，变得更红了，而且是那种像能滴出血的红。

“你妈这个月又给了你不少钱吧，我没钱花了，拿钱来。”孟成军毫无下限地说。

“今天我就告诉你，你以后在我这里拿不到一分钱，你欠的钱也别指望我给你还。”孟野的语气要比刚刚冷静多了，声线也要平稳了些。

“你敢？”孟成军一口气没提上来，差点背过气去。

“你最好看着我敢不敢。”孟野声音没有他大，但是那种强硬的语气任谁听了都会心颤一下。

就在空气中爆发出一种不是你死就是我亡的气氛时，孟成军兜里的手机响了。

是他定的闹铃，不知道是要提醒自己什么。

他胡乱按了一下，把手机又塞回到兜里。

“行，我等着。你身上流着我的血，我看你最后能长成什么样。”孟成军愤愤地指着孟野说了最后一句话，就往门外走去。

不知道是不是因为喝了太多酒，孟成军走路东倒西歪的，他一只手捂住心脏的位置，一只手扶着门框，出去时还被门槛绊了一跤。

孟成军走后，世界都安静了下来。

孟野松开了一直拽着阮蔓的那只手，一屁股跌坐到地上。他把手搭在膝盖上，满身疲倦。

“孟野。”阮蔓坐在他身旁。

她想说点什么安慰人的话，却又不知道说些什么。

“刚刚……我说了挺多刺激他的话，他才要打我的。”

“我听到了。”孟野抬头看她。

“嗯？你从哪句开始听到的？”阮蔓的背绷得紧紧的。

“如果有一天他不在了，我也可以不用为他守孝三天那句。”孟野说这话时，嘴角挂着淡淡的笑容。

他没想到，这小女孩说这话时还挺有一种老母鸡护小鸡崽的感觉。

这么些年来，没有几个人对孟成军说过这些话，更没人这么护着孟野。

一个人只要自己遮风挡雨惯了，别人撑过来的一把伞都能让他心尖一酸。

孟野突然转过身，一把将阮蔓扯进怀里。

他把脑袋搁在阮蔓的肩上，轻轻地叹了口气，说道:“抱一下，一下就好。”

阮蔓任由他抱，轻轻地拍着他的背。

“今天老师……”

话还没说完，小区里传来一声尖叫。

“啊——死人了。”

阮蔓还停在孟野背上的手感觉到他的背忽地一僵。

还没等她反应过来，孟野就夺门而出。

因为正值下班高峰期，刚刚尖叫的女人身边立马就围了一圈人。他们的面前躺着一个中年男人，整个人跪卧在地上，手还用力地揪着心口的那块衣服。

孟野冲出单元楼，怔怔地站在那儿。

躺在地上的那个男人不是别人，正是刚刚走出他家的孟成军。

“快……快叫救护车，还有呼吸。”围观的人群中有人伸手探了探孟成军的鼻息。

周围立马有人掏出手机，拨打了120。

刚刚被吓到的那个女人正在一个大妈的怀里痛哭，还没从刚刚的惊吓中缓过劲来。

一瞬间，尖叫声、哭泣声，还有人们的呼喊声混成一团，一股脑地往孟野的耳里钻。

“怎么了？”阮蔓追了出来。

她也看到了地上的孟成军。

孟野整个人僵在原地，他走不动也逃不掉。

为什么孟成军刚刚从他家出来时，分明还是好好的，不过几分钟的时间，孟成军就倒在了小区里?

这一瞬间，他的脑子一片空白。

他就站在那儿，哪儿也去不了。

不知道过了多久，可能是十分钟，也可能是一刻钟。

“嘀嘟嘀嘟——”救护车开进了小区。

“救护车来了，快让让——”

人群中爆发出叫喊声。

“孟野，走啊，上救护车。”阮蔓拉着孟野往救护车那儿去。

孟野没动。

从他出来的那一刻起，他就一直站在这儿，一步也没挪。

“孟野！”阮蔓拽他。

这一次她拽动了，孟野顺从地跟着她往救护车那儿跑去。

孟成军已经被抬上了救护车，医生正在给他急救。

“病人家属？”护士问道。

孟野使劲地咽了咽口水，嘶哑着嗓子说道：“我是病人的……儿子。”

阮蔓上次来医院，还是因为孟野受伤。

只是这一次，换作了孟野守在急救室门口。

手术室门口“手术中”的红灯一直亮着，谁也不知道里面是什么情况。

走廊那头，响起了急促的脚步声。

是刘睿阳他们四个。

“阮蔓，怎么回事？”刘睿阳跑得上气不接下气，“我听我妈说，厂里都传疯了，说孟成军被救护车拉来医院了？”

孟野坐在走廊的长椅上，从上救护车的那一刻起，他就再也没说过一句话。

阮蔓把他们拉到一旁，小声说：“孟成军从孟野家出去后，不知道为什么就在他家小区里倒下了。这会儿在抢救，还不知道是什么情况。”

走廊里很安静，他们几个都不敢说话。

孟野闭着眼睛，眉头皱起。

这是他这么多年来，第一次在外面亲口承认自己是孟成军的儿子。

他没想过会以这样的一种方式说出这句话，这句他这么多年来一直无法启齿的话。

那种又要坠入黑暗的感觉又涌上来了。

他本来都快要爬上去了，都看见光了，孟成军却一直在拉着他，把他往下拽。

不得不承认，他在很多个夜晚，都希望孟成军永远不要回来了。

如果……他能死掉就好了。

孟野想过有这么一天的。

可是当他看到孟成军真的在生与死的边缘挣扎时，他又觉得不能让孟成军就这么死了。

曾经孟野无数次对他抱有期望，期望他有一天能洗心革面，然后跪在孟茴的墓前真诚道歉。但孟野没想到还没有看到孟成军忏悔的那一天，自己还没有原谅他当年所做的事情，他就一只脚踏进了生死门。

孟野不甘心。

不知道过了多久，手术室的门被推开。

医生问："谁是家属？"

孟野摇摇晃晃地从长椅上站了起来，答道："我是。"

"很抱歉，我们尽力了。病人是急性心肌梗死，送来医院时基本已经心力衰竭。"

孟成军死了。

走廊里没人说话，安静得可怕。

这是孟野第二次经历生死这回事。

他没听清医生后面说的话。

有那么一刹那，孟野觉得自己解脱了，拽着自己的那双手松开了。可是好像又背上了更沉重的包袱，他没想过孟成军这辈子对自己说的最后一句话竟然是"你身上流着我的血，我看你最后能长成什么样"。

不。

他不会是孟成军。

孟野回神，看向站在他身后的阮蔓。

他和孟成军不一样。

他要往前走。

他不会被困在这里。

"你们……把先带着阮蔓回去吧。"孟野哑着嗓子对刘睿阳他们说。

"你……"刘睿阳张嘴想说些什么。

孟野不想看到身边的每个人都在担心他，他挥挥手，打断了刘睿阳想说的话："没事，我先在这儿待一会儿，待会儿还要给我妈打个电话，然后告诉老太太一声。"

他们没说话，阮蔓也没说话。

这样的沉默像是在送孟成军最后一程。

孟野从兜里掏出手机，拨通了沈岚的电话。

没响几声，那边就接通了。

"小野？"

像是惊讶孟野会主动打电话给她，沈岚疑惑地叫了他一声。

"妈……"孟野的声音暗哑。

"哎，怎么了？"沈岚这会儿有些慌了神，孟野上一次主动叫妈还是过年前那次打电话时。

"孟成军……死了。"

电话那头没了声。

听筒里突然传来声响，像是沈岚在那边撞到了什么东西。

"怎么……这么突然？"

"心梗。"孟野揉了揉太阳穴，看着医院窗外的景象。

"奶奶估计得办葬礼，你不想来就不来。我只是和你说一声，别勉强自己。"他继续说。

挂断电话后，孟野慢慢转过身。

刘睿阳他们已经走了，阮蔓一个人坐在他刚刚坐的长椅上等着他。

"你怎么没走？"孟野两三步就走了过去，坐在了阮蔓旁边。

"觉得你需要人陪。"阮蔓盯着孟野，说了实话。

"没事儿。"虽然孟野很想挤出一个笑容，但他笑不出来。

他曾经和刘睿阳他们说过，等孟成军死的那天，他得放几百响爆竹庆祝一下，庆祝这个活着浪费空气的人终于死了。

他还得烧香告诉老天，这样的人只能下地狱，不配上天堂。

可是现在，他却怎么也笑不出来。

"孟成军真死了啊。"孟野吐出一口气，他的心里这会儿才有了一种一切都尘埃落定的感觉。

这个人的确已经死了，还是死在自己每天不离手的烟和酒上面，也算是尘归尘，土归土了。

自作孽不可活。

阮蔓瞧着孟野的侧脸，拉了拉他的手。

"别说后劲还挺大，以前老想着他早点死，早死早超生，下辈子争取做一个好人。可他真的死了呢，又觉得有什么事还没解决完就戛然而止。"孟野还是扯出一个难看的笑容。

他顿了顿，继续说：“这大概是天注定的吧，老天得让他死前还过来看我一眼。可能冥冥之中老天就问过我了，救还是不救，是我选择了视而不见。”

“孟野，不要再用他的死再一次困住自己了。”阮蔓轻声说。

“我知道，我感觉自己终于解脱了。我只是有点……说不上来的感觉。”孟野用手揉了揉头发，“如果他知道今天是最后一次见我，他会不会后悔？有没有一点后悔？他会在死之前对他之前做过的事忏悔吗？”

“我不知道，可能会吧。可能他真的后悔过，没有对你们好一点儿。”阮蔓看着他。

“我会变成和他一样的人吗？”孟野扭过头来和阮蔓对视，他的眼底流露出了一种说不清道不明的情绪。

阮蔓没想到孟野会这么问。

只一小会儿，孟野就听到了答案。

“你遇见我之前也许会，但是你现在有我，你一定不会成为像他一样的人。”

孟野没有给孟成军守孝。

灵堂设在老城区那边，前来吊唁的人不多，上灵堂来要钱的人倒不少。

老太太为了填孟成军留下的窟窿，硬是把自己的养老钱给掏了出来。

沈岚也没有来吊唁孟成军。

她早在四年前就已经与过去，与孟成军，与桥城的一切，彻底告别了。

倒是孙慧抱着一束黄菊花去了灵堂，在孟成军近四十年的荒诞人生中，还有一个人记挂着他。只是不知道这到底是一种幸，还是不幸。

三月就这么悄无声息地过去了。

在一团慌乱中，他们迎来了四月。

孟成军去世一个星期后，孟野才重新回了学校。

教室后门贴着三月份月考的排名，孟野还是排在倒数第一的位置上，每一科的分数都改为了“0”，但是那一栏不知道被谁用水性笔画掉了“0”，规规整整地填上了他原有的分数。

孟野眯着眼睛看了一会儿，走进了教室。

阮蔓在自己的座位上埋头写着试卷，没注意到孟野从后门走了进来。

但几乎是在孟野走进班里的那一瞬间，整个教室都安静了下来。

一个星期的时间，孟成军的事就在学校传了个遍，有几个父母也在钢厂做事的学生添油加醋地宣扬，一传十，十传百，各个版本的谣言满天飞。

有说孟野把他爸气死的，也有说是孟野杀了他爸的。

总之，没人乐意听到孟成军死亡的原因是心梗。

碍于孟野回到了学校，没人敢当着他面说这些真真假假、虚虚实实的流言，传闻这回事儿看上去好像渐渐被大家淡忘了，但总还是有人要一次次揭开他的伤疤。

周五下午的最后一节体育课被贡献出来给了学校之间的联谊球赛。

六中对一中。

林闵作为六中篮球校队的一员，也来了一中。

基于上一次在医院门口以多对一，他们把孟野揍掉了半条命。

林闵心虚得很。

以至于这几个月以来，他们六中的都没有再找过一中的碴。

风平浪静了几个月后的海面终于又掀起了惊涛骇浪。

球场有球场的规矩，林闵打球向来不守规矩，用的都是他那套在外面学的打野球的方法。

在他第五次打手犯规时，孟野忍不住了。

“你不会打球是吧？”孟野揪着林闵的衣领，狠狠地问道。

球场上所有人都没料到孟野会这么下六中的面子，直接当场翻脸。

“野哥，我没事。”刚刚被林闵撞翻在地的男生过来拉住了孟野。

“你这叫没事？”孟野把男生的衣服一扯，刚刚被撞的地方此时已经出现了一大片瘀青。

场外围观的人一片唏嘘。

“六中这是打球还是打人啊？”

“是啊是啊，球品不行还来打球。”

六中的人面子挂不住，上来试图分开孟野和林闵，劝道：“有什么事好好说，这样也不太好。”

孟野的声音冷冰冰的：“你们打我们队员时，怎么不觉得不好？”

林闵没反抗，就被孟野这么揪着。他只是看着孟野笑，随后直接笑出了声，甚至还笑出了几滴眼泪。

场上所有的人都被他笑得不明所以。

没人知道他在笑什么。

阮蔓站在围着球场的红线外，越发觉得这一切不太对劲。她从人群中挤出来，绕了个圈，试图绕到一个离孟野更近的位置。

就在她绕圈时，球场里爆发出一阵惊呼。

人群突然涌动了起来，大家都在拼命往里挤。

阮蔓没有看见，球场里的林闵靠近孟野，贴在他的耳边问：“听你们学校的人说，你把你爹气死了？还是你杀了你爸？嗯？”

几乎是在林闵说这句话的同时，孟野尘封已久的开关瞬间就开启了。

没人知道是什么让孟野突然暴怒。

这件事甚至惊动了校长。

“把你家长叫来，这事没得商量。”校长把桌子拍得“哐当”一响，把坐在一旁的张蕾吓了一跳。

孟野抿着唇不出声。

“你怎么回事，这么目无尊长，有没有一点学生最基本的素养？知不知道学生该做什么事？

“你在外面怎么打架我不管，你知不知道这是在学校？在学校打架我还管不了你了？把你家长给我叫来，现在就打电话。”

校长边说边站起身，指着孟野的鼻子骂。

“校长……孟野家里……”张蕾站起来拉住正欲往前冲的校长。

“我管你家里怎么样，今天我必须看到你的家长。”校长打断了张蕾的话。

孟野把头偏向窗户那边，高高昂起，一副“我不开口你能拿我怎样的表情”。

“他爸死了。”站在一旁一直不说话的林闵突然开了口。

就这一句话把孟野激得立马转过了头，即使他面无表情，整个办公室里的人都有一种感觉，生怕下一秒他就把面前的这个学生掀翻在地。

校长倒是没想到会听到这么个答案，愣了愣，但他立刻反应过来，问孟野：“你妈呢？”

“儿女通通不要了，跟别人跑了。”林闵咧着嘴笑，弧度有些大，扯得他嘴角的伤口又渗出了血。

原本面无表情的孟野在这一刻被彻底激怒了，他的胸口猛烈地起伏着，双手紧紧握着拳，手臂上青筋暴起。

他一把揪过林闵的衣领，恶狠狠道：“你再说一句？”

握紧的拳头却迟迟没有落下。

因为他刚刚看到了窗外站着的阮蔓。

校长办公室里又发出几声惊呼。

办公室门口围满了人，一个个像叠罗汉似的趴在门边听里面的动静。

“孟野这次完了吧，在学校公然打架。”

“还不是六中那个叫林闵的先挑衅我们？他个打野球的还敢来我们学校打？”

阮蔓站在办公室门口，没往前凑，而是走到办公室的窗边，静静地等孟野出来。

千万不要出事，千万不要出事。

她在心里一遍又一遍地祈祷。

虽然她不知道那个叫林闵的人到底和孟野有过怎样的纠葛，也不知道林闵到底说了什么激怒了孟野，但她很清楚，这个叫林闵的人，很清楚孟野身上的那个开关。

“刘睿阳，你知道的吧，孟野和林闵之间，到底发生过什么事？”阮蔓突然开口问道。

听说了这个消息的刘睿阳一下课就急匆匆地赶了过来，他知道阮蔓大概猜到了些什么，但没想到她会问得这么直接。

刘睿阳不自觉地往校长办公室里看了一眼。

孟野和林闵，还有刘睿阳和付晨，都是小学同学。

几人甚至一度玩得还不错。

家里的事孟野很少和别人提及，只有他们几个玩得不错的同学知道。

林闵知道孟野经常带着孟茴去刘睿阳家，也知道孟成军家暴的事儿，甚至有时候还会帮着孟野一起带孟茴玩。

只是上初中后，林闵渐渐走上了歪路，成天跟着一群不三不四的混混不学无术，甚至最后什么事坏就干什么事。

孟野曾无数次想把林闵拉回正道，但林闵什么都不听，甚至还想让孟野加入他们。

初中的时候，孟野就已经在人群中尤为耀眼了。他不仅在老师眼里是一等一的好学生，也是同学们的好榜样。

就这样，两人在不同的道路上越走越远。

林闵后来找过孟野几次，但孟野都回绝了他，还怕他带坏了孟茴。

再后来，孟茴死了，孟野开始逃课、打架，厌恶学校里的一切。

林闵知道了之后，又来找孟野，但是孟野对他说：“即使我再坏，也和你不是一类人。”

就是这么一句话，两人的梁子从此结下了。

林闵天天找人堵孟野，甚至还把孟家的事儿到处说，而他偏偏又最能知道什么能激怒孟野。

他想让孟野认清现实，他们就是一类人。

初中毕业后，两人一个读了六中，一个读了一中。

林闵找碴的频率比以前要少了些，但只要两人遇上，必定就是一场腥风血雨。

刘睿阳说：“孟野是讨厌学校，但他骨子里还是很怀念当年的那个自己。如果不是因为孟茴，他也不会破罐子破摔，他和林闵不同。

“林闵觉得孟野对他是一种背叛，在他固有的印象里，他认为好兄弟就应该一荣俱荣一损俱损。加上当年我们几个都跟着孟野一起劝他，他就认为是孟野怂恿我们那么做的，所以这些年来他一直揪着孟野不放。

“运动会那次，你在家门口看到我和孟野，就是他刚刚在 KTV 和林闵打了一架。

“还有你出去找我们那次，林闵找了打手来揍孟野。这种事这些年已经发生过太多次了，就算林闵知道他讨不到一点好，但他还是愿意在孟野身上花费金钱和时间，就是为了让孟野认同他们终究是一类人。

“孟野从医院跑出去找你的那天，碰上了林闵他们，他们把孟野揍掉了半条命。后来还是林闵给我打电话，我才找到的孟野。那天，孟野因为失血过多，进急救室抢救了一整天。我不知道林闵和孟野说了什么，孟野醒来后就决定不再招惹你了。”

阮蔓浑身颤抖着，她往办公室里看了一眼，却什么都没有看到。

“老师，这事真的不是孟野挑起来的，是六中那帮人打球犯规，孟野才替我们出手的。”打球的那帮人围着从门口出来的张蕾，你一嘴我一嘴地说道。

张蕾摇摇头，无可奈何地说：“就算这样，打架斗殴性质是很恶劣的，明明有更好的办法去解决，为什么非要打架呢？”

“老师，你去求求情吧……”

阮蔓咬着下唇，远远地望着办公室门口，问道：“孟野会被开除吗？”

刘睿阳叹了口气，摇摇头，小声说：“我不知道。”

那天一直到最后，校长都没有请到孟野的家长，倒是林闵表示自己可以原谅孟野，不计较这回事。

而给孟野的处分，学校领导需要商议。

一直到天黑，孟野才被从办公室里放出来。

孟野远远地就看见坐在楼梯拐角处等他的阮蔓，她把书包垫在腿上，埋头做着试卷。

他站在楼梯上，没惊动她。

看了好一会儿，他才从兜里摸出一颗糖塞进嘴里。他双手插着兜靠在背后的瓷砖墙上看着她。

孟野的确觉得有些累了。

这么多年来一个人熬了这么久，头一次觉得这些莫须有的事让他感到疲惫。

如果他是一个人，他可以无所谓别人对他的评价看法，说他抄袭也好，说他气死孟成军也好，他都无所谓，随他们说去吧。

但他不是一个人了，他想干干净净地走向未来。

像是感觉到了背后有人，阮蔓抬头看了一眼，目光在空中和孟野的视线上。

“什么时候来的？”阮蔓马上把卷子往书包里塞，然后站起身，抬脚往楼上走。

孟野眯着眼睛，偏了偏视线，嘴里含着糖，含含糊糊地答道：“没一会儿。”

“来了也不吱一声。”

“吱。”他配合她。

两句话的时间，阮蔓已经走到了孟野的面前，仰头看着他。

“阮蔓，你是不是对我特失望？”

这段时间孟野瘦得厉害，两颊都有点凹陷，眼睛下面是只有熬过大夜才会有的青色痕迹。

阮蔓知道，孟野是对自己失望了。

阮蔓摇头，说道：“不是。”

“你都知道了？”孟野往后靠，把两只手往后搭在瓷砖墙上。

没等阮蔓回答，他接着说：“又没控制好情绪，我是不是应该去上个情绪管理课？”

他还有闲心开玩笑。

“学校会给你什么处分？”

两人这会儿离得近，孟野的脸在阮蔓面前放大了几倍。

他的脸上没什么瑕疵，只是眼角那颗小小的泪痣这样看倒有些明显。

“什么处分得看那长袜子的心情吧。”

长袜子，他也这么称呼校长?

这也算是一种不约而同吧。

“孟野，明天你会来学校的，对吧？”阮蔓问道。

她怕孟野再一次破罐子破摔，或许学校只会给他一个处分，一切不会那么糟。

远方的天空已经变成了墨蓝色，学校旁边的居民楼此时已经是万家灯火。

他们甚至能闻到从窗口飘出来的饭菜香。

这样的饭菜香，对于两人来说，在之前的日子里都算得上是一种奢侈。

四楼的走廊空无一人，楼上高三的学生在上晚自习，整条走廊没一点动静。

阮蔓站在孟野的身侧，和他一同看着同一片天。

她又问了一次：“来吗？”

孟野偏了偏头，用一种极轻的声音闷哼了一声：“来。

“你在这儿，我能去哪儿？”

这时，阮蔓感到手背一凉。

孟野在黑暗中，在她面前，以一种极度倔强的姿态，无声地哭了。

第七章

遗憾落幕

陪孟野在外面吃完饭已经快八点了。

阮蔓没让他送，自己一个人慢慢地往家那边晃悠回去。

家里的灯出乎意料地亮着。

阮蔓站在楼下，疑惑地看着那盏亮起的灯。

是今早出门忘记关灯了吗？

她站在原地想了几秒，没由来地慌了神。

从门缝里渗透出来的光在黑黢黢的走廊里显得格外刺眼。

阮蔓几乎是连走带跑地上了楼，掏出钥匙打开了门。

客厅的单人床上坐着一个熟悉的身影。

是何曼君。

阮蔓拔钥匙的手顿了顿，有点震惊地问道："妈，你不是在培训吗？怎么突然来了？"

正垂着头不知道在给谁发消息的何曼君抬了抬眼皮，没回答阮蔓的问题，而是反问道："你怎么回来这么晚？张阿姨说你们这学期没有晚自习。"

何曼君的语调平缓，听不出来什么太大的情感起伏。

阮蔓虽然对她突然出现在这里感到意外，但脸上并没有透露出过多的诧异。

"和同学在外面一起吃了个饭。"阮蔓把书包拎进里屋，眼神在屋里扫视了一圈，明明一切和她早上出门前一模一样，却又总感觉哪儿不太对劲。

"哪个同学？"何曼君起身，双手背在身后，跟着她走进了里屋。

"付……"阮蔓刚想搪塞过去，就见何曼君把拿在手上的一个本子摔在了床上。

那个本子阮蔓再熟悉不过了。

是她放在床头柜里的那个本子。

本子被摔得在床上摊开，第一面赫然画的是她第一次在操场遇到的孟野。

她好像突然隔着时光又看到了去年九月的孟野。

少年肆意张扬，像夏日里的花圃里疯狂生长的一棵野草。

阮蔓的大脑放空了两秒。

“跟他是吗？”何曼君的脸上挂着一种阮蔓从未见到过的表情，难以置信中透露着一股失望。

“妈，你大老远跑来就是为了翻我东西的吗？”阮蔓垂着头，看着自己的鞋尖。

何曼君不理会她的问题，径直走到床边坐下，翻着床上的那个本子。

“所以，你不想离开桥城也是为了他？过年不去你爸爸那儿也是为了他？”何曼君的语气平静得有些吓人，通常她和阮蔓发火时，声调都会往上提几个度。

阮蔓抿了抿唇，没吭声。

“过年那段时间，你张阿姨和我说在超市看见你和一个男生一起，我还半信半疑，觉得可能是她想多了。”

“现在，我的脸打得真疼。”何曼君冷笑一声，看着面前的阮蔓。

大概是离开何曼君太久了，阮蔓已经很久没有体会这种令人窒息的感觉了。

顷刻，阮蔓抬起头，看着何曼君。

她又把刚刚的问题重新问了一遍：“所以，你大老远来是为了翻我东西的吗？”

何曼君回答得很快：“翻你东西只是为了确认我的怀疑，顺便过来帮你办转学。”

阮蔓没想到何曼君早在她说不愿意离开桥城的那天，就已经怀疑她了。

是啊，自己转过那么多次学，念过那么多学校，就从来没有不愿意离开过哪里。

桥城是第一个她直接和何曼君说不愿意离开的地方。

不怪何曼君怀疑，桥城必定有什么东西让她舍不得了。

“我不转学。”阮蔓第一次没有顺从何曼君。

“由不得你。”何曼君掏出手机来，不知道又在给谁回着消息。

“我说了我不离开这里。”阮蔓看着面前的母亲。

她以前只是觉得她和何曼君生疏，但今天她头一次觉得面前的这个人很陌生。

何曼君发消息的手停住了，有些不可思议地抬起头，看向阮蔓。

从来都只会说“好”“可以”“无所谓”“都行”的阮蔓，竟然会因为一个男生，一而再再而三地顶嘴。

“阮蔓，你很骄傲是吗？你以前不是这样的，你也从来不会和妈妈顶嘴。”

阮蔓深吸了一口气，回道：“妈，我一直都是这样，是你从来都没有试图了解过我。”

“既然你说我没有试图了解过你，那行，明天我和你一起去学校找张阿姨，我去看看那个男生到底是一个怎样的孩子。”何曼君不想听阮蔓继续辩解，直接堵住了阮蔓接下来想说的所有话。

“还有，把你手机给我。”何曼君看也不看她，朝她伸出手。

阮蔓往后退了两步，靠在墙上，双手紧紧地护住书包。

“自己拿出来。”何曼君瞟了阮蔓一眼，又多给了她几秒钟自己上交手机的时间。

何曼君耐心地等了一会儿，阮蔓还是没有任何动作。

何曼君起身，一把将阮蔓的书包从肩上扯了下来。

阮蔓没撒手，书包的两根肩带在母女手中一人一个。

“阮蔓，我再说一次，书包给我，别逼我动手打你。”何曼君的耐心已经快被磨没了，从阮蔓出生到现在，她都没有打过阮蔓一次。

阮蔓小时候偶尔调皮，她甚至来不及发火，一个电话打过来她就又要走了。

再后来，她和阮辉离婚了，阮蔓变得越来越乖，从来不和她顶嘴，非常顺从。

“我不给，我就不给。”阮蔓喊出来的声音有些破音，但她依旧死死地拽住那根肩带。

她不是不愿意把书包给何曼君，只是书包的夹层里有那张她和孟野的合照，她怕被何曼君看见，说不定最后会和那些画一块儿被销毁掉。

书包禁不住两人的拉扯，“刺啦”一声，阮蔓手上的那根肩带被扯断了。

何曼君一个没站稳，拽着书包跌坐到了床上。

她没在意这些事，快速打开书包，把书包倒着拎过来。

里面的笔袋、试卷、书哗啦啦地往下落，包括放在最底下的手机。

令人意外的是，大头贴并没有随之落下来。

何曼君一把拿过手机，按亮屏幕。

屏幕上有一条半个小时前来自孟野的未读短信。

【到家了吗？】

趁着何曼君看手机那会儿的工夫，阮蔓拿回了被扔在床上的书包。

放大头贴的那个夹层有个拉链，她不知道什么时候拉上了拉链。

阮蔓长舒一口气。

“他叫孟野是吧？”何曼君盯着手机屏幕上的那条短信问道。

阮蔓没吭声，只是把散落在床上的东西一样样收回到书包里。

“野哥，阮蔓她妈妈突然来了，这会儿两个人在屋里吵架。”

老房子的隔音不太好，平时谁家有点什么动静，左邻右舍都能听得一清二楚，更别说刚刚母女俩的声音并不算小。

刘睿阳站在屋里听了好一会儿，才走到走廊给孟野打了这个电话。

“她妈妈？她们在吵什么？”电话那头的背景声是哗啦啦的水声，估计孟野在洗澡。

“好像是……关于你。”刘睿阳也不太确定，“她妈好像想给她转学。”

“转学？”孟野那边的水声停了。

难怪刚刚给阮蔓发的消息她一直没有回。

是手机也被没收了？

孟野很想再发一条消息过去，或者直接打个电话。

但他不敢冒这个险。

“阳子，你帮我个忙。”

“你说。”

“你家是不是有本《诗经》？”

“是啊，怎么了？”

“你帮我把它拿给阮蔓，就说是你还她的，你让她好好看看第九十四篇。”

“啊？”

刘睿阳被孟野的这个操作弄得丈二和尚摸不着头脑，别人母女吵架送本《诗经》就能解决了？

虽然这么想，但他还是老老实实地从家里翻出了那本已经落了灰的《诗经》。

以前孟野来家里玩时，没事就喜欢翻这本书，也不知道他看不看得懂，反正看一会儿就能睡着。

刘睿阳没忍住自己的好奇心，自己先翻到了第九十四篇。

不过草草一眼，他就懂了孟野的意思。

“咚咚咚——”

门被敲响。

阮蔓没看何曼君，转身去开了门。

门外站着刘睿阳，他的手上还拿着一本特别厚的书。

“谁？”何曼君从里屋探出头来往外看。

刘睿阳也把头探进来，和何曼君对视上，礼貌地打招呼：“阿姨好，我是隔壁刘姨的儿子，我叫刘睿阳，我是来还阮蔓书的。”

这个时候，只要面前的人不叫孟野，何曼君都没什么太大的反应。

“谢谢你妈妈啊，照顾阮蔓那么久。”何曼君客气道。

“不客气的，阿姨每个月也给了很多伙食费。”刘睿阳看了看阮蔓，怎么看都觉得母女俩的性格截然不同。

何曼君没再看他们，专心回复着手机上的消息。

“孟野让你看第九十四篇，看了你就懂了。”刘睿阳压低嗓音说。

阮蔓愣了愣，瞧着他递过来的那本厚厚的《诗经》，犹豫了一下。

“让他明天别来学校，我妈要去找他。”阮蔓装作低头翻书的样子，同样压低声音和刘睿阳说。

短暂的接头结束。

阮蔓拎着那本《诗经》坐到卫生间里，深吸了一口气。

为什么要让刘睿阳特意来给她送这本书？为什么又让她看第九十四篇？

她快速翻到那一页。

只一眼，她就懂了。

第九十四篇是一首诗，题目是《野有蔓草》。

【野有蔓草，零露溥兮，邂逅相遇，适我愿兮。】底下的译文是：【野草蔓蔓连成片，草上露珠亮闪闪。不期而遇真正巧，正好适合我心愿。】

阮蔓把刚刚趁何曼君不注意时拿出来的大头贴夹进《诗经》里，用一只手不停摩挲着还戴在手腕上的那条蔓草手链。

她的眼睛里早已经布满了水雾，只稍稍眨眨眼，眼泪就顺着脸颊滑落了下来。

明明刚刚和何曼君争执时没哭。

为了保护这张大头贴抢书包时也没哭。

却在看到“野有蔓草”这句话时，没出息地哭了出来。

阮蔓以为，事情已经坏到不能再坏的地步了。

从老师怀疑孟野作弊，到孟成军突然离世，再到林闵挑衅孟野，这些事情一股脑地都冲着孟野去了。

谁也没想到，何曼君会在这个时候过来。

第二天一大早，连早自习都没让阮蔓上，何曼君直接带着她去了办公室。

阮蔓不知道刘睿阳有没有把她的话传达给孟野，也不知道孟野会不会听。

但当她经过教室门口，看到了座位上的那个人时。

她就知道，孟野没听她的话。

孟野坐在椅子上，身上还是套着万年不变的校服，脸上还有昨天打架留下的痕迹，眼角那儿乌青了一块儿，嘴角稍微破了点皮。

今天他嘴里难得叼着袋牛奶。

何曼君在前面走得很快，阮蔓不得不小跑才能跟上她。

“曼君来了。”张蕾看到推门进来的女人时，并不意外，两人在昨晚发过消息，她也知道今天何曼君来是为了什么事。

“好久没见了。”何曼君脸上露出了这两天以来唯一一个笑容。

两人当年读大学时就住在一个寝室，关系也是一等一的好。只是毕业这么多年，又不在同一个城市，加上何曼君工作很忙，两人一直也没有找到机会好好聚一聚。

没想到，这次却因为阮蔓的事儿，提前碰上了面。

办公室的窗户没关紧，把拉在一旁的窗帘吹得打了个卷儿。

这几天桥城颇有点倒春寒的架势，冷风吹进来，直往阮蔓脖子里钻。

她朝窗缝那儿瞥了一眼，愣了愣。

孟野倚在窗户对面的瓷砖墙上，依旧是那副得了软骨病的姿态，懒懒地靠在那儿。

他撩了下眼皮，看向办公室里的阮蔓。

昨天，站在办公室里的是他，阮蔓也这么站在走廊等他。

“曼君，其实我不建议你再把阮蔓转走。马上要高三了，她要是竞赛发挥得好，是可以直接保送的。”张蕾转过头和何曼君说。

不光是因为这个原因，桥城一中很难出一个像阮蔓这样的学生，如果她能在桥城一中毕业，那么明年学校就能以她为招牌，生源也会更好一些。

“那也是在竞赛能发挥好的前提下，如果没发挥好呢？任由她继续这样下去，高考怎么办？”何曼君言辞激烈，语速极快，在这个时候，她也把自己的职业优势发挥得淋漓尽致。

“妈妈，我的成绩没有下降。张老师，孟野也没有作弊，这几个月我一直都在给他补习，而且，我们也没有早恋。”阮蔓尽量让自己的语气放得很轻很缓，她不愿意当着这么多人的面和何曼君闹。

何曼君也正是知道这一点，所以才会和阮蔓一起来学校。

“你的成绩现在是没下降，你敢保证以后吗？你马上也要十八岁了，你要为你做的每一件事负责。你和那样的孩子在一起，妈妈坚决不同意。他家里什么情况你应该也清楚，父母离异，也不是什么高知家庭，你和他在一起，只会被他毁了。”何曼君蹙着眉，明显已经对阮蔓极为不满。

阮蔓梗着脖子说：“妈，你忘了吗？我的父母也离异了。如果以后有一个人，把我父母离异当作拒绝我的理由，你会自责吗？”

办公室的气氛降到了冰点，有几个老师已经在位置上坐立难安，找各种借口从办公室里溜了出去，把空间留给她们。

临出去前，还不忘劝阮蔓几句。

“阮蔓，不要和差生混在一起，你是优等生，和他不同的。”

“是啊，阮蔓，你别和你妈妈犟，好好和妈妈说。”

“阮蔓，听大人的话没错，大人看过的事比你看的多太多了。”

所以他们到底是以什么标准来评判优等生和差生？是成绩吗？

一个人的人品就不重要了吗？

孟野明明是一个再善良不过的人了。

窗外那个人已经转过了身，清冽又有些单薄的背影一直在那儿伫立着。

“她们会怎样？”付曦问付晨。

四个人在走廊的另一头，静静看着站在办公室门外的孟野。

谁也没敢上前一步。

孟野就站在走廊一侧，看向校门口那块儿。已经过了早餐时间了，早餐摊开始收摊了，都快挤到学校门口的红色塑料凳也被搬了回去。

这么久了，阮蔓还在里面。

每层楼的走廊都乌压压地趴着一排人，所有人都看向四楼的那一间办公室。

“我不知道。”付晨叹了口气。

丁航望着站在办公室门口的孟野，见他犹如一个坚守着岗位的士兵，心里忽然有些难受。孟野多么骄傲的一个人，换作任何一个人今天因为这事站在办公室里，他都会二话不说立马进去闹。

但今天，他没这么做，他也不会这么做。

只因为里面那个人是阮蔓。

像是怒气值已经达到了一个极点，何曼君的脸上已经没有了任何表情。

“我不会允许你和那样的一个孩子交朋友的。”

“那样的一个孩子？是怎样？”阮蔓反问道，“他有名字，他叫孟野。”

何曼君冷冷地望着站在面前的阮蔓，她这会儿才发现，自己好像从来没有真正了解过自己的女儿。

“妈，你知道吗？就是你嘴里那样的一个孩子，在你和爸爸都不在我身边的时候，是他给我过了八岁以后的第一个生日；是他在听说有暴露狂跟踪下晚自习的女生后，每天都跟在我身后保护我，送我回家，一天不落；是他告诉我人要去做自己想做的事。他是除了你和爸爸以外第一个无条件对我好的人。”

阮蔓的声音有些发颤，她下意识地看向窗外，想看看窗外的那个人还在不在。

她看过去。

孟野依旧在那儿。

何曼君转过身，没看阮蔓。她走向桌前，从包里拿出昨晚翻出的那个本子，然后当着阮蔓和张蕾的面，一页页地撕了个粉碎，仿佛只有用这种方式，才能彻彻底底断掉阮蔓所有的妄想。

十七八岁又怎样呢？

偏偏就是这个天不怕地不怕的年龄，才会对未来有着初生牛犊不怕虎的勇气。

在办公室待了一个小时后，阮蔓被暂时放出了办公室。

张蕾要和何曼君单独谈谈关于两个孩子的事。

阮蔓走出办公室，抬头就看见了孟野。

倒春寒的这几天气温降得厉害，今天天气本就不太好，天空乌云黑压压的，像是随时都会下一场暴雨。

孟野依旧里面穿着一件T恤，外面套着一件单薄的校服站在那儿。

见到阮蔓出来，孟野的脸上又重新挂回了那副似笑非笑的表情。

阮蔓走过去，同他一起站在办公室门口。

她低着头，鼻尖一酸。

阮蔓问他：“站外面不冷吗？”

孟野说：“不冷，刚开始站了会儿，刚刚才又过来的。”

下一秒，阮蔓的眼泪就夺眶而出，滚烫的眼泪滴在孟野的手背上，烫得他一激灵。

他蹲下身，仰头看着阮蔓。

这两天怎么两个人轮流哭了起来？

“怎么哭了？你妈骂你了，还是老师说什么了？”孟野的声音很轻，这个时候的他很温柔。

阮蔓只是摇头。

她看到了，她在办公室里站了多久，孟野就在外面挨冻了多久。

那么冷的天，他还穿这么少。

孟野很想说些安慰的话，但这个时候好像怎么安慰都没用了。

在走廊站了这么久的时间里，他想了很多。

如果不是因为他，阮蔓一直都是天上发光的那颗星星吧。和他交朋友，倒给人一种流星滑落的感觉。

她也没必要和他一起承受这些她本不该承受的。

她得继续发光啊。

孟野甚至都想好了，如果阮蔓出来后，和他说不想和他做朋友了，他一定会答应的。

他什么都不想要了，他只想她好。

但是他却听见阮蔓带着哭腔和他说：

“孟野，我会陪你变好的，也会一直对你好的。”

那是孟野出生至今，听到过的最好听的一句话。

如果说在此之前，孟野还妄想过能在何曼君前做出什么保证，比如两人会一块进步，绝不会耽误学习之类的话，听到这句话后，孟野马上就改变了自己的想法。

阮蔓只需要发光发亮，其他所有的事，他来就好。

就算没有这档子事，昨天和林闵打架的事可能也很难平息过去。

有时候孟野也会怨命运。

为什么自己身上要背负这么多的东西，过去的事情依旧像一把刀一样悬在他的头顶。

他想喘口气，也想轻轻松松地活着。

孟野起身，拍了拍阮蔓的背。

“我进去和她们说会儿，好吗？”

阮蔓望着他，不解地问：“你要说什么？”

他的眼神下意识地躲避，说道：“就去好好说一下，一下就好。”

孟野把阮蔓的马尾扯散开来，把橡皮筋套在自己的手腕上，说道：“这个送我吧，你披头发挺好看的。”

孟野敲了敲办公室的门。

这是他第一次敲响桥城一中老师办公室的门。

他在此之前还是那个桀骜不驯的浑小子，进校长办公室时，还是用脚踢开的门。

“进来。”

办公室里正在谈话的两人见到进来的人是孟野，同时愣了愣。

孟野先问的张蕾：“老师，学校对于昨天的事要给我什么处分？”

张蕾嘴巴张了张，看了眼何曼君，又看了眼孟野。

孟野手腕上的那条一看就不属于他的黑色橡皮筋太过扎眼，令她立马就想起了那天在超市，无意间瞟到的他手腕上的那个一晃而过的东西。

其实一切早就有迹可循。

张蕾说：“你之前在学校处分太多了，可能给一个记大过处分。”

对于学校做出的这个决定，孟野一点也没感到意外。

他点点头，然后又朝一旁的何曼君说：“阿姨，我退学就行了。阮蔓在桥城挺开心的，这是她这么多年以来第一次交到朋友，以前转学太多次了，她压根儿没什么朋友，所以就算没有我，她也还是会很开心的。”

何曼君像是没想到孟野能这么说，但一听到他说退学，又觉得是不是对这个孩子太狠了。

转念一想，阮蔓的未来才是她最在意的，她把人生所有的希望都寄托在了阮蔓的身上，所以阮蔓一步都不能走错。

孟野说：“别和阮蔓说，我会让我妈来给我办退学手续。那今天我能在学校上最后一天学吗？”

他知道，绑在他和阮蔓之间的那根绳，越绷越紧，直到今天，它终于绷不住了。

在他做出这个决定的时候，彻底断掉了。

很久的沉默后，何曼君妥协了：“记住你说的话，最后一天。”

孟野走出办公室，阮蔓还站在门口等着他。

“你说了什么？”她问道。

“没说什么，就好好说了一下，让你妈妈的怒气先消下去了一点儿。”孟野脸上带着淡淡的笑。

班里正是孙慧的课。

两人一起走进教室时，班里的同学明显躁动了起来，但碍于孙慧在，没人敢出声。

上次因为孟野的一句话，让孙慧在整个办公室老师的面前下了面子，再加上现在孟成军已经去世了，她对孟野的憎恶更甚。

“阮蔓进来，你去后面站着。”孙慧冷冷地说。

“老师，凭……”阮蔓刚想开口替孟野说话，就被孟野拦下了。

孟野冲阮蔓摇了摇头，然后径直走向教室的最后面，整个人站得笔直。

不像以往，每次罚站，孟野要么就是摔门而去，要么就是懒散地站在后面，整个人恨不得躺在书柜上。

在座的每一个人都仿佛见了鬼似的，从来没人见过孟野这副言听计从的模样。

阮蔓没吭声，回到了座位。

讲台上的孙慧已经做好了孟野和她呛声的打算，但孟野突然服软，反倒让她觉得更加不愉快。她瞧着站在教室后面的孟野，他的整张脸和沈岚那个讨厌的女人都有着七分像。

想到这里，恶狠狠的话就从她的嘴里冒了出来：“有些人，也不撒泡尿照照镜子，实际上就是烂泥扶不上墙，一颗老鼠屎坏了一锅粥。”

站在后面的孟野仿佛充耳不闻，一点儿反应都没有。

班里人都知道孙慧是借着这个机会找孟野的碴，心里都在暗暗替他抱不平，但大家都敢怒不敢言，一个个都埋着头互相观察着身边人的举动。

倒是丁航忍不住了，他靠在椅背上盯着孙慧说：“有你嘴这么臭的老师？你的师德被狗吃了？”

孙慧怒目圆睁，直接拿起一本书朝丁航砸去，骂道：“你们班还有什么学生样子？”

丁航头一偏，书砸在后面那人的课桌上。

“丁航。”孟野出声喊了他一句，冲他摇了摇头。

最后一天，孟野什么都不想计较了。不管孙慧怎么羞辱他，他都听了，上一辈的恩怨，也该结束了。

他什么事都不想惹，就算现在林闵站在他的面前挑衅他，他恐怕都能一笑而过。

如果早有这样的觉悟，如果早收敛起自己身上尖利的锋芒，一切会不会应该比现在好点儿?

至少不会更差吧?

下课铃响起，孙慧丢下一句“你们班的学生没大没小的”走出了教室。

这天的课孟野听得尤为认真。

甚至还在谭妈的地理课上积极举手回答了几个问题，一反常态。

大家都只当他要为了阮蔓洗心革面，好好学习。

大家没敢多说旁的话，只是看到他们的时候会朝他们比画一个“加油”的手势。

后来在很多个瞬间，阮蔓回忆起这一天，都依然觉得美好得不像话。

但同时，她在回忆那天的时候，也发现了很多个被她忽略的细节。

那些细节都是孟野对她的告别。

两人一起去小卖部买水时，他会抽走她手上的冷饮，告诉她女生要多喝点热乎的东西。

两人中午一起吃饭时，他会告诉她别挑食，多吃肉，细胳膊细腿的，哪天刮大风第一个把她刮走。

一向话不多的他，在那天话尤其多，像是要把以后的话通通说完。

暴雨终于在下午放学之前下了起来。

天空像破了一个大口子，暴雨如注。窗外的雨水伴随着呼啸的冷风砸在玻璃窗上，“噼里啪啦”的。

那时的他们就像暴雨中的一片孤舟，随意几颗砸下来的雨点儿就能把他们砸翻。

前路未卜，一切都是茫然。

这天结束得很快，班里的人已经走了大半。

孟野难得和身边的人打招呼，说了一句“再见”。

两人收拾书包的动作很慢，好像只是为了和对方多待那么几分钟。

何曼君让张蕾给阮蔓带了话，说自己在巷口接她放学。

孟野知道这话是什么意思。

不过是旁敲侧击地告诉他，走出校门的那一刻，他和阮蔓就不会再见了，他们都要遵守对彼此的诺言。

“走吧。”孟野挎着书包，一只手插着兜往阮蔓的座位走去。

阮蔓看向他的座位，桌面上一本书都不剩，空空如也。

她抬头问：“你把书都带回家？”

孟野用手撑着她的课桌，笑了会儿，说道：“我要带回家复习啊，不好好学习，怎么能和你站在一块儿。”

他的语气中带着满满的诚恳，让阮蔓心头的那一丝疑惑消失得无影无踪。

“阮蔓，你会忘记我吗？”孟野突然问，“上次好像只有我回答了你，你还没回答我。”

他的瞳孔里有些若隐若现的东西，但很快就又被他藏了起来。

阮蔓低头拉书包拉链，回道：“不会。”

“我倒希望你忘了。”孟野扭头朝后门走去。

后门那个没放几本书的书柜上已经落了一层灰，仿佛就是昨天，他还靠在书柜旁，假装翻着一本他根本看不太懂的《国家地理》，漫不经心地问阮蔓：“喂，你叫什么？”

“为什么？”阮蔓背好书包跟在孟野的身后。

孟野回头笑了声：“一直记着一个人，是一件很痛苦的事，我不想让你痛苦。”

他记过，所以才知道这份痛苦。

明明那个人已经离开自己的世界很久了，却在千万个午夜梦回之中，像是又遇见了她千万次。

暴雨在放学这会儿小了些，两人打着同一把伞从教学楼往学校门口走去。

这把伞还是上次刘睿阳生日那天买的。

伞外纷纷扰扰，那些声音仿佛都被隔绝在了外面，世界上只剩下他们两个人。

孟野说：“你得继续发光发亮，听到没，别把年级第一让给付晨那小子。”

阮蔓很轻地“嗯”了一声。

那段以往走过无数遍的路，今天走起来，每一步都格外沉重。

阮蔓不知道明天会是什么样，是好或是坏，但只要她不放开孟野，日子就坏不到哪儿去。

孟野还想再交代些什么，但细想，该交代的今天都说得差不多了。

他就是没法说出那句“以后要好好的，找不到我不要哭，不要闹”。

如果明天阮蔓看不到他，不知道会怎么样。她性子虽然看起来软软的，但要真犟起来还不知道谁犟得过谁。

他很久没有这种对现实感到无力的感觉了。

孟茴死后，孟野一直都能掌握好自己的生活。

直到遇见阮蔓，一切都偏离了一开始他设定好的轨迹。

走出校门，就看见何曼君撑着伞等在巷子口。

快要走到巷口时，阮蔓突然停下。

“你明天会来吗？”

她想听到和昨天一样的答案。

何曼君等得有些不耐烦了，三两步走过来看着伞下的两个人。

“回家了。”她一把拽过阮蔓，将她扯进自己的伞下。

给他们这一天已经是她这个做母亲的极限了。

孟野下意识地伸手往身边抓去，但手伸到一半，就停住了，脑海中有个声音在和他说：“该放手了。”

在走廊外站那么久没感觉到冷，这会儿反而感觉到脸上被这凉风吹得刺痛。

阮蔓听见身后传来孟野的声音，她不敢回头，怕只要一回头就克制不住心头那翻涌的苦涩。

孟野朝她喊：“阮蔓，明天见。”

她在心里应他：孟野，明天见。

阮蔓没想到，家里还有一个人在等着她。

上一次见到阮辉，还是在前年过年那会儿，太久不见，她都快忘记父亲的模样了。

“蔓蔓回来啦。”阮辉听到开门声，站起了身。

毕竟不是自己家，怎么说都有点拘束。自从离婚后，这还是他们一家三口第一次出现在同一个空间里。

以前在家，夫妻两人总是一个唱白脸，一个唱红脸。

阮蔓知道，如果不是发生这事，阮辉是不会撇下他的新家庭大老远地跑过来看她的，但同时她也非常清楚，比起和何曼君沟通，她更愿意和阮辉交流。

她的大部分童年时光其实都是父亲陪着度过的。

所以在得知阮辉主动放弃了她的抚养权时，她不能说埋怨，只能说失望。

何曼君进了里屋，客厅里只剩阮辉和阮蔓。

阮辉搓了搓手，在床沿边坐下。岁月没让他中年发福，成为一个油腻的中年男人。他穿着一身价值不菲的西装，像是从律所急匆匆赶到桥城来的。

阮蔓在靠近门口的桌子旁，随手抽了一把椅子坐下。

父女俩中间隔着一段距离。

阮辉沉默了一会儿，他又起身，抽出桌边的另一把椅子，坐到了阮蔓的旁边。

他试图用这种方法来缩短他和女儿的距离。

眼前的女儿好像前不久还是一个奶娃娃，一下子就长这么大了。在何曼君给他打电话告诉他这件事时，虽然他也吃了一惊，但他更惊讶的是，在不知不觉中，阮蔓已经长大了。

这几年的时光，他甚至都没有好好关心过她。

是阮辉先开的口。

“蔓蔓，爸爸听妈妈说了那个男孩的事，也知道他为你做了很多事……”

“爸爸，你也要说和他交朋友会影响成绩那种话吗？”阮蔓侧头看了阮辉一眼，继而又把头扭了回去。

她坐着的那个位置正好对着客厅的窗户，窗外槐树的枝条上已经开始冒出了绿色的芽尖。

她的脑海中像放电影似的突然闪回了很多片段，好像就在昨天她才刚刚把箱子拎上三楼，掏出钥匙打开房门，一眼望到的就是窗外的这棵槐树，那似有若无的花香还在鼻间飘荡。

还有在生日的那个夜晚，她透过槐树叶的缝隙，看到了站在对面等她下去的孟野。

少年的身影散漫，隐在黑夜中。

是阮辉的声音把阮蔓从那些片段中拉了出来。

“爸爸觉得，交朋友本身是没有错的。”阮辉因为常年帮别人打官司，所以从他嘴里说出来的话总能让人感觉到非常有力量。

阮蔓的睫毛轻微地颤动了一下，但并不看他。

“世界上的每一种感情都应该被尊重，不分年龄大小。其实你们这个年龄的感情是最美好的，单纯清澈。你和那个男孩没错，爸爸知道你是一个认定了一件事就会坚持下去的孩子，爸爸妈妈的出发点都是一样的，希望能把你们的关系给引导到一个正确的道路上。但是爸爸想问你，他能做到吗？

“我不了解他，所以我不评判他。蔓蔓，你在心里衡量一下，你能不能确定你在等他变好的同时，他真的会如同你所期待的那样变好。”

阮辉一直都不太赞同何曼君的教育方法，当年两人就为教育孩子这事产生了诸多分歧。

“爸爸和妈妈是在大学认识的，那会儿你妈妈也才十九岁，那个年龄也还是很美好的。我们大一就在一块儿了，在一起四年，毕业就结婚，婚姻生活八年，总共十二年的时间。我们还有了一个可爱的你，可是你看，时间会打败很多东西的。”

阮蔓终于把视线从窗户移到了阮辉的脸上。

她的眼神有些木讷，没一点生气。

“爸爸，你可能不知道之前我在二中经历过的那件事。所有人都说我错了，错在不该多管闲事，错在不该见死不救。只有孟野说，他觉得我没错，但他希望我以后能自私一点，因为他只希望看见我好。”

“我的名字也是你的姓加上妈妈名字中间的曼字得来的，对吧？”阮蔓漠然地说，“你们给我取名字的时候也都很爱我，很爱这个家庭对吧？但你们知道吗？我真的很不喜欢我的名字，阮蔓阮蔓，脾气又软性子又慢。我真的很讨厌这个名字，特别是你们离婚之后。”

她的嗓子经过昨晚的嘶吼和今早的辩驳，已经有些嘶哑。

“但是……后来孟野让我读《诗经》，我读到了那句‘野有蔓草’。”阮蔓说着，嘴角勾起一个不太明显的笑容，“我突然就不讨厌我的名字了，那是十八年以来，我第一次喜欢自己的名字。

“因为孟野，我才真的成了阮蔓。

“所以，我确定。

“我非常确定。”

阮辉陷入了良久的沉默。

不知道那晚阮辉和何曼君聊了些什么，阮蔓没去听，她只是机械地把作业拿出来，铺在桌上写。

写完了学校布置的作业，她又做试卷，做竞赛题。

一样接着一样，她丝毫没感觉到疲倦。

最终阮辉不知道用什么方法，让何曼君打消了给阮蔓转学的想法。

“最后一年的时间了，就不要再把蔓蔓折腾来折腾去了。”

这是阮蔓唯一听到的一句话。

何曼君当天晚上就决定把能推的工作都推掉，最后一年多的时间她要陪着阮蔓一起。

她美其名曰是要陪孩子度过最关键的一年，实则就是对阮蔓不放心，要让阮蔓活在自己的视线范围里，变相地监视阮蔓。

她也怕，怕孟野哪天不守信用，又跑回来找阮蔓。

阮蔓那天晚上难得做了个有孟野的梦。

这么久以来，这还是孟野第一次出现在阮蔓的梦里。

后来阮蔓总是会想，也不知道孟野是不是要用出现在她梦里的这个方式向她告别。

梦里还是那个炎炎夏日，窗外的蝉鸣一声高过一声，从巷口出去的马路牙子上蹲着几个正在吃西瓜的年轻人。天因为气温高而蓝得不像话，万里无云。

她沿着马路牙子迷茫地走，却根本不知道自己要走去哪儿。

路边的烧烤店因为还没到开门时间，大门紧闭着。琪琪超市门口那个简陋的牌子在风里摇摇欲坠。空气中带着不知道从哪儿飘来的淡淡桂花香味。

夏天又怎么会有桂花呢?

阮蔓四处寻找着那香味的来源，却在一抬头，就看见那站在巷口的少年。

少年还是如往常一样穿着黑衣黑裤，一身黑衬得整个人在阳光下越发白了。

他双手插兜，懒散地站在树荫下，眉宇间带着一丝不耐烦。

风吹过他的耳旁，他无意识地抬手搓了搓那一头黑发。

身旁有两个人和阮蔓擦肩而过。

“野爷到那儿了？”

“野哥野哥，别叫野爷，说了几遍了。”

野爷?

怎么会有人取这样奇怪的外号?

少年抬头看向她，脸上的阴霾以肉眼可见的速度一扫而空，他笑了。

阮蔓没发现，自己也笑了。

两两相望，只那一笑，她就感觉好像已经认识眼前的这个人很久了。

胸腔里急剧加速的心跳、当头的烈日骄阳，还有那似有若无的桂花香和枝丫上扑棱着翅膀的鸟儿。

一切是那么熟悉，又那么陌生。

孟野从树荫下走到阳光中来，然后几步就走到了阮蔓的面前。

他微微俯身，一把顺下她脑后的马尾上的橡皮筋。

长发悉数散开来。

她愣愣地望着面前的人，明明是个很令人讨厌的动作，她却一点都不讨厌他这样做。

不仔细闻就闻不到的花香从他身上飘来。

阮蔓看到孟野的耳朵后别着一支不属于这个季节的桂花枝，上面嫩黄的小花骨朵散发着清香。

还没等她开口问，她就听见少年用一种几近激动，但又想努力克制的语气对她说。

“阮蔓，再见。”

明明是一句再普通不过的话，她却泪流满面。

她想伸手抓住面前的少年，却什么都没有抓住。

阮蔓是从梦里惊醒的。

像是很久没呼吸，她猛地睁开眼睛，大口大口地喘着气。

梦里的一幕幕太过清晰，甚至不用刻意回忆。

她看了眼放在床边的闹钟，凌晨五点

还有两个小时，就可以在学校看到孟野了。

里屋传来何曼君均匀的呼吸声，阮蔓却怎么也睡不着了。

心里的不安和刚刚做的那个噩梦生出的恐慌感一齐急速上升。

为什么梦里的她怎么都记不起来孟野的名字?

自己有一天会像梦里一样忘记他吗?

时间真的会抹平一切，包括他们最美好的那段回忆吗?

阮蔓轻轻翻身下床，走到正对着大门的那扇窗户前。

窗户外一片朦胧，像是起了很大的雾。天际已经开始泛起了鱼肚白，巷子里这会儿已经有人出门上班了，他们的身影在薄雾里影影绰绰。

阮蔓就这么出神地盯着窗外，总觉得还能在那个熟悉的地方看到那个熟悉的身影。

恍惚间，她又看到了窗外槐树的枝丫上冒出的绿色芽尖。

春天快来了。

第二天，阮蔓没有在学校见到孟野。

第三天，依旧没有。

之后的日子里，孟野都没再出现在学校。

甚至是桥城。

就连刘睿阳他们都不知道孟野去了哪儿。

他就像凭空消失了般，一夜之间从所有人的青春里谢了幕。

阮蔓没想到自己要比预想中的更平静地接受了这个事实。

她没哭也没闹，她早该想到，何曼君不可能再让他们见面了。

孟野一定答应了何曼君什么，否则何曼君不可能还让他们一起上最后一天课。

很显然，她可以不用离开桥城，很大一部分原因是因为孟野选择了离开。

但是孟野骗了她。

说好的明天见，变成了再也不见。

一个星期后，沈岚来学校帮孟野办理了退学手续。

沈岚来的那天，阮蔓因为发烧请假在家休息，并没有见到沈岚。

“蔓蔓，中午想吃点什么?”何曼君从里屋出来。

阮蔓烧了两天，今天才刚刚退烧，人也清醒了不少。

她躺在床上闭着眼睛说：“糖醋小排，番茄炒蛋，清炒莜麦菜。”

点完菜后，她不由得愣了愣，她下意识地把当初和孟野点的那几道菜给说了出来。

她翻了个身，面朝墙。

“不用了，吃什么都行。”

下午放学后，付曦来看阮蔓。

何曼君出去办了趟事，把空间留给了她们两个。

阮蔓把一圈人都问了个遍，却独独没有问孟野。

付曦捏了捏阮蔓的手腕，发现比之前要细了一圈，阮蔓的脸色也因为生病的原因，有些苍白。

“蔓蔓，今天……孟野哥的妈妈来学校帮他办了退学。”付曦还是没忍住，说了出来。

即使在她来之前，另外三个人千叮咛万嘱咐她，尽量不要在阮蔓面前提起孟野，可她知道，虽然阮蔓不问，但阮蔓比谁都想知道孟野怎么样了。

阮蔓低着头，过了一会儿后，轻轻“嗯”了一声。

她甚至没有多问几句，比如：他现在在哪儿？过得好吗？

“我哥他们也联系不上孟野哥，他的手机停机了，可能是忘记充话费了。等他们联系上了就和你说。”付曦说。

阮蔓没接话。

她知道不会有那一天了，孟野把自己在桥城的一切都舍弃了，包括这些朋友。

孟野觉得阮蔓比他更需要这些朋友。

阮蔓那场病反反复复，在家里休养了一个星期才好得差不多。

她回到学校时已经快四月中旬了。

学校里并没有因为少了一个孟野而发生巨大的变化，只是在每个周一的升旗仪式上再也听不到那些吊儿郎当的话语，班里空着的那个座位也被挪了出去。

无论哪个年级，还是会有人经常提起孟野曾经的那些“光辉事迹”。

六中的人没有再来一中找过碴，林闵和孟野打架那回事也随着孟野的退学不了了之。

篮球场上依旧有人在打篮球，人群里时不时还是会爆发出欢呼，只是那些充满少年气的身影中再没那个熟悉的人。

看篮球赛的人依旧有，但没有以往那么多，场上的欢呼声再也与他无关。

阮蔓一个人坐在看台上，身边的人来来往往。

每个人都按部就班地继续生活着，日复一日，年复一年。

春风里夹杂着泥土和青草的味道。

这场春风，到底是吹散了他们。

阮蔓的话比以往要少得多，她甚至没给自己难过的时间，就一头栽进了各种竞赛中。

她的生活里只是少了一个人，多了一群朋友，和以前并没有什么差别。

有时候她甚至都快要相信何曼君后来对她说的那句话。

“阮蔓，谁没了谁都能活下去的。”

阮蔓不怕孟野忘记她，也不怕他们之间的故事就以这样的一种方式结束。

她只是怕孟野一个人走不到阳光下。

她怕他就此沉沦。

六月的全国英语竞赛，阮蔓不负众望地拿了全国一等奖。

她不再去看台上看篮球赛，也不会再盯着孟野坐过的位置发呆。

刘睿阳他们再也没联系上孟野，日子好像真的就这么平静地过了下去。

阮蔓记不得那段时间自己到底是怎么度过的，付曦和她说，她就像一个行尸走肉般，灵魂已经跟着孟野走了，只剩一个躯壳留在桥城。

阮蔓只记得有时候晚上做梦会突然梦到孟野，然后哭得喘不上气来。

高三的学习更为紧张，就连丁航那种成天插科打诨的学生都被这紧张的氛围给感染了，开始埋头抱着书本啃。

刘睿阳在理科班的成绩蒸蒸日上，他明显对理科课程要更感兴趣一些。

最后一年的时间里，阮蔓基本上拒绝了所有的娱乐活动，甚至已经很久没有碰过手机了。

她的成绩越来越好，就连付曦被她带着，成绩也有所上升。

所有老师都说，阮蔓如果按照这样的水平发挥，一定能成为桥城一中的招牌。

但出乎所有人意料的是，在杭城大学的英语系朝阮蔓抛来保送的橄榄枝时，她拒绝了。

理由是自己并不喜欢英语。

为此何曼君和阮蔓僵持了很久。

自从孟野走后，阮蔓和何曼君的交流也越发少了，有时候甚至一天都说不上一句话。何曼君想找个机会和阮蔓好好聊聊，却又不知道该说些什么。

对于拒绝保送杭城大学这事，阮蔓说："我只想做我想做的事，过我想过的人生，这样都不可以吗？"

同年，阮蔓向京城大学递交了保送资格申请。

因为她是省级优秀学生，再加上各种考试与面试，第二年四月，她就取得了京城大学新闻学专业的保送资格。

通知下来的那一刻，阮蔓才有了一种一切都尘埃落定的感觉。

她用一种极度优秀的姿态，提前结束了她的高中生涯。

阮蔓在很久之前就想过，如果她和孟野一起努力，她应该会放弃保送资格，和他一起在高三拼一把，一起经历高考，度过一段完整的高中时光。

这些都将会成为他们回忆的一部分。

只是他们的回忆早在一年前就止步不前了。

阮蔓并没有因为保送而提前离校，最后两个月的时间，她一直在努力帮付曦和丁航提高成绩。

她并不想那么早就离开桥城。

在确保阮蔓成功保送的那天，何曼君又重新投入了她的事业中，先阮蔓一步回了杭城。

那一年，一中像一匹黑马，在高考中取得了很好的成绩。

付晨毫无悬念地拿了文科状元，付曦和丁航上了一本，就连半途转去理科的刘睿阳都考进了理科前三。

长袜子校长高兴得不得了，在高考成绩出来的第二天就定制了很多条红底黄字的横幅，庆祝今年一中取得了辉煌成绩。尤其是付晨和阮蔓的名字，在横幅上占了不小的位置。

横幅从街头拉到街尾，凡是路过的人，都会停下看上两眼。带着孩子的家长，还会以此来激励自己的孩子。

返校拿通知书的那天，学校里前所未有的热闹。

高三的时光好像一眨眼就从指缝间溜走，甚至都来不及让大家细细回想，就已经被时间的洪流推着向前走了。

办公室里，老师和学生笑成一片，好像从高考结束的那一刻开始，老师和学生的距离就莫名拉近了。

“阮蔓，过来。”谭妈坐在靠窗的位置上朝她招着手。

阮蔓很喜欢谭妈，不仅仅因为谭妈的性子，更因为从始至终只有谭妈一个人护着孟野。

阮蔓拿着通知书走到谭妈面前，眼眶莫名一酸。

“这孩子，怎么毕业还哭起来了。”谭妈从旁边的抽屉里抽出两张纸巾递给阮蔓。

“谭妈，我会经常来看你的。”阮蔓吸了吸鼻子。

“哎，好。”谭妈拍了拍她的手，猝不及防地提起了孟野，“孟野这孩子啊，挺好。以后有机会你带他一起回来看我。”

以后?

阮蔓和孟野还有以后吗?

“张老师，张老师。”一名戴着眼镜的男老师跑进办公室，拨开一群又一群的学生，挤到张蕾面前，“把你们班的阮蔓和付晨借我一下，我在开高三动员大会，让他们去讲讲自己的学习经验。”

办公室里发出一阵哄笑。

“老师，我们不行吗？”

“非要我们班的两个学霸吗？”

“去去，你们这群小子不给我添乱我就谢天谢地了。”男老师佯装生气地瞪了他们一眼。

阮蔓刚走进高二（1）班时，就已经有人认出了她，并且问道：“学姐，孟野学长也去京城念大学吗？”

无一例外，都是好奇阮蔓和孟野当年那事的。

阮蔓已经很久没有在公众场合听到这么多人明目张胆地提孟野这两个字了。

站在台下的付晨和男班主任也没有想到，一个好好的高三动员大会变成了八卦提问。

正当付晨想上去替阮蔓解围时，她开口了。

“我当年的确和孟野做了一个约定，我们约定一起努力学习，考到同一所学校，但我们现在……的确也没有联系了。”阮蔓表现得很轻松，就像是在说一件无关紧要的事，“可是我从来不觉得我是一个学霸，我的每一分成绩都是用无数道题和无数张卷子换来的，我没有参加高考，但我获得了京城大学的保送资格。”

台下一片唏嘘。

“太牛了吧。”

“我天，真学霸。”

阮蔓顿了顿，接着说：“比起八卦，我更想让你们知道，互相欣赏的两个人能拿到一样的录取通知书，会更让你们骄傲。”

台下有学生提问：“学姐，你为什么要放弃杭城大学的英语专业保送资格，而选择京城大学的新闻学这个专业呢？”

阮蔓平静地笑了笑，说道：“因为有人告诉我，要我做自己想做的事。”

只因为孟野和她说过——

“阮蔓，那你也做你想做的，别为难自己。”

后面的问题，阮蔓没再回答。

从学校出来后，阮蔓独自去了“一段”，店门口挂着“店铺转让”的牌子。

她推门进去，里面的冷气开得很足。

许知非掀开旁边那扇门的门帘走出来，像极了她们第一次见面的场景。

见是阮蔓，许知非笑了笑，问道：“你想喝点什么？我请客。”

阮蔓要了一杯椰奶味的奶茶，坐在了那个熟悉的靠窗的位置。

从这个位置放眼望过去，还是能一眼看到钢厂门口。从钢厂大门里陆陆续续走出来不少戴着黄色安全帽的工人，曾几何时，她也看到过这样的画面。

她歪着脑袋想了会儿，还是没想起来。

许知非把奶茶递给阮蔓，坐在了她的对面。

“知非姐，奶茶店要关了？”阮蔓把吸管插进杯子里，问道。

许知非说：“是啊，总不能一辈子留在桥城，而且这个店本来就是为了一个不值得的人才开的。”

不用挑明说，阮蔓知道她口中那个不值得的人是陈鹤年。

“你们当年……”

也像我和孟野一样吗？阮蔓没问出口。

许知非好像知道阮蔓想问什么似的，自顾自地说道：“差不太多，只不过我们的角色和你们的角色是互换的，他是那个老师手心中的宝贝，我是那个惹是生非的大姐大。”

她的一颦一笑都带着成熟女人的风韵。

“你要和刘睿阳一起去杭城吗？”阮蔓知道刘睿阳被杭城大学的医学院录取了。

听到刘睿阳的名字，许知非的眼里多出了一丝别的情绪，她摇头，说道：“他的大好时光才刚开始，我们都要努力把自己的生活过好，不是吗？”

阮蔓没太懂这句话的意思，垂下头喝了一口奶茶，味道和当初孟野给她带的那杯没什么区别，过了这么久，她竟然还能记住那个味道。

也就是那一刹那，阮蔓突然想起了刚刚那个画面她在什么时候见过。

是她第一次来“一段”时，她也是坐在这个位置上，看到了孟野和孟成军在大街上拉扯，也是在那天，她第一次去了孟野家。

时间才过去一年多，有些零碎的小事她就已经开始记不起了。

阮蔓问：“这家店，为什么要叫‘一段’？”

显然没料到阮蔓会问这个问题，许知非愣了愣，环视了整间店一圈才说：“你不觉得突然开始然后又戛然而止的才能被称作一段吗？一段过去，一段故事，一段感情。”

和阮蔓当时想的一样。

“一段”指的是所有人的那段最无法忘却的青春。

阮蔓起身准备和许知非道别，她明天就要离开桥城了。

“哎，孟野走之前的那天来过我这儿，他好像在那块留言板上留了一张便利贴，你去找找看。”许知非一边收拾杯子，一边指了指进门左手边墙上挂着的那块留言板。

偌大的留言板，无数的便利贴。

阮蔓花了一个小时，终于在那么多便利贴中找到了孟野留的那张。

便利贴上的字迹工整，少了些许平时的飘逸，像是很认真的时候才会写出来的那种字体。

【她是我在这荒芜的世界上唯一的光，她救赎了我，光驱赶了阴霾。直到遇见了她，我才被这世界重新接纳，重回阳光下。——孟野】

阮蔓打包好所有的行李后，在夜幕降临时，漫无目的地出了门。

她想趁着最后一天再好好看看这座城市。

巷口的街对面发出“砰——”的一声，阮蔓条件反射地捂住了耳朵。

熟悉的动作，熟悉的声音，街对面是熟悉那个做手摇爆米花的老爷爷。

她的大脑还没反应过来，眼泪就先一步掉了下来。

耳边仿佛还回荡着那人的笑声，他自顾自地笑弯了腰。

阮蔓走到街对面，买了一袋爆米花，还是坐在上次坐过的那个位置，只不过这次只有她一个人。

明明是同一个老爷爷，也是同样的爆米花，阮蔓却怎么都吃不出当年的味道了。

兜里的手机隔振动了一下，阮蔓拿出来看，是何曼君发来的消息。

【东西都收好了吗？明早我来接你。】

阮蔓没有立马回复，她犹豫了一下，还是按下了那个在心里默念过无数遍的电话号码。

她想试一试，万一……万一就通了呢？

何曼君把手机还给阮蔓的那天，阮蔓就想拨通这个电话，但是输入号码的那一刻，她却不知道如果接通了她该说些什么。

她忍了很久，终于在今天爆发了。

电话里难得地没有传来忙音，而是响起了嘟嘟声。

“喂，哪位？”一个陌生男人的声音传来。

“请问，孟野在吗？”阮蔓没多加思索，脱口而出。

“孟野？不认识。”那边的声音有些不耐烦。

“可是这是他的手机号……”

“这是我上个月刚办的手机号，你可能找的是之前用这个手机号的人吧？”那人说完就把电话挂断了。

孟野换号码了。

他没错。

他只是想和所有的一切都告别，包括阮蔓。

街对面的烧烤摊冒出滚滚浓烟，呛得行人直咳嗽，整条街上都飘荡着一股烧烤的味道。巷口的那盏路灯在闪烁无数次后，终于彻底罢工，灭了下来，周围那一块立马陷入了黑暗。行人匆匆，为此驻足的人并不多，甚至没人留意到路灯坏了一盏。

眼里的泪控制不住地往下落，嘴里的爆米花终于有了一丝泪水的咸味。

阮蔓抬起手，用手背狠狠擦去脸上的泪。

她真的一点儿都不想哭。

都过了这么久了，她真的不想这么没出息。

她只是想告诉孟野，自己有在努力发光，自己做得很棒。

可是他看不到了。

这份喜悦，她本该和他共享。

这个时候，最应该在她身边的是他。

在那个夏日的夜晚，万物静谧，她再也找不到那个为她烤棉花糖的少年了。

她那因他而闪闪发亮的青春，在这一天，在桥城，带着这份遗憾，不算圆满地落下了帷幕。

第八章

还是喜欢你

窗外寒风凛冽，大雪纷纷扬扬。

外面的世界被隔绝在了屋外。

“那你们真的再也没有见过了？”

“嗯，没见过了。”阮蔓坐在桌边另一侧，抿了一口啤酒，“后来我就去京城读大学了，然后读研，回到杭城工作。”

可能是因为今晚喝了酒，酒精上头，阮蔓讲了很多关于孟野的事。

“那你好奇他现在过得怎样吗？”应雯追问道。

阮蔓歪着脑袋想了想，摇了摇头。

“你真的一点都不好奇吗？”

“他过得好，我会怪他。他过得不好，我会怪自己。”阮蔓蜷在椅子里，头发散在胸前。

屋里开着暖气，暖烘烘的。

桌子中间放着的火锅正“咕噜咕噜”地沸腾，热气直往上冒。

对面坐着的应雯是阮蔓读研究生时的室友，两人并不在同一个系，但是处得来，又都是杭城人。她们毕业后一起回了杭城，合租了一套房子，又成了室友。

今天是这一年的最后一天，两个“单身狗”就在家里弄起了火锅，喝起了小酒。

自然避不开的就是聊感情。

阮蔓很少和别人提及自己的感情。

如果不是因为今天气氛渲染到位了，她也不会絮絮叨叨地和应雯说这么多。

“所以大学时那么多人追你，你都不答应，就是因为在等他？”应雯喝得比阮蔓要多，这会儿已经有些上头。

因为职业的原因，阮蔓每次总是只喝几口就作罢。

她抿了抿唇，无意识地用筷子拨着碗里的汤底，说道：“也不是在等他，就是遇不上比他更好的人了。”

“当年他说我救赎了他，但他又何尝没有治愈我。”阮蔓的眼神是涣散的，因为喝了一点酒，她说话很慢，“我们好像也从来没和对方说过喜欢啊什么的，但就是莫名地在那个年纪认定了对方。”

“我在高中遇见的都是些什么玩意儿。”应雯把桌子拍得一响，“那如果你能回到九年前，你还想认识他吗？”

其实要不是因为今晚是跨年夜这个氛围，阮蔓还能再憋下去，不和任何人说这段往事。

应雯也想不到这个脑子里仿佛只有学习和工作的阮蔓，高中时竟然还为了一个男生这么疯狂过。

“可能会，也可能不会。”阮蔓说。

谁也没法真的回到九年前，谁也没法对九年前的选择后悔。

只是在这一刻，阮蔓想回到九年前，再看看十七岁的孟野。

时间不早了，话题没再继续下去。

阮蔓收拾好一切后，应雯已经回到自己的房间，趴在床上睡着了。

她这会儿不太睡得着，每次喝完酒后她的大脑都会尤为清醒。

阮蔓拉开房间的窗帘，静静地看着窗外。

她很喜欢这个房子，因为她的房间窗外也有一棵大槐树。

这么些年以来，她总是试图在自己的生活中找到一些当年的影子，并且留下它们。

她下意识地摸了摸手腕，尽管上面什么也没有。

手链在几年前开始有些氧化，她就没再戴了，而是找了个盒子将它收了起来。但取下来这么久，时不时摸它的习惯她还是没有改掉，就像一个瘾。

何曼君在阮蔓大二的时候再婚了，对方是一个大学老师。

阮蔓始终觉得两个人总要有一个人顾家一些才好。

这几年她们的母女关系要比高中那段时间缓和了些，但也仅仅只是缓和了些，算不上有多么好。

阮蔓想，就算没有孟野那件事，她也会因为别的事和何曼君产生诸多分歧。

刚毕业那会儿，其实孟野给刘睿阳打过一个电话。

在得知阮蔓被保送进京城大学，读了她想读的新闻专业后，孟野只说了一句话。

“我就知道她没为难自己，幸好，我没耽误她。”

这是后来刘睿阳和阮蔓说的，那个电话是从一个公共电话亭打出来的。

孟野就这么短暂地出现了几分钟，之后又消失在了他们的世界里。

大学这几年，阮蔓就靠着这句话一直熬了下去。

阮蔓也有过期待，孟野会不会在某一天，还会打电话过来。

可是之后，他再也没有来过电话。

阮蔓打开窗户，冷风就钻了进来。上一秒还被暖气烤得晕乎乎的她，下一秒就彻底清醒了。

九年的时间，他们的故事真的就像当年的“一段”一样，突然开始，然后又戛然而止。

阮蔓甚至都没有和孟野有一段完整的感情，明明说好了明天见却再也没有了联系。

到今天，阮蔓不得不承认阮辉说的那句话是对的——

“时间会打败很多东西的。”

很多和孟野相处的细节阮蔓都已经记不清了，它们都在时间的推移中消耗殆尽。时间可以打败很多东西，包括那份自己觉得最美好的回忆。

阮蔓不怕自己突然哪天发现，原来自己没有想象中的那么爱孟野了。

她只是更怕自己遗忘掉他。

“丁零零——”

阮蔓是在凌晨四点被电话吵醒的。

电话那头背景音嘈杂，向泽远的声音在里面显得模模糊糊：“阮蔓，你在家吧？高速这边山体滑坡，发生了一连串的事故，跨年夜得麻烦你来趟现场了。”

“嗯，我现在收拾。”阮蔓从床上坐起来，吹过风的缘故，她的声音有些哑。

“你没事吧？”向泽远问了一句。

“没事。”阮蔓哑着嗓子回答，轻手轻脚地朝卫生间走去。

到现场时，天空还是漆黑一片，高速公路上唯一的亮光就是无数辆车的车灯。

现场拉起了警戒线，还有不少的人，警戒线外一片混乱。因为天上还飘着雪，现场的工作一时间很难展开。

“阮蔓，这里。”向泽远朝她喊，他们的大部队在更靠近出事地点的地方。

“怎么这么多警察？”阮蔓接过纸和笔，塞进上衣口袋里。

“本来只是山体滑坡，几辆车撞一起了，不知道怎地滑出来一具陈年尸体，刑警队、刑侦队这下都来了。”向泽远说着，对后面的实习生招了招手，示意他们把摄像机往前挪。

阮蔓轻轻“哦”了一声。

她平时不太跟刑侦性质的案件，大多数时候接触的都是鲜活的人。

采访、写稿、剪片都在记者的工作范围内，尤其是这种大晚上出现场的活，也是记者的工作。哪儿有新闻，他们就得往哪儿跑。

好在记者不用整天坐班，工作时间弹性大。

在真正从事这个行业后，阮蔓其实是能站在一个记者的角度去理解何曼君一些的。

他们今晚跟到了两个新闻，这又是一个巨大的工作量。

尤其是像这样的刑侦案件，只要案子一天不破，他们就得跟到底。

现场来来往往的人很多，警戒线被撩起了一次又一次。

在做完采访，大部分工作结束后，阮蔓得到了一段短暂的休息时间。

一眨眼的工夫，天空就已经微微泛起了鱼肚白。

阮蔓蹲在路边，按着太阳穴。

头疼已经是她多年的老毛病了。

身后响起两道声音——

“今晚这案子几天能破？”

“没看到有人把刑侦大队的孟队都叫来了，这案子要我说，四天内必破。”

是两个年轻女刑警的声音。

“一直听队里的人把孟队夸上天，今天一看，是真帅。”

“就是听说他脾气不太好。”

…………

阮蔓站起身，往声源那边看过去，两个穿着警服的女刑警站在那儿看向现场里面，头靠着头嘀嘀咕咕。

也许是孟野的缘故，阮蔓平时听到“孟”这个字，心里都会咯噔一下。

顺着她们的视线看过去，阮蔓只看到人群中有一个比其他人都要稍微高些的男人，但距离太远，她也看不太清。

“阮蔓，收工了。”向泽远朝她挥手。

“知道了。”阮蔓跺跺脚，准备朝电视台的车走过去。

走之前，她又往人群中递过去了最后一个眼神，什么都没看清。

真是疯了。

世界上那么多姓孟的人，自己每个都要看一眼吗?

阮蔓在心里嘲讽了自己一下。

“上我车，我直接送你回去。”向泽远打开了车门，他也是半夜临时过来，所以开了自己的车。

像是怕阮蔓不答应，他又接了一句：“电视台的车要直接开回台里，你今天又没班，就先别去了。”

阮蔓犹豫了会儿，估计是昨晚吹了风的缘故，头疼得实在厉害。她也没和向泽远纠缠，直接上了他的车。

“头疼？”

见阮蔓一直按太阳穴，向泽远从后视镜里瞧了她一眼，问道。

阮蔓“嗯”了一声。

她靠在椅背上闭目养神，向泽远也很识趣地没有再和她搭话。

等阮蔓醒过神来，车已经停在了小区楼下。

向泽远从后座拿出不知道什么时候去买的早餐和感冒药，递给阮蔓，说道：“给你的，拿着。”

阮蔓没接。

“拿着吧，不然浪费了。”向泽远这人从来不废话，直接把两样东西塞进了阮蔓手里。

阮蔓问道：“多少钱？”

“什么多少钱？”像是才反应过来，向泽远“噢”了两声，“不要给我转账，我不会收。”

阮蔓解开安全带，说道：“谢了啊。”

“小事。”向泽远朝她挥了挥手。

刚打开家门，阮蔓就看见应雯靠在门框边，一脸不怀好意地盯着她，笑着问：“又是那个向大少爷？”

此时此刻，阮蔓没心思理会应雯的八卦，她只想栽进床里好好睡一觉。

“要不你忘记你那初恋，给向大少爷一个机会？”应雯凑到阮蔓面前问。

大学期间，阮蔓身边的确有如流水一般的追求者，可大多数都是追个三五个月的，见一点希望都没有就自觉放弃了。

唯独这个向泽远，从阮蔓回杭城进电视台工作的那天，就开始变着法地追阮蔓，既不逼她，也不让她难堪。他也算是为了阮蔓收了心，只是阮蔓也不见得会给他这个机会。

这大少爷家里是搞影视的，结果哪知道自家儿子学着学着就爱上了记者，他该吃的苦都吃了，家里也不好再说些什么，只能同意他继续追梦。

“早餐你吃了吧。”阮蔓把向泽远买的早餐放在了客厅的桌上，然后把感冒药拆开来，就着水吞了两颗。

吃完药后，她拿出手机，直接给向泽远的支付宝转过去了一百元钱。

支付宝转账，不想收也不行，这是阮蔓和向泽远周旋了这么久得出来的经验。

她只是不想欠任何人的。

一切都做完后，阮蔓躺到了床上。

但她怎么都睡不着了。不知道为什么，今天听到孟队两个字的时候，她的脑海中又浮现出了当年她第一次见到孟野时，他那双空洞的、黑得像深渊般的桃花眼。

阮蔓感觉自己没睡一会儿，就又被电话吵醒了。

大概是因为从小怕迟到，又没人叫自己，所以她的睡眠很浅，听到一点声音都会惊醒。

是何曼君的电话。

响了十几秒，阮蔓才接起。

“喂，妈。”阮蔓在黑暗里闭着眼睛，语气中带着点刚睡醒的倦意。

电话那头何曼君的声音响起：“昨晚你出现场了？”

因为在这一行打拼了这么多年，何曼君深知记者这一行的不容易。可能在别人眼里这是一份轻松不过的工作，每天可以到处跑，写写稿采访一下就完事了，但大多人都看不到这份职业的辛苦，所以她才不愿意让阮蔓步她的后尘。

阮蔓“嗯”了一声。

“今年过年回家吗？”何曼君岔开了话题。

“还不知道。”

“去年你也没有回家。”

“我有空会回家。”阮蔓耐着性子说。

“妈妈不是催你，今年你就二十七岁了，该谈个男朋友了。”

阮蔓起身下床，拉开窗帘。

她这才发现天已经黑透了，自己直接睡过了一整个白天。

“工作太忙了，没时间。”

“所以说当初选个别的专业多好……”何曼君又把话题绕了回去，这么多年唯一没变的可能就是她强势的性格。

没聊几句，阮蔓就挂断了电话。

她打开房门走了出去，应雯这会儿正在厨房煮面条，见阮蔓醒了，探出头问她：“一天没吃了，你要吃点吗？”

阮蔓的肚子应景地叫了一声，她于是点点头。

放在桌上的手机振了振。

是付曦打来的跨洋视频。

付曦在国内上了两年大学后，就和付晨一起申请了出国留学。

他们在国外一待就是好几年，最近才有了一丝想回国的念头。

付曦打这个电话的目的不是为了叙旧，而是要告诉阮蔓一件事。

“蔓蔓，我要和你说一件挺严肃的事。”付曦精致的脸怼在大屏幕上，面色凝重。

阮蔓坐在桌前，不紧不慢地喝了一口水。

“你要结婚了？”

“怎么可能，我那八字还没一撇呢。我最近打算回国了，你要翘班来接我。”

付曦“噼里啪啦”说了一大通后才发现自己已经跑题了，她清了清嗓子，又恢复到刚刚那严肃的模样。

“我昨天……听到我哥和孟野哥打电话了。”

阮蔓在杯壁上敲击的手指顿了顿，然后看向屏幕里的付曦，问道：“孟野吗？”

“是啊，我听得一清二楚。我偷到了他的手机号，你记一下……”付曦报出了一串数字，甚至都不问阮蔓到底想不想知道。

“听他们聊天，好像孟野哥现在……也在杭城。”付曦说这话时倒犹豫了一下，她观察着阮蔓脸上的神情。

比她预想的要好。

那一年，付曦是没法理解孟野不告而别的做法的。虽然阮蔓不说，但她能感觉出来，阮蔓一刻都没有忘记过这个人，即使孟野已经在阮蔓的世界里消失了很久。

但后来再大些，付曦反倒能理解当年孟野的做法了。他们两个人注定有一个人非走不可，如果可以的话，孟野更希望留在舒适圈里的那个人是阮蔓。

昨晚的电话肯定不是孟野和付晨第一次联系了。

孟野不联系阮蔓，肯定也是有他的道理。

阮蔓沉默了一会儿，然后平静地点了点头。

原来两个人在同一个城市，也是碰不到的。她没想过，会以这样一种方式再听到关于孟野的消息。

上大学后，阮蔓虽然和刘睿阳他们还有联系，但也仅仅只是偶尔会聚在一起吃顿饭。大家都很忙，忙着生活，忙着努力，没有时间总是驻足频频回头。

大家都在往前走，只有阮蔓看起来过得很好，实际上还留在原地。

这几年也的确发生了很多事。

刘睿阳成了一名医生，和许知非结了婚。

丁航留在了桥城，开了一家烧烤店。

付曦和付晨都在国外，日子过得风生水起。

一切看似都很好，只是唯独少了一个人的消息。

“怎么了？”应雯端着碗走到客厅。

阮蔓缓过神来，回道：“他……和我在一座城市。”

“那你们……现在什么情况？”应雯嗅到了八卦的味道。

“吃面吧，饿了。”

阮蔓选择了闭口不谈。

刚刚付曦报给她的那串电话号码，凭着她这么多年的好记性，她一下就记住了。

但阮蔓没打。

她不知道电话接通后该说些什么。

大概是因为这两天频繁地提起孟野，阮蔓梦见了他。

场景依旧是在桥城，孟野一只手把校服外套甩到肩上搭着，另一只手随意地插着兜，站在那稍微一跑起来就会尘土飞扬的破旧操场中间。

他笑得一脸痞样，站在阳光下。

梦中的孟野总是站在阳光下的，但阮蔓认识的他，并不太喜欢阳光。

他对她说：“阮蔓，不是让你忘记我吗？”

风卷过她的耳边，孟野的声音在风中打了个旋儿，飘到了别处。

“什么？你说什么？”阮蔓朝他挥手，示意她听不清。

他们中间隔着很大的雾，风起雾动，风停雾止。

孟野不再笑了，他敛起脸上所有的表情，朝她大喊：“忘了我吧，听话。”

他说完就背过身，把插在兜里的手举起来，朝身后挥了挥。

他的背影中带着一份倔强，又带着一份潇洒。

他走了，雾也散了。

这回阮蔓听清了，她想努力地追上去，却怎么也迈不开腿……

阮蔓从梦中惊醒，梦里的声音仿佛还回荡在耳边。

有那么一刹那，她分不清这到底是梦还是现实。

直到今天，她才发现，原来自己是怨孟野的，怨他潇洒地一走了之，也怨他这么多年再也没找过自己一次。

第二天一大早，阮蔓还没进台里的大门，就接到了任务。

前天他们负责的那起女尸案已经被侦破了，后续的采访和一手资料得麻烦她跑一趟刑警大队。

阮蔓手里也没什么别的事，就应下了。

公安刑警大队。

因为熬过大夜的缘故，整个二楼办公厅里都弥漫着一股方便面和烟草混杂在一起的味道。

阮蔓进到办公厅的时候，不少人还靠在椅子上补觉。

她瞧了瞧这乌糟糟的环境，自作主张地替他们打开了窗户通风。

涌进来的新鲜空气把靠在窗边的一个小警察给惊醒了，他条件反射般地站起来，抹了抹眼睛喊道："孟队。"

他喊完后才反应过来，站在自己面前的是一个女人。

竟然是个女人！

还是个漂亮的女人！

面前的女人面容姣好，皮肤细腻得看不见毛孔，尤其是那双杏仁眼，琥珀色的瞳孔亮闪闪的。

他们刑侦队大多数都是男性，女性在这里算一种稀有物种。因为出外勤看现场，再加上他们工作性质特殊，需要随叫随到，很多女警干了一段时间后，都会选择转去比较轻松的职位。

他们刑侦队上至队长下至实习生，除了几个已经成家的，基本上都是"单身狗"。

阮蔓也愣了愣：又是那个孟队？

"你好，我叫李博。"小警察热情地伸出了双手。

聪明人就是要抓住生活中的每一个脱单机遇，更何况刑侦大队的女生本来就少，而且面前的女生和他的理想型长得简直是一模一样。

"你好，我是电视台派来跟女尸案的记者，我姓阮。"阮蔓的脖子上挂着记者证，只不过牌子翻了个面，看不到她的全名。

"阮记者，你先坐，我马上就去和我们孟队汇报，让他给你资料。"李博说。

他刚抬腿走了两步，就又转了回来。

"阮记者，你叫什么？"

"我叫阮蔓，野有蔓草的蔓。"阮蔓说道。

孟野刚踏进二楼办公厅，就听到了这么一句话。

顺着那声音看过去，他看到了那个再熟悉不过的背影。

"孟队。"李博朝阮蔓身后招手。

阮蔓转身看过去，四目相对。

阮蔓感觉到自己的大脑已经不听自己的使唤，像有千万种虫子同时在耳边叫嚣着。

头疼又犯了。

面前的男人一身便服，手上还拎着一袋在便利店买的热牛奶。

孟野和九年前并没有太大的区别，只是黑了点，五官更深邃了些。那双桃花眼微微抬起，如同他们第一次见那样——他目不转睛地盯着她，像是要硬生生地在她身上剜一个洞。

隔着不过十几米的距离，阮蔓也能强烈地感觉到孟野的气息。

又是一场梦吧？

梦里的人穿过了九年被匆匆划过的时光，拨开了挡在他们中间的那层雾，就这么站在她的面前。

她却背脊僵硬，喉咙里像被人硬生生地塞进去了一块糖，堵住了嗓子，什么都没法说出来。

孟野拎着牛奶的手不经意地紧了紧，然后垂眸，避开了阮蔓的视线。

“阮记者过来要高速女尸案的资料。”是李博打破了空气中弥漫着的诡谲气氛，他头一次见孟队盯一个女性超过五秒钟。

孟野点头，转身进了办公室。

“阮记者，你……”

没等李博说完，阮蔓就扭头走出了办公厅，径直朝外面走去。

阮蔓以为自己足够平静了，或许在某一天，在某个街头，遇见孟野时，她也能很平静。

但她没做到。

原来真的遇上孟野的那一刻，心里那场下了九年的大雨，终于停了下来，随后扑面而来的就是酸涩和抑制不住的难过。

明明有很多问题想问他的。

为什么和大家都恢复了联系，却还是不联系她？

有没有遇到了新的喜欢的人？

又或者，结婚了吗？

或许，是不是都有孩子了？

他比她想象中要过得好多了。

从青葱的少年长成了一个能独当一面的男人，敛起了早些年身上竖起的那些刺，褪去了青涩。

他比她想的要更稳重，更成熟。

就连他站在那儿的样子，都没了往日那仿佛得了软骨病的姿态，他不再吊儿郎当，站得如同一棵树一样挺直。

阮蔓的梦里，从来没出现过长大的孟野。她不敢去想他会变成什么样，是继续放纵自己颓废，还是会找回那个以前的自己。

匆匆九年，时光如梭。

就像他们曾经看过的那部电影一样，中间的那几年，像是被偷走了一样。

阮蔓不知道自己走了有多远，她脚下的每一步都宛如踏在刀尖上，她甚至能感到有什么东西掐着自己的心脏，慢慢收紧。

她已经很多年没有这么强烈的情绪了。

大悲大喜，好像都再与她无关。

孟野追了出来。

他一眼就看到了蹲在街对面的阮蔓，冬日里难得的阳光透过那光秃秃的枝丫洒在她弓起的背上。

他深吸了一口气，朝她走过去。

“阮蔓。”孟野已经在极力克制自己的情绪，却还是在叫出这个名字的时候，声音不自然地抖了抖。

她抬头看他，他逆着光站着，阳光刺得她眼睛生疼。

阮蔓站起身，她站在台阶上勉强才能和孟野对视上。

沉默片刻后，她说：“这个‘明天见’，真的过了好久。”

孟野盯着面前的人，明明眼眶都红了一圈，脸上却还要硬生生地挤出一副“我很好”的表情。

他动了动喉头，低声说：“我知道你过得很好。”

“可是我不知道你过得好不好。”阮蔓的眼眶更红了些，“不过现在我看到了，你过得很好。”

孟野沉默了一会儿，有一瞬间，他想把这些年发生的所有事通通告诉阮蔓。

他没有哪一刻忘记过她。

阮蔓看着面前那张既熟悉又陌生的脸，发现他有些地方还是和以前一样，心情不太好时就会蹙起眉头。

“孟野。”她叫了那个在她心里默念过无数遍的名字。

“你很好，我就放心了。”阮蔓垂下了头，右手习惯性地摩挲着左手的手腕。她有一个大学室友读的是心理学专业，曾经告诉过她这是她下意识在自己身上找寻安全感的一种表现。

孟野则因为职业的原因，很快就注意到了阮蔓的这个动作。

她的手腕上什么都没有。

他的嗓子眼里涌起一番说不出的苦涩。

他很想说些什么，说他很想她吗？还是仅仅就只是像老朋友一样寒暄？

孟野想伸出手去握住阮蔓垂在身侧的手，却又好像意识到了什么，在快要触碰到她的时候又把手缩了回去。

这样的孟野，阮蔓从来没见过。他把自己的姿态放得很低，他早就不是当年那个狂妄到不可一世的男孩了。

他哑着嗓子说：“阮蔓，这几年，我……”

阮蔓出声打断他。

明明是这几年一直想知道的问题，她都快要听到他的解释了。

但是她突然怕了。

“孟野，我们当年的约定我从来没忘记，所以我就当我谈了一场很久的恋爱。”阮蔓别过视线，看向远处。

有些事或许早就朝着他们都没预料到的方向发展了。

他们早就过了那个做什么都可以不考虑后果的年纪了，只有在那个年纪，他们仿佛才有消耗不尽的勇气。

二十六岁的他们，变得比以往要更成熟。

他们会长大的，他们的爱也是。

“孟野，我们……算了吧。”

虽然在他离开的那一刻，孟野就做好了亲耳听到阮蔓说出这句话的准备。

阮蔓向来是一个做事有始有终的人，这段感情，由他开始，由她结束。

重逢即分别，恰恰也是孟野最害怕的事。当他真正听到这句话的时候，他的胸口还是被狠狠地刺痛了。

这么些年来，他的骄傲早就在时间里被蹉跎殆尽，他甚至没有立场提出异议，也说不出任何挽留的话。

他一个人怎样都可以，但他不能接受阮蔓和他一起吃苦。

阮蔓回到台里时已经临近中午，她和台里反映需要换一个人接手这项工作，这是她工作两年以来第一次因为私人原因提出这样的申请。

整个下午，她的脑袋都是昏沉沉的。

但是她的耳边始终清晰地飘荡着最后孟野拉住她的手腕，对她说的那句话——

“阮蔓，我们可不可以一起……吃顿饭？”

刘睿阳刚下手术，就接到了孟野的电话。

“我们遇上了。”

孟野开门见山的一句话，仿佛给了刘睿阳当头一棒，一身的疲累被敲散得无影无踪。

“你和谁？阮蔓？”刘睿阳用脑袋和肩膀夹着手机，两只手在水龙头底下反复冲洗着。

电话那头很轻地“嗯”了一声。

“阮蔓说算了吧。”孟野点燃打火机，靠在办公室的窗边点燃了一支烟。

他虽然在戒烟，但他今天还是没忍住，从李博那儿顺了一包烟过来。

“我要是阮蔓，宰了你都不为过，别人有几个九年给你？”刘睿阳拿下手机，朝办公室走去。

孟野沉默。

好像无论时间在哪一个阶段停留，他都是那个配不上阮蔓的人。

没有他，她的生活也很好，平静到他如果再出现在她的面前，就好像是往平静的湖面扔了一连串的石子儿，激起了一番不必要的涟漪。

“我……”孟野开口想说些什么，就被电话那头的刘睿阳直接打断了。

“别你啊我啊的了，你们两个怎么和高中那会儿一样，把窗户纸挑破明说啊。你这样什么都不告诉她，是不是对阮蔓也有点不公平？”刘睿阳也急了，

“你现在这么拼，不还是为了她。万一人家就谈恋爱结婚了呢，你后悔你上哪儿哭去？”

高中那时候，他们就是当局者迷，旁观者清。

其实孟野回到杭城，和他们恢复联系，也不过才半年的时间。

这人刚联系他们时，和原始人没什么两样，压根儿就不太用手机，生活中也没什么别的娱乐活动，和高中那会儿简直是来了个翻天覆地的变化。

这些年来大家都陆陆续续换过手机号，要不是孟野家那个老式座机还在用，碰巧那天刘姨在家接到了那个电话，把刘睿阳的手机号告诉了孟野，他们就会真的联系不上。

一开始他们也和孟野生过气，从小玩到大的朋友说走就走，说离开就离开，音信全无，搁谁都会生气。

但是知道孟野这些年发生的事后，他们都不约而同地选择替他瞒了下来。

瞒的对象只有阮蔓。

没告诉付曦是怕她这个大嘴巴，转背就告诉阮蔓了。

“你把阮蔓的电话……给我吧。”孟野握着手机的那只手很用力，指尖都泛起了白，像是做了一个重要的决定。

挂断电话后，孟野收到了刘睿阳发来的短信。

一串电话号码。

阮蔓的联系方式，孟野想要很久了。

但每次他都忍住了，因为他知道，自己一旦知道了，就会忍不住去联系她，然后再一次打搅她平静的生活。

孟野夹着烟，掸了掸烟灰。

他在这个年纪，要考虑的事情比之前多太多了。

他不是没想过找阮蔓，他有想过的。

在他拿到京城公安大学录取通知书的那天，他想过找她的。

在他彻底还清孟成军欠下的高利贷的那天，他都已经站在了阮蔓的学校门口。

在他知道阮蔓研究生毕业，要回杭城时，他也想过找她的。

吐出来的烟圈消散在风中，孟野用另一只手捏了捏后脖颈，那些压在他肩上沉重的东西，他也不知道什么时候才能卸下来。

他在脑海中幻想过无数次重逢的场景，但好像哪一次的幻想都不如今天这一次来得平常。

看到阮蔓的那一刻，孟野其实已经松了一口气，一直悬在头顶的那个不知道何时会落下来砸晕脑袋的苹果，在今天落了下来。

阮蔓接到孟野的电话，是在一天后。

她甚至没和任何人说，他们重新遇上了，就在那么一个普通的早晨，没有一点征兆。

明明什么事都没发生，她却总觉得心里空了一块。

像是弄丢了一个很重要的人。

电话那头熟悉的声音把她拉到了现实里：“你今天晚上有空吗？”

阮蔓愣了愣，回道：“没空。”

“明天呢？”

“有事。”

孟野耐着性子继续问：“你什么时候有空？”

“我不知道。”

“阮蔓，你还喜欢我吗？”

电话那头的声音明显弱了下去，每一个字都充满了对自己的怀疑和不确信。

孟野甚至不知道，阮蔓还会不会喜欢这个不太好的自己。

时间的确过去太久了，久到他都忘了阮蔓当初有多么努力地想把他拉上岸。

“你想走就走，想回就回。孟野，你有考虑过我吗？我为什么要一直站在原地等你，你真是个浑蛋。”阮蔓说的的的确确是肺腑之言，但也的确有赌气的成分在里面。

凭什么他孟野可以走得这么洒脱?

阮蔓挂了电话。

房间里仿佛还飘荡着她刚刚说那句狠话时的余音。

如果应雯在，她听到这句话，一定会被吓一跳。

在大家的眼里，阮蔓的性子一直很好，但也很冷。正如她的名字一样，她的性格是软软的，说话的语速也是慢慢的。她不爱主动同人亲近，但只要和她稍微熟一点，就能知道她性子其实很好，好像什么事都没法把她激怒。

作为室友，应雯从没听过阮蔓说一句脏话。

孟野听着电话里的忙音，无可奈何地笑了笑。

上一次阮蔓骂他，还是在高中跨年晚会那会儿，她骂了他一句无赖。

过去了几年，他已经从无赖晋级到了浑蛋。

他也不知道这算不算一种进步。

只要她还骂他，就是一个好兆头。

阮蔓坐在床边，握着手机的手有些发抖。

她望向床头柜，这么久以来，她还是习惯性把重要的东西放在床头柜的抽屉里，比如当年那个画了孟野的本子。

有人说，那是自己睡觉前能触碰到的最近的地方。

说明那里装满了自己深夜无法触碰的心事。

阮蔓突然就想起了那天，孟野想触碰却又收回的那只手。

喜欢一个人就是这样吗？那有多喜欢一个人才会这样呢?

想触碰又收回手。

床头柜的那个抽屉里盛满了关于孟野的回忆。

那条已经开始生锈的手链，那张被她保存下来的大头贴，还有孟野在“一段”留下的那张便利贴……

东西很轻，回忆很重。

阮蔓重新打开手机。

她拨通了刘睿阳的电话。

房间里没开灯，一丝光亮都没有。

距离打完电话，已经过去了不知道多久了。

应雯还没回来，房间里安静得吓人。

阮蔓就这么坐在黑暗里，一动也不动。

虽然刘睿阳只和她说了个大概，但仅仅是一个大概，就把她好不容易设好的心理防线给轰然击垮。

故事要从孟成军去世的那天开始讲起。

就在所有人，包括孟野都以为孟成军的去世是所有的事情结束时，谁也没想到生活的重担已经急不可耐地压在了孟野的肩头。

孟成军的灵堂设起的第一天，灵堂外就来了很多人。

那些人不是来吊唁的，而是来要债的。

领头的人只一眼就看到了孟野和老太太。

那人朝里挥了挥手，老太太没在意，但孟野看到了，他走了出去。

“要钱的？”孟野一看来人的架势，就猜到了他们来这儿的意图。

孟成军已经很久没找孟野要过钱了，果不其然，他是去外面借的钱。

“你这小孩怎么和田哥说话的？”一个小弟样子的人迫不及待地在领头那人面前表现自己，横着眼睛瞧着孟野。

“哎。”被人叫作田哥的人扬起手朝身后挡了一下。

他饶有兴致地盯着面前从这个骨子里透出傲气的孟野，这儿子和老子怎么那么不一样，他喜欢这么直接的人。

田哥也不和他绕弯子，说道：“对，要钱的。孟成军是你老子？”

孟野没说话，算是一种变相的默认。

他抿着唇，冷眼看着面前的人。

“这个数。”田哥朝孟野张开了手掌，伸出五根指头。

看这架势，绝不是五千那么简单的事。

孟野从兜里掏出烟盒，拿出一支烟点燃，问道：“五万？”

对面一群人脸上露出不屑的讥笑。

“五十万。”田哥收回指头。

孟野拿烟的手顿了顿，确认道：“五十万？”

“白纸黑字写得清清楚楚。”田哥从兜里掏出欠条，摊开在孟野眼前。

纸上的确清清楚楚地写着孟成军的名字，还有他的红指印。

“我们这可是走正规渠道办的利率比较高的贷款，你老子也知道的，只不过他一直还不上来钱，现在又一命呜呼了。你说这钱，我不找他儿子要我找谁要？”

孟野回头望了望灵堂里的老太太，实话实说：“我没那么多钱。”

就算沈岚这几年零零散散给了他不少钱，他也没有那么多钱可以拿来还这个债。

孟成军住的房子是钢厂分配的，他人不在后，钢厂就收回了那套房。

孟野住的那套房子是沈岚给他租的，家里最值钱的只有老太太那套在旧城区的房子。

之前听闻孟成军死了的债主，这几天已经陆陆续续来了好几拨，老太太把自己的养老钱都拿出来填了她那不孝的儿子挖下的坑。

孟野没想到，最大的一个坑还在后面。

那一年，五十万对孟野来说真的是一笔巨款。

还有那数不清的利息，随着时间的增长，只会越翻越多，像一座大山一样压在他的肩头。

“这利息说实话，挺高的，但既然借了这个钱，就没有不还的道理，是吧？”田哥说着，拢了拢身上的衣服，眯着眼睛看向孟野，他还挺喜欢这孩子身上的那股硬气。

换成别人，早就眼泪鼻涕一把落，哭着喊着让他们多宽限几天。

这孩子，见过事，也能成事。

房子是老太太这辈子的根，她所有的回忆都在那个房子里。房子没了，老太太的命差不多也要到头了。

自己又还是一个学生，哪儿来那么多钱？

孟野这才后知后觉，就算这几个月，他看起来一切都在变好，拽他的那只手也消失了，但孟成军在这个世界上留下的最后一件事，竟然会让他彻底溺亡。

“你把具体数字告诉我，我来想办法。”孟野踢开了脚边的一个石头，“这事别告诉老太太。”

见孟野这么爽快，田哥爽朗地笑道：“可以，只给你一个礼拜时间。这一个礼拜，不算你利息。”

临走前，田哥上前拍了拍孟野的肩膀，说：“你老子有你真是好福气，要是还不上钱，你就来跟着我，钱慢慢还，你就给我打一辈子工。”

孟野避开了那只手，抬眸看着眼前的人，脖子上戴着大金链，一身流气。

“不用了，我还要上学。”

“这事，我们也是半年前才知道的。孟野谁都没说，一个人扛了下来。”刘睿阳在电话那头说。

“然后呢？”阮蔓问。

她拿电话的那只手已经略微有些开始颤抖。

“他找了他妈妈。”

孟野不知道在灵堂外站了多久，等他回过神来，阳光已经被天上的云层遮了个严严实实。

那是他十八岁生日前，孟成军送他的最后一份大礼。

也是他有史以来最绝望的一天。

明明都看到路那头的光了，却又硬生生地被扑灭了。

孟野掏出手机，拨通了沈岚的电话。

他没办法了，他只能找沈岚，尽管他很不想沈岚再和孟成军的事扯上一点关系，那就等同于把一个人的伤口撕开了一次又一次。

因为抽了太多的烟，孟野的嗓子已经哑得有些破音：“妈……你能借我五十万吗？”

沈岚借了那笔钱，不过大部分钱是邱智斌，也就是孟野的继父出的。

这钱算孟野借的，只是他的还钱对象从田哥变成了邱智斌。

沈岚没让孟野还钱，但是骄傲如他，他不愿意欠任何人的，也不愿意让沈岚落邱家人口舌。

在孟野原本的计划里，他应该在学校里努力读书，努力和阮蔓考去同一所大学，然后努力赚钱，努力还债。

但是事情一坏再坏，林闵那事加上何曼君的原因，他这才反应过来。

他没法看着阮蔓和他一起往下坠。

他自己一个人怎样都行，但阮蔓和他在一起，不行。

从校长办公室出来的那天，孟野站在走廊上看了很久阮蔓的背影，女生坐在楼梯上等他，借着那一点亮光写着试卷。

也是那天，他把头埋在阮蔓的肩窝里哭了。

“孟野说，你值得最好的，他没法给你最好的了。”刘睿阳说。

“那他为什么要退学，又要离开桥城？”阮蔓问道。

孟野没打算离开桥城，但是沈岚自从知道孟成军死后，执意要把唯一的儿子接到自己的身边。

再加上他不走，走的就是阮蔓这层原因，他朝沈岚妥协了。

和孟野一起走的还有老太太，她选择去住养老院，不愿意给沈岚添一点儿麻烦。

孟野休学了一年。

是他自己执意不再去学校，他甚至都不给自己一点难过的时间。他迫切地想挣钱，以最快的速度把钱还给邱智斌。

钱一天不还完，他肩上的担子永远没法卸下。

最后是邱智斌找孟野好好聊了聊。

邱智斌是警察，身上带着一股浑然天成的正直感。他其实很少去插手孟野的事，毕竟他不是孟野的亲生父亲。但如今，他们住在同一屋檐下，他没法看着孟野荒废下去。

最好的年龄，就应该做合适的事。

“小野，我和你妈妈觉得，你还是应该回学校继续读书。”邱智斌在孟野出门前拦下了他，和他面对面坐在沙发上谈话。

孟野垂着头，一声不吭。

在邱智斌的印象中，孟野这个孩子话不是很多，眼神里总是透出一股决绝。最近他发现孟野比以前长高长开了许多，只是话越发少了。

“钱真的不用急着还，现在是该读书的年纪，你看着你以前的伙伴都在上学，你不想继续上学吗？”

孟野动了动眼珠子，抬眸看着邱智斌。

时间一分一秒地过去，孟野终于开了口。

“可是……我已经没有了前进的动力了。”

领着他往前走的那只手，是他先放开了。

动力是阮蔓，前进的方向也是阮蔓。

她不在，他要往哪儿走？

“想当警察吗？”邱智斌问道。

“警察？”孟野重复了一遍。

“对，永远忠于国家，永远为人民做事。”邱智斌给他提了一个建议，“如果你有什么其他的梦想，也可以朝着那个方向去努力。”

孟野的耳边就这么响起了阮蔓曾经对他说过的话。

“孟野，想想吧，你的未来是你自己选择的。”

他有未来的。

他甚至可以自己做选择的。

如果他能成为一名警察，阮蔓应该也会为他开心的吧！

离开桥城后，孟野很久都没有用过手机，也不知道已经多久没有交过话费了。

他在第二年重新回学校读书的头天晚上，也就是他们那一届高中毕业的那个暑假，给刘睿阳打过一个电话，问了阮蔓的情况。

刘睿阳告诉他，阮蔓被保送京城大学的新闻系了。

她没选择杭城大学，更没读何曼君替她选好的师范专业。

她没有为难自己。

“所以……他去哪里读大学了？”阮蔓感觉心里被什么东西猛地敲了一下，从心底泛上来的那股疼痛感涌进胸腔里。

刘睿阳说：“京城公安大学，和你一个城市。”

两所学校距离不过两站路，他们却在那座城市，一次都没有遇见过。

阮蔓轻轻敲打着心口那一块儿，试图减少一些痛感，轻声说：“我一次都没有遇见过孟野。”

电话那头传来短暂的一声叹气：“你没见过他，他却见过你很多次。

“这些话，本应该他亲口和你说。可是你知道的，他很难和人去表达这些让别人会可怜他、心疼他的事。从我认识他的那天开始，他就把自己关在自己的壳里，看上去自己什么都可以，什么事都一个人扛。他从来没觉得自己很好，但是你让他觉得这个世界很好，还会有人拽着他，不允许他往下沉。

“阮蔓，过了这么多年，我还是那句话，如果你还喜欢他，就不要放弃他。”

阮蔓喉咙里泛起一阵苦涩。

孟野见过她?

在什么时候?

哪条街道?

她以为孟野的云淡风轻，其实是他见到她时下意识的落魄逃离。

在他眼里，她永远是那束看得见却碰不到的光。

明明他们之间可以不用错过那么多年。

阮蔓哽咽着说：“我从来没放弃过他啊。”

窗外的槐树被晚风吹得飘飘扬扬，那枝条摆动的样子像极了外婆家窗外的那棵槐树。

阮蔓没立马给孟野回电话，她坐在床边发愣。

这个浑蛋，以为感情这回事是比谁更默默无闻无私奉献吗?

门口传来钥匙开门的声音。

是应雯回来了。

见阮蔓房间的灯没开，她径直走进了厨房，准备煮面条。

突然，应雯猛地一个抬头，看到了倚在门边的阮蔓。

“啊——你在家啊，怎么不开灯？”应雯吓得把手里拿着的挂面撒得到处都是。

阮蔓挠了挠头，不好意思地说：“忘……忘了。”

她瞧了一眼锅里正沸腾的水：“你要煮面？”

应雯边捡面条，边奇怪地看了身后的阮蔓，问道：“你怎么还在这儿? 你们新闻部不是今天提前吃年饭？”

两人虽然不在一个部门，但台里的事就没什么应雯不知道的。

“刚刚向少爷在楼下等你，说给你打电话你也不接。”应雯又接了一句话。

阮蔓按了按手机，回道：“没电了。”

“快去吧，记得给我带点好吃的回来。”应雯冲她扬了扬筷子。

阮蔓站着没动，太阳穴突突地跳着，一瞬间有些眩晕。

“头又疼了？”应雯过来把她扶到椅子上，劝道，“你这头疼病要去医院看下。”

“没事，估计就是最近没休息好。”阮蔓坐在椅子上揉着太阳穴。

等缓过这阵劲后，阮蔓就回房间换好衣服出了门。

楼下向泽远还在。

他按了两下车喇叭。

阮蔓走过去，想拉车后座的门。

门被锁了。

她从副驾的窗户那儿探头望着向泽远。

向泽远望着她说："坐副驾吧，不然我总觉得我像个滴滴司机。"

大概也觉得向泽远说得很形象，阮蔓弓身坐上了副驾。

她反手扯安全带，说道："谢谢你。"

向泽远从后视镜看她一眼，笑道："你知不知道你和我说过多少句谢谢？"

阮蔓想了想，说："没数过。"

车窗外的浮光掠影快速向后划去，路边的行人和树木很快就被抛到了车后。

杭城不愧连续几年获得了卫生城市的称号，夜晚的街边没有跳广场舞的大妈，也没有浓烟滚滚的烧烤摊，更没有那会突然吓她一跳的手摇爆米花筒。

"有充电宝吗？"阮蔓问道。

向泽远点头，说："有，你面前那个储物盒里。"

阮蔓拿出充电宝，给自己的手机充上电。

"阮蔓，你当年为什么去了京城大学？"向泽远突然抛出了一个话题。

"想离家远点儿。"阮蔓把手机开机。

开机的一瞬间，有几条消息涌了进来，无一例外是付曦和她嚷着自己要回国了。

她耐心地回复完付曦，这才看到微信通讯录那儿有一个小红点。

有新的联系人。

不用看，她都能猜到是谁。

"你和家人关系不好？"向泽远问这个问题时带着些疑惑。

阮蔓不太喜欢和别人说家里那档子事，随口回道："一般。"

话出口后，她愣了愣。

这几年她和何曼君的关系何止是一般，甚至算得上非常不好。

自从上大学后，阮蔓就很少再用何曼君给她那张卡里的钱了。除了上课，阮蔓大部分时间都在外面兼职做家教，偶尔还会在校外接一些剪辑拍摄类的私活。寒暑假她也会找各种理由不回家，留在京城实习。

她不愿意回家，因为看到何曼君，她就会想起孟野。

是她的母亲将自己生命中最重要的人活生生地赶出了自己的生活。

阮蔓垂眸看着手机屏幕上的那条好友申请。

头像是一张像素不太高的照片。

照片里是当年孟野捏的那两个稍微有些丑的雪人依在一块儿。

阮蔓盯着屏幕上的照片看了会儿，将手指挪到了"同意"上。

聊天框那一栏里顿时出现了和孟野的聊天框。

阮蔓没有给孟野备注，他的微信名就是一个简单的“Y”。

“如果你当年来了杭城大学，我们就是大学同学了，说不定还是同班同学。”向泽远的语气中带着一丝惋惜。

“可是没有这个如果。”阮蔓调出通话记录里那串没有备注的电话号码，存了下来，备注：浑蛋。

向泽远脸上还是挂着笑，其实他比阮蔓的大多数追求者，已经幸运了很多，和她在一个工作单位，还能和她闲聊几句。

他以前觉得，一切都只是时间问题。

但是最近，他却莫名有了一种危机感。

这个时刻并不算一个很好的表白时机，没有鲜花，也没有浪漫的场景。

他头一次想逼阮蔓一把。

车在十字路口的红绿灯前停下。

“阮蔓。”向泽远看了眼红灯，还有 45 秒，足够他说完想说的话了。

阮蔓扭过头来看他。

“虽然时机不太好，但我还是想问一句，你要不要今年带我一起回家过年？”

虽然车内的暖气开得足，而且阮蔓还穿着雪地靴，但她还是感觉脚底冰凉的。她去看过中医，说这是一种体虚的表现。

在这个瞬间，阮蔓不知怎么的，突然想到了那年冬天。

孟野用毛毯把她的脚裹着，放在自己的腿上给焐暖和。

她看着面前的男人，五官俊朗，家世清白，高知家庭。

向泽远不仅是当代父母会喜欢的那种类型，更是何曼君喜欢的类型。如果自己真带了向泽远回去，何曼君会特别开心吧。

想到这里，阮蔓轻笑了一下。

45 秒很快就过去了，后面的车开始按起了喇叭，向泽远还是没等到阮蔓的答案。

他发动车，车又缓缓地朝前面驶去。

“我父母离异了，你觉得我的家庭怎样？”阮蔓突然发问。

她突然很想知道，如果别人因为自己的父母离异，而把朝自己伸出的那只手缩了回去时，何曼君会不会自责。

但是结果没有如她意。

向泽远说：“那又怎样？”

是啊，父母离异从来都不是否定一个人的理由。

当年何曼君之所以那么说，无非就是觉得自己向来听话的女儿突然因为一个人而变得不听话罢了。

她想要的从来都是掌控好她这个女儿。

丈夫没了，女儿一定还要在。

阮蔓难得地在向泽远面前笑了笑，她给他的大多数印象都是成熟冷静稳重的，就算遇到什么急事也不会焦头烂额，而是有条不紊地处理所有的事。

“我有一个很喜欢的人，所以向泽远，你别耗在我身上了。”她轻声说。

向泽远显然不信。

他从认识阮蔓到现在，都没见她身边出现过什么男生。

他没接着她的话说，把话语权转向了自己：“你别急着做决定，再考虑一下。”

没给阮蔓说话的机会，他瞧了眼窗外，说：“到了。”

新闻部的年饭订在了杭城的一个叫留香的酒楼。

台里每年每个部门都会吃次年饭，作为一年以来对大家的慰劳。包厢里的人基本上已经都到齐了，只差向泽远和阮蔓。

正说着两人，两人就一前一后地进来了。

上座坐着新闻部的领导，他们看着两人打趣道：“两人一起来的？”

向泽远插科打诨着就过去了，没让阮蔓感觉尴尬。

酒楼里闹哄哄的，可能因为快过年的原因，很多年前的聚会都陆陆续续开始了。

阮蔓掏出手机看了一眼日历，距离过年还有二十来天。

她还没想好今年过年要不要回家，如果回家，何曼君指定又得催她谈恋爱那事。

“阮蔓姐，你知不知道今年台里已经决定要把年度优秀记者奖颁给你？”坐在阮蔓旁边的实习生问她。

阮蔓摇头，她向来没去争这些奖，比起这些，她只想做好自己分内的工作。

“奖金很多的，加上年终奖。”实习生瘫在椅子上，“我什么时候才能富得流油啊？”

阮蔓笑了笑，没说话。

包厢内，杯子碰杯子的声音和人们说话的声音混在一起。

阮蔓晃了晃杯子里的果汁，又从包里掏出手机，打开微信来看了看。

那个新增的聊天框还是空白一片，孟野没有发消息过来。

她弯了弯手指，在屏幕上打下几个字，过了会儿，又把它们删除了。

一直以来，都是她不停地拽着孟野，死命地把他往上拉，想让他和自己并肩站到阳光下来，但其实从内心，他压根儿就没有觉得自己能真正走出来。

这次她不想拉他了，她就站在这儿，哪儿也不去。

他如果想拥抱她，就必须自己走过来。

“阮蔓姐，你为什么要当记者啊？”旁边的几个实习生把话题引到了阮蔓这儿。

“记者啊……我当记者的初衷很简单，就是想尽自己最大的能力揭露一些事实，帮助更多的人，同时也避免一些人受伤害。”阮蔓说。

她偶尔也会想，如果当年记者能深挖一下学校里的那些事，她会不会少受一些言语上的伤害。

可是没人那么做，没人关心真相。

她也没法和何曼君说，因为超出一分钟的谈话在她们母女中间实属难得。

后来，她也会有一丝私心。

接触的人越多，她和孟野不期而遇的可能性就越大。

向泽远坐在阮蔓的对面，眼神几次扫过她，见她与平时并无异样，因为表白失败而悬着的那颗心才落回到胸腔。

包厢里，每个人脸上都挂着不同的笑，不知道谁大嘴巴，这会儿人人都知道年度优秀记者奖已经确定颁给阮蔓了，见她就说恭喜。

阮蔓脸上倒没什么喜悦，她淡淡地点着头，拿着手机出了包厢。

走廊上都是来来往往的人，阮蔓拿着手机往卫生间去，卫生间门口也排了很长一条队。

她转了转，发现通往顶楼天台的门没锁，就倚在天台的门口，吹着风。

手机亮了亮，依旧不是孟野的消息。

只是一条垃圾短信。

阮蔓用力地呼出一口气，拨了那个她很久没有主动拨出过的电话号码。

电话那头的人很快接起了电话。

“喂，妈。”

“怎么了？”

阮蔓捏了捏羽绒服口袋里的烟盒一角，说：“你不要干涉我的工作行吗？”

“干涉？”那头的声音顿了顿，好半天才反应过来，“噢，你说那个优秀记者奖？”

“是的。”阮蔓把手抽出来，捏了捏眉心。

“你现在的领导是我以前在报社的同事，我打个招呼让他照顾一下我女儿，不为过吧？”何曼君说得云淡风轻。

“妈，这个奖轮不到我的，台里那么多比我资历老、权威高的前辈……”

“既然选择了这一行，你就要知道，记者不仅得有实力，更得有过硬的背景，否则哪轮得到你来决定什么事，你还想采访什么就采访什么吗？”何曼君依旧振振有词。

阮蔓不说话了。

电视台里这些暗地里的事儿她不是不知道，只是不想知道罢了。

选择记者这一行，她并不是看重何曼君这些年来在记者界打下来的基石，而是因为她真的喜欢这一行。

她甚至从没和人提起过，她妈妈是何曼君。

电话那头还在喋喋不休，阮蔓把手机揣进了兜里。

她摸出了兜里的烟盒和打火机，借着天台的月色，点燃了一支。

一支烟燃尽，电话那头总算安静了下来。

阮蔓只有在心情极度烦躁的时候才会抽烟，比如在今天这个时刻，她会很讨厌现在的自己。

“妈，我挂了。”阮蔓挂断了电话。

耳边重新恢复了一片宁静。

不，没有完全宁静。

耳边的风声中夹杂着两个女人争吵的声音，一个声音中带着哭腔，另一个声音尖细，听起来倒还有几分耳熟。

阮蔓一下也想不起来，也无意关心别人的争吵，转身下了天台，回到了包厢。

包厢里依旧闹哄哄的，只是她进来时，对上了向泽远关心的眼神。

阮蔓移开眼神，径直朝上座的领导走去。

“主任……”她的话还没说完，就被主任抬手压下了。

“先吃饭，有什么事明天再说。”主任笑呵呵地截住了阮蔓想说的话。

阮蔓还想说些什么，只听见外面传来“咚——”的一声巨响。

窗外像是有什么重物猛然砸到了地上，紧接着，马路上传来一声高过一声的尖叫。

“啊——”

“有人跳楼了。”

“死人了——”

…………

警察来得很快，没一会儿，酒楼外就拉起了黄白相间的警戒线。而酒楼内的所有人员都被限制在了各自的位置上，一步也不能离开，准备时刻接受调查。

因为是年前，酒楼内座无虚席，这会儿里面已经炸开了锅。

“为什么不让我们走？”

“我们接下来的事你耽搁得起吗？”

人们的抗议声此起彼伏。

拥挤在前台的人群围着两个年轻的服务员，那两个服务员尽管面色涨得通红，但还是依旧重复着同样的一句话：

“麻烦各位安静一下，回到自己的座位接受调查。”

大过年的，换谁遇上这样的事都会不大高兴。

包厢内。

原本正在觥筹交错的领导们一下子就反应了过来，说：“跟刑事的人去跟一下。”

阮蔓站在窗边，探头出去看了看马路边，尸体已经被盖上了白布，但那大片大片触目惊心的血迹还流淌在四周。

包厢里的人你看看我，我看看你。

负责跟刑事案件的陈然还在带着实习生出差，得一星期才能回。

“我去。”阮蔓把视线收了回来。

“一起吧。”向泽远跟在阮蔓身后，往大厅走去。

大厅里乌泱泱地挤着一群人，那些人丝毫不顾大局，一个劲地要往外拥，不肯配合调查。

阮蔓把笔夹在衣领上，她没有上去解围，反而倚在墙上冷冰冰地看着那群聒噪的人。

念新闻专业六年，工作了两年多，她接触过不少的人，看过人性温暖的一面，自然也见过最黑暗的那一面。

她不得不承认，人都是有两面性的。触及不到自己利益的时候，就可以事不关己高高挂起。一旦触及自己的利益，自私、薄情寡义、虚伪都是很常见的。

向泽远走上前，试图用语言来平息一下那些吵闹的群众，但效果甚微。

他站回到阮蔓身边，说道："你不怎么关心这些。"

阮蔓眯着眼，像是在思考，又像是在揣摩着什么。

她问道："关心这些能加工资吗？"

向泽远笑了两声，垂着头看她。

"你觉得我有些冷血吧？"阮蔓突然问。

向泽远被问到了，一下没接上话。做记者这一行其实最忌讳的就是在采访和报道时加上自己的情感，这样整篇文章就会有过多的情感引导。

其实向泽远并没有觉得阮蔓冷血，她只是在做自己分内的事，至于其他的事，她只是不想管，也不愿管。

他刚想张口说什么，大厅里的人群中爆发出一声怒吼，说话的是一个大腹便便西装革履的中年男人，胳肢窝下还夹着一个公文包。

"这小娘们自己从楼上跳下来，和我们有什么关系？"

他说完就准备抬脚往外冲，服务员拦都拦不住。

"你怎么就这么确定她是自杀呢？"

一个音量不大但很清冷，带有很强的压迫气势的声音横空而降，随即是一个穿着休闲服的男人撩开警戒线，俯身钻进来，然后迈着长腿往大厅这块儿走来。

干净利落的休闲服把他的身材比例凸显得很好，整张脸上一丝表情都没有，倒像一个冷冰冰的办案机器。

中年男人估摸着也猜到了面前在身高上就给人压迫感的男人是警察的头儿，刚刚还不停高声叫唤的嗓音顿时就低了下来。

"我……我猜的……行不行……"他嗫嚅道。

孟野没理他，转身朝身后跟着的李博说："把这些人分开调查，一对一问话。没什么嫌疑的，和我报备后就可以放了。"

大厅内的灯光此时亮得有些刺眼，在场每一个人的神情在他眼里一览无余。

孟野瞟过服务生，问道："你们老板呢？"

服务生抬头和孟野对视了眼，这才慢慢挪到他面前，低声说："我们老板正在往这儿赶。"

阮蔓从孟野进来到现在，还是保持一开始那个姿势，靠着墙一动不动。

只是眼神稍稍往孟野的身上聚焦了些。

她安静地盯着站在人群中的男人，他很显眼，起码在这一刻是。

许是被这道目光注视太久，孟野扭头朝阮蔓看了过来。

两人的目光穿过人群，碰撞在一起。

但仅仅只是两秒钟的时间，孟野就把目光转回到了站在他面前的李博身上。

“孟队，已经空出几间包厢给我们当审讯室了，现在可以开始了。”

孟野朝李博挥挥手，示意开始。

堵在前台的人群都回到各自的座位上，开始等待询问。

孟野转身朝酒楼外走去，他边走边戴上手套，掀开白布蹲在地上查看着趴在地上的尸体。

旁边的法医说：“死者半小时前死亡，死因是从高处坠落，头骨粉碎性骨折。外伤是有，倒不致死，主要还是脾脏受损，腹腔出血，其他的得拉回解剖室解剖了才知道。”

孟野仰头看向酒楼的楼顶，不过才四层楼，那空无一人的楼顶在月色下显得倒有几分凄凉。

因为没带专业设备，向泽远只能用手机大致拍下了几张不涉及隐私的图。

阮蔓站在大门口，瞧着半蹲在地上的孟野。

孟野起身准备去楼顶，一转身就瞧见了身后的阮蔓。

“你怎么在这儿？”他边说边往里走去。

阮蔓跟在孟野的身后，回道：“部门吃年饭，赶上了。”

她的步伐也很快，倒是没有被孟野甩下多少。

楼顶，阮蔓刚刚站的那块儿位置也拉起了警戒线。

孟野俯身钻了进去，继而转身，瞧着也想跟着他钻进来的阮蔓，说道：“你不能进。”

阮蔓也不和他僵持，干脆地把抬起警戒线的那只手放下，往旁边的墙上一倚：“那行，你待会儿出来和我说下里面的情况，我好写稿子。”

“可以。”孟野走了两步，又回头看了她一眼，才往里面走去。

酒楼里这么多人，才审讯了一半人就花了一个多小时。

没什么嫌疑的暂且都放回家了，剩下的一部分人警察们还在快马加鞭地问话。

向泽远在楼顶找到的阮蔓。

“采访做了吗？”他看着坐在台阶上玩手机的阮蔓。

阮蔓没抬头，回道：“等刑侦大队的孟队出来就可以做了。”

“我和你一起等。”向泽远准备坐到阮蔓身边时，阮蔓却突然收了手机站了起来。

“不用，你回吧，稿子很快给你。”

其实压根儿就不用等孟野出来，阮蔓刚刚就抓着李博问了一通，案件里所有能透露给公众的点他都一股脑地说了出来，等孟野的这会儿，阮蔓就已经在手机上写稿了。

向泽远听得出来阮蔓的意思，也没有强留下来。

“我把车留给你，你晚上一个人回家不安全。”

阮蔓扭头看了看楼顶，从门那块儿往里看去，竟然能看到蓝得像墨一样的天空和那零星几颗散星。

“不用了，我应该不会一个人回家。”

向泽远走后没多久，孟野就弓身从里面钻了出来。

他一眼看见的，就是阮蔓背对着他坐在楼梯上的背影。和那年一样，她也是坐在楼梯间等他。

如今的她和九年前的她的身影重叠在一起，孟野有一丝恍神。

阮蔓扭头看了一眼，就看到了盯着她出神的孟野。

“好了？”阮蔓问道。

她边收拾着放在膝盖上的本子和笔，边起身拍了拍裤子上的灰。

孟野扭了下脖子，“嗯”了一声。

两人一前一后地往楼下走去。

楼道里的小灯泡散发着微弱的光芒，昏黄的光线打在墙壁上。

“自杀还是他杀？”阮蔓问身后的人。

身后传来孟野清晰的声音：“他杀。”

“楼顶有监控吗？”

“坏了。”

“哦。”

幸好监控坏了，不然自己抽烟就被拍下来了。

阮蔓头一次感觉到自己的脑子这么贫瘠，她一下子想不起来还要问些什么问题了。

身后的人干咳了两声。

“感冒了？”她下意识地问。

“没，就是嗓子不太舒服。”

从楼梯口出来后，他们重新回到了大厅的光亮处。

强烈的光刺得阮蔓眯起了眼，她还没站定，就听见耳边传来一声娇滴滴的声音。

“孟队长吗？你一定要把这个案子查清楚，不然我们这个店的生意可就要黄透了。”

面前的女人大概就是留香酒楼的老板，说话就说话，可她整个人就差没凑到孟野的身上去了。

阮蔓双手环在胸前，看着那个女老板。

留香酒楼的菜好不好吃她不知道，但她大概再也不会来吃了。

孟野没和那女老板纠缠，他接过李博递过来的一沓纸，每一张都仔仔细细地看着。

他边翻边问李博："有没有人见过死者？"

李博摇摇头，说道："这个酒楼的服务员都说没印象，今天吃饭的人实在多，又忙，他们压根儿就没太注意。"

孟野快速地翻着一沓陈述词，却在看到一个熟悉的名字时，翻页的那只手顿了顿。

他快速浏览完，倒并没有发现什么异样。

"从天台摔下来的？"阮蔓突然喃喃道，"我可能……听到过些什么。"

"什么？"这句话引得旁边的刑警和孟野都把目光聚集到她身上。

阮蔓闭了闭眼，她在努力回想晚上发生的事。

她去顶楼给何曼君打电话，然后抽了一支烟。电话挂断后，她的确听到有两个女人在争吵。

吵的是些什么呢？

印象中风声很大，把她们的声音吹得很散。

她完全没有把注意力放在那上面，但是隐隐约约听到一个词语——

"小三。"

手机在裤子口袋里振动了起来，孟野掏出手机接听了电话。

电话那头的人说："死者叫顾岚，二十八岁，在一家证券公司上班，今天临下班前还有人在公司看见她，但直到晚上，她都没有回家。对了，孟队，彭法医解剖了尸体，发现顾岚已经怀有四个月的身孕了。"

电话那头话音刚落，身边的阮蔓就出了声。

"我去楼顶的时候，天台上有两个女人在吵架。吵的什么我没听清，但我听见了一个词，小三。"阮蔓又想了想，接着说，"有一个声音挺耳熟的，我觉得我肯定听过。"

沉默片刻后。

孟野和阮蔓同时说出了一个名字——

"孙慧。"

"你怎么知道是她？"阮蔓侧头问孟野。

孟野朝她扬了扬手里的那沓纸，说道："刚在里面看到孙慧的名字了，还以为是重名。"

李博很快会过意来，带着孟野朝孙慧在的那个包厢过去。

阮蔓抬头看了看挂在墙壁上的时钟，已经晚上十点了。

走了几步，孟野发现身后的人站在那儿没跟上来，他定住脚步，回头问："不过来一起看看？"

阮蔓摇了下头，说："不太好过去吧。"

孟野没执意让她跟着，他只是怕一个眨眼的工夫，他又把她弄丢了。

"那你……"

"我在外面等你。"阮蔓朝孟野挥了挥手，示意他快去。

这句话像是给他吃了一个定心丸，孟野颔首，大步朝包厢走去。

包厢门口，一群人围在那儿。

“那些都是谁？”孟野问身侧的人。

李博凑上前说：“那是孙慧的婆家人，今天他们一家来酒楼吃年饭。年龄稍大点的那两个是她的公婆，站中间的那个男人是她的丈夫。”

孟野抿着唇，眼神中没带一丝情绪地看着孙慧的丈夫，迈开腿朝门口走过去。

见孟野欲往包厢里走去，那群人便拥了上来。

“警官，我老婆为什么还没有放出来？”

“我儿媳妇儿什么都没做啊。”

李博伸手拦下了那群人，而孟野也只是把目光多停留在了孙慧的丈夫身上两秒，就打开了门，走了进去。

孙慧靠在椅子上，背对着他。

听到门口有动静，孙慧回头看了一眼，但只那一眼，她就愣了神。

站在门口的那个男人和九年前红着眼站在她面前的那个少年重叠在了一起，那些已经过去很久的往事，仿佛在这一刻，又重新无声地被提起。

她嘴巴微张开，想说些什么，但又觉得无从说起。

曾经两人的身份是教师和学生，如今却是以嫌疑人和警察的身份站在对立面。

“孟队。”坐在前面询问的小警察站了起来，叫了一句。

“孟队？”孙慧重复道。

时间早就让孟野学会了收敛起了自己身上的那股戾气，直至今日他才发现，原来自己早就可以那么平静地面对孙慧，以及自己过去的那些时光。

他微微颔首，朝孙慧点点头。

“孙老师，好久不见。”

印象中，以前的那个混小子从没叫过自己一句老师，孙慧低头扶了扶鼻梁上的眼镜，把眼底那翻涌的情绪藏了藏。

孟野坐到桌前，看向面前的人，开门见山道：“有人听见你和死者在楼顶上说话，为什么你在陈述时间线时却没有提起这件事？”

“谁听见了？”孙慧脸上的神情变了变。

孟野挑了挑眉，表示无可奉告。

他兀自翻着放在自己面前的那沓纸，等着孙慧自己开口交代。

一旁的小警员手中的笔停了停，看看身边坐着的孟野，又看看对面的孙慧，他总觉得两人之间的关系不太对劲，但也不敢多问。

像是做了很久的心理斗争，孙慧终于开口：“你出去，我就说。”

“我？”小警员看向孙慧，用笔指了指自己。

“对。”孙慧点头。

小警员看向孟野，眼神里满是询问。

孟野冲他点点头。

他刚刚进来时就观察过了，这个酒楼每个包厢都有摄像头，即使孟野和孙慧两个人待着也不会出什么事。

小警员推门出去。

偌大的包厢里顿时只剩下孟野和孙慧两个人。

孟野抬手按了按后脖颈，抬眼望向孙慧，问道："你想说什么？"

面前的女人已经不再年轻，虽然和自己的母亲同龄，但看起来好像年纪大了很多，额头上的纹路和法令纹已经深如沟壑。

孙慧显然也想不到，当年她那么打压的一个人，被她称作"老鼠屎"的那个人，如今摇身一变，成了警察。

她动了动唇，奚落道："你如今很风光。"

孟野淡淡地说："我也没想到你结婚了。"

听到"结婚"这两个字，孙慧整个人明显怔了怔。

她避开孟野直射过来的目光，说："孟成军都死了，我总不可能把自己耗在他身上一辈子。"

说完，她又对上孟野的视线："如果你现在还喜欢阮蔓，那你应该就会懂我对他的感情。"

孙慧许是这些年憋了太久，终于找到一个故人来倾诉这些事，也顾不上对面的人是谁，是不是自己讨厌的人，就开始自顾自地说了起来。

"我带完你们这一届后，就离开了桥城来了杭城。"她仰头想了想，"那年我三十八岁了，已经不年轻了。"

"可以给我一支烟吗？"她朝孟野扬了扬脑袋。

孟野没说话，从兜里的烟盒中掏出一支烟，同打火机一起递给了孙慧。

孙慧点烟的手颤颤巍巍的，点了好几次才点上。

她继续说："然后家里人安排我去相亲了，我也没抵触。你大概不能理解我们当年的那种感情，人一辈子最爱的那个人都已经死了，所以接下来和谁过，好像都无所谓了。

"当时相亲的对象是我现在的丈夫，你在外面应该见过了吧。"

好像是在等孟野接话，孙慧抿着唇看着他，从呼出来的烟雾间，她总能在孟野身上看到孟成军的影子。

"看到了。"孟野应道。

"你觉得他怎么样？"孙慧反问。

"他看上去很关心你。"孟野耐着性子继续接她的话。

听到了内心早就猜到的答案，孙慧忍不住轻笑出声："你不是第一个这么说的人。"

"你知道我最喜欢你爸哪一点吗？"孙慧没等孟野回答，自己回答了自己，"我最喜欢他一根筋，装不出来。

"他不喜欢我就是不喜欢我，他很爱沈岚就是爱沈岚，他就是一个情种。"她提起孟成军的时候，嘴角都是上扬着的。

"他不爱我，所以不会娶我。他对你们，对你妈怎样我很清楚。我知道他是火，但我还是义无反顾地扑了上去，你知道为什么吗？”

孟野蹙眉看着她。

“我认识他，比他认识沈岚要早得多。无论他在别人心里是怎样的一个印象，但他在我心里永远是当初那个少年，他在我心里永远是发着光的，所以我偷偷喜欢了他那么多年，得不到我就远远看着。”

烟头燃尽，烫到了她的手指，但孙慧好像感觉不到疼痛，她陷入在自己的回忆中。

“人这一辈子，还是要和自己最爱的人在一起，否则，接下来所有的日子都是凑合过。所以当年你和我说我真可怜时，其实我也是那么认为的。我知道他打沈岚，是因为他太爱沈岚，太想把她留在身边，只是方式用错了。你说得对，我再爱他，我连一个挨打的机会都没有。”

孟野一时不知道该说些什么。

孟成军这个人已经从他的生命中消失太久了，他平时都不会刻意去回想这个人。今天被孙慧一提起，他的耳边仿佛就突然听到了他和孟成军最后的争吵，继而想起来在桥城的岁月。

但是他赞同孙慧说的那句话。

人这辈子，要和最爱的那个人在一起。

“所以，顾岚是你杀的？”孟野不想再陪孙慧追忆青春，他把话题绕了回来。

孙慧反问道：“你不会以为顾岚和你妈一样，名字里都有个岚字，我就要杀她吧？”

孟野一怔，他的确在这个问题里掺进了自己的个人色彩。

“不过我的确因为她名字里也有个岚字，而特别讨厌她。”孙慧话锋一转，“我丈夫和我结婚后一直外遇不断，顾岚不是第一个，也不会是最后一个，我知道。我都睁一只眼闭一只眼过去了，因为我最爱的也不是他。这些年来，因为我年龄太大，难以怀孕，他想在外面找女人替他生个儿子的心也越发重了。

“所以，那些小三、小四数都数不清，我也管不过来，只要不登堂入室，我无所谓。”孙慧耸了耸肩。

“但是这个顾岚，她挺得寸进尺，摆不清自己地位的人，这种下场不是应该的吗？

“我怎么会为这种蠢女人，断送了我自己的路？

“我没杀她。”

孟野的目光往孙慧脸上扫了扫，她的表情没什么变化。

她没撒谎。

如果不是她，那又是谁？

李博风风火火地从另一间包厢冲出来，一眼就看到了倚在酒楼大厅后门那儿抽烟的阮蔓。

她微微仰头，嘴里吐出一串烟雾。

这会儿已经有些晚了，但大厅里还是有很多人，唯独她站的那块地方不太引人注意，倒挺安静。

李博朝阮蔓走过去。

还没靠近，阮蔓就把头转了过来，拿烟的那只手下意识地往背后藏。

见是李博，阮蔓紧绷的神色才放松了些。

“别告诉你们孟队。”她把手里的烟按灭在一旁的垃圾桶上，然后将烟头扔了进去。

李博问道：“阮蔓姐，你和我们孟队？”

阮蔓笑了声，侧头看他：“不敢问你们孟队，来我这儿八卦？”

她一眼就看穿了李博的小心思。

“不是，不是的……就听你们刚刚一齐叫出了孙慧的名字。”李博偷偷瞟了一眼阮蔓，继续说，“而且你第一次来我们刑警大队看见孟队掉头就走了……”

阮蔓笑了笑，没接话。

“而且你那天介绍自己，说你的蔓是野有蔓草的蔓。”

“学刑侦的都这么会抓细节吗？”阮蔓没忍住，笑出了声，“今晚的这个案子能破吗？”

李博挠了挠头，憨笑道：“有孟队在，可以的。”

“你跟你们孟队多久了？”

“不久，孟队半年前才从京城调来杭城，我们之前的大队长往上升了一级，所以孟队直接空降过来的。但他年轻有为，之前他就在刑侦界很有名了，局里的领导都很喜欢他，同事也都很服他。所以……你们之前应该是……认识的吧？”李博试探着问道。

阮蔓靠在墙上，她抬头看着夜空上的那轮明月，勾了勾嘴角。

“他是我的初恋。”

“初恋？”李博虽然大概猜到了这个答案，但亲耳听到时还是震惊了一下。

印象里的孟队一直是不近女色的，就连隔壁技术科的女警花来队里给他送温暖，他都视而不见，更是没见过他身边出现过女性，夜生活就更别提了，过得那叫一个清心寡欲。

队里为此还给他取了一个外号，叫孟僧。

全名为：孟队版唐僧。

李博刚这么想着，身后大厅就传来孟野的声音。

孟野一晚上没喝一口水，这会儿嗓音有些嘶哑：“李博人呢，叫他和我再上一次楼顶。”

听到这个声音，李博心虚到浑身一抖。

果然不能背后八卦人。

他朝阮蔓点点头，转身往孟野的方向小跑过去。

楼顶。

“孟队，楼顶上痕检科都已经搜过了，没什么大的发现。”李博打着手电筒，跟在孟野身后转悠，“那个顾岚会不会真是自己失足掉下去的？”

孟野表情严肃，蹲下来仔细在地上寻找些什么。

“这栏杆的稳固程度，是怎样的失足才能掉下去？”孟野往前挪了两步，“一个怀孕四个月的女人，对肚子里的孩子再不重视，也会下意识地处于一个母亲的思维，离危险地段远一些。”

李博定声问道：“所以……除非和她见面的那个人是一个和她有着亲密关系的人？”

“对，熟人作案。”孟野说，“只有面对亲密的人，才能卸下所有的防备，所以，肯定还有我们没找到的证据。”

时间一分一秒地过去，两人在天台已经待了近一个小时，却丝毫没有任何进展。

就在李博以为今晚毫无收获时，他听见孟野沉声说：“找到了。”

顺着那道声音，李博看见孟野趴在楼顶右侧的栏杆上，他的整个身子往外探出，一只手拿着手电筒往下照着。

李博快速走过去，看见那团光亮下，是一截烟头。

“叫人把这截烟头拿去化验科，把上面的DNA和孙慧她老公的DNA对比。现在就把孙慧她老公带回局里的审讯室，再重新做笔录，剩下的人做完笔录就放了。”孟野疾声说。

大厅里很快就响起一连串的喊叫声。

“我刚刚说过了，为什么还要我再说一遍？”

“我儿子怎么了？我儿媳妇还在里面，怎么又要把我儿子带去警察局？”

“你们警察就是这么乱来的吗？信不信我投诉你们？”

男人奋力挣扎着，似乎不明白为什么要带走自己。

他满脸的愤怒，面色因为挣扎而涨得通红，那一直努力维持的儒雅形象，在这一刻消失得无影无踪。

他破口大骂着：“你们凭什么抓我？我要投诉你们，警察了不起吗？警察就可以随意抓人吗？”

孟野双手插着兜从楼梯间出来，闻声走到大厅。

他冷冷地看着面前闹成一团的一家人，淡声说：“杭城平山区分局刑侦支队大队长孟野，警号013367，欢迎投诉。”

在场的人一下子没了声，愣愣地看着面前的男人。

“带进去。”孟野朝孙慧的老公身边的那两个小警员挥挥手。

阮蔓坐在大厅角落的椅子上，静静地看着这一切。

看这样子，这个案子已经被孟野破得八九不离十了。

今晚这个案子，到这就差不多了，还剩下一些收尾的后续工作。

“把他晾一晚上，看他这架势今晚招不了。大家都回去养足精神，明早来审。”孟野朝大厅内剩下的警员说。

他破案不喜欢着急忙慌的，更何况这个案子的嫌疑人，已经八九不离十就是孙慧她老公了。孟野等的不是他招供，而是在等那个烟头上唾液的DNA报告。

有了那份报告，再去审的速度要快得多，所以也没必要让整个警局的人陪着孙慧的老公干耗一晚上。

孟野扭头在大厅寻找着阮蔓，刚刚还坐在角落听他说话的人，这会儿一眨眼就不见了。

他揉了揉眉心，从兜里掏出手机，大步往酒楼外走去。

电话嘟嘟地响着，却一直没人接。

孟野挂断，过了两秒，又拨通过去。

这回电话很快被接起。

“喂——”

那个熟悉的声音响起时，他也看到了正站在街对面的阮蔓。

整条街道除了还在忙活的警察，几乎没什么人，路边的店铺因为今晚这突发事件早早就关了门。

深夜的风把阮蔓的头发吹得飘了起来，孟野这才注意到，阮蔓的发尾那儿有些微卷，她即使只是随意地穿着羽绒服和雪地靴，没有化妆，也依旧很好看。

从认识她的那天起，她就是这样，不刻意去打扮也很耀眼。

阮蔓把电话举在耳边，问道：“这么快结束了？”

孟野那颗扑通扑通乱跳的心这才平复了一些，说道：“是啊，你站那儿别动，我过去。”

电话再次被挂断。

走到阮蔓身边，孟野这才看到她手上拿着一罐热咖啡。

“给你买的。”她把手里的咖啡递过来，“我还以为你要熬大夜，还特意挑的咖啡。”

孟野无声地笑着说：“没事，咖啡对我不起作用，喝了我照样睡得香。”

两人并排朝街口走去。

冬夜的晚风吹在人脸上有些冷，阮蔓的鼻头这会儿已经被冻红了。

她搓了搓手，把手塞进口袋，却在口袋里摸到了刚刚买的三明治。

她掏出来递给孟野，说：“这个也是给你买的。”

孟野接过，撕开包装，两三口囫囵吃完。

他的确一晚上没吃什么东西，看到三明治的时候肚子也小声地叫了一声。

他们之间一递一接的动作，自然得就像两人从来没有分开过。

夜色静谧，街上唯一的光亮来自街边的路灯。

杭城的设施一向做得很好，即使有路灯闪烁，也会很快被修好。不像桥城，路灯可以闪好几天都没人来管，直到最后罢工。

“我送你回去。”孟野说。

“好。”阮蔓没拒绝。从她和向泽远说那句话时，她就知道，孟野不会让她一个人回家。

孟野的车停在街道口。

车是森林人，不是什么特别昂贵的车。

阮蔓拉开副驾驶的车门，坐了上去。

车内开了暖气，温度一下子就升了上来。

孟野没急着发动车，两人坐在座位上，安静地等着对方先开口说些什么。

“你怎么知道凶手是孙慧的老公？”阮蔓随口问道。

“猜的。”孟野调整了一下座椅。

“所以你办案靠猜？”阮蔓盯着他。

“你是以记者的身份问我，还是以阮蔓的身份问我？”孟野反问道。

阮蔓没犹豫，说：“我已经下班了。”

孟野点头，把视线投向她：“孙慧说，顾岚是他老公的情人，那么他们巧合地同时出现在这个酒楼的概率应该很小。他们同时在一个地方，一定有什么事。而且一个孕妇能在楼顶单独见什么人，一定是能和她扯上关系的人。她站的地方算是一个危险区域，能让她放下戒备的，一定是和她有亲密关系的人。

“其实我在孙慧的老公身上闻到了很浓的烟味，有很多年烟瘾的人身上才会有这样浓的烟味。她老公在我视线可见的范围内，烟不离手，所以我叫李博上楼顶去寻找烟头。

“四楼的屋檐下其实是有一个小平台的，天色太晚，她老公注意不到那个平台，随手扔下的烟头还很新，混在一堆布满灰尘的垃圾上，就很容易被发现。

“他自以为把烟头扔下了楼，警察找不到，其实那个烟头还留在屋顶。等明早的 DNA 化验报告出来，他就百口莫辩了。”

孟野尽量把这些说得通俗易懂，他对上阮蔓的视线，发现她听得津津有味。

“我以前没怎么跟过刑事案件，今天听你一分析，觉得还挺有意思。”阮蔓笑了笑，下意识地把领口立起，想闻闻自己身上有没有沾上烟味。

孟野发动了车，说道：“上大学时，就见过很多这样的案子了。”

阮蔓转过头，把视线挪向窗外。她看着外面加速掠过的街道，轻声问：“孟野，你大学在哪儿读的？”

孟野握着方向盘的手指蜷了蜷，他突然想起了那年他拿到录取通知书时，开心地站在阮蔓学校门口时，看到的她脸上的笑容。

他突然觉得，她的生活没有他也很好。

车内弥漫着暖意。

孟野直视前方，坦然地说：“京城。”

“和我一个城市，你为什么不找我？”

他的话音刚落，阮蔓就问出了下一个问题。

孟野的眼皮跳了跳，他没法和阮蔓具体地形容出自己这些年来的心理活动，他想靠近她，却又不敢，不是因为不喜欢，而是因为太过喜欢。

扪心自问，其实到现在，孟野都没做好勇敢面对阮蔓的心理准备。他想，至少得等自己再优秀一些，才能足以匹配上她。

那些岁月，他难以启齿，也无法启齿。

他把车速降得很低，语调也逐渐放慢：“我有想去找你的，但我觉得我不应该再闯入你的生活中了。”

每一个字都重重地砸进阮蔓的心脏里。

她如今只是看着旁边那人的侧脸，还是依旧想上去拉他的手。

“孟野，你真的挺自私的。”阮蔓把视线扭向窗外，用力逼回自己眼眶里的泪水。

她真的不想再在他面前哭了，挺丢人的。

孟野，你的确太自私了。因为你的自私，我们错过了这么多年；因为你的自私，我如行尸走肉般在这个世界苟活了九年。

有时候我也会想，如果当年在桥城，没有喜欢上你就好了。

可是命运的绳结好像已经绑在我们身上了，躲不掉，也绕不开。

可是我知道，在无数个时刻我都无比确信，我还是很喜欢你，百年如一日。

第九章

好啊，我们在一起

孟野把车熄火停在路边，路灯的光打在车身上。

“你知道后来我最不喜欢别人对我说哪几个字吗？是明天见。因为这三个字总能让我想起你，那个和我说了明天见，我却很多年也没见过的人。我也没有再吃过烤棉花糖了，我吃不出当年的味道了。

“有时候在街角看到像你的背影，我都会愣在原地很久。我真的很怕错过每一个背影像你的人，就连听到孟这个姓我都会多留意一些。

“孟野，这就是你觉得我过得挺好的？”

“对不起……”

这是他们认识这么久以来，阮蔓第一次听到孟野说这三个字。她有些发怔，隔了几秒才扭头看向身旁的孟野。

孟野紧抿着唇，把视线投向窗外那只游走在街道旁的流浪狗。

他早就没有家了，这些年他何尝不是一直在流浪。他考上京城公安大学的那一年，沈岚生了一个女儿。虽然邱智斌一直拿自己当亲生儿子看待，但在那个家，自己总归还是多余的那个。

他又轻声说：“阮蔓，对不起。”

“你知道我想听的不是这句对不起的，孟野。”阮蔓紧盯着他的侧脸说，“你半年前为什么要从京城调来杭城？”

孟野把头轻靠在椅背上，闭着双眼。

“大学毕业后，我就留在京城工作了，半年前，才有一个调来杭城的机会。”

“不，你没听懂。”阮蔓一字一句地说，“我的意思是，你为什么要调来杭城，而不是别的地方？”

孟野的喉结动了动，他睁眼看向阮蔓，那双在他梦里出现过无数次的眼睛如今在黑暗中熠熠发光。

“因为……你在这儿。”

“去京城也是因为我在？”

“对……”

空无一人的街道上突然出现一群高中生模样的人，他们穿着校服，勾肩搭背地在空旷的街道唱着歌，脸上洋溢着青春的气息。

声音飘荡在马路上，两人透过车窗看向外面，却意外发现了落在车前窗上的雪籽。

“下雪了。”阮蔓说。

孟野瞥了那群学生一眼，说：“嗯，是今年的第二场雪。”

“今年的初雪我们也算是一起看过了。”阮蔓用一种几不可闻的声音说。

孟野愕然，他回想了一会儿，问道：“跨年夜？”

“那晚我也在高速上，听到有人喊孟队，但我没看见你。”

孟野无声地笑了笑。

“我离开桥城，还有一部分原因是孟成军借了高利贷，那一年是我继父帮我还上的。那几年我身上一直都背着债，我一直在陆陆续续地还，大学毕业那年我才彻底还清。”孟野突然提起了那些他不太愿意和阮蔓说的事，“毕业后我就被分配到京城景山区分局当了一名刑警，后来跟了几个大案，一级一级地晋升。半年前，局里的大队长往上升了一级，我才有机会调过来。”

孟野刻意避开了这些年自己一个人承受的苦楚，尽量把话说得轻松些，好让阮蔓觉得这些年自己过得也不是那么差。

车内没开灯，他甚至都没看清阮蔓眼底泛起的红。

如果她没给刘睿阳打那个电话，如果刘睿阳没告诉她，或许她真的也以为这些年对孟野来说，并不算太难熬。

此刻，他自以为平淡的三言两语，在她听来，反而更让她心酸。

“你为什么当了警察？”阮蔓别过头，刻意不看孟野。

孟野沉思了一会儿，开口道：“我继父是警察，起初他问我愿不愿意当警察，我觉得警察听起来不错的。起码在我小时候，警察这个职业是最能给我安全感的，因为只有警察来了，我妈才不会挨打。

“我知道你读的是新闻专业，我想，警察和记者遇上的概率要比别的职业大得多，所以那一年我很努力地读书，想成为一名警察。上了公安大学后，我才渐渐真的喜欢上这个职业。”

“你连这些都算好了，当初不来找我就算了，为什么到现在还不来找我？”阮蔓问，“你觉得你要变到多好才敢来找我？

“你就不怕，这些年是我变得不好了呢？

“要是等哪一天你突然发现，我没有你想象中的那么好呢？”

阮蔓问出这些问题的同时，才发现原来这么多年，她其实也在害怕重逢的那一刻。

她怕自己在那个人眼里已经变得不再重要。

或者说，她怕那个人觉得自己没有之前那么好了。

孟野摇头。

“我不怕这些，我只是怕有一天，你真的听了我的话，然后把我从你的生命中彻底剔除。”

这一刻，阮蔓突然觉得自己不用再继续问下去了。

之前怎样?

未来怎样?

和面前的这个人在一起，会不会变得不再合适?

能不能和他结婚?

这些问题，阮蔓都不在意了。

因为在孟野说这句话的时候，阮蔓感到自己的心在胸腔里猛烈地跳动着。

只有面对孟野，她才会心动。

这段路不长，但他们在途中耽搁了一会儿，到阮蔓家楼下已经快凌晨两点了。

是阮蔓先开的口。

“孟野。”她轻唤了他一声。

“嗯。”孟野扭头看向她。

“等这个案子结束了，我们去约会吧。”阮蔓说话时看着他。

孟野抬手摸了摸自己的耳垂，有些发烫。从阮蔓叫他名字的那一刻开始，他就有些遭不住了。

他笑了笑，说：“好。”

阮蔓上楼后，孟野没立刻走，他坐在车里，怎么都觉得不舒服。

他左手挠挠头，右手捋捋衣服。

怎样都不对。

直到手机上出现阮蔓发来的消息，他才知道这是什么原因。

是阮蔓离开的那一刻，他就已经开始想她了。

阮蔓轻手轻脚地走进房间，合上房门。

她打开房间的窗户朝楼下看去，那辆森林人还在那儿停着。她从口袋里摸出手机，在那个至今没聊过一句天的对话框里发出一条信息。

【到家了，晚安。】

很快她就收到了回复。

【我也回家了，晚安。】

第二天早上吵醒阮蔓的不是闹钟，而是应雯打电话的声音。

“我是和你相过一次亲，但我已经很明确地拒绝了你，拜托你能不能不要再来烦我了。

“你这样的做法已经构成了对我的骚扰。

“你如果再这样，下次我们直接警察局见。”

阮蔓被迫睁开了眼，她从床头摸过手机，才早上七点。

她坐起来伸了个懒腰，后知后觉地发现昨晚竟是难得的一夜无梦，睡了个好觉。

客厅里突然没了声，随之而来的是应雯的一声：“啊——”

阮蔓拉开门走出去，就看见应雯身上还穿着睡衣，整个人背对着她，叉着腰站在原地生着气。

“怎么了？”

“哎哟，你在家啊？”应雯被吓得浑身一激灵，手里拿着的手机“啪”的一声摔在了地上。

阮蔓走过去，捡起手机递给她，说道：“是啊，我昨晚回来有点晚，你已经睡了。”

应雯接过手机，用另一只手撩了把贴在耳旁的头发，问道：“我把你吵醒了吧？”

“没事，睡够了。”阮蔓转身去了餐厅，往自己杯子里倒了杯水。

“就是我妈之前非让我去相亲，然后遇上一个傻男人，自信又普通。我都拒绝他了，他还要每天给我发消息、打电话，还说知道我住哪儿，要来接我上班。”应雯说起这事就来气，“我妈也不好好瞧瞧那人长什么样，照片与本人严重不符好吗？”

“相亲？”阮蔓抓住了非重点，冲应雯递了个眼神，“你什么时候背着我去相亲了？”

应雯摆手，无奈道：“那是我妈给我设的套，说约我吃饭，结果我一去，就看见那个男人了。”

“你妈不是不催你吗？”阮蔓问完喝了口水。

“本来是不催，结果邻居阿姨的姑娘比我还小两岁，孩子都生了，我妈就急了。”

阮蔓握着水杯，点了点头。

她们这个年龄，就是一个被催婚的年龄。结婚了的催孩子，生了孩子的催二胎。

如果她和孟野没有分开这么多年，现在会不会早就结婚了呢？

“你妈不催你？”

“还好吧，我都用工作忙挡回去了。”

“不是我说，你要把向泽远带回去，你妈绝对喜欢。”

“我要上班去了。”阮蔓撂下一句话，躲回了房间。

客厅里传来应雯的号叫声：“阮蔓同学，这才七点多，你骗鬼呢，你上班去？麻烦你正视一下自己的婚恋情况，好吗？”

“孟队早上好。”

“孟队好。”

孟野点点头，他的手里拎着十几份早餐往二楼走去。

“李博，把早餐给大家分了，吃完开始干活。”他说完便拎着一袋早餐进了办公室。

办公室门关上的那一瞬间，二楼办公厅里八卦的声音立马响了起来。

“哎，你们说孟队是不是有情况了？”

“是啊，感觉他今天春风满面的。”

“不是吧，他身边连蚊子都是公的，哪儿来的雌性生物？”

“快吃快吃，吃完干活，天天八卦咱孟队。”李博用手拨开围在一起的八卦群众，试图把他们疏散开来。

但奈何他们人多力量大，李博一个不小心就被他们围在了中间。

“李博，你小子不对劲啊，你平时八卦孟队可最起劲了，今天怎么回事？是不是知道些什么？”

“我什么都不知道！”李博大声嚷着。

“此地无银三百两，快招了！”办公厅里哄闹成一团。

放在桌上的手机振动了起来，孟野把三明治的包装扔进垃圾桶，转身拿起手机接起了电话，是化验科的董姐打来的。

董姐说：“小孟啊，昨天你让李博送来的那个烟头的 DNA 报告出来了，和嫌疑人范明森的 DNA 完全匹配。”

孟野眼里的情绪沉了沉，说道：“好，麻烦董姐了。”

孟野坐在监控室里，观察着审讯室里的一举一动。

已经熬了一晚上的范明森这会儿虽然已经有些疲惫，眼睛里布满了血丝，但还是依旧尽力让自己的衣着发型看上去显得体面一些。

可即使如此，他还是什么都不愿意说。

“姓名。”

“范明森。”

“年龄。”

“四十四。”

“和死者的关系？”

“警官，你们不都知道吗，明知故问有意思吗？”

李博把 DNA 对比报告甩在范明森面前的桌上，严肃地说：“我劝你态度放好点，这是在酒楼楼顶找到的带有你唾液的烟头，你上过楼顶。”

范明森抬了抬眼，看了看面前的人，不屑地冷笑一声。

“那又怎样？又能证明什么呢？”

“的确不能证明什么，但……”李博刻意停顿了一下，看了看范明森脸上的表情，继续说，“你需要解释一下你上楼顶去干了些什么？”

“干什么？”范明森挑了挑眉，右手无意识地抬起，摸了摸鼻子。

“我跟着我老婆上去的，站在那儿等她，不行？我有什么动机杀人？”

李博把桌子重重地一拍，质问道：“你们夫妻俩一起去见你的小三，可真有意思？”

范明森嘴角弯起弧度，不以为意地说：“警官，没人不允许这样吧？”

出乎所有人的意料，范明森熬了一个晚上还是咬死不认。

李博往单面镜那儿望了一眼，只听耳机里传来孟野的声音：“先出来，休息会儿。”

监控室里，孟野蹙着眉头，目光紧锁着玻璃后面的人，像是在思考着什么。

过了会儿，他走出监控室，径直走向另一间审讯室。

与范明森不同，孙慧熬了一个大夜后，整个人都越发憔悴。

她抬眼望着来人，见是孟野，便又垂下了头。

自己从前在孟野面前向来都是风光的形象，什么时候以这样一副样子见过自己昔日的学生。

孟野没打算和孙慧废话，他拉开审讯台前的椅子，厉声问道："你昨天到底为什么上楼顶？"

显然是被孟野这态度吓了一跳，孙慧很快就老实交代了。

"我看到我老公手机上有一条顾岚的短信，上面说约他酒楼楼顶见，如果他不去她就直接到包厢来，让范家人都瞧瞧我老公的德性。"

"所以你就去了？"

"对，但是我去不是因为范明森，而是因为我自己。"孙慧把目光移到一旁的地上，两只手紧紧地握在一起，"我丢不起那个脸。"

"那你知不知道顾岚肚子里有个孩子？"孟野死死地盯着孙慧的脸，不放过她的任何一个表情。

孙慧抬头，愕然道："孩子？范明森的？"

孙慧的表情和答案都在孟野的意料之内，他身子后倾，靠在椅背上，淡淡地说："对，她肚子里有个孩子，至于是不是范明森的，就很难说了。你和范明森这些年有做过避孕措施吗？"

孙慧面露难色，她还没有开放到能和一个外人坦然地说起这种事。

"这个问题和案子有什么联系吗？"她反问道。

"有。"

好一会儿之后，孙慧才摇了摇头。

放在桌上的手机振动了起来。

来电人：董姐。

孟野接起电话往外走，敲了敲监控室的门，示意李博和他一块儿进了范明森的审讯室。

"你挺喜欢顾岚吧？"孟野开门见山地问道。

范明森动了动眼皮，但没有抬头看人，只是冷哼了一声："警察现在都这么破案吗？"

"是我说错了，是曾经很喜欢她吧？"孟野没管范明森，自顾自地说道。

"你到底想说什么？"被拷在椅子上的男人已然有些不悦。

"你没有生育能力，那顾岚肚子里的孩子是谁的呢？"孟野把手机扔到桌上，往范明森那儿一推。

手里屏幕上的图片赫然是一张 DNA 亲子鉴定检验报告。

最后一行字是：【两者之间不存在血缘关系。】

范明森的瞳孔放大，他猛地把手机往孟野的方向一推，怒吼道："你想怎样？你到底想怎样？”

孟野站起身，双手撑在桌上，面无表情地看着面前这个男人，冷冷地说：“我不想怎样，你不是要你的杀人动机，我给你找出来了。如果你想要你没有生育能力的证明，我可以立马拿到你的面前。”

李博在一旁瞪大了眼，他没想到孟野还留了这么一手，居然会想到拿顾岚肚子里的孩子和范明森做一个亲子鉴定。

这不做不知道，一做吓一跳。

刚刚还高傲的、不可一世的范明森这会儿如同霜打的茄子一般，垂下了蔫蔫的脑袋。

整间审讯室里的人都在耐心地等他开口。

大概觉得很多事已经无力反驳，范明森终于喃喃道：“我是真的爱顾岚的，她怎么能这么对我？”

整件事无非就是出轨男女之间那所谓的爱情故事。

范明森年轻时也算得上一表人才，挑来挑去一眨眼就到了三十好几的年龄。耐不过家里人劝说，他去相了亲，头一次相亲就遇上了孙慧。

两人都觉得彼此还不错，就一拍即合，敲定了下来。

但随着年月渐久，一开始那点激情就渐渐消散了下去。

外面花花世界迷人眼，出轨这回事有了第一次也就有了无数次。再加上结婚这么久，孙慧都没有为他们范家生下一儿半女，范明森越发不爱回家，孙慧也睁一只眼闭一只眼，两个人渐渐成了表面夫妻。

直到范明森遇上顾岚。

他起初也只是想和她玩玩，但他没想到，这一玩自己倒先动了心，再加上前两个月，顾岚告诉他，自己怀孕了，他更是动了想离婚，再娶顾岚的心思。

只是前一个星期，公司新增了一项过年福利——去医院全面体检。

这一体检，反倒检查出了是自己不能生育的事实。

他对顾岚的爱由此也就变成了恨。

顾岚急于让范明森离婚，好嫁进范家，让范明森充当冤大头接手这个孩子。一逼再逼，直到昨天，她给范明森下了最后通牒，如果再不说这件事，她就直接在饭桌上揭开范明森的真面目。

“我是想让我老婆去解决掉她的，但我老婆并不想多管这件事，只是骂了几句那女人，让她自重就走了。我只是想和她说清楚这事，但那女人咬死我不放，说即使这个孩子不是我的，但她也要我来负这个责，我怎么可能当这个冤大头？

“我只是和她争执，我没想到她就这么掉了下去。

“我没想杀她。”

范明森说到最后已经有些激动，整个人浑身颤抖着，双手死死地抱着头，仿佛在为自己做过的事忏悔。

审到这儿，孟野朝旁边的李博递了个眼神，让他做最后的结尾工作。

直到关上审讯室的门，孟野才喘过那口气。

这么些年他已经接触了不少案子，但每每遇上这种对家庭毫无责任心的男人，他总会内心作呕，像是堵着一股气，上不来也下不去。

他有时候也会想，这会不会就是孟成军给他留下的一辈子的阴影。

这个点走廊里没什么人，孟野扶着墙壁往走廊尽头慢慢挪步过去。

走廊尽头有扇窗户，这会儿正开着，新鲜空气不停地往走廊里涌进，孟野深吸了一口气，闭着眼靠在了墙上。

有那么一瞬间，他是同情孙慧的。

但那仅仅只是一瞬间的事，他没法原谅她曾经对自己说过的话做过的事，他也不必原谅她。

孟野掏出手机，给阮蔓发过去一条微信。

【案子结了。】

没过几分钟，阮蔓就回了消息。

【凶手是孙慧的老公吗？】

【嗯。】

【那我让我同事写稿了。】

孟野盯着手机屏幕笑了笑，有些无奈地在屏幕上敲下几个字发送过去。

【所以，昨晚的话还作不作数？】

信息刚发送过去，一旁审讯室的门就打开了。

孙慧从里面走了出来。

她看到靠在墙边的孟野，有些发愣。

如果不是因为他去找那个烟头，不是他想到去对比胎儿和范明森的DNA，或许她有几百张嘴都说不清。

“孟野。”她的声音有些发颤，“谢谢你。

“还有，我当年挺对不起你的。”

这句对不起，来得太迟了。

但好歹还是来了。

“上一辈的事不该扯到你的头上，更何况那么多年都是我一厢情愿。”说到这儿，孙慧扯了扯嘴角，脸上浮出一个不算太好看的笑容，像是自嘲，也像是和自己和解。

孟野直起身后比孙慧高得多，明明是一种俯视，但孙慧没有感觉到一丝轻视的意思。

“孟成军这辈子有个人这么喜欢他，很值了，我也很感谢你能对我说这句对不起。”孟野顿了顿，继续说，“可是，我没法原谅你当年对我造成的伤害，我在学校最后一次的考试成绩，的的确确是我自己考的。虽然现在说这些已经没什么用了，但我还是想清清白白的。

“所以，我选择不原谅你。孙老师，以后保重。”

孟野朝孙慧点了点头，他甚至都没注意看孙慧脸上的表情，就转身往办公室走去。

身后传来孙慧追上来的脚步声。

“等等，我想问下，你和阮蔓……现在在一起吗？”

听到阮蔓的名字，孟野停下了步伐。

他没想到孙慧会关心这事。

定了几秒，他回头笃定地说道：“以后我和阮蔓的婚礼，应该不会邀请你了。”

一句话，堵住了孙慧接下来所有想说的话。

她默然地点点头，松开了拉住孟野袖子的那只手。

孟野走得飞快，像是逃离一般。

他回到办公室后才想起点开手机看看阮蔓的回复。

屏幕上赫然显示着两个字。

【作数。】

周六下午。

阮蔓难得在打扮上花那么长时间，她看到镜子里的自己比平时要有血色得多，这才满意地点点头下了楼。

孟野已经在楼下了，他站在车旁的那棵槐树下，光秃秃的枝丫悬在他的头顶。

他穿着和她同色系的大衣，两人像是不约而同地穿了情侣装。

阮蔓忽然就想起了那年，他们俩穿着同款校服，穿梭在校园的每个角落。

而此刻，那股熟悉的幸福感又涌上了心头。

她朝他小跑过去。

“来多久了？”阮蔓问道。

“一会儿。”孟野跺跺脚，在积雪上留下两个脚印。

其实他提前两个小时就来了，因为太激动，在家里待不住，索性就直接来楼下等她了。

孟野伸出手，把绕在阮蔓脖颈上的围巾紧了紧，笑了笑。

这个画面他已经梦见过很多次了。

他们重逢在一年四季，相遇在春夏秋冬。

阮蔓系上安全带，朝身侧的人随意问道：“我们去哪儿？”

“看电影去吧。”

“好。”阮蔓点头。

她想了想，自己的确很久没有去电影院看过电影了。

她掏出自己的手机，开始选电影。

身侧突然递过来一部手机：“用我的手机订。”

阮蔓愣了愣，但没拒绝。

她接过手机，下意识地输入了自己的生日，手机解开了。

她抬头看了看正在开车的孟野，他目不转睛地盯着前方的路，丝毫没有注意到身边的小细节。

以前就觉得孟野长得出挑，但很难在那个年龄想象很多年后的他会长成什么样。

阮蔓盯着他看了好一会儿。

孟野出声问："怎么了？"

她这才收回目光。

"想看什么类型的？"她在手机上划拉着，"最近好像没什么新的电影。"

"挑部爱情片？"孟野说，"我很少看电影，但第一次约会总不好带你看那些恐怖片。"

阮蔓的手指停在屏幕上，问道："你……这些年有和其他女生约过会吗？"

像是怕听到不愿意听到的答案，阮蔓无意识地在屏幕上乱戳。

孟野趁着等红灯的时间，转头看了阮蔓一眼。

"没有，忙着还债。"

忙着还债，忙着努力往前走。

因为我知道这条路的尽头是你，所以沿途的风景我都视而不见。

阮蔓低下头淡笑着，装作什么事都没发生。

最后她挑了一部评分还不错的爱情片。

车停在附近新开的一个商圈旁，两人并排走进了商场。

大概是快过年的原因，商场里充满了年味儿，到处挂满了灯笼，红红火火的一片。

阮蔓站在手扶电梯上，随口说道："马上过年了。"

孟野有些出神，无意识地"嗯"了一声。

阮蔓这才意识到些什么，连忙岔开了话题。

"刑侦警察是不是要更忙一些？"

"是挺忙的，还要随叫随到。"孟野也注意到了她这个话题的转变，笑道，"不过都习惯了。"

"记者也挺忙的。"他又接了句。

"我也习惯了。"阮蔓抬头看他，神色如常。

她很想问他这些年都怎么过年的，和谁一起过年，但犹豫再三，她还是没问出口。

阮蔓选的那部爱情片倒也算是中规中矩，不算踩雷，但也没有特别好看，电影放到一半她就猜到了接下来的剧情发展。

他们两人看电影都有一个习惯，就是不太爱讲话。

一场电影下来，两人几乎没什么交流。

只是在电影快结束的时候，孟野突然在黑暗中看向阮蔓，问："所以这是一个开放性结尾？"

阮蔓侧头看他，他的双眸在黑暗中倒显得格外明亮。视线顺着往下，是那一张一合的唇瓣。

"嗯……应该算是吧。"她避开孟野的眼神，心虚地将视线投回大银幕上。

电影很快就结束了，两人从电影院走出来。

从顶层的露天玻璃窗看过去，外面的天已经蒙上了一层夜色，灰蓝灰蓝的。

“想吃些什么？”孟野低头询问阮蔓的意见。

阮蔓往立在一旁的楼层导航图上瞟了一眼，说道：“吃些家常菜吧。”

现在正是饭点，他们挑的那家家常菜馆门口前虽然也排着队，但对比其他几家火爆的店来说，人还算少的。

两人刚取了号坐在等位席上，服务员就走过来递给他们一张餐单，告诉他们可以先选菜，等进去之后就可以直接下单。

阮蔓左手拿着菜单，右手拿着笔，认真地看着。

她在清炒菜心后面打上了一个钩后，就把菜单递给了孟野，说道：“你看看想吃什么。”

见整张菜单上只画了一个钩，孟野问她：“口味变淡了？”

之前他们一起吃饭时，阮蔓要求在番茄炒蛋里加很多醋，也爱吃甜食，点起菜来更是一开口就报出一大串来。

现在看到菜单上一个冷冷清清的钩，他心里有股说不上来的滋味。

“嗯，就没那么爱吃甜食了。”阮蔓捏着手指说，“上学和工作时都挺忙的，有时候忙得忘记吃饭，饿了吃什么都行，没得挑。”

孟野拿着笔在手里打着转，笑着说：“我们两个真会挑，都挑了挺忙的职业。”

把菜单翻来覆去地看了几遍，孟野打了几个钩后，又把菜单递回给阮蔓。

“看看这些菜你喜欢吃吗？”

阮蔓接过菜单，瞟了几眼。

孟野点的几道菜大多都符合她的口味，有两道菜比较偏甜口。

看到这儿，阮蔓抬头疑惑地看了他一眼，说道：“你以前不太爱吃甜。”

孟野轻轻“嗯”了一声，继续说：“生活太苦了，偶尔吃点甜会开心一些。”

阮蔓的眼睫颤动着，垂下头继续看着菜单。

没等一会儿，就叫到他们拿的号了。

餐厅的光线昏黄，给人一种朦胧的感觉，位置之间隔得很开，有极好的隐私性，即使是邻座，也听不太清隔壁桌说的话。

孟野把菜单递给服务员，坐了下来。

这还是两人重逢以来，第一次面对面坐下来吃顿饭。

如果阮蔓没跟那个案件，没去他们警局，那天早上孟野没有在那个点出现，或许他们现在依旧是两条平行线，在生活中毫无交集。

孟野能感觉到阮蔓和之前有些不一样了，就像是当年自己亲手打开了她的那扇门，在他消失后，她又亲手封死了自己的那道门，谁也不让进。

沉默片刻后，孟野问道：“今年过年你还要上班吗？”

阮蔓摇头，说：“今年正好过年那几天休息。”

他点点头，没再继续往下问，他想她应该是要回家过年的。

两人有一搭没一搭地聊着关于工作的话题，兜兜绕绕着却始终没敢往两人之间的问题上绕去。

菜上来得很快，每一个菜都还冒着腾腾的热汽。

阮蔓拿起筷子吃了一口，味道竟然出乎意料的好。

她朝孟野点点头，说道："你盲点的菜挺好吃的。"

孟野笑道："那多吃点。"

吃完饭后，两人毫无目的地在商场闲逛，就当饭后消食。

阮蔓看了眼手机，手机上有两个来自何曼君的未接来电。她看了眼身边的孟野，把手机关机放进了口袋里。

孟野注意到了她这个动作，看了她一眼，问道："怎么了？"

"没事。"阮蔓闭口不谈何曼君。

和孟野待在一起的时间过得太快了，也太开心了。

开心到阮蔓差点忘了，何曼君曾经有多么不喜欢孟野。如果他们想有一个未来，那必定还要过何曼君那关。

阮蔓现在已经不是十几岁的孩子了，就算何曼君依旧反对，她也没法拆散他们了。

但她真的不愿意让孟野再受一点委屈了，当年无论是老师还是何曼君说的那些话，她一句都没有忘记。

阮蔓正开小差时，孟野突然伸出手把她往自己怀里带了带。她一个没站稳，直接跌进孟野的怀里。

他身上有一股熟悉的味道，和高中那会儿没什么差别。

阮蔓顺着身旁看过去，原来是一个小孩踩着滑板滑得特别快，刚刚一个不留神，就差点撞上她。

"没事吧？"孟野低头紧张地问道。

阮蔓慢慢拉开自己和孟野的距离，垂着头说："没什么事。"

她能感觉到自己的脸如火烧一般烫。

这样一个小插曲并没有影响阮蔓今天一天的好心情。

直到孟野把车开回到家楼下，她才后知后觉地感受到一丝失落。

原来自己并不想这么快结束这场约会。

不知道还会不会有下次了。

"阮蔓，你今天想问我什么？"孟野挑起了那个她无数次想问出口的话题。

听他这么问，阮蔓也顾不上避讳什么了。

"你今年过年回家吗？"

孟野愣了愣，随即低声笑了起来："原来你想问这个啊。"

阮蔓眨眨眼，点了点头。

其实不止这个，她还想多了解一些他这些年的生活。

"会回家吃个饭，但是不过夜。"孟野说。

“这样啊。”阮蔓眼珠子动了动，像是在思考着什么。

孟野忽然出声叫她：“阮蔓。”

“嗯？”

他的声音把她不知道飘忽到哪儿的思绪扯了回来。

车内的暖气让车窗上浮起了一层水汽，里面看不见外面，外面同样也看不见里面。

在这么一个密闭的空间里，阮蔓盯着面前的人，心跳没由来地加快了些。

“我想追你，你同意一下呗。”

明明是一句暗戳戳的表白，却硬是被他说出了一股子散漫劲。

孟野侧着身，目光凝在阮蔓的脸上。

就这一刻，阮蔓突然觉得以前的孟野回来了。

那股子整个世界他就是老大，他要把整个世界踩在脚下的劲，在他说出这句话时就回来了。

阮蔓的嘴角弯了起来。

她喜欢看到这个时候的孟野，天不怕地不怕，好像对什么事都十拿九稳的孟野。

“你同意吗？”孟野再问了一遍。

“其实……”

其实不用追，只要你朝我伸手，我就会和你走。

阮蔓只在心里说出了这句话，她等了他那么久，让他追一下也不是不可以。

“好，我同意。”

说完这句话，阮蔓扭过头看向车窗，却什么都看不清，而身旁传来几声轻笑。

“那我可以在过年的时候约你吗？”孟野盯着阮蔓的侧脸，继续追问道。

阮蔓用指甲掐着自己的手，她要用疼痛感来证明这确确实实不是一场梦，这的确是真实发生的。

“可以啊。”她装作漫不经心地答道。

阮蔓不知道孟野知不知道，她的确把自己关太久了。

有人想打开她的那扇门，却怎么都找不到钥匙孔。

但是站在她面前的那个人，只要是孟野，她都会为他自动打开那扇门。

再没有哪个人像孟野对她那么好，所有人都是匆匆经过她的生命，只有他永远停留在了她的世界。

世上什么都是瞬息万变，只有孟野是永永远远。

阮蔓打开家门，正倚在沙发上敷面膜的应雯闻声坐起：“你手机怎么关机啦？”

阮蔓这才想起刚刚把手机关了机。

阮蔓从兜里拿出手机，按了开机键，说道：“在外面有点吵。”

手机屏幕变亮，随之弹出的是一连串的消息。

“我还想让你帮我带点吃的。”应雯抬手取下脸上的面膜，往卫生间走去。

阮蔓划拉着消息，最近的一条是他们新闻部的部长发来的。

【阮蔓，那个奖你还是再考虑一下吧。】

“哎，你下午去哪儿了？”应雯戴上眼镜，大老远就看见阮蔓今天竟然化了妆，就连衣服都是用心搭配过的，“你这是约会去了？今天打扮得这么好看。”

“有情况啊。”她冲阮蔓挑了挑眉。

阮蔓退出聊天界面，微笑着看应雯，问道：“真的好看？”

应雯说：“你不化妆也好看。”

阮蔓还是笑，但忽视了应雯抛来的八卦的眼神。

“你晚上没吃吗？”

“算了，就当减肥了，马上要过年了，又得胖三斤。”应雯往杯子里倒着水，打算喝水充饥。

“对了，还有一个多星期就过年了，今年你回家吗？”应雯随口问道。

应雯知道阮蔓和家人的关系并不算特别好，就算家在杭城，也没见阮蔓主动回过几次家。都是电话那头的母亲一催再催，阮蔓才会回家吃顿饭，但也不过夜就回来了。

前两年除夕夜，阮蔓都是一个人在出租屋过的。

别人都在各家各户地拜年，阮蔓休息了没两天就主动向台里申请了值班。

阮蔓摇了摇头，说道：“还不知道。”

她嘴里说着不知道，其实心里早就有了答案。

放在桌上的手机又振动了起来，依旧是何曼君打来的电话。

阮蔓这下没法无视，只得拿着手机回房接通了电话。

那头传来何曼君平静的声音：“手机怎么关机了？”

阮蔓趴在窗边，目光有些呆滞地望着窗外的那棵槐树。

“没电了。”

“除夕夜回家吃个饭。”何曼君不是在征求阮蔓的意见，而是通知她。

“知道了。”

母女俩的对话向来都是这样，一问一答，或者是何曼君单方面地通知。

“听说，你和你们领导说不想要那个奖。”何曼君话锋一转，终于回归到了这通电话的正题上。

阮蔓早就猜到了会是这样，她索性也直截了当地摊开说：“对，我不想要。”

“你知不知道有多少人想要都要不到？”

“但是我不想要。”阮蔓叹了口气，“妈，你从来没有问过我想不想要，你总是一股脑地把你觉得好的东西塞给我。可是有些东西我并不想要，我选择这个职业只是因为我喜欢，不是因为你有多么出彩，所以我觉得在这个职业上我能占到什么便宜。”

“你还小，根本领会不到其中的利害关系。”何曼君振振有词，“妈妈当年也吃了很多亏，才走到今天这一步，我在尽量让你走康庄大道。”

“妈，你永远说我还小。

“我十七岁时你觉得我小，说我不懂感情，现在我马上二十七岁了，你依旧觉得我小，认为我不懂事业上的利弊。

“我在你眼里永远是一个长不大的孩子，对吗？”

何曼君一下被噎住了，没立马说出话来。

沉默片刻后，她才开口道：“这个奖，你可以选择不要，我不强迫你，你只要不后悔就行了。”

“没什么好后悔的，我想要的，我会用自己的能力去争取。”阮蔓一字一句地向何曼君表明自己的态度。

何曼君没再说话，电话被她挂断。

阮蔓这才提上一口气来。

她很难和自己的母亲坐下来好好地沟通一番，以母女的身份都很难交流，更别奢求用朋友的身份了。

阮蔓从小就尽量做到对母亲百依百顺，母亲想让她成绩名列前茅，她就拼命读书拿第一名。母亲工作忙顾不上她，她就假装自己很听话，在学校里她永远是被表扬的那个。

一切的一切，都在按部就班地按照母亲给她设定的路来走。

直到遇见孟野。

那个人仿佛往她的生活里注入了一剂新鲜的血液，让她有了自己的想法，甚至对未来有了一些憧憬。

二十七年来，阮蔓唯独做过两件叛逆的事情——一件是在十七岁的时候和孟野交朋友；另一件就是选择了自己喜欢的专业，拥有了一份喜欢的工作。

阮蔓很少去和何曼君沟通自己的想法，就连保研这回事，都是确定好了才和她说的。

比起“母亲”，何曼君更适合“监护人”这三个字。

握在手心里的手机一振，将阮蔓从小时候的回忆里硬生生地扯了出来。

是孟野发过来的微信。

【我到家了。】

阮蔓回道：【好的。】

孟野打开客厅的灯，刚坐下没一会儿，沈岚的电话就打了过来。

“小野，今年过年回家吗？”

沈岚的确算得上是一个好母亲，这么多年来即使有了新生活新家庭，她也没在平常的生活中忘记过孟野。

孟野读高中那几年，母子俩的关系也一度如履薄冰，说不上好也说不上坏，两人都会心照不宣地避开了敏感话题。随着孟野的年龄渐长，沈岚反倒越来越觉得亏欠这个孩子。

她能感觉得到儿子与自己之间的疏离，但她还是在努力地弥补着。

“应该……”孟野绕过餐桌，从冰箱里拿出一瓶水，把原本想说的话咽了回去，改口道，“嗯，除夕夜回家吃饭。”

电话那头的声音明显开心了起来：“好，想吃什么就和妈妈说。”

“邱叔和莹莹也都还好吧？”孟野问了一句。

虽然邱智斌也在公安局上班，但他是杭城公安总局的副局长，和他们分局还有些距离，两人在工作上也没能经常碰上面。

邱莹则是孟野同母异父的妹妹，今年也在念小学了，很是黏孟野。

邱莹逢人就说自己有个当警察的父亲和哥哥，还说她以后的梦想也是成为一名警察。

“都好，都好。”沈岚犹豫了一会儿，还是问出了那个自己最关心的问题，“小野啊，你……有没有遇上什么喜欢的人啊？”

孟野扶额。

还没等他开口，沈岚继续说道：“上次不是有人给你邱叔介绍了一个女生，好像是个记者，你给拒绝了，要不你这次趁着过年去见见？”

“妈……”孟野颇有些无奈，只得向沈岚说出实情，“我有喜欢的人了。”

“真的？”沈岚有些意外，“没骗我？”

“真的。”孟野说，“没骗你。”

“那你今年过年会把她带回来吗？”

“妈，还没追到手呢，以后再带吧。”孟野有些哭笑不得。

听孟野这么说，沈岚就放心了。

母子俩又闲聊了几句，就挂断了电话。

洗完澡从浴室出来后，孟野来到客厅。

这是他租的一间房，一室一厅一卫，平日里回来都并不觉得有什么。

但今天回来，他倒觉得心里空落落的。

或许是因为今天和阮蔓一直在一起，所以突然一个人安静了下来，反而有些不适应。

他用毛巾擦了擦还在滴着水的头发，往房间走去。

整个房子其实并没有什么烟火气，大多数时间他都在警局度过，也没心思来捯饬家里。

除了一些固有的家具，家里可以算得上尤为冷清。

孟野坐在床边，把玩着刚刚放在床头柜上的那根橡皮筋。

橡皮筋看上去已经有些年头了，这还是当年他从阮蔓头发上顺下来的那根。

孟野想起了当年阮蔓总是高高扎起的马尾辫。

他忽然就笑出了声。

今天她出来约会时，是把头发披下来的。

其实他们对彼此的心意，都是清晰明了的，就只差戳破那层窗户纸了。

也不知道是不是对自己的不自信。

今天他差点就脱口而出那句“我想和你在一起”，结果话到嘴边，却变成了“能不能追你”。

现在怎么想怎么后悔。

应该早点和她说这句话的。

可是如果再早点，他们会不会就不会再有结局了？

这个年龄就很好，他们都成为更好的自己，遇上了更好的人。

阮蔓睡得迷迷糊糊，手机一直在耳边振动着，她摸过手机，连眼睛都懒得睁开看一眼屏幕，直接接通了电话。

“喂？”

电话那头是一个熟悉的声音：“蔓蔓，你猜我在哪里？”

是付曦。

阮蔓眯起眼睛，看向窗外，确定外面还是黑夜后，又瞥了眼屏幕。

凌晨三点。

她耐心地说：“付曦同学，麻烦你看看现在国内是凌晨几点。”

“哎呀，我太开心了，就一下忘记了。”付曦使出了惯用的撒娇套路，“我在机场。”

“你要去哪儿玩？”阮蔓闭着眼睛，她这会儿困得不得了。

“我不是和你说了我要回国了吗？”

付曦的声音极具穿透力，阮蔓觉得如果再和付曦继续聊下去，她的瞌睡就要彻底没了。

不行，周公还在梦里等着她呢。

“那你明天几点到？”

“今天晚上十一点。”

阮蔓下意识地点点头，而后才发觉电话那头的人是看不见的。

“我没车，那我叫孟野和我一起去接你。”她像是陷入了昏睡状态无意识地说出了这句话。

电话那头的人愣了几秒，继而大声喊道：“你们什么情况？什么时候遇上的？

“你没有和我说！

“阮蔓，你别睡，起来和我说清楚。”

阮蔓把手机拿得离自己远了些，无奈道：“十几天前……”

“你们是不是要和好了？”付曦激动得话都有些说不利索了。

她丝毫不顾阮蔓想不想睡觉，继续自顾自地说：“只要你们想，我们每个人都可以点一把火。一点火星子，烧了你们这片草原。”

后来付曦又说了些什么阮蔓记不太清了，只记得最后，她喃喃道：“好啊。”

就用一点火星子，烧了这片草原。

阮蔓一觉醒来，大脑还没彻底清醒，就回想起了昨晚付曦在她耳边的咋咋呼呼。

哦对，付曦要回国了。

阮蔓在被子里伸了个懒腰，懒洋洋地从枕头下摸出手机，打算给孟野发个消息，问问他今晚有没有空。

刚解锁屏幕，微信里就弹出孟野的消息。

【醒了吗？】

阮蔓：【刚醒。】

她正纳闷时，孟野的电话就打了进来。

“喂？”她刚醒，声音中还带着浓浓的沙哑。

孟野像是在马路上，电话那头时不时传来汽车鸣笛的声音，他的声音在一连串的杂音中显得低沉。

“今晚要去接付曦吗？”

“你怎么知道？”

“付晨凌晨给我打了电话。”孟野一只手扶着方向盘，一只手撑在车窗上。

这兄妹俩，真是这么多年都还一模一样。

阮蔓想了一下今天的安排，说：“那我们晚上见？”

红灯跳成绿灯，孟野发动车，应了句：“晚上一起吃饭？”

听见电话那头传来“窸窸窣窣”的声音，他在这头无声笑着。

阮蔓在床上翻了个身，把脸埋进被子里，细声应道：“好。”

新的一天好的心情从孟野的一个电话开启，阮蔓直到在卫生间刷牙时才发现，镜子里的自己嘴角一直是含着笑的。

原来接到喜欢的人打来的电话，心情会这么好。

或许是因为知道晚上会见到孟野，阮蔓这一天的心情都很好。

今天来台里主要是做一下上个新闻的收尾工作，工作结束后，不过才下午两点。

她看了看放在桌边的手机，距离和孟野约好的见面时间还有四个小时。

阮蔓头一次觉得度日如年。

孟野开车回了趟桥城。

因为今年孟茴的忌日碰巧是除夕夜那天，所以他就自己提前回来了。

今天不是什么大日子，墓园里没什么人，加之冬日的寒风，更显凄凉。

孟野抱着一大早就去买的白菊花，顺着那条熟悉的路往上走。

墓碑上那黑白照片中的女孩笑容依旧，永远是八岁的模样。

时间改变了很多东西，却独独留下了她。

孟野从裤子口袋里掏出纸巾，静静地抹去墓碑上落下的灰尘。

他把花放在墓碑前，双手插着兜，一言不发地看着照片中满脸笑容的孟茴。

沈岚刚离开桥城的那段日子，孟野最爱来的地方就是墓园，有时候在这里一坐就是一整天。

仿佛只有在这里，他才觉得自己不是一个人。

甚至有好几次都是刘睿阳他们强行把他从墓园拉回家的。

孟野很难不在这个时刻，透过那近十年的时光，看到曾经那个在墓碑前沉默地坐着的男孩。

孟野很想告诉那个时候的自己，什么都会过去的，时间会推着你往前走，你要努力变好，这样才不会弄丢十七岁遇见的那个女孩。

幸运的是，他在二十六岁这一年还能再遇见她。

那个把他拉出黑暗带向光明的人，他这次不会再放手了。

这次在孟茴的墓前待的时间比往日的都要短，因为他还要驱车去另一个墓园。

孟成军没有和孟茴葬在同一个墓园，孟野觉得孟茴大概并不想遇上孟野。

两个墓园之间离得不算太远，相比孟茴墓前的干净，孟成军的墓前就显得乱了许多。

没有供品，像是从没有人来祭奠过的样子，就连墓碑旁都积满了落叶，灰蒙蒙的。

孟野弯下腰，用剩下的最后一张纸巾擦去了他照片上的灰尘。

照片上的孟成军还是年轻时的样子，他好像很多年没有照过相了，当时立碑时，孟野甚至在家找不出一张他近年来的照片。

最后还是老太太从家里找出一张孟成军当年刚参加工作时照的一张单人照，男人面容俊朗，五官分明，眼角都带着明显的笑意。

看着墓碑上和自己有着几分像的容貌，孟野垂下了头。

孟野对孟成军的感情要比对沈岚的感情复杂得多，即使孟野再恨他，再讨厌他，他们中间还是有那断不掉的血缘关系。

这辈子，孟野都没法和这个人撇清关系。

孟野闭了闭眼，耳边刮过的风夹杂着湿漉漉的味道，一股脑地涌进他的鼻腔，鼻腔里随即涌出一股暖流。

他一垂头，两滴血滴在了他的手背上。

最后一张纸刚刚已经擦过了照片，被他装回到袋子里，此时正握在手心中。

孟野席地而坐，坐在孟成军的墓碑旁，仰头望着灰蒙蒙的天空。

今天桥城的天气不太好，天空中布着一层乌云，像是立马就会有一场暴雨，要下不下的模样令人心烦。

幸好没有流太多血，孟野仰着脑袋不过一会儿就止住了。

刚刚滴在手背上的那两滴血，在手上划过两道血痕。孟野伸出手，把人中的那块血迹擦掉，然后又用手去擦手背上的血痕。

或许是孟成军对孟野的惩罚吧。

惩罚这么多年孟野从来没有看过他一次。

“爸。”孟野突然出声，自顾自地说道。

这辈子，他叫爸的次数屈指可数。打他有印象起，他就再也没叫过了，大多数时候都用“那畜生”来代替。

“你还记不记得你这辈子和我说过的最后一句话？”孟野盯着脚下的水泥地，继续说，“你说我身上流着的是你的血，你要看看我能长成什么样。”

他脸上浮出讽刺的笑容，喃喃道：“如今，我来了，你看到了吗？

“我过得很好，没有走你的老路，也没有留在桥城，我现在是一名刑侦警察……哦，你可能不太懂，就是破案子的，那些杀人、抢劫、放火的都归我管。

“对了，我前段时间办案遇上孙慧了，不知道你还记不记得，就是当年那个追在你屁股后面那么久的那个人。她嫁人了，老公不太行，出轨杀人样样都干了，死刑跑不脱的，但她还是挺喜欢你的。

“你好奇我怎么当上一名警察的吗……你可能也不太想知道，我也不是很想和你说。”

孟野侧身看着身旁的墓碑，点燃了一支烟。

“其实我当年挺恨你的，恨到想让你立刻死掉的那种。你这辈子没干过什么正确的事，唯一一件就是走得早。但你走了还要给我留下一笔债，挺狠的。

“所以我这么多年没来看你，你也不必要怪我，我没有这个义务来看你的。”

四周没有人回应他，只有那偶尔吹过的风和从指尖飘散出的烟雾。

“我妈……过得也挺好的，她生了个女儿，生日和孟茴是同一天，我觉得或许是孟茴换了一种方式陪在她身边了。和你说我妈，只是想如果有下辈子的话，她一定不要再遇见你了。

“这或许是我这辈子最后一次来看你，不为别的，只是想和过去的自己做个告别。我花了这么长时间终于摆脱了你对我的伤害，是因为我挺幸运的，能遇上一个让我往前走的人。

“爸，这辈子我们的父子关系，就到这里吧，好吗？”

风声大了些，在孟野的耳边打了个旋儿。

孟成军能听见的吧，他一定能听见的吧？

这风声或许就是他给孟野的回应。

孟野把烟在垃圾桶上按灭，拍了拍裤子上沾着的灰尘，头也不回地离开墓园。

走出墓园的那一刻，他突然觉得压在自己肩上的担子全都卸了下来。

那些曾经羁绊他的、困住他的、让他在每个深夜辗转反侧的，通通被他扔在了过去。

他终于可以坦然地面对过去的一切。

回到杭城，是下午四点。

距离和阮蔓约定好的时间，还有两个小时。

孟野回了趟家，可能因为今天接连见了两个活在过去时光里的人，他的心里有股说不上来的压抑。

他拿起换洗衣物走进浴室。

他不明白自己为什么会哭，只觉得眼睛涩得厉害，心里空落落的。

大概是压抑太久了，找不到一个发泄口。

在公安大学时，再苦再累他都没有哭过。

印象里，自己为数不多的难过除了孟茴去世的那天，就是高二那年在学校，他埋在阮蔓的肩窝里哭的那次。

想到阮蔓，孟野心里的空落少了一些。

“阮蔓，还不走吗？”同部门负责刑侦案件的程敏拎起包，起身准备下班。

阮蔓看了看电脑显示器下方的时间：17：30。

她摇了摇头，说道：“你先走吧，我还有些事。”

和同事说过“再见”后，阮蔓点开了微信。

从早上那通电话后，孟野就没再给她发过微信。一天下来，一句话都没有。

阮蔓戳了戳屏幕，发过去一条消息。

【你在干吗？】

过了两分钟，孟野回复：【在你们电视台门口。】

阮蔓揉了揉眼睛，确定没眼花后，她背起早就收拾好的包，往电梯冲去。

正是下班高峰期，电梯门口站了不少人，这一层楼大多是新闻部的同事。

“阮蔓，你不是还有事吗？”刚刚才和她道过别的程敏这会儿在电梯门口看见她，心里一阵纳闷。

阮蔓脸上是藏不住的笑意，说道：“哦，突然没事了，可以下班了。”

“你这笑得，让我觉得你有事。”程敏站到阮蔓的身边，用胳膊撞了撞她。

阮蔓只笑不答。

电梯“叮——”的一声在一楼停了下来。

“拜拜，明天见。”阮蔓朝身侧的程敏挥着手，第一个冲出了电梯。

直到冲到门口，阮蔓才稍微放慢了些步伐，但还是要比平时的速度快。

她知道，自己迫切地想见到孟野。

阮蔓一眼就看到了停在电视台门口一侧的那辆森林人。

她快步走过去，熟练地打开了副驾驶的车门，弓身上车。

看到阮蔓的那一刻，孟野才生出了一丝归属感。

“来多久了？”她问道。

孟野脸上是淡淡的笑，说：“没多久，刚来。”

“翘班了？”他继续问。

阮蔓系上安全带，回道：“没，我们就这个点下班的。”

顺着孟野的视线瞧过去，阮蔓这才发现，大部队都在她的身后，她是第一个冲出大楼的人。

阮蔓讪笑着：“我走路……比较快。”

孟野也不戳穿，陪着她一块儿笑，然后问道：“晚上想吃什么？”

“今天太冷了，吃火锅可以吗？”

“启程。”

跟着大部队走出来的程敏看着阮蔓飞奔上一辆车，笑了笑。

这阮蔓，还说没事。

只是，这车上驾驶座的人有些眼熟。

还没等她回忆出来，肩膀就被人一拍。

程敏吓得猛地回头，是向泽远。

“你吓死我了。”她瞪了向泽远一眼。

向泽远摆手做无奈状，问道：“你站这儿干吗呢？人都走光了。”

程敏下意识地抬手往阮蔓那儿指去，却发现那辆森林人早已经开走了。

“刚刚我看到有个男人来接阮蔓。”

向泽远皱了皱眉，有些不敢置信地问：“你看错了吧？”

“没有啊，那人还挺面熟。”程敏肯定地说道，“怎么，你这是被其他追求者插队了？”

向泽远抿了抿唇，不说话。

他想起了上次在车上，阮蔓和他说，她有一个很喜欢的人。

难道是真的？

“你今天上班了吗？”阮蔓盯着车窗前的马路，像是随口问了一句。

孟野说：“没有。”

“嗯……”

还没等阮蔓问出下一个问题，孟野接着说道：“我今天回了趟桥城。”

“桥城？”阮蔓坐得笔直，“你怎么突然想到回桥城了？”

“孟茴今年的忌日是除夕夜，没法回去，就提前回去了。”孟野顿了顿，说，“顺便去看了趟孟成军。他死后我一次都没有去看过他。”

孟野说这话时语气很平静，阮蔓甚至看不出来他的神色有任何变化。

“你下次去看孟茴，可以叫上我。”阮蔓深吸了一口气，“我还没见过她。”

“好，下次。”孟野笑了笑。

下次一定让孟茴见见自己的嫂子。

杭城机场。

阮蔓和孟野站在接机口。

出站口已经有不少人陆陆续续出来了，付曦和付晨在队伍的末尾磨磨蹭蹭。

“蔓蔓！蔓蔓！”付曦踮起脚冲阮蔓挥着手。

还是那个熟悉的声音，阮蔓也朝她挥手。

自从兄妹俩一起出国后，她们见面的频率就降到了一年一次，有时候甚至一年都见不上。阮蔓的工作忙，付曦也忙于学业，但即使这样，她们的感情也依旧很好。

付曦几乎是穿过人群，扑进阮蔓的怀里。

“你又变好看了，我好想你。”付曦抱着阮蔓不肯撒手。

阮蔓眼里含着笑看着她，小声说："我也想你。"

和上次见到时相比，付曦也更好看了，高中时期那个可可爱爱、头上总戴着粉色发卡的女生，也在岁月的长河里慢慢长大了。

所有人都在长大，所有人都在改变，包括阮蔓和孟野。

只是不变的是，他们依旧相爱。

相比女生重逢时的激动，两个男生就只是用肩撞了肩。

付晨拍拍孟野的背，说道："野哥，好久不见。"

是真的太久没见了，时间久到他们都以为这辈子会再也见不到了。

付曦拉着阮蔓走在前面，她回头瞧了瞧孟野，又瞧了瞧阮蔓，发现两个人脸上没有一点异样的神情。

按理来说，现在八卦为时尚早，但付曦还是没忍住开口问道："你和孟野哥，怎么回事？"

阮蔓也不打算隐瞒什么，于是就一五一十地和她说了。

"什么？孟野哥太惨了吧？"付曦的脸皱在一起，"那你们还会在一起吗？"

阮蔓这次没打岔，点点头，说道："会的。"

付晨推着箱子，和孟野并排走在两个女生的后面。

他用手臂碰了碰孟野的手臂，然后往前面递了个眼色，问道："你和阮蔓？"

孟野淡笑着说："对，就你想的那样。"

"和好了？"付晨愣了愣神。

"这倒没，我还在追呢。"孟野斜了付晨一眼，"你怎么还不抓点紧？"

付晨选择性失聪，开始装听不见。

他们当年的四个人，丁航和刘睿阳都已经成了家，只剩他们两个大龄单身男青年了。

现在眼看着孟野脱单在即，付晨突然有了一股突如其来的压力。

"这不是我妹还单着吗？她都不急我急什么？"付晨辩解道。

话音刚落，前面的付曦立马回过头来，瞪着付晨说："付晨，你别以为我耳朵聋听不见，反正到时候见到爸妈你就死定了。"

他们把行李送到酒店后，一行四人沿着马路牙子，找了一家深夜还依旧开着门的烧烤店。

杭城的烧烤店中规中矩的，没有那直蹿上天的浓浓烟雾，也没有挤到马路边上的红色塑料凳和折叠桌。

座位都在店铺里面，规规矩矩地摆放好，里面只有一桌大学生模样的人坐在靠近门口的地方。为首的那个大概失恋了，身边一众人都在陪着他喝闷酒。

老板坐在收银桌后面，不知道架在桌上的手机在放着什么节目，他一个人看得边笑边抹眼泪。

"我要吃烧烤！在国外就馋这一口。"付曦直往烧烤店里冲，拉也拉不住。

见有人推门进来，老板头也没抬，冲着来人说："东西都在冰柜里，吃什么自己拿。”

因为晚上吃了火锅，阮蔓这会儿吃不下什么了，她只要了一瓶酸奶。

在孟野的劝说下，付曦才从篮子里极为不舍地放下了一把肉，拿了三人的分量。

四人坐在桌边时，孟野不知道想起了什么，撩起收银台后的帘子往里走去。

这家烧烤店内的环境算得上干净整洁，相比很多烧烤店已经好太多了。

阮蔓环视着店里的环境，这些年城市管制得很严格，也不知道桥城那条马路上的烧烤摊还在不在。

“你们明天就回桥城？”阮蔓喝了口酸奶问道。

付晨接了话：“对，这次回来主要是得回桥城一趟，祭祖过个年。”

“你们还去国外吗？”

“还得去一段时间，今年大概会回国发展。”

“哎，刘睿阳忙什么呢，今天也不出来？”付曦挑了瓶北冰洋，坐回到座位上。

“他今天有台手术。”孟野紧跟着也从后厨那儿出来，坐回到阮蔓身边。

付晨问道：“过年你们怎么安排？”

孟野说：“回家吃个饭吧。”

正打算顺着这个话题往下聊时，老板从后厨把烧烤端了上来，烧烤的香味顿时溢满了整间屋子。

阮蔓眼尖，一眼就看到了盘子里那几串外表焦黄的烤棉花糖。

她扭头看向孟野，他的瞳孔亮亮的，像一汪清潭吸着她。

“那是……”

“给你烤的。”孟野把手搭在椅背上，整个人懒散地往后靠去。

“你从哪里变出来的？”阮蔓目不转睛地盯着盘子里那几串烤棉花糖。

“老板那儿有棉花糖，不过好些年没烤了，手艺估计退步了不少。”

付曦和付晨两人果真看都不看这烤棉花糖一眼，直奔那滴油的烤五花肉去。

“你们不吃这个？”阮蔓举着一串烤棉花糖问他们。

付曦瞧了一眼，嫌弃道：“这不棉花糖吗？除了你，我们都不爱吃这甜滋滋的玩意儿。”

阮蔓愣愣地看着付曦，脑子一下没转过弯来。

所以，当年孟野第一次给她烤棉花糖，就是为她一个人烤的吗？

他从那个时候就开始关心自己了？

阮蔓转头看着孟野，眼底的情绪有些外露。

这些年，她再没吃过烤棉花糖。

甚至在和大学同学出去团建时，别人问她喜欢吃什么烧烤，她下意识地接道“烤棉花糖”时，大家都奇怪地看着她，问她棉花糖还能烤吗？

她只笑了笑，然后摇摇头。

能烤的，因为有人给她烤过，所以能的。

阮蔓垂头咬了一口棉花糖，一下子就化在了口中。

甜滋滋的，整个口腔都是甜味。

她知道，甜的哪是这串烤棉花糖，而是孟野。

一顿饭愣是吃到了凌晨，两个男生都喝了点酒，回程的路上只能阮蔓来开车。

阮蔓虽然拿了驾照，但平时不怎么开车，这会儿颇有种赶鸭子上架的感觉。

她的手紧紧握着方向盘，手心里直冒冷汗，小声说："孟野，我挺怕车毁人亡的。"

孟野笑道："开慢点，没事的。"

凌晨的马路上没什么车，阮蔓把车速放得很慢，虽然慢，但很稳。果真如孟野所说，一路上都挺平安的，没什么事。

车就这样一路晃悠悠地开到了酒店门口，和付晨兄妹道过别后，车内只剩下了孟野和阮蔓。

孟野把头往后靠，抵在车座上。

车窗开了一条小缝，扑面而来的冷风把他吹得稍微清醒了些。

今晚和付晨喝得并不算太多，可能是因为太久没有碰过酒了，他这会儿竟然有些上头。

阮蔓扶着方向盘，从后视镜里瞟了孟野一眼。

"我先把你送回家。"她说，"你告诉我你家地址。"

孟野喝了酒后，声音就会变得稍低沉些，听起来是带有磁性的那种感觉。

"不用，直接开到你家。"

"那你怎么回家？"

"找个代驾？"孟野歪过头来看着她。

"行。"阮蔓不和他纠结这个问题。

过了会儿，孟野把开着的车窗合上，寒风被隔绝在了车外。

"阮蔓，今天见到付晨他们，其实我很开心。"

"嗯。"阮蔓点点头。

"我……挺想他们的，我们好久没坐下来一起好好吃顿饭了。"孟野说这话时，脑海中自然而然就想到了当年他们每天待在一起的日子。

"以后会有很多这样的机会的。"阮蔓安慰道。

静谧的车内，除了两人的说话声，没有其他任何声音。

孟野静静地看着身侧的人，像是自言自语，也像是在和阮蔓说话。

"可是我最想你……

"有多想呢，我也说不上来。

"我在大学时，看过村上春树的一本书，里面说：你要记得那些在黑暗中默默抱紧你的人、逗你笑的人、带着你四处游荡的人、说想念你的人。我这才发现，这些人都是你。

"我没有一刻忘记你。

“阮蔓，这辈子我好像真的没法喜欢上别人了。”

孟野说这些话时，阮蔓已经把车开到了家楼下。

她静静地把车熄火，什么话都没说，就这么听着他说话。

“孟野。”她唤他名字。

“嗯。”

“你记不记得，你说过这辈子你只认我？”阮蔓盯着他的眼睛，问道。

“我记得。”

“我当年真的信你这句话。”阮蔓垂眸，看着自己绞在一起的手指，“现在我依旧信。”

“我没有刻意等你，孟野。你不让我等，我就不等，真的。”阮蔓心口像被人大力地攥着，她努力让自己的语调听起来平缓一些，“我想过的，只要你不肯来见我，我一定找不到你的，我只能期待哪天你会再打电话来。

“我也想过，或许在哪天，我就真的遇上了一个比你还要好的人，我们会谈恋爱，结婚生子。时间会磨掉我们之前发生过的所有一切，我可能会在某一天，就发现自己已经忘记了你。

“但是，我遇不到比你更好的人了，这辈子要是再遇不上你，我就只能这样了。

“孟野，我没你想的那么好，我不是一个完美的人，只是因为你喜欢我，所以我在你的眼里才带着光。我们不是十七岁了，我们以后要面对的是柴米油盐酱醋茶，你会发现我的自私、我的高傲。就算这样，你还喜欢我吗？”

阮蔓的声音哽咽着。

她知道自己在赌。

孟野沉默了很久，眼皮垂下。

他突然看向阮蔓，态度认真了起来。

“阮蔓，我们在一起吧。

“我不想再放开你的手了，以前我要你忘了我，都是我说的假话。你不能忘了我，也不准忘了我。我要的是你，管你完不完美，自不自私，我们相爱，这就是一件完美的事。

“我们都承认吧，没了彼此，我们都过得不快乐。”

阮蔓的耳边嗡嗡作响，除了孟野说话的声音，她再听不见别的声音。

这是她认识的那个孟野，嚣张到不可一世。

他说得没错，没了彼此，他们都过得不快乐。

所以，在一起吧。

他们早在十几个世纪前就该在一起了。

“好啊，我们在一起。”

即使车内的温度逐渐升了起来，但阮蔓浑身还在颤抖。

这大概是她人生中做的第三件叛逆的事。

阮蔓看着面前的人，突然想起之前看过的一本书。

柏拉图在《会饮》中，假托古希腊喜剧家阿里斯托芬之口讲述了一个“圆球人”的故事。

人原来的样子是圆球形的，除了脑袋，其他器官都是现在人的两倍。

两张脸，两对耳朵，四只手，四只脚。

圆形人的本领很大，于是生出了取代神的想法。他们想把诸神推翻，于是向神发起了进攻。众神之王宙斯为了削弱他们的力量，就将圆形人一分为二。

所以，圆形人不再是完整圆满的人。

作为不完整的人，每个被切开一半的人，为了找回完整的自己，就会努力寻求另一半，想要合二为一。

被迫分离，在茫茫人海中重新寻找到彼此，最后重逢。

这就是爱情的起源。

野有蔓草。

早在十几个世纪前，孟野和阮蔓就被这命运的绳索牵引住了。

他们一人拽着一头，消散在人海。

永远没有人是一个完美的人，但是没有比他们相爱还要更完美的事了。

短暂的沉默中，两人如同十七八岁的孩子一样，局促到眼睛都不知道该往哪儿瞟。

“我觉得这像一场梦。”孟野抓住阮蔓的手，和她十指相扣。

阮蔓用力扣住他的手，他的掌心滚烫，像是一把火在烧灼着她的掌心。

她笑道：“是有点儿。”

“我梦见过很多次我们和好的场景，却唯独没有梦见过这个场景。”孟野的声音低低的，听起来让人感觉很舒服。

“所以那些是梦，我才是真的。”阮蔓应道。

车窗外月色正好，一切都刚刚好。

两人明天都还要上班，阮蔓等代驾来了之后便上了楼。

上楼那会儿阮蔓才后知后觉地察觉到自己的心跳有多快，在安静的楼道里，心扑通扑通有节奏地跳动着。

今天出乎意料地和好，让阮蔓感觉回到了十七岁那年。

只不过又有那么些不同了。

年少时两个人凭着一腔孤勇就能约定未来，但如今他们要面对的东西更多。

阮蔓在和好的同时也在害怕，害怕他们迟来的重逢又会被什么其他的阻碍所打败。

阮蔓躺在床上，原以为晚上会思考很多，或许会失眠。

但其实她一夜好眠。

和孟野和好这件事并没有给阮蔓的生活带来翻天覆地的巨大变化，他们依旧照旧上班下班。

只是他们都会抽出更多的时间来约会，弥补这几年错过的时光。

他们都不是爱声张的人，只有身边那几个朋友知道这件事。

只有刘睿阳，像是早就猜到了事情会这么发展，特淡定地在群里回复着：

【早点领证，这样你们才能体验到我的快乐。】

年前的一个星期，无论是警局还是电视台，都是一年中最忙的时候。

两人每天都忙得焦头烂额，恨不得把一天二十四小时劈成四十八小时来用。

除夕夜那晚，他们都要各自回家吃年夜饭。

孟野一早就说好了送阮蔓回家后自己再回去。

除夕那天下午，杭城又下起了雪。

应雯昨天就回了家，此时家里只有阮蔓一人。阮蔓把刚写好的稿子用邮箱传过去后，就合上了电脑。

她简单收拾了一下，回何曼君家不用带什么行李，因为不过夜。

随手放在桌上的手机振动了起来，阮蔓没看屏幕上显示的名字，下意识地以为是孟野的电话，就按下了接听键。

“你到了？”

电话那头是一个男人的声音，但明显不是孟野：“啊，什么到了？”

阮蔓把手机从耳边挪开，拿到眼前。

电话是向泽远打来的。

“没什么，你找我什么事？”阮蔓刚刚稍带点兴奋的声音这会儿已经回归到了和往日一样平淡的声调。

“我在你家楼下。”向泽远说。

阮蔓愣了愣，趿拉着拖鞋走到客厅阳台，推开窗户探头往下望去，向泽远果然撑着把伞站在楼下。

“你能下来一下吗？”

向泽远抬头往楼上看了一眼，就看到了从窗户里探出头的阮蔓。

阮蔓本想拒绝，但看了看外面漫天飘扬的大雪，又有些迟疑。

“行，你等一下。”

几分钟后，阮蔓裹着羽绒服，撑着伞出现在了楼下。

不知道向泽远在楼下站了多久，才鼓起勇气打这通电话。他的两颊冻得稍稍有些发红，见阮蔓下来了，他的眼里闪出了几丝光亮。

“是台里的事吗？”阮蔓问道。

向泽远摇头，朝阮蔓走近了一步，说：“台里没事，是我自己的事。”

阮蔓把另一只手插进兜里，静静地看着向泽远。

她大概猜到了他要说什么。

“阮蔓，上次我说让你考虑一下我，不知道你考虑了吗？”向泽远比阮蔓要高出一个头，此时说话时还刻意微微低了下头。

“没有。”阮蔓诚实地回答。

向泽远笑了笑，说：“没事，可能是我最近太急了，其实没事的，我可以等的……今天除夕，你要回家吧？我送你。”

“向泽远，我有男朋友了。”阮蔓望着他，平静地说出了这句话。

这两年，向泽远对她的心思台里上上下下都知道，只是他从来不戳破这层窗户纸，她也没法明确拒绝。

他很好，只是不适合她。

向泽远愣了愣，脸上浮出一丝诧异的笑：“你骗我的吧？”

“没骗你，是真的。”她脸上的表情很认真。

雪下大了些，有的地方已经有了一层薄薄的积雪。

向泽远站的那块地方已经有了两个深深的脚印，说明他站在这儿真的已经很久了。

“你记不记得我们第一次见面是什么时候？”向泽远问她。

阮蔓耐着性子想了想，说：“第一次去台里吧。”

他摇摇头，说道：“不是，是大学的时候，我们学校去京城大学参加辩论赛的那次，我是一辩，你是三辩。”

这句话倒让阮蔓愣了愣，在她的印象里的确和杭城大学打过那么一次辩论赛，是她临时顶替室友上场的，但她真的对场上的人没什么印象了。

“和你说这个，没有别的意思，就是想告诉你，我对你的喜欢是从那个时候就开始的。”

阮蔓刚想开口说些什么，一抬头就看见了不知道什么时候站在向泽远身边的孟野。

他没打伞，头上落着雪花。

他一只手插在羽绒服口袋里，另一只手拍了拍向泽远的肩膀，用一种极为不满的语气说道：“兄弟，分个先来后到，我高中就认识她了。”

两个人都愣了愣。

阮蔓是因为孟野突然出现在这里，而向泽远则是在大脑中拼命地消化着这句话。

孟野收回搭在向泽远肩膀上的手，弓身钻进了阮蔓的伞下，自然而然地接过她手里的伞。

两人站在一起，宛如一对璧人。

向泽远抬头瞧着面前的男人，虽然有几分面熟，但一时也没想起来。

“我是阮蔓的男朋友，孟野，幸会。”孟野伸出了手。

听到这个名字，向泽远的脑子里立马就把这张脸和名字对上了号。

半年前平山区分局空降的刑侦队长。

当时因为他，台里好几个女同事都选择去跟刑事案件，最后人还没接触上，就被残酷的案发现场打了回来。

向泽远脸上没有任何表情，但碍于教养，还是伸出了手，象征性地与孟野握了握。

“你们……”向泽远一直认为能在阮蔓身边待这么久的男性，除了他再无旁人。

到头来，原来自己才是后来的那一个。

“嗯，我十几岁就喜欢他了。”阮蔓看了眼孟野，说道。

哪怕是一瞬间，向泽远还是捕捉到了阮蔓看向孟野时，眼里闪过的那一丝光。

那是她看向除了孟野以为任何一个人时，眼里都没有的，包括他。

向泽远没再多说什么，他不是一个死缠烂打的人。

这场战争，还没开始打他就已经输了。

他坐在驾驶座上，看着往楼上走去的两人，心里不免懊悔。

如果是他们先遇见，结果会不会不一样?

他没有问阮蔓这个问题，因为他知道，她一定会回答他——

“可是没有这个如果。”

阮蔓领着孟野上了楼。

落在他头上的雪花这会儿已经化成了水珠，他脱下羽绒服挂在进门的衣架上。

阮蔓把伞立在门口，换上拖鞋进了屋。

明明自己是被告白的那一个，但她心里却莫名发怵，像是自己干了什么坏事被抓到一样。

孟野跟着阮蔓进了屋，倚在她的房间门口，随口问道：“刚刚我要是没来，你打算怎么拒绝他？”

阮蔓手忙脚乱地收拾着桌子，过程中还不小心碰倒了一瓶卸妆水。

“就把你搬出来呀。”她抬头看着孟野，脸上浮出委屈的神情。

她只有在他面前，脸上才会有各种各样不同的表情。

孟野没忍住，“啪”的一声合上门，走到站在桌边的阮蔓面前，把她圈在怀里。

他们俩在高中时就有一个头的身高差距，再加上这些年阮蔓没怎么长，反倒是孟野又长了些个，这会儿阮蔓不得不仰起头才能看到他的脸。

抬头的那一瞬间，她的额头蹭过他的下巴，带来一丝肌肤碰触的烧灼感。

“女朋友太抢手怎么办？”孟野双手搂在阮蔓的腰间，微微俯身，脸贴在她的耳边间。

孟野呼出的气息吹拂着阮蔓耳边的碎发，阮蔓能感觉到自己的耳朵迅速变烫了。

她伸出手，同样环绕在孟野的腰间，把头埋进他的怀里，闷声说：“你高中时也很抢手。”

孟野沉声笑了笑，问道：“现在过气了？”

阮蔓抬起头看了他一眼，老实说道：“凭你这张脸，我觉得不会过气。”

孟野抱着她笑，小声说：“阮蔓，你知道你站在我面前，我就没有抵抗力吗？”

她悄悄地掐了一下他的腰，没好气道：“我怀疑你在耍流氓，但我没证据。”

“你都说我耍流氓了，我可不得耍一下？”

话音刚落，孟野的唇就落在了阮蔓的耳垂上，亲得她浑身一颤。

这是他们和好以来，他们第一次亲密接触。

平日里他们只拉拉手，甚至连拥抱都还是刚刚才发生的。

阮蔓的脑海中突然浮现出孟野刚刚说的那句“我高中时就认识她了”。

是啊，明明高中时就已经认识他了，为什么她整个人还是会止不住地发抖。

脖颈上的疼痛感把她的思绪给拉了回来。

孟野不知道什么时候亲上了她露在外面的脖颈。

“阮蔓，喜欢我亲你吗？”孟野抬起头，附在阮蔓耳边问她。

本就被亲得七荤八素的阮蔓，此时眼神有些迷离，她看向他，低声说：“喜欢。”

她说的是实话，她喜欢孟野，更喜欢和他亲密接触。

如今他们就要二十七岁了，有很多当年不能做的事在这个年龄倒显得顺理成章了些。

对于接下来可能会发生的事，阮蔓心里有数，她不抗拒。

“欢”字的尾音被孟野吞入口中，他把手覆在阮蔓的后脑勺上，吸吮着她的唇瓣。

阮蔓只有抬头，闭上眼睛，略带生涩地回应着面前的人。

什么都能忘，可孟野身上的味道，她没忘。

孟野虽然用力，但脑子里还记得晚上阮蔓要回家吃饭那档子事，也没敢过分。他亲了好一会儿，就放开了她。

阮蔓的嘴巴比刚进门时要稍肿了些，但好在不细看还是看不大出来。

屋里的暖气开得很足，两人的眼里都是藏不住的欲望。

孟野伸出手，小心翼翼地抚摸着她略肿的唇瓣，声音有些沙哑：“晚上还要回家吃饭，今天……先放过你。”

话一出口，阮蔓的脸就红了个透。

孟野把手臂圈在她的腰上，小声说：“再抱一会儿，就一会儿。”

阮蔓想要说的话还没说出口，就被这个拥抱给抛掷脑后了。她什么也不想想，理智在现实和迷离中不停地拉扯。

就这样，真好。

孟野太贪恋如今的生活了。

两人在家里磨蹭到快六点，才慢悠悠地出了门。

杭城冬夜的六点，夜幕已经降临。天空中还在飘着雪花，那雪花在暖黄的路灯下被风吹得肆意飞扬着。

因为是除夕夜，很多店铺在这个晚上都早早地关了门。

路上行人匆匆。

他们手牵着手往停车的地方走去。

过了除夕，就又是新的一年了。

孟野低头瞧了一眼身侧的阮蔓，心中突然生出了一个愿望——新的一年，争取和她回同一个家过年。

第十章 春风吹又生

阮蔓到何曼君家所在的小区门口时，天色已经完全暗了下来。

明明是一个阖家欢乐的日子，她却在楼下踌躇犹豫着，即使晚进去一分钟也是好的。

直到何曼君的电话打来，她才走进电梯，按下了楼层键。

“妈，程叔叔。”阮蔓进门后低着头换鞋，顺从地叫人。

正在厨房做饭的程林松拿着锅铲探出头来看阮蔓，笑着冲她点头，说道：“蔓蔓回来啦。”

阮蔓换好拖鞋，一边往里走，一边说：“程叔叔新年快乐。”

何曼君的脾气太过急躁，而程林松是那种温文尔雅类型的，总能在适当的时候平复何曼君的心情。

阮蔓不讨厌这个继父，甚至因为这个原因，她挺赞同两人在一起的。

坐在沙发上的何曼君看了阮蔓一眼，没说话。

阮蔓也没有先开口说话，她径直走向卫生间，取下围在脖子上的围巾。

脖子上有一个浅浅的印记，她若有所思地盯着那个印记看了会儿，从包里拿出遮瑕往上盖了盖。

“可以开饭了。”程林松从厨房里端出最后一道菜，放在桌子上。

阮蔓坐在夫妻二人对面，沉默不语。

她不知道别人家的年夜饭是怎么吃的，吃得开不开心，她只知道自己如坐针毡。

客厅除了电视里传出来的声音，就是筷子碰击碗碟的声音。

还是程林松主动打破了母女二人之间紧张的气氛。

“蔓蔓，最近工作挺累吧？多吃点肉，瞧瞧你瘦得。”程林松夹了一块排骨放进阮蔓的碗里。

“谢谢叔叔。”阮蔓应道。

何曼君夹了一块鱼肉，紧跟着放进阮蔓的碗里，淡淡地说：“工作重要，身体也重要。”

出乎阮蔓的意料，她以为何曼君开口的第一句话一定是劈头盖脸地指责她拒绝了那个优秀记者奖。

但是这突如其来的关心，让阮蔓心口一酸。

“谢谢妈。”阮蔓说完就埋头吃鱼。

“过完年，你就二十七岁了，是不是该考虑一下谈恋爱结婚了？”何曼君像是早就打定主意，今晚不聊工作，转而聊人生了。

她喝了一口杯里的红酒，看着阮蔓。

阮蔓手里的筷子一顿，抬头望向何曼君。

没等她开口，何曼君接着说道：“你们台里是不是有个叫向泽远的男孩子在追求你？我和他父母是老朋友了，他的家庭挺不错的，这孩子长得也好……”

“妈，我谈恋爱了。”阮蔓根本来不及思考何曼君怎么知道向泽远追求自己的，她只想尽快打消何曼君乱点鸳鸯谱的念头。

何曼君愣了愣，问道：“怎么没听你提过？”

一旁的程林松也插了句嘴：“那肯定是很好的人，蔓蔓才看得上啊。”

阮蔓用筷子戳着碗里的米饭，抬头看向何曼君，说：“前不久的事。”

何曼君也没什么大的反应，面容和刚刚无二样，平静地说：“那有空带回家来看看。”

阮蔓原本没想这么早就把孟野的事和何曼君说，她知道因为当年的事，何曼君对孟野这个人有多么避讳。

孟野在何曼君眼中已经不仅仅是一个坏学生，更是一个让自己女儿开始变叛逆的标志。

阮蔓犹豫了会儿，还是继续开口说道：“你见过的。”

这下轮到对面两人怔了怔。

随即，何曼君像是回忆起了什么，脸上的神色终于有所变化。

“桥城那孩子？”时间太久了，何曼君已经不记得孟野的名字，但她始终没忘记过有这么个人。

“他叫孟野。”阮蔓告诉何曼君。

程林松虽然不知道这些往事，但从这紧张的气氛中，他还是能看出何曼君对阮蔓的这个男朋友并不是很满意，哪怕以前是认识的。

“蔓蔓喜欢就……”

程林松刚想替阮蔓说两句话，就被何曼君厉声打断：“你别说话。”

“那孩子现在在干吗？”何曼君蹙着眉，眼里是藏不住的不满。

“警察。”阮蔓说。

“那不行。”何曼君给他们的关系下了定论。

“为什么就不行了？”阮蔓放下筷子，和何曼君对视上。

“且不说他家里的情况是什么样，和我们家门当户对与否，我希望你找一个能在事业上帮助到你的，能和你有共同话题的人。他的工作那么危险，万一哪天出了个什么意外，你这辈子怎么办？”何曼君有理有据地罗列出自己反对的理由。

阮蔓平静地接上何曼君的话：“我不需要一个能在事业上帮助我的人，我也不觉得我和他没有共同话题。每一份职业都应该被尊重，如果他哪一天真的发生了什么意外，我也会为他骄傲。”

“我不知道那小子给你灌了什么迷魂药，你这么多年来不谈恋爱就是为了他来气我的是吧？”何曼君气到胸口开始剧烈地起伏。

她以为当年把这两个孩子分开，这事就算结束了。

没想到过了这么多年，阮蔓还能和他搅和到一块儿去。

“妈，我首先是我自己，然后才是你的女儿。”阮蔓已经不会再像九年前那般和何曼君争吵，她尽量用最平静的语气来阐述自己的想法，虽然何曼君听进去的时候是少之又少，“你把你人生所有的希望都寄托在我的身上，我一直都想告诉你，我真的很累。我只是喜欢了一个人，我又有什么错呢？”

“喜欢一个人可以，但不可以是他。”何曼君没有一点儿松口的意思，“一个人的家庭环境决定了他百分之八十的成长，他的爸爸不用我说，你也知道，如果他和他爸爸一样呢？”

阮蔓两只手放在桌下，紧紧地攥在一起。

她摇摇头，说道：“妈，他永远不会的。”

“阮蔓，你已经不是小孩了，你应该知道现在你们要面对的是些什么，不是靠着这份喜欢就能去过日子的。你或许现在很喜欢他，觉得非他不可，可是以后呢？生活中所有的激情都会被柴米油盐酱醋茶给磨淡。

“为什么人要找一个和自己差不多的人，就是因为这样你们才能有更多精神层面的交流，你们的思想高度才能达到一致。”

程林松拍了拍何曼君的手，示意她言语不要太过激烈。

他打着圆场：“蔓蔓，你妈妈说的也有一定的道理，今天大过年的，我们先好好吃饭。”

“不，你们不懂的。”阮蔓的声音很低，“我喜欢他，从十七岁到二十七岁，我就只喜欢过他。他对我来说，不仅仅只是一个喜欢的人那么简单。”

她把头垂得低了些，右手又不自觉地去摸左手腕。

“妈，孟野对我来说，是治愈。我和他在一起的时候很开心，我能清晰地感觉到自己的悲喜……我可以一直往前走，因为……我知道他会永远站在我的身后。

“妈，我只想和他在一起。”

阮蔓此时此刻无比想念孟野，如果他这个时候在身边就好了。

何曼君盯着阮蔓，眼里是说不出的失望。

她没再开口说什么，反倒平静地垂下双眸，自顾自地拿起筷子继续吃饭。

坐在一旁的程林松挤出一丝笑容，又往阮蔓的碗里夹了一块排骨，说道：“蔓蔓，你别和你妈妈生气。”

说完，他又转头朝何曼君说：“先让蔓蔓把那孩子带回家看看吧，至少先见见，再下结论也不迟。年轻人处对象嘛，当然得他们自己喜欢是吧。”

阮蔓眼眶一热，本来已经憋回去的泪水这会儿落在她的手背上，烫得她的手往后一缩。

明明比起何曼君，程林松才是和她没有血缘关系的那个人。

但是比起他，何曼君却显得更不理解她。

明明她们才是母女啊。

“和一个人在一起一辈子，不是一件容易的事。我不想用我失败的婚姻来教育你，但你必须看清楚，我和你爸就是一个例子。喜欢和合适，你自己选。”何曼君说完这句话，就放下筷子离了桌。

程林松叹了口气，这母女俩一个性格，就是对自己在意的事倔得慌，谁劝都没用。

“蔓蔓，你妈妈就是那样一个脾气，等我劝劝你妈妈就好了啊。”

“叔叔，我先走了，你好好劝劝我妈。”阮蔓拿起搭在椅子上的围巾，拎包起身往门口走去。

“哎，蔓蔓……”

声音被关在了门内。

楼层里一片安静，隔着门，阮蔓都能听到从别家传出来的欢笑声。

阮蔓后知后觉地感到冷，她从口袋里摸出手机，手机屏幕上有一条孟野半个小时前发来的消息。

【我到家了。】

阮蔓按灭屏幕，又点亮。

反复了几次后，她把手机塞回到口袋里，按下了去往楼下的电梯。

孟野这个时候应该还在吃饭吧？他家的气氛一定不像自己家那么针尖对麦芒。

孟野给阮蔓发完消息后，就把手机放回了口袋。

虽然沈岚和邱智斌对他很好，但他回家的次数还是屈指可数。

这会儿，饭菜刚刚摆上桌，孟野就进了门。

“哥哥——”邱莹朝孟野扑了过来。

这个妹妹肉嘟嘟的，像个奶团子一样砸进了他的怀里。

孟野伸出手一把抱起邱莹，往客厅走去。

沈岚听到自家女儿这一嚷，连忙站起了身往门口走来。

见孟野怀里的邱莹咯咯直笑，她也跟着笑了：“小野回来了。”

客厅里传来邱智斌的声音：“是小野回来了吗？”

孟野抱着邱莹往餐厅走去，喊道：“妈，邱叔。”

比起阮蔓家，孟野家的氛围要显得温馨得多。

桌上摆着五菜一汤，中间还摆着一条鱼，寓意为“年年有余”。

饭没吃太久，孟野就下了桌。

放在口袋里的手机一直没有收到回复，他隐隐觉得有些不太对劲。

他合上阳台门，拿出手机拨通了阮蔓的电话。

电话响了两声，就被接通了。

“怎么不回我消息？”孟野抢先开了口。

阮蔓吸了吸鼻子，朝手心里哈了一口气，回道：“我没听见。”

听到话筒里传来清晰的风声，孟野蹙了蹙眉，问：“你在哪儿？”

电话那头长久的沉默后，阮蔓小声说：“我妈家楼下。”

几乎是话传到耳朵里的同时，孟野转身打开了阳台门。他从衣架上取下自己的羽绒服，冲客厅那头喊道：“妈，邱叔，我先走了，有点急事。”

没等沈岚追上来盘问两句，他就已经大步走到了大门外。

“孟野，你不用来，我待会儿自己打车回去了。”阮蔓有些急。

孟野把羽绒服往身上随意一套，说：“找个没风的地方，别冻着了，我马上就过来了。”

虽然嘴上说着让孟野不用过来，但听到他正往自己这儿赶来，阮蔓还是感动了。

在这样一个日子里，有一个人不顾一切地朝你奔赴而来。

阮蔓想，孟野就是自己全部的喜欢与合适。

孟野到小区门口时，时间并没有过去太久。

他老远就看到了蹲在马路牙子上的阮蔓，她即使戴着围巾，鼻头也被冻得红红的，也不知道在外面待了多久了。

阮蔓瞧见了出现在自己面前的鞋子，顺着抬头往上看。

只一眼，所有的委屈就都涌了上来。

阮蔓几乎是扑过去的，她的眼泪像断了线的珠子似的往孟野的衣服上砸去。

何曼君对这件事的反应完全在阮蔓的意料之中，只是比起何曼君强硬的态度，阮蔓更无法理解的是何曼君永远没办法站在自己的角度去考虑任何问题。

好像她并不是何曼君的女儿，而是一个何曼君的附属品。

“你来了。”阮蔓死死地抱着孟野，怎么都不肯撒手。

孟野也由着她，任她把鼻涕眼泪都往自己身上糊。

“嗯，我来了。”他抬手摸了摸阮蔓柔顺的头发。

不用细想，就知道她肯定是在家里受了委屈，近八成可能是因为自己。

就这么在冰天雪地中抱了一会儿，两人回到了车上。

比起刚见面那会儿，阮蔓的情绪已经平复了很多。

车上的暖气开得很足，她刚刚在外面冻僵的脸和手这下都逐渐回暖了一些。

阮蔓瞟了孟野的衣服一眼，他胸口那块儿被她的眼泪糊得湿漉漉的。

她有些不好意思地朝他眨眨眼。

“发生什么了？”孟野问道。

阮蔓垂着脑袋，颇有些垂头丧气的架势，小声说：“我和我妈交代了我俩的事……”

“你妈妈不同意。”

是陈述句，孟野还是有自知之明的。

阮蔓点头。

阮蔓这回真的不知道应该怎么办了，如果何曼君一直不答应，或许自己就会和她一直这么僵持下去。

“没事的，慢慢来。”孟野说完，碰了碰阮蔓的手，终于比刚刚暖和了一点。

“晚上吃饱了吗？”他把车钥匙插进孔里，发动车。

阮蔓摇了摇头，抽噎着：“没……没吃饱。”

“那去我家，给你煮面吃？”

“我可以……加一个蛋吗？”

孟野哭笑不得道：“好，加两个。”

灶台上小锅里的水沸腾着，孟野放了面条，然后从冰箱里拿出两个鸡蛋，打进了锅里。

面条很快就变软了，在锅里翻涌着。

他用筷子翻搅着面条，转过头往客厅看去。

阮蔓这会儿已经全然忘记了刚刚的难过，开始背着手在家里东摸摸，西逛逛。

“孟野，你平时真的回家住吗？”她从心底发出了疑惑。

“偶尔。”

“你的东西真的太少了。”

阮蔓被放在柜子里的一个奖杯吸引住了，她立在柜子前，瞧着那个金奖杯。

是公安大学组织的一场比赛的一等奖。

她打开柜子，摸了摸它。

这是属于孟野的荣誉。

孟野直接把小锅从厨房端了出来，说道：“可以吃了。”

他瞧了眼立在柜子前的阮蔓，见她正目不转睛地盯着那个金奖杯看，看入迷了还会伸手触碰一下，不过也就一下，她就立马缩回了手。

阮蔓关上柜门，朝餐桌走来，说道：“那个金奖杯……看起来很值钱。”

孟野一愣，随后才反应过来，咧开嘴笑道：“我有块金牌，比这个更值钱。”

阮蔓用筷子挑起面条，放在嘴边呼呼地吹着，含混不清地说：“不，这个在你心里更值钱，因为它被你摆在了外面，我说得对吗？”

孟野坐在阮蔓的对面，双手往后一撑，脸上带着一丝逗趣的笑容看她，点头道：“嗯，它是我大学获得的第一个奖。

“当时拿到这个奖杯的瞬间，我就想和你分享这份喜悦，甚至一冲动就可能会拿着它过去找你了。

“但我还是犹豫了，我怕那个时候的自己，还是不够好。”

白炽灯的灯光照在桌上，明晃晃的。

孟野走过去把光线调低了一档，又倒了杯水回到座位上。

阮蔓没再接话，安静地吃着孟野给她煮的面。

面的汤底是番茄汤底，吃到最后，果然吃到了孟野给她卧的两个蛋。

一锅面条就这么吃完了。

孟野没让她洗锅，拿着小锅进了厨房。

阮蔓自觉地拿起刚刚她吃饭时，孟野给她找的换洗衣物，进了卫生间。

今晚是除夕夜，她不想一个人待在出租屋。

待两人都收拾妥当后，已经临近十点了。

客厅的电视里放着每年除夕夜固有的节目：春节联欢晚会。

时间在往前走，春晚的主持人也在换。

此刻站在台上的，已经不是九年前他们一同看的那个春晚的主持人了。

阮蔓套着孟野那宽松的T恤靠在沙发上，孟野本人则懒洋洋地坐在她的身边用手机回着消息。

“怎么了？”阮蔓往孟野那边凑了凑。

孟野盯着屏幕笑道：“我妈问我接到你了没有。”

“你妈妈知道我了？”阮蔓被吓得一下子坐得笔直。

“知道。”孟野看着她的反应，有些想笑，“别紧张，我妈不吃人。”

阮蔓抽出一只手轻轻拍了一下他的胳膊，说道：“没有紧张，只是觉得有些不可思议，我们就这样告诉了父母。”

孟野就着她伸过来的那只手，一把将她拉进怀里，不怀好意地说：“高中那会儿我妈就知道你了。”

这话一出口，阮蔓又在他怀里挣扎着，想坐起来说些什么。

“她知道你很好，很漂亮，很善良，对我很好，很喜欢我。”孟野轻声说，“所以，你别怕，接下来的问题我们都可以一起面对的。

“我不是当年的自己了，这次我会拉着你的手一起往前走。”

孟野的声音轻轻的，像羽毛一般挠着阮蔓的心。明明是一句再普通不过的话，对她来说却是无比坚强的后盾。

就如她对何曼君所说的，她只是喜欢了一个人，而那个人是孟野。

阮蔓在孟野的怀里动了动，还是挣了出来。

不过她什么都没说，只是跨坐在了孟野的身上，捧着他的脸吻了下去。

近距离看孟野，他一点儿都没有变，还是和她当年遇见他时一样，眉眼里尽是不羁与狂妄，但在他看向她的时候，他眼里的情绪明显带上了一丝温柔。

过了这么多年，阮蔓还是能在孟野的眼里看到自己。

一个绵长的吻结束后，阮蔓趴在孟野的肩头，喃喃道：“孟野，我觉得我错过了你太多的时光。”

孟野把手覆在阮蔓的脑后，无意识地顺着她柔顺的头发。

“阮蔓，我们还有好多好多年。”他把嗓音放得很低，“我以后都慢慢讲给你听。”

“嗯，我想知道你所有的事，好的不好的，我都想知道。”说着，阮蔓在孟野的脖颈处蹭了蹭。

电视里的春晚还在放着，具体放着什么节目，阮蔓不记得了。

也不知道是哪一刻，孟野把她抱进了房间。

房间里只剩下床头柜上的一盏散发着暗黄光线的小台灯。

整个屋子都透着一股暧昧的气氛。

窗外时不时传来烟花绽放声。

杭城这几年明令禁止燃放烟花爆竹，但总有人还是会在除夕夜偷摸着放烟花。

一束束烟花在空中绽放，五颜六色的。颜色印到窗帘上，透过窗帘，在屋子里绽放开来。

阮蔓从喉咙里发出低沉的呜咽声，这声音像小猫的爪子挠在了孟野的心口。

孟野滚烫的唇落在了她的肩窝、锁骨，而后顺势往下。

所到之处都会留下一片红印。

“孟野……”阮蔓抓着孟野的手，想说些什么，却又觉得在这个时候说什么都不太好。

身体的燥热已经高于屋内暖气的热度，阮蔓微睁着眼，看向孟野。

他额前的碎发已经被汗打湿，一绺一绺地垂在眼前。

孟野俯身亲吻她，声音中透着一股喑哑：“阮蔓，你要不要一辈子和我在一起？”

时间在昏暗的房间里流动得异常缓慢。

不到片刻，他就听到阮蔓细微但无比坚定的回答：“要的。”

他嘴角向上扬起，又问：“那你想要我吗？”

阮蔓的声音更低了：“想……”

尾音消失在了唇齿间。

那一刻，她什么都没想，她只想抱住面前的这个男人。

因为她知道孟野永远不会浪费她的喜欢，永远在意她的感受。

空气中的温度烫着她的皮肤，有什么东西在慢慢上升，越升越高，然后在头顶上炸出了一朵朵烟花。

原来和喜欢的人在一起是一件这么快乐的事。

到最后，阮蔓的脑子里只剩这么一句话了。

孟野身上的味道弥漫了整个房间，包裹着他们。

阮蔓抬头望向他，那黑漆漆的瞳孔里，是对她浓浓的、无法言说的爱意。

后来在迷迷糊糊中，窗外突然一齐绽放了数朵烟花，客厅的电视中传来新年倒计时的声音，和九年前那时一样，好像一切都没有改变。

这是他们一起度过的第二个年。

真好。

“三——”

"二——"

"一——"

窗外五彩缤纷，有欢呼声，有叫声，都是喜悦的味道和喜庆的声音。

万家灯火通明，他们只是其中的两盏。亮度虽低，却照亮了彼此。

放在床头的手机接二连三地振动着，应该是付曦他们在群里发着新年祝福。

孟野从身后环着阮蔓，吐出来的声音中还带着一丝未褪去的性感。

他贴在她的耳边，呼出的气息拂动着她耳边的头发。

新年钟声敲响的那一刻，他用一种只有他们两人才能听到的声音沉声说：

"阮蔓，我爱你，新年快乐。"

新年的第一天，阮蔓睡到了日上三竿。

醒来时，她的身侧已没有人，昨晚的一切像一场梦。

但房间里迷乱的味道和浑身的酸痛无时无刻不提醒着她，她脑子里那零星的碎片记忆真实得很。

从窗帘的缝隙中钻进来几缕光，打在被子上。

她翻了个身，把脸埋进被子里，双腿在被子里扑腾着。

后知后觉的害羞突然袭来。

阮蔓慢吞吞地起身，从一旁的椅子上拿过一件随意搭在那儿的T恤，套上身就打开了房门。

T恤下的两条腿光溜溜的，但是在有暖气的房间里并不冷。

房间正对着厨房，一打开房门便能看到在厨房忙活的孟野。

他在煮粥，阳光从窗户那儿直射进来，洒落在他的身上，亮闪闪的。

小锅在灶台上"咕嘟咕嘟"的，粥的香味溢满了整间屋子。

画面美好得像一幅画。

听到身后拖鞋摩擦地板的声音，孟野回了头，问道："醒了？"

他把火调得稍微小了些。

还没等孟野转身，阮蔓就小跑过来从背后环住了他，把脸紧紧地贴在他的背上，小声说："孟野，早安啊。"

孟野转过身来把阮蔓拥进怀里，伸手弹了一下她的脑袋，回道："早安。"

这一刻就很幸福，醒来看见最爱的人，最爱的人在给自己做早餐。

柴米油盐酱醋茶又怎样，未来是刀山火海又怎样，只要那个人是孟野。

她就什么都不怕。

大年初一这天，孟野开车带阮蔓回了趟桥城。借着这个机会，他带着她去墓园看了孟茴，这是他人生中第一次带旁人来看孟茴。

大家也难得聚在了一块儿，除了付晨两兄妹，其他都是拖家带口的。

其中就数丁航最过分，还带上了他两岁的儿子。

大家提起过去，还是会笑到前俯后仰，那些往事依旧历历在目，他们无论长到多少岁，永远是那年在桥城一起度过青葱岁月的那群少年。

只是唯一可惜的是，孟野缺席了他们的高三和往后的那几年。

阮蔓在桌下偷偷钩住孟野的小拇指，晃了晃他的手。

她允许他消失几年，但是往后余生必须是他，一定是他。

一切好像和年前没什么两样，但阮蔓又总觉得哪儿和之前变得不太一样了。

她还来不及细想，新年很快就过去了。

三月初，春暖花开的日子。

阮蔓早上刚一到台里，就被喊去了会议室。

会议室的桌旁坐了一圈人。

这阵仗，让她感觉事情有些不太妙。

“今早微博热搜大家都看到了吧？一个微博名叫‘爱笑的小草’的 ID，发了一篇关于‘杭城二中恶性事件’的小作文，一夜之间热度被顶上了第一，被各种大 V 转发，点赞量已经破百万了。现在台里要找个人去跟这件事，有人愿意去吗？”坐在主位的新闻部领导发了话。

但奇怪的是，会议室鸦雀无声。

谁都不敢当这个出头鸟，因为大家心知肚明，杭城二中几乎隔两年就会闹出动静，但每次都被压了下去，一点风声都透不出来。

听到“杭城二中”这四个字时，阮蔓浑身一颤。她震惊地抬起头，望着说话的领导。

杭城二中，省重点高中，杭城每年的升学率都靠它。

家长们都说，只要一只脚迈进了杭城二中的门，就相当于迈进了本科的大门。

那里能考上双一流大学的学生更是难以计数。

当年，阮蔓遇上的那事，就被学校压下了。

最后，是她什么都不懂，贸然说出看到的实情，结果却不尽如人意，反倒把自己给卷了进去。

时隔这么多年，再听到这个学校的名字，阮蔓还是惊得浑身一颤。

僵持许久，依旧没人愿意主动跟这个案件。

大家都知道，这个案件跟得好，可以荣誉奖章一手抓。

要是跟不好，就不是丢工作那么简单的了。

就在连领导都要放弃这个案子时，阮蔓出了声。

她的声音有些颤抖：“我跟。”

杭城二中不在市区内，这几年学校里新盖了寝室楼，活生生地变成了一个贵族学校，能进去读书的学生都非富即贵，极少数才是凭着自己的实力考进去的。

至于为什么升学率那么高，是因为大多数家长都会把孩子送出国。

下了地铁，穿过一条马路，阮蔓就看到了熟悉的门头。

可能是因为翻新过，整座学校看起来比当年要更辉煌一些。

路两旁的树都还是枯枝，只有极少数冒出了一点嫩芽，但也不太明显。

学校门口已经有几辆警车停在那儿。

阮蔓一眼就看到了在教学楼之间穿行的孟野，他也在这儿。

她亮出了挂在胸前的记者证。

因为没涉及人员伤亡，这会儿警察也没有多加阻拦便放行了。

这一次来，她什么拍摄设备都没带。

因为上级领导交代，只用做做采访走走过场，写篇不太明显的报道就行了。

阮蔓两三步走到了孟野的身后，拍了拍他。

孟野回头，看到阮蔓时没多大反应，像是早就料到了她会来这儿。

他朝她点点头，碍于工作时间，两人都没有过多的眼神交流。

孟野去往的方向是临时借用空教室搭起的审讯室，里面是李博在负责。

微博小作文里的主人公叫彭莎，是高三（1）班的学生，看照片长得很清秀，成绩一直以来也非常好。

只有一点和旁人不同，她的父母非富也非贵，只是两个在菜市场卖菜的农民。家境并没有多富裕，她完全是凭借着自己的努力考进来的。

为此，杭城二中免了她三年的学杂费。

也就是说，她在学校里，是属于食物链最末端的那群人。

和她同寝室的另外三个女生家庭条件都很好，家里不是做生意的，就是当官的。

这三个女生在这个学校属于金字塔顶端的那群人，压根儿就瞧不起彭莎这样的穷学生。

今早的那篇小作文里，通篇都提到了彭莎寝室另外三个人的名字。

微博里详细描述了高中三年以来，彭莎是如何在寝室里倍受欺负，心理压力过大，以至于在高考前三个月的某天晚上，放学回家的路上神情恍惚而出了车祸，至今还在重症监护室。同时微博里还附上了大量彭莎的图片，身上的伤痕看着令人触目惊心。

孟野是在早上接到出警通知的，他前脚刚踏进办公室，后脚局里就开起了会。

虽然整件事情起因于微博上的小作文，但是造成的社会影响力非常大，杭城公安局一大早就接到了不少热心报案电话。一个成绩优异、长相漂亮、前途无可限量的女孩子，现在躺在 ICU 生死未卜，谁也想不到后面牵扯出来的，竟然是一起恶性事件。

这个案件像一团浓雾一样，团在孟野的眼前。

因为警方目前还没有掌握实质性的证据，而彭莎的三个室友家里非富即贵，家长坚决不同意自己的孩子在高考前出入警局，所以她们只在学校里就地审讯。

空教室里，警察分别审着彭莎的三个室友。

除了看上去比较乖的向之歌，另外两个女生身上自带一股浑然天成的骄纵感，就连看警察的眼神也是不屑一顾。

只是在对待还躺在 ICU 的彭莎这件事上时，三个人的态度出乎意料的一致——

她们全盘否认微博上对她们的指控。

另外两个女生中，比较扎眼的那个叫卓言。

她化着浓妆，嘴唇红得不得了。

卓言摆弄着自己的指甲，一副无所谓的态度看着对面的李博，反问道："所以呢？她自己出车祸和我们有什么关系？"

李博看着面前这个年轻的女孩，心头涌出一阵怒火，拍桌大声说："那是和你们睡在一个寝室的室友，和你们没关系？"

卓言笑了一声，不以为然道："室友怎么了？睡在一个寝室我就得和她当好姐妹吗？那警察叔叔你养只狗当儿子，你就也是狗了吗？"

孟野推门进来，按下了正要站起来的李博，小声说："你去审向之歌，我来这边。"

对面正玩弄自己指甲的卓言在听到向之歌这个名字时，手顿了顿，抬头看了进来的孟野一眼，眼里闪过一丝异样的情绪。

孟野敏锐地捕捉到了她这个眼神，但他什么都没说。

相比卓言恶劣的态度，向之歌的态度要更平和一些。

她坐在椅子上，身子挺得板正。

对面的警察问她什么问题，她就答什么问题。

不少说一句，但也不会多说一句，一丝纰漏都找不出。

"你们寝室关系和谐吗？"

"我们挺和谐的。"

"你觉得彭莎这个人怎么样？"

"除了土了点，其他还看得过去。"

"你和她关系怎么样？"

"普通室友的关系。"

她回答得无懈可击，好像挑不出来一点漏洞。

阮蔓去的是高三老师办公室，办公室里没什么人，只有两个警察在询问高三（1）班的班主任一些基本问题。

"彭莎平时在班级是一个怎样的学生？"

"话不是很多，但成绩很好，我们老师都挺重视她的，唉，也不知道这孩子怎么就这么倒霉，偏偏出了车祸。"班主任一副痛心疾首的样子。

“那她平时在班上和同学关系好吗？”

“还可以吧，但很少看她和其他人在一块玩，我们老师也不是特别清楚这些。”

后面的问题，阮蔓没再听下去。问来问去，问题还是只浮在表面上。

这个学校，又有几个人会说真话呢?

她走出办公室，环顾着整个校园。

不远处的拐角，校长办公室里传来两声悲痛的哀号声，是彭莎的父母在里面。他们八成是看到了微博上的新闻，起了个大早赶来学校的。

沙哑的哭喊声从办公室里传出来：“我要这钱有什么用，我女儿在学校受了这么多欺负，你们学校必须给我们一个交代。”

校长压低了声音说：“你们收下这个钱，把这事先压下去。”

“我女儿变成这样，你们难道就没有责任吗？我不要这钱，我要一个解释。莎莎多开朗一个孩子，现在躺在医院还没脱离危险！”

杭城二中惯用的套路，用钱把事情压下去。

阮蔓刚想转身下楼，却发现了办公室门口站着一个畏畏缩缩的女孩。她局促地站在那儿，手指绞着校服下摆，像在纠结着什么。

她踮起脚往校长办公室里面看去，看了两眼又缩回了脖子。

忽然，她看见了站在拐角处的阮蔓，整个人往后退了几步，转头就跑开了。

阮蔓瞬间有一种直觉——

这个女孩一定知道些什么。

但同时，她也在这个女孩的身上，看到了当年的自己。

孟野坐在卓言对面，面无表情地看着她，一言不发。

反倒是卓言对他起了兴趣，指甲也不玩了，白眼也不翻了，一脸若有所思地盯着孟野。

“警察叔叔，现在长得帅的人都上交国家了吗？”卓言转了转眼珠子，挂着一脸不属于她这个年纪才会有的媚笑。

孟野并不打算回答她这个问题，他把刚刚的审讯记录翻看了一遍，抬起头问她和刚刚相同的问题：“你和彭莎关系怎样？”

他的目光凌厉，让卓言不得不收敛一下身上嚣张的气焰。

她挺直了背，回道：“一般。”

“怎么个一般法？”孟野挑了挑眉。

“不怎么交流。”

孟野转着手里的笔，像是不经意间一问：“那你和向之歌的关系好吗？”

听到这个名字，卓言猛地抬起头和孟野对视上，她的眼里混杂着太多种说不清道不明的情绪。

顿了几秒后，她说：“向之歌？还不错。”

“那你知道彭莎身上的伤是怎么来的吗？”孟野话锋一转，转到了彭莎身上。

卓言愣了愣，小声说：“她身上的伤我怎么知道怎么来的？”

孟野紧盯着她，轻声说：“不，你知道。”

孟野站起身，没有继续问下去，而是整理了一下桌面上的本子，朝外走了出去。

一圈走访下来，学校里的同学都表明，彭莎在班上存在感是很强的，虽然她的家境普通，但是耐不住她长得好看，成绩又好，班上难免有人嫉妒她。

但是种种迹象都指向，这个“有人”指的便是她的室友们。

“孟队，有情况了。”一个小警员往孟野这个方向小跑过来说，“高三（2）班有个学生说，好像看到过彭莎在寝室和她的室友发生过冲突。”

“好像？”孟野跟着他往另一头的教室走去。

“对，那个学生说，有一次晚上起夜的时候，听到她们寝室像是在吵架，还有扇耳光的声音。”

教室门被孟野推开。

空荡荡的教室中间坐着一个女生，正垂着头用手指在桌面上画着些什么。

见有人推门而入，她站了起来。

还没等孟野开口，她抢先一步说道：“警察叔叔，我只是好像听到了，我没法站出来指证什么，如果你们要人证，请找别人吧。”

孟野没阻止她夺门而出，他只是看着这个近乎落荒而逃的背影，蹙起了眉。

杭城二中无论学生还是老师，口风都很严，几乎问不出什么有价值的线索。

这还是到目前为止，第一次有人正面说彭莎她们寝室几人的关系。

如果真如彭莎的室友所说，彭莎和她们的关系只是一般，那彭莎身上的伤又从哪里而来?

但是如果她们寝室真的有什么事，其他人怎么可能一点风声也听不见?

就在孟野皱着眉陷入沉思时，门被敲响了。

门口站着的是阮蔓。

“你们审讯结束了吗？”她往空教室里走进来，开了一半的窗户吹进一阵风，把天蓝色的窗帘卷起了个边。

孟野点了点头，手指无意识地敲击着讲台的桌面。

“是不是哪里不对？”

“嗯……你也觉得？”

阮蔓走到窗边，拨了拨窗帘，点头道：“孟野。”

她回头望着他，阳光从窗缝里溜出来，落了几缕在她的发丝儿间。

“我想如实报道这件事，你说可以吗？杭城二中，不是一块好啃的骨头。”她垂了垂眸，“如果我们执意这样，我也不知道会怎样……

“但是，我真的不想再看到这样的事情发生了。

“其实我很想自私一点的，那年的事已经过去太久了，但是我想起你和我说，我比他们都勇敢。”

孟野定定地看着阮蔓，而后朝她走过去，立在她的面前。

“你想做什么就去做吧，我一直在你身后。”

从学校出来时，已经临近中午放学的时间了。

走读生陆陆续续地从校门口拥出，阮蔓站在学校大门对面的那条街上，两只手插在兜里，静静地看着从校门口三五成群走出来的学生。

她在找今天早晨在校长办公室门口看到的那个女生，同时她也在碰运气。

但是她的运气出乎意料的好。

在穿着一样校服，身材高矮胖瘦不一的学生中，阮蔓一眼就看到了那个女生。

阮蔓眯起眼睛看着她，也不急着上前，只是和孟野两人默默地跟在那个女生身后。

女生走路时头埋得很低，散落的头发遮住了大半边脸。

旁人都是和朋友一起，只有她孤零零一人，垂着头自顾自地往前走，甚至都没有发现身后的人。

穿过了几条街道后，巷口越来越窄，越来越破。街口的垃圾桶不知道被谁踢倒了，垃圾和污水混杂在一起，蝇虫围绕着恶臭的垃圾乱飞。

那是杭城的“穷人区”。

里面住着的都是来杭城打工的农民工，他们被称之为杭城的“散户”。在这座城市，他们没有立足之地，只能居住在这破旧的筒子楼里，然后拼命打工，拼命生存下来。

女生七拐八绕，终于在看起来至少能住人的一栋筒子楼前停了下来。

楼房外的墙灰扑簌簌地往下落，露出了里面的灰白色，家家户户窗户的外都晾晒着五颜六色的床单和衣服，它们在阳光下飘扬着。

女生站在楼下踌躇了很久，像是做了几次深呼吸，刚准备抬脚往楼道口走去时，身后传来一个声音。

“同学，等一下。”

她猛地扭头，脸上浮着些许受惊的表情，眼睛瞪成了小鹿眼。

见是早上来学校的那个记者，她整个人也并没有松懈下来。

孟野没有上前，他在距离她们较远的一个地方低头发着消息，把空间完全留给了阮蔓。

女生双手死死地拽着肩上的书包带，下意识地往后退了两步，和来人保持着安全距离。

阮蔓往前走了两步，朝她摆了摆手，说道：“我没有恶意，我叫阮蔓，是一名记者，你呢？”

女生还是有些怕，但也没有逃

她的声音很低很细：“潘雨薇……”

阮蔓又朝潘雨薇靠近了两步，语气柔和：“雨薇，我们今早在学校见过，你还记得吗？”

潘雨薇抬头看了阮蔓一眼，又快速低下了头，然后轻轻点了点头。

“你……为什么一个人在校长办公室门口？”阮蔓问这个问题时，语速很慢很轻，生怕吓着潘雨薇。

她不得不承认，潘雨薇身上有着当年她的影子。

勇敢的同时也在懦弱着。

潘雨薇又往后退了一步，怯怯道：“我只是路过。”

她的个子不高，再加之头埋得低，阮蔓必须蹲下来，才能看清她脸上的表情。

“你是不是……知道些什么？”阮蔓伸出手，想覆在潘雨薇绞在一起的手上，试图给予她一些力量。

可手还没有触碰到她的皮肤，她就条件反射地往后退，一脸惊恐。

“我不知道，不知道……我真的什么都不知道。”潘雨薇蹲了下来，捂着自己的耳朵尖叫道。

不仅是阮蔓，就连在不远处的孟野，也被这声尖叫给吓到了。

他抬头看到这一幕，马上快步走了过来，问：“怎么了？”

阮蔓有些不知所措：“我只是问了她，是不是知道些什么。”

天空飘来的云把太阳遮住了些，阳光没有刚刚那么强烈了。

孟野蹲下来，用手轻轻拍着潘雨薇的背脊，仰头对阮蔓说道：“我来问问吧。”

阮蔓没意见，她点点头，往旁边走去。

好一会儿，潘雨薇的情绪才渐渐平复下来。

她满脸泪水，愣愣地看着面前的孟野。

孟野盯着水泥地上爬过的蚂蚁，那一小团蚂蚁正搬着一小块饼干碎往洞穴口去。

他没有直接问潘雨薇，而是稍微迂回了些，先和她讲了一个故事。

“这是谁的故事？”潘雨薇显然被这个故事吸引了。

孟野勾起了唇，往阮蔓站着的方向指了指，说：“看到那个记者了吗？”

潘雨薇点头。

孟野这会儿说话的时候声音都盛满了温柔：“那是我的未婚妻，这是她的故事。”

“她十几年前也在杭城二中读书，也遇上了一件很棘手的事情。”孟野柔声笑，“她和你在故事里所担当的角色是一样的，你想知道她怎么做的吗？”

潘雨薇咬着下唇，犹豫了片刻说：“想。”

“她选择说出了实情，虽然最后无济于事，但是她很勇敢，比这个世界上的很多人都要勇敢，是不是？”

阮蔓心里莫名有些烦躁，下意识地去摸口袋，却没有摸到熟悉的烟。

她这才想起来，和孟野在一起后，那盒烟早就不知道被她扔去哪儿了，而且她好像也再没有过想抽烟的念头。

阳光刺得她眼睛有些疼，她把头偏了偏，闭上了眼。

再睁开眼时，她却和孟野对上了视线。

男人半蹲在地上，站在耀眼的阳光里朝她笑着。

他的笑容沐浴在阳光下，整条巷子里除了他们三人再无旁人，春天的气息在无声中弥漫了她整个视线。

那个记忆中的青葱少年在不知不觉中早已褪去了身上的青涩，悄然长成了一个顶天立地的男人。

阮蔓甚至来不及思考，便勾起了嘴角。

孟野把头转回来看向潘雨薇，温声说："我遇见了她，她也遇上了我。你看，世界从来不会亏待任何一个勇敢的人，他们最后都会收获幸福，你当然也可以的。"

所有人都在等着潘雨薇的答案。

空气安静了好一会儿。

她的声音要比刚刚大了些，还带着些许鼻音："我就是'爱笑的小草'，微博是我发的，我以为没有人会注意到，也没有想到你们来得这么快。"

为了照顾潘雨薇的情绪，孟野建议去附近的一间咖啡店里坐下来细说。

"你们是朋友？"阮蔓问道。

对面椅子上坐着的潘雨薇点点头，说道："我和莎莎是好朋友，也是邻居，我们也是一起考进杭城二中的。莎莎成绩很好，所以学校给她免了住宿费，莎莎的父母也就让她选择了住宿，毕竟学校的寝室……肯定比我们这破筒子楼要好。"

说到这里，潘雨薇的嘴角扯出一丝略带自嘲的苦笑。

顿了顿，潘雨薇继续说："我没有住校，和莎莎也不是一个班，所以我们在学校的交流也就比之前要少得多，甚至没多少人知道她还有我这个朋友。她刚进校的时候也还好，但好像就是从高三开始，她过得很不开心，和以前相比完全就像变了一个人。"

她闭了闭眼睛，像是在回忆些什么不好的事情，眉头紧紧地皱在一起。

"起初我也没太在意，我以为只是她在一班，再加上高三的缘故，学习压力太大了才会这样。但是有一次她周末回家拿衣服，我无意间发现她手上多了很多伤……"

其实接下来的话不用多听，孟野就已经猜到了是怎么回事了，但他没有出声，只是抿了一口水，静静地听着。

"我问莎莎，她一开始不肯说，后来才告诉我。她高中以来一直在遭受暴力，起初高一高二时并没有上升到攻击她的地步，和之后比起来那简直就不算什么。"

潘雨薇捏紧了手里的杯子，指腹不停在杯壁上摩挲着。

明明窗外艳阳高照，她却感到自己如同坐在冰窖里一样，浑身颤抖着。

她抬头望向阮蔓，心想：面前的女人在十几年前也像我此时此刻一样这么无助吗？

阮蔓轻轻地朝她点了点头，递给她一个抚慰的眼神。

正因为她们在不同的事件中扮演着同样的角色，所以阮蔓更知道现在潘雨薇需要的是什么。

她需要一个后盾，一个依靠。

她更需要有一个人鼓励她，给她说出这一切的勇气。

如果当年有那么一个人这么坚定地站在阮蔓身后，告诉阮蔓做得没错，甚至是很棒。

阮蔓都不至于像是落荒而逃一样地逃离杭城。

明明她什么都没有做错，她只是说出了实情。

正因为亲身经历过这些，所以阮蔓更知道流言蜚语的可怕。

满天飞的流言，是足以毁掉一个人的。

潘雨薇低垂着头，眼睫在微微颤抖："其实，我知道我和莎莎，我们在这个弱肉强食的学校里，是最底端的人。我不像莎莎，成绩好，长得也好看，所以和她比起来，我像一个小透明，没人在意我的存在，更没人关心我的情绪。

"我有时候会羡慕莎莎，甚至有一丝小小的嫉妒，但我肯定是这个世界上除了她父母，最希望她好的那个人。

"其实我已经当了一次逃兵了，我……我早该说出这一切的。"

潘雨薇开始小声啜泣着，头埋得很低，肩膀一抖一抖的。

她陷入了一种突如其来的巨大悲伤中。

她也说不清自己到底是对最好的朋友感到难过，还是为懦弱的自己感到悲哀。

但此时此刻，她无比清楚，她能做的只有为朋友说出真相。

阮蔓放下手里的本子和笔，从潘雨薇的对面坐到了她的身边，一下又一下地轻抚着她的后背。

少女的身材很瘦小，她背后凸出的脊梁骨甚至硌得阮蔓的掌心有些发酸。

一股无奈忽地涌上阮蔓的心头。

其实阮蔓知道，这个世界上存在着各种各样的暴力行为，言语暴力、校园暴力、网络暴力……

它们无处不在，甚至可能就存在于自己的身边。

只是这样的事，没人可以预知它的发生。

但总有人能阻止它发展得更严重。

十七八岁这个美好的年纪，不应该去承受这个世界的险恶。

阮蔓握紧了潘雨薇的手。

如果这样，可以给她一点勇气的话。

潘雨薇的声音断断续续，甚至称得上有些语无伦次，但她的吐字很清晰："所有的事，都是从高三……高三刚开学……新转来的那个转校生开始的。

"他叫……赵亦星。

"他很帅……刚进校的时候就引起了轩然大波，几乎全校的女生都跑去看他……包括莎莎她们寝室另外三个人。

“向之歌欣赏赵亦星，全校没有人不知道，但是赵亦星不爱搭理她，全校也都知道。

“后来……赵亦星和莎莎讲话了……从那以后，莎莎的日子就越来越不好过。她有时候是在寝室挨打，有时候她们会拿着烟头欺负她，还有的时候……会被她们拉去卫生间……脱掉衣服拍视频。”

阮蔓握着潘雨薇的那只手紧了紧，她抬头望了一眼对面的孟野，他脸上的神情明显也有些不太好。

“莎莎和赵亦星是不是互相欣赏，我不太清楚，但是我知道……这一切的源头都是因为……向之歌。”

孟野拿手指敲着太阳穴，他的脑中逐渐浮现出向之歌的那张脸。

那是一个看似很乖的女生，穿着打扮并不特别扎眼。和她比起来，那个叫卓言的学生嚣张跋扈的样子反倒更像这一切的始作俑者。

但转念想到，卓言听到向之歌这个名字时，整个人有很明显的反应。

虽然卓言极力掩饰，但还是让孟野注意到了这个细微的举动。

“莎莎亲口和我说的，因为赵亦星和她们一个班，向之歌为了自己的形象，所以在班上不会做很过分的事情，但是偶尔下课或者体育课时，就会把莎莎带到女厕所去，用尽各种方法羞辱她。晚上回寝室，她也逃不过……有时候甚至还要一个人写四份作业。”

潘雨薇抬起头，望向身边的阮蔓，眼里充满了后悔。

“姐姐，我是真的有想过帮莎莎逃离这一切的。真的。

“我知道这一切后，很生气。我劝了莎莎很久，说要带她去老师办公室告发这一切，莎莎成绩这么好，班主任多多少少都会管的。

“但是……约好的那天，我因为老师拖堂就有些耽搁了……就那几分钟，向之歌她们就看到了莎莎站在办公室门口……”

潘雨薇哭个不停，她永远忘不了那天那一幕，向之歌她们几个把彭莎拖进女厕所的那个时候，彭莎冲她摇了摇头，示意她不要出来。

彭莎的眼里，分明都是对这个世界的绝望。

如果，如果那个时候她能救彭莎就好了。

这时，潘雨薇像是想起了什么，猛地从背后拿出书包，然后从书包的夹层里翻出手机，调出一段视频递给阮蔓。

这是向之歌她们把彭莎拖进女厕所的那个时候，潘雨薇冒着危险拿出手机来拍的。

一开始，潘雨薇打算把这段视频交给彭莎，让彭莎用这个来威胁她们。

可是彭莎却拒绝了。

因为那天，向之歌她们在女厕所脱了彭莎的衣服，拍了很多视频。

这些视频的杀伤力比潘雨薇拍的这一段要大得多。

这就是击溃彭莎的最后一根稻草。

因为她知道，即使自己考上了大学，离开了杭城，这辈子也一直有这么个令她永不得翻身的视频握在她们的手上。

她们不开心时就会找她来发泄出气，开心时就会拿她来调侃说笑。

总之她这辈子都被她们死死地拿捏住了。

阮蔓垂头看着手机里的视频。

画面一直在抖动，但依旧看得清视频里的人。

这是阮蔓第一次见到彭莎，即使隔着手机屏幕，她都能感觉到彭莎对这个世界的绝望。

彭莎已经不会反抗，学会了逆来顺受。她无时无刻不在期待着，面前的这群人欺负腻了她，或许会在哪一天就放过她。

再后来的画面就黑屏了，但还是能清晰地听到时不时蹦出来的脏话。

一句一句，像一把把刀一样，凌迟着这个十八岁的女孩。

或许是长期遭受暴力给彭莎带来无形的巨大压力，也或许是这件事让彭莎失去了生的希望，所以那晚一向住校的彭莎，却在下了晚自习后选择了回家。

而回家的路上，她便遭遇了车祸。

肇事车主是个好人，没有逃跑，及时把彭莎送去了医院，这才救回了她一命。

桌上的气氛沉默了下来。

这段视频，无论对谁的心灵都是一个巨大的冲击。

虽然早就确信，这是一起暴力事件导致的案件，但任谁直面这件事，心里都不会好受。

阮蔓做了这么多年记者，遇到的事情大大小小，也见过不少社会的险恶，但她看到这个视频时，还是沉默了。

她心头像哽着些什么，想说的话被堵在了嗓子眼。

这时，一直沉默的孟野却开口了，他的声音缓慢而又坚定。

“潘雨薇，我和阮记者向你保证，我们会把这件事查到底的，一定。”

从咖啡店出来后，潘雨薇谢绝了他们要送她回学校的建议。

她怕，怕向之歌她们几个看见些什么。

孟野和阮蔓没坚持，和潘雨薇交代了一些事后，就和她道了别。

正午的阳光从树枝间洒下来，在地上形成斑驳的光影。街上的行人此时此刻并没有很多，路过的人也是神色匆匆。

孟野瞧了瞧身旁一言不发的阮蔓，从口袋里抽出手，和她十指紧扣。

“孟野，你说……我们真的有能力把这件事查到底吗？”阮蔓的手被孟野拉着一起放进他口袋里，口袋里很暖和，“二中……只要想压下来，一定能压下来。那个向之歌的父母应该也不是什么善茬……”

孟野捏了捏她的手，认真地说：“能，因为真相永远不会被掩盖。”

三月初的春风拂过面庞，阳光倾洒在他们的身上。

阮蔓看了看身旁的人，有他在，自己好像时时刻刻都能浑身充满勇气和力量。

所有的事终会雨过天晴，如同这般大好光景一样。

“阮蔓，你来一下。”陈平江从办公室探出头，朝阮蔓的工位上喊了一嗓子。

阮蔓从工位上抬起头，深吸了一口气后看过去。

和孟野分别后，她就回到了台里。

二中的新闻，台里压着迟迟没发。

不止杭城电视台，就连很多别的叫得上名的报社也都迟迟未发关于这件事的任何报道。

从今早事情发生的那一刻起到现在，竟然连一丝风声都没有透露出去。

部长办公室里，陈平江整个人陷在手扶椅里，眉头紧锁地看着电脑上阮蔓刚刚发过来的稿件。

见阮蔓进来，他才稍稍直起了身。

“主任。”阮蔓敲了敲门。

“阮蔓，你刚刚发过来的稿件……我看了。”陈平江把手放在鼠标上，象征性地往下滑了滑，“这个车祸背后是一起长达三年的暴力事件？”

阮蔓听懂了陈平江的意思，这篇报道发不出去。

“这是台里的意思吗？”她也不绕弯子，直截了当地问了出来。

陈平江摸了摸脑袋上有些稀疏的毛发，沉声说：“台里的意思是，只报道学生因为学习压力出了车祸就行了。”

“那这不就和微博上的言论背道而驰了？台里到底在害怕什么？”阮蔓梗着脖子问道。

陈平江把视线从自己面前的电脑上移开，然后站起身，往窗户边走去。

明明中午时外面的阳光还很好，这会儿天气却阴了下来，天空上布满了阴沉的乌云，颇有种随时都会下一场暴雨的气势。

“台里不是在害怕，而是这件事一旦报道出去，牵扯的一定不是一个学校那么简单。那几个孩子的父母，都是杭城有头有脸的人物……”

陈平江的话还没说完，阮蔓就开了口：“可是，记者难道不是应该不顾一切去找出真相、报道真相吗？我没办法做到已经触碰到了真相的边缘却装作视而不见。”

窗外下起了雨。

雨点拍打在窗户上，滴滴答答的，成了办公室里唯一一点声响。

“蔓蔓，我和你妈妈是很多年的朋友，你妈妈是一个非常好的记者，她能在这个领域里游刃有余，进退有度。”陈平江手里的保温杯还在冒着热气，那些白色的烟雾缓缓往上飘着，不过数秒就消散在空气里。

他扭头看了阮蔓一眼，继续说：“你和你妈妈不一样。”

阮蔓盯着那消散在空中的烟雾，默不作声。

她知道真相就如同那烟雾一样，真正关心的只有当事人。

在大众看来，不过数月，甚至数日，这件事就会被揭过去，没人会记得。

甚至，她如今为这真相做的一切，付出的一切辛苦，没人关心，都是白费与徒劳。

沉默了半晌，阮蔓哑着嗓子问道：“所以，当年她不也是这样放弃了我吗？”

阮蔓和陈平江都知道，这个“她”指的是何曼君。

当年杀人的那几个孩子，家里也是有钱有势。

可他们逃过了法律的制裁，受害人家属也接受了巨额的赔偿。

没人在乎那条鲜活的人命，只有阮蔓在乎。

何曼君当年纵然在记者这一行有一定的权势，但也没法撼动这一连串的势力，她只能果断地在女儿和事业中，选择了前途，放弃了真相。

何曼君都懂，她怎么会不懂。

什么都没错，错就错在阮蔓不该走那条路，不该说出真相，不该把自己置于众矢之的，不该让自己卷进那件事里。

这么多年以来，阮蔓从未再和何曼君提过这件事，但她也过不去这道坎。

她没法过去，更没法接受何曼君曾经放弃了她这件事。

陈平江把手里的保温杯放回到桌上，叹了口气，说道：“你妈妈也有苦衷的。”

阮蔓闭了闭眼，往前一步，朝陈平江鞠了一躬，恭敬地说：“陈叔叔，我在台里这段时间，很感谢你一直都在照顾我，包括那个优秀记者奖，但是这个案件，我愿意去跟的原因仅仅是因为我当年也曾是那么孤立无援的一个人。”

“如果台里明令不准报道，我可以辞职，用我个人的名义去发这篇稿子，不牵连台里。”阮蔓从脖子上取下记者证，伸手递给陈平江。

陈平江被阮蔓的这个举动惊得足足愣了好几秒。

他定了定神，把记者证往阮蔓那边推回过去，说：“这是干吗？”

阮蔓的语气很坚定：“我只是想说出真相，我没办法让自己视若无睹。你也知道的，如果我们发了这样一篇与微博言论相悖的声明，那么下一个遭受网络暴力的就会是那个‘爱笑的小草’。”

空气中有一丝静谧，像是一场无声的僵持。

最终，陈平江叹了口气，背过身面朝窗户，朝她挥了挥手，说：“去吧，有什么事我给你扛。”

这下轮到阮蔓愣住了，她在来办公室之前，就已经预料到了最坏的结果不过是她从电视台辞职。

可她没想到，陈平江愿意松口。

“谢……”

“别说谢谢我，台里不是那么不近人情。现在记者的话语权越来越大，不再像多年前那样了。所以你尽力去做，既然要做，就做到最好。”说完，陈平江望着窗外连绵不绝下着的雨，再次叹了口气。

这场雨，终究还是下下来了。

既然要下，阻止不了，那就下吧。

比起阮蔓这边，孟野那边进行得更为顺利。

因为有潘雨薇提供的那段视频，再加上从彭莎身上检查出来的不同程度的伤，基本可以断定彭莎曾经在学校中被经常施暴。

次日，由台里发出的新闻报道，将这件事推上了高潮，占据了热搜榜单第一。

没过多久，警方拿到了关键性证据：一段匿名发来的视频和一本日记。

视频的画面要更为清晰，施暴者的面容看得更为清晰。

那与外表严重不符的向之歌，头一次在大众面前露出了不为人知的一面——残酷、冷血、暴力。

而卓言只是进行了语言攻击，至于有没有真的对彭莎施暴，也只有她们自己才清楚。

那本日记是彭父彭母在家里收拾彭莎的东西时找到的，连夜送来了警局。

一对四十出头的夫妻一夜之间白了头，看起来苍老了不止十岁。他们拿着日记在警局一度哭到昏死过去，女儿躺在医院里，至今还没醒过来，巨大的悲痛笼罩着他们。

引以为傲的女儿在学校里遭受的这一切，他们竟从未发现。

这是做父母的失职，更是对女儿一辈子的愧疚。

杭城电视台的报道一发出，大大小小的报社紧跟着发出了报道，各大媒体人、大V纷纷转发谴责校园里发生的暴力事件，甚至艾特杭城二中的官方微博，让学校出来给大众一个解释。

一连串的转发评论将“杭城二中”推上了最高潮，有不少曾在杭城二中读过书的学生纷纷发表自己当年在学校遇到过不公的事，更有不少曾在校园里遭受过暴力的人开始在网络上发表自己的言论。

一瞬间，杭城二中的热度稳居微博第一，任学校花多少钱也没能将这热搜撤下来。

这个案件，扯出了不少杭城二中以往曾掩盖过的事。

见事情没法掩盖下来后，校方立刻在官博上表明立场——

【学校一定会配合警方的调查工作，整顿校内不良风纪，让学生以及学生家长对学校放心，过去的事也会给大众一个交代。】

杭城二中终于在新年的开头，因为一个学生，狠狠被打回原形。

不少学生家长提出给孩子转学。这件事在杭城掀起了一阵不小的风波，事件持续发酵，就连杭城市政府都无比重视这件事，下令要彻查到底。

带头实暴的那几个孩子，因为并没有直接触及彭莎的车祸问题，不用负任何的刑事责任。她们只是退了学，心不甘情不愿地同彭莎的父母道了歉，赔偿了一笔钱，然后连夜飞往国外，继续读书。

阮蔓拒绝了电视台给她准备的采访，她觉得自己只是做了自己该做的事。

在这件事快到尾声的时候，她收到了何曼君给她发来的消息，说让她把孟野带回家吃顿饭。

对于何曼君突然的态度转变，阮蔓并没有多吃惊。

毕竟警方那边是孟野一直在跟进，比起她受到的阻力，孟野肯定也顶着很大的压力，只是阮蔓一直没来得及问他。

三月中旬，杭城二中把学生分流，闭校开始接受调查。

忙忙碌碌了半个月的事，终于有了一个看起来不错的结局。

阮蔓和孟野在杭城二中闭校的前一天，一齐回了趟杭城二中，却意外碰上了潘雨薇口中的赵亦星。

他正拉着行李箱往学校外走，看到阮蔓和孟野，他停下了脚步。

赵亦星的确是一个清风霁月般的男孩子，五官清秀，身上有着一股清冷的气质。

阮蔓转头看了一眼孟野。

孟野抿着唇，脸上没什么情绪。

男生虽然才十八岁，但身高已经直逼孟野。

大概是孟野的眼神太过凌厉，赵亦星偏了偏头，避开了他的目光。

"彭莎……"赵亦星主动开口问道，"她……"

嗫嚅了半天，他始终没有问出他想问的问题。

"彭莎昨天已经醒了。"孟野双手插着兜，声线很冷，莫名地让赵亦星打了个寒战。

得到了想得知的答案，赵亦星猛地抬起头，对上孟野的视线，小声说："谢谢。"

"不用谢。"孟野依旧冷冷地看着他，突然问道，"赵亦星，你欣赏彭莎吗？"

阮蔓静静地看着身边的男人和面前的男生对话。

风在他们之间打了个转，然后无声划过他们身边。

孟野注意到赵亦星的眼神里有一丝逃避，说道："你不想回答也可以，我只是想告诉你，如果你下次再遇到欣赏的女生，一定要拼尽全力保护她，最好不要让她受一点伤。"

赵亦星张了张嘴，却什么都没说出来。

一直以来堵在心口的话，化作了眼前的模糊。

他身上一直以来的铠甲被孟野的这句话击得稀巴烂，所有的难受都在这一刻爆发了出来。

他整个人剧烈地战栗着，都说男儿有泪不轻弹，但他依旧没忍住。

"是……我……对不起彭莎。"断断续续的话从他的嘴里说出来，化作了一阵风，逐渐飘远。

其实最后的答案早就不重要了。

他们之间到底有没有欣赏也不重要了。

只是这世上终究没有后悔药可以吃，人生的道路上踏错一步，便会一辈子负重前行。

孟野牵着阮蔓走在街上。

两人这段时间都忙得几乎不着家，见面的次数也屈指可数，像这会儿两人安安静静待在一块的时间实属难得。

“孟野，谢谢你。”阮蔓说着，在他的手心里抠了抠。

孟野转过头来看着她，问道：“谢什么？”

他已经好久没好好看过阮蔓了，他突然很珍惜现在这一刻。

“这件事，你的压力不比我的小吧？”

孟野突然笑了笑，回道：“于公，我应该调查；于私，我也要调查，而且我继父是局长，他帮我顶着压力呢。”

阮蔓心里一直以来没得到答案的问题，就这么被孟野的一句话给解答了。

她也笑了笑，说道：“所以要谢谢你，永远坚定不移地站在我身边，永远让我做自己想做的事。”

顿了顿，她轻声说：“还有，永远保护我。”

“阮蔓，我问你个问题。”第二天，孟野醒得早，用手拨弄着阮蔓耳边的碎发。

空气里一片安静。

没人理他。

孟野坚持不懈地继续骚扰正在他身旁熟睡的阮蔓，他一下摸摸她的耳垂，一下又用手勾画着她肩头属于他的印记。

“阮蔓，醒醒，都早上八点了。”他趴在她耳边小声说。

身边的人翻了个身，还是没理他。

杭城二中那个案子结束后，阮蔓和应雯租的那个房子，房东要收回去当婚房。

在孟野的一再要求下，阮蔓索性直接搬过来和他同住了。

但她每天早上都会有那么一丝后悔。

“阮蔓，你听见了，你故意不理我。”孟野把手搭在阮蔓的肚子上，把头靠在她的肩头上说话。

阮蔓忍无可忍，她把孟野搭在她肚子上的那只胳膊狠狠往后一甩，然后翻过身瞪着他。

“孟野，你能不能多睡会儿，昨晚三点睡的，才睡五个小时，你都不用休息的吗？”

一连串“噼里啪啦”的话把他砸得晕头转向。

孟野往后挪了挪，嘴里小声嘀咕着些什么。

“你有本事大声说，刚刚扰我清梦时不挺大声？”阮蔓的起床气自从和孟野住在一起后，日益严重。

“我就是想问你，我当初送你的那条手链，你还留着吗？”孟野把声音稍稍提高了些，但依旧很没有气势，“我没有别的意思，就是好奇。”

阮蔓无奈地用手揉了揉太阳穴，说道：“留着的。”

“那你怎么不戴了？”孟野凑上来，把她搂得紧紧的。

“氧化了，珍藏起来了。”

“这样啊，那既然你都醒了，就不要再睡了。”

“不睡干吗？”

“我……”

“孟野，你可以滚出这个房子吗？”

两人一番折腾，起床时已经是临近中午了。

阮蔓打着哈欠从卫生间出来，一眼就瞧见了站在阳台上打电话的孟野。男人的背影格外挺直，脑后的黑发被风吹得稍有些凌乱。

最近他接电话的频率好像还挺高。

阮蔓倒没太在意。

她往阳台那儿瞥了一眼，视线就落回到了餐桌上。

餐桌上放着还冒着热气的粥。

阮蔓勾了勾嘴角，拉出一把椅子坐了下来。

前段时间组里有个同事，因为相恋多年的男朋友劈腿，工作差点都被她这个失恋给弄丢了。

自那以后，这个同事便天天给组里的女同胞们普及“如何搜集男朋友出轨的一百条小细节”。

其中一条就是频繁地背着你接电话。

想到这里，阮蔓没忍住又往阳台那块看了一眼。

像是心有灵犀一般，孟野转头透过透明的玻璃门看向她，指了指桌上的粥，示意她快吃。

阮蔓收回了目光。

其实她一点也不担心孟野背着她有些什么，因为他的确在他们这段感情里给足了她安全感。

从十七岁到二十七岁，一如既往。

刚回到杭城的那几年，阮蔓想过，如果有一天真的和孟野重逢了，两人还能不能回到过去。

毕竟时间能改变很多东西。

可是真正遇上孟野的那一刻，她就知道，她不用和孟野回到过去。

因为这个人在领着她走向未来。

和孟野重新在一起后，阮蔓没再抽过烟了，因为遇到什么烦心事都可以和他说，他永远是自己最忠实的听众。

她晚上没有再失眠了，因为睡在喜欢的人怀里，夜夜好梦。

就连头疼病也缓和了许多。

她在变好，他也是。

孟野拉开玻璃门往餐桌这块走来，坐在了阮蔓的对面。

“好吃吗？”他问道。

阮蔓点点头，垂眸看了眼孟野放在桌上的手机，装作不经意地问道：“你刚刚和谁打电话呢？”

孟野喝了口粥，说：“我妈让我有时间安排一下双方父母见面。”

阮蔓拿勺子的那只手顿了顿，心头一紧，脱口而出：“这么快，怎么有一种要结婚了的错觉？”

“就只是见个面，没大事。”孟野笑了一声，“你不愿意就先不见。”

“我没有不愿意……只是……”她把手中的勺子放回到碗里，“毕竟当年是我妈让你退学的……你妈妈应该会不喜欢她吧？”

孟野也不喝粥了，他盯着阮蔓，认真地说：“当年是我自愿的，真的，不要担心。”

见阮蔓没接话，他继续说道：“再说，你妈妈已经有些松口了，不是吗？”

阮蔓揪着自己的衣服下摆，垂着头。

她一直都觉得何曼君欠了孟野的。

自然而然，她也欠。

她现在非常不想和孟野继续这个话题，索性直接转了一个话题。

“我们晚上是不是要和刘睿阳他们一起吃饭？”

“嗯，不过先带你去一个地方。”

“什么地方？”

“去了就知道了。”

孟野卖了个关子。

她也并不追问。

今天的天气格外好，就连风吹在脸上都是温柔的。

斑驳的阳光落下来，马路两边的建筑物飞快地向后掠去，瞬间被抛在车后。

孟野驱车来到了一个小区。

阮蔓只看了看这小区四周的建筑，就知道这是哪儿了。

这个小区虽然是一年前建起来的，但是胜在地段好，小区周围应有尽有，房价一直居高不下。

她经常听到台里的人对这个小区赞不绝口，但这还是她第一次亲眼见到。

孟野领着她进了电梯。

电梯“叮——”的一声停在了十五楼。

阮蔓到了门口才感觉到一丝慌张，她望着孟野，声音有些颤抖：“你现在就要带我见家长了吗？”

孟野扶着门框笑了声：“你进去就知道了。”

这栋小区都是一层两户型，他们这户是面朝阳光的那头。

阮蔓站在门边看着孟野输密码。

0922。

这不是她的生日吗?

还没等她反应过来，门“咔嗒”一下就打开了。

屋内的景色一览无余。

大门正对着客厅的阳台，阳台很大，是半露天的那种，里面摆着两把摇椅。

一瞬间，阮蔓感觉回到了当年孟野在桥城住的那个房子，那个房子的阳台上也有这样的一把摇椅。

只不过，现在变成了两把。

房子是三室两厅户型，都是按照阮蔓喜欢的样式来装修的。

“这是？”阮蔓有些迷糊。

孟野走上前，拉着她往里走。

主卧是阮蔓喜欢的样子，就连房间的墙壁都被用心地粉刷成了淡淡的粉杏色。

主卧的露台上铺着一层毛毯，上面洒满了从窗外透进来的阳光。

一切都是那么温馨。

“这是我们的家。”孟野从背后搂住阮蔓，附在她耳边柔声说。

明明只是一句再普通不过的话，阮蔓眼里的泪水却止不住地往外涌。

她曾经也拥有过家，只是经不住时间的蹉跎，家变得支离破碎，而那之后的岁月，她都无比渴望再拥有一个家。

而孟野被家羁绊了那么些年，却愿意为了她，再给她一个家。

阮蔓转身将头埋进孟野的怀里，把他紧紧地搂住，生怕这一切只是她的一场梦。

她做过太多关于他的梦，那些梦无一例外，结局都不是最好的。

但她如今真真切切地抱着面前的男人，只感到无比安心。

“喜不喜欢？”孟野回搂着她。

“喜欢。”阮蔓的语调中还带着鼻音，“我真的很喜欢，只要是和你在一起，哪儿都行。”

孟野摸了摸她柔顺的头发，嘴角都是笑意。

“孟野，这个房子很贵吧？”

欣喜激动过后，是后知后觉地心疼。

杭城这几年房价飙升，尤其是这样一个好地段的小区，这样的户型首付也得不少钱。

但孟野没想那么多，他只是想把自己的所有都给阮蔓，最好的都给她。

她跟了他，就不能让她吃一点儿苦。

这是他十七岁就明白的道理。

“嗯，压力不大。”孟野耐心地对阮蔓说着，“奶奶前几年就去世了，桥城老城区的那套房子卖了一笔钱，我这些年还债养成了攒钱的习惯，也有了一笔积蓄。我家人也添了点，就还好。”

阮蔓拉着他的手，说：“我可以不要这么大的家的。”

“阮蔓。”孟野落了一个吻在她的头发上，“这是我很早之前就开始想的事了，我得给你一个最好的家。”

晚上和刘睿阳一家吃完饭后，孟野和阮蔓直接驱车回了新家。

孟野在不知不觉中，已经把新家打理得井井有条，仿佛只等一个女主人入住了。

阮蔓没经住孟野的诱惑，在新家的第一夜就折腾到凌晨。

头一次，干完正事后，她一点儿也不困。

或许是因为来到一个新环境，还不太熟悉。

也有可能是因为这个巨大的惊喜让阮蔓一下子没缓过神来，她觉得自己的神经异常亢奋。

从浴室先清洗出来后，她裹了裹身上的睡衣，往客厅的阳台走去。

凌晨一点，小区还亮着灯的人家已经不多了，只有零零散散的几盏灯，仿佛在等着归家的人。

如今，也有人等她归家了。

阮蔓双手环在胸前，抬头望天，天上难得有了一片亮闪闪的星星。

以往，在城区很难看到这么多的星星。

她突然就想起了在桥城的夜，这是她去桥城前从未想过的，有一个地方能在她的脑海里停留这么长时间的光景，并且有些事有些人她到如今还记得尤为清楚。

她记得那个笑起来憨憨的谭妈，记得那个上课特别大声的数学老师“老虎”，记得长袜子校长，也记得那个很多人一起跑步就会尘土飞扬的操场。

大年初一回桥城的那天，阮蔓和孟野曾经过桥城一中的那个巷子口。

巷子口的“一段”早就被改成了当下时兴的一家连锁奶茶店，门口的学生依旧络绎不绝。

正如当年的“一段”那样，那儿又将成为不少人的青春。

当年一街两用的那条马路，早就做了整改，再踩上去已经没有了当初的那种油腻感。

街对面的广场上依旧有大妈在挥洒着汗水，只是音箱里早就换成了最新的流行歌曲。

卖手摇滚筒式爆米花的老爷爷没出现，可能因为现在的年轻人早就不爱吃这样的爆米花了。

一切都在往前走，她在走，孟野也在走，他们当年的那群人都没法再回到十七八岁。

包括桥城，它也在发展得更好。

肩上突然多了一件衣服，阮蔓稍稍一撇头，就看到了站在她身旁穿着黑T恤的孟野。

一如当年，他还是那么钟意黑T恤，只是他的肤色白亮，身材也好，穿什么都好看。

身边的这个人好像没有什么太大的变化，他的头发只擦了半干，水珠从发梢滑落，滴在他的肩头。

他用手随意地抓了抓湿发，转过头看向阮蔓。

那一刻，阮蔓恍惚间好像又看到了十七岁那个桀骜不驯的孟野。

“怎么站在这儿吹风？也不多披一件？”孟野语气中虽然带着一丝责怪，但还是替阮蔓紧了紧搭在她肩上稍有些滑落的外套。

阮蔓忽然一笑，说道：“都四月份了，哪有那么凉。”

话一出口，她才意识到。

是啊，都四月了。

春天也该来了。

孟野倒没太在意这句话，他不知道从兜里往外掏着些什么。

他把那个东西抓在手心里，将两只手握成拳头伸到阮蔓的面前。

“猜猜，东西在哪只手上？”他眼里露出略有些狡黠的光。

“左手。”阮蔓不和他兜圈子。

孟野倒也直接，把左手伸到阮蔓的面前，缓缓松开拳头。

一枚戒指躺在他的手心。

戒指上的钻石在夜里透着光芒，刺得阮蔓眼睛有些发酸。

她真没出息，今天已经哭过一回了。

但她控制不住从心脏延伸到身体各个角落的那种酥麻感，宁静的夜晚仿佛只剩下两人浅浅的呼吸声。

孟野用另一只手拿起戒指，拿戒指的手难得有些发颤。

他最近和刘睿阳他们计划了很多场求婚仪式，但总觉得哪里不太好。

但就在刚刚他从浴室出来后，看到了站在阳台上吹风的阮蔓的背影，他觉得就是这一刻了。

他一直等的就是这一刻。

“阮蔓，你要不要和我过一辈子？”

阮蔓抬头对上孟野的视线，那个目光里带着从未有过的局促和紧张。

如果说十七岁的孟野是上天入地都不怕的那个人，那么如今拿着戒指站在她面前的这个孟野，和所有向心爱的人求婚的人并无二样，稍显得有些手足无措。

她笑了起来，眼角都是藏不住的笑。

“嗯，要。”

如果要选择一个人共度余生。

那么那个人就是孟野，也只能是孟野。

孟野听到这句话，也笑了起来，像一个七八岁的小男孩得到了心爱的玩具般高兴。

从小到大，他从未对什么事如此紧张过。

这一辈子难得一次的紧张，他只给了阮蔓。

她无名指上亮晶晶的钻戒，是他给她一辈子的承诺。

明晃晃的月光洒在阳台上，就连空气中都透着一股春天的气息。

不知道从哪儿飞来了几只鸟儿，停留在阳台的护栏上。它们也不吵闹，也不害怕人，只是安静地站在那儿。

春风在他们的耳边打了个旋儿，划过发丝，划过脸庞，吹在他们的心头。

阮蔓看着面前那双桃花眼里满带笑意的男人，扑面而来的是他身上熟悉的味道。

多年前的那个暑末。

阮蔓抱着书本往教学楼走去的时候，风也是这么把她额前的碎发吹得扬起。

回头的那一刻，她就撞上了孟野的视线。

男生把校服套在身上，松松垮垮的，拿烟的手垂在身侧。

看向她的时候，他的嘴角勾起了一抹弧度。

大概是从那一刻开始，孟野就想过，他大概要栽了。

而那双桃花眼，也在无数的日夜中，出现在阮蔓的梦里。

耳边仿佛有个人轻声对她说："野是野有蔓草的野，蔓是野有蔓草的蔓。"

所以，孟野有阮蔓。

她回过神，踮起脚亲吻着面前的男人。

就让松垮的万语化作日后的千千万万个日夜。

夜晚，春风和他们扑了个满面。

他们正如同那野草一般。

野火烧不尽，春风吹又生。

番外一

时间慢一点，路长一点

不知不觉，杭城一晃眼就迈进了深秋。

大概是从地上铺上了一层厚厚的枯黄的落叶开始，阮蔓才注意到季节的交替。

自从孟野在四月求婚后，因为两人工作都太忙，谁都没有刻意去提领证这回事。

他们现在的生活其实和婚后没什么两样，所以他们也并不太急于去拿那个小红本本。

最近这段日子，他们都忙得有些焦头烂额。

孟野那儿又碰上一个大案，翻来覆去半个月，才从极细微的蛛丝马迹中发现了一点凶手留下的痕迹。

阮蔓则因为晋升为组长，要比之前忙了许多，操心的事也开始多了起来。

阮蔓晚上回到家时，房间里黑黢黢的，没有开灯。

看这样子，孟野应该还没有回家。

他有两三天都吃住在警局了吧?

她边这么想着，边按开了客厅的灯，迈开步子往主卧走去。

床上的被子鼓起了一个小山丘。

被子里躺着一个人。

这倒是让阮蔓吓了一跳。

她扶着门框定了好一会儿神，才轻手轻脚地往主卧里走进去。

床上的人似乎很累，睡得很熟，对这一切毫无察觉。

阮蔓轻轻地把包放在一旁，然后半跪在床边，借着从窗户透进来的一点月光瞧着孟野。

他们最近都忙到没有时间好好看看对方了。

她趴在床沿上，用小拇指悄悄钩着孟野搭在被子外的手。

熟睡中的男人呼吸平稳，面容依旧俊朗。

也不知道最近是有多累，平时有一点儿动静就会惊醒的孟野，今天倒是睡得如此沉。

阮蔓用另一只手给他掖了掖被子，手还没有从被子上挪开，孟野就醒了。

“老婆，你……回来了？”他下意识地钩紧了阮蔓的小拇指，用另一只手揉了揉眼，“几点了？”

大概是因为刚睡醒，孟野的嗓音略微有些低沉。

“八点。”阮蔓从口袋里掏出手机看了一眼。

“八点……”孟野揉了揉有些睡蒙了的脑袋，按着太阳穴，“我想眯一会儿接你下班来着……睡太熟了。”

阮蔓问道：“你这几天睡觉了吗？”

“嗯，睡得不多。”孟野坐起身，把阮蔓从床沿捞到床上坐着，“地上凉。”

“案子结束了吗？”

“嗯，结束了。”

阮蔓倚在他怀里，把玩着他的手。

“孟野，你最近是不是也没有好好吃饭？”

孟野还闭着眼醒神，听到这话也没睁眼，只是轻轻“嗯”了一声。

“那你晚上吃了吗？现在饿不饿？”阮蔓稍微偏了点头，抬眼看向孟野。

“嗯，不太饿，就是想和你这样待会儿。”

房间里昏沉沉的，只有从客厅透过来微弱的光线和窗外的月色。

孟野的脸庞贴着阮蔓耳朵上方的那块位置，呼出的浅浅的气流在她的耳边攒动。

和他这样待在一块，她竟也觉得很幸福。

只要是和孟野在一块的日子，即使是在一起浪费时间，也是好的。

“阮蔓。”孟野突然叫了她一声。

“嗯？”阮蔓耷拉着眼睛，没太在意，继续玩着孟野那双骨节分明的手。

“明天去领证吧。”

他的话轻轻的，像是一片轻飘飘的羽毛，在她的耳边打了个旋儿，又挠了挠她的心。

阮蔓手里的动作突然停了下来，但也只是停了两秒。

“好啊。”

两人顶着男女朋友的名义，也算是多谈了半年恋爱。

自从两家人碰过面，在一起吃了顿饭后，两家人就时不时开始打探两人的口风，催促他们什么时候有空去把证领了。

要说何曼君对孟野的态度，其实到目前为止也不算太过热情。

如果不是知道了孟野顶着压力也要去调查当年自己都没敢碰的杭城二中那回事，任程林松在她身边吹多久的枕边风，她依旧不会对孟野这个人有任何改观。

双方父母见过面后，何曼君才总算是对孟野态度好了些，时不时也会在微信上向阮蔓问上他两句。

耳旁传来孟野的低笑。

“老婆。”他蹭了蹭阮蔓的鬓角，把脸贴在她的侧脸上。

阮蔓转头看他，问道：“怎么了？”

“我说到做到了。”

这句凭空冒出来的话，其他人听到会觉得摸不着头脑。

但阮蔓听懂了，他指的是当年他对她说过的那句话。

“和我在一起，我这辈子，只认你。”

他果真说到做到了。

领证的那天，是个难得的好天气。

两人念完结婚誓词拍完照，经过一系列流程后，就顺利拿到了小红本。

从民政局出来的时候，阮蔓还把手里的结婚证翻来覆去地看。

孟野瞥了一眼，然后从她手里抽走了结婚证。

“本人就在你旁边，看本人。”

阮蔓笑了一声，把结婚证顺手放进了包里。

晚上。

阮蔓擦着头发从浴室出来，不经意地往床上一瞟。孟野正躺在床上不知道看着什么，一见她出来便将手里的东西塞到了枕头下。

“看什么呢？”

“没看什么。”

孟野跳下床，走过来，自然地接过了她手上的毛巾。

“吹头发吗？”他从柜子里拿出吹风机。

阮蔓点头。

自从和孟野住在一起后，只要孟野在家，阮蔓就没有自己吹过头发。

有时候洗完澡太累了，孟野给她吹头发时，她都可以抓紧时间睡上一觉。

吹风机“呜呜——”地工作着。

暖风吹着她的头皮，但又不会烫到她，很舒服。

面前的镜子里，反射出两人的身影。

孟野专心地给阮蔓吹着头发，倒没发现阮蔓在看他。

十七岁时那个小霸王一样天不怕地不怕的孟野，竟然变成了一个居家好男人，任劳任怨地给她做饭、吹头发。

想到这里，阮蔓就不禁有些感慨。

耳边仿佛只剩下了吹风机的声音。

这个时候仿佛说什么，对方都不太能听得清。

阮蔓嘴角勾起浅笑，忽然仰头冲孟野说道：“孟野，我爱你。”

果然不出她所料，孟野没有反应过来，愣了愣。

随即他把吹风机关上，垂着头耐心地问道：“你刚刚说什么了？”

阮蔓眨了眨眼睛，俏皮道：“没听到就算了。”

孟野疑惑地盯着她，却又拿她没有办法。

见阮蔓的发梢还在滴水，孟野没和阮蔓纠结这个事儿，只好再次将吹风机打开，先给她吹干头发。

趁着孟野去洗澡的空当，阮蔓坐到床上打开电脑，准备把今天还没交的稿子给交了。

像是想起了什么，她把搁在腿上的电脑给放到了一边，伸手往枕头下摸索着。

是一个硬硬的，有棱角的东西。

她抽出来，拿到面前看。

是他们早上领的结婚证。

阮蔓没忍住，不止脸上，就连眼里都是满满的笑意。

明明不让她看，却背着她偷偷地看。

她用手指摩挲着结婚证上那三个字，竟觉得有些不太真实。

就这么……结婚了?

那她现在算是已婚妇女了?

就真的和十七岁就喜欢的那个人出现在同一个户口本上了?

她翻开结婚证。

两人都是照相上镜的人，拍出来的结婚照就连摄影师都说般配。

红底白衣，两人靠在一起，画面好看得不太像话。

浴室的水声停了。

阮蔓把结婚证又放回到枕头下，装作什么都没发现的样子，又把电脑放回到腿上，写着稿子。

两人就这么分别做着自己的事。

直到关灯睡觉前，孟野才趁着阮蔓不注意，从枕头下抽出那两本结婚证，像是拿着什么宝贝似的，小心翼翼地把它们放进了床头柜里。

“孟野，你关下灯。”阮蔓懒得下床，往门口那块儿指了指开关。

孟野关了灯后，摸黑回到了床上。

阮蔓眼睛还没来得及闭上，就感觉到孟野那双不老实的手在她腰间徘徊着。

“孟野，睡觉。”她翻了个身。

“我不要。”孟野往阮蔓那儿挪了一寸。

“明天还要上班。”阮蔓知道如果自己松了口，今晚怕是又要凌晨再睡了。

“好吧。”孟野的手没再往里探，老老实实地搭在了她的腰上，“那你转过来，面对着我睡，好不好？”

见他没有接下来的动作，阮蔓索性就转了过去。

黑暗里，孟野的眼睛亮亮的。

两人挨得很近，甚至都能感觉到对方呼出的气息。

大概在黑暗中对视了五秒后，孟野凑了上来。

阮蔓感觉自己的唇被一团温热包裹住，他的气息铺天盖地地朝她袭来，想躲也躲不掉。

好吧，看来今晚又要熬夜了。

她攀上孟野的脖子，同样用力地回吻他。

最后被孟野亲到情迷意乱之际，她却听到他附在她的耳边，声音低迷，却清晰地说道：“老婆，我也爱你。”

婚礼定在第二年的春天。

两人决定办一场小型的婚礼，请一些亲朋好友就可以了。

婚礼这一系列的流程孟野操心得要比阮蔓多，包括场地、婚纱照之类的。

两人抽空回了趟桥城一中拍的婚纱照。

那是他们故事最开始的地方。

他们选了一个周末回的学校，学校的校长依然还是那个长袜子校长，只是他现在的审美有所提升，袜子不再拉得老长了。

桥城一中这几年翻新了不少，操场已经铺上了塑胶跑道。

摄影师不知道从哪里借来了两套桥城一中的校服。

这么多年不变的竟还是校服。

“新娘，头稍微再偏过来点。”摄影师拿着摄像机，歪着脑袋朝阮蔓说。

阮蔓顺从地把头稍微往镜头偏了些。

懒散地倚在篮球架上的孟野抬了抬眼皮，他双手插着兜，往阮蔓那块儿看去。

她脑后高高扎起的马尾，额前被风吹起的碎发，一切都如同当年一样。

他用舌尖抵了抵后槽牙。

啧，自己的老婆真好看。

他嘴角不经意地勾起一抹笑容。

阮蔓望向孟野，他那双桃花眼微眯着，眼角往上扬，脸上的表情这会儿倒显得有些一本正经。

能看得出来孟野还是有点紧张的。

“哎，好。”摄影师连拍了几张，“操场上再来几张，就换地方。”

话音刚落，就见孟野从篮球架旁起身，径直朝阮蔓走去。

摄影师被孟野这个突如其来的举动弄得愣了神，但他没开口叫住这位准新郎。

这两人光站在一起，就是一幅美好的画面了。

他举起相机，开始抓拍。

孟野是逆着光走向阮蔓的。

他的眉眼逐渐变得越来越清晰，随后他站在她的面前，笑容中带着一点痞味。

阮蔓抬头看向孟野，光刺得她的眼睛有些发酸，没法睁太开。

下一秒，孟野就歪了歪头，替她挡住了那束刺眼的光。

“你过来干吗，快过去好好拍照。”阮蔓伸出手推了推孟野。

孟野偏头朝摄影师打了个手势，示意这个角度也可以拍。

他笑着一把将面前的阮蔓拉进怀里，用力抱着她，比以往的每一次拥抱都还要用力。

像是要把对方融进骨血里的那种拥抱。

“这次，我朝你走来了。”他说道。

十年前，十七岁的孟野在操场上和十七岁的阮蔓远远相望。

十年后，二十七岁的孟野在操场上和二十七岁的阮蔓紧紧相拥。

世界上所有的事都可以被称为“一段”。

但她和孟野，是永远。

婚礼的请柬是孟野找人制作出来的。

现下的请柬都已经不再是那种纸质请柬了，都改为流行的电子请柬。

阮蔓第一次看到婚礼请柬的封面时，眼眶刹时就泛红了。

封面上是无数枝野蛮生长的蔓草，中间则是两人的婚纱照。

大概是因为孟野找的美工的确不错，蔓草围绕在他们四周，也并不显得突兀，反而有一种独有的美感。

请柬的第二面写有两人的名字，并排在一起。

【新郎：孟野。】

【新娘：阮蔓。】

阮蔓忽然就想起了高中的那天，她在孟野家的茶几上看到的那张草稿纸。

风把窗帘卷起了一个边，微风往屋内徐徐吹来，吹动了桌上的纸，也吹动了她的心。

草稿纸上是她的名字。

而如今，请柬上是两人的名字。

阮蔓把请柬给大学本科时期的室友发送了过去。

本科时期的室友都留在了京城发展，加上各自的工作都很忙，她们四个已经很久聚过了。

请柬发出去后，很快，她们之前的寝室群就炸翻了天。

室友 A：【蔓，你要结婚了？？】

室友 B：【我什么时候才能有男朋友？】

室友 C：【等等，新郎的名字怎么这么耳熟？】

…………

阮蔓盯着群里不停刷屏的消息，有些哭笑不得。

正当她想一个个解答她们的问题时，她被舍友 C 的那句话给吸引住了。

阮蔓：【耳熟？】

室友 A：【是有点耳熟，总感觉在哪儿听过。】

室友 B：【我想起来了，不就是当年我们去京城公安大学看到的那个特帅的学弟，他是不是也叫这名？】

室友 A：【对对对，同名吗？还是……】

阮蔓把视线缓缓地从手机上挪到了正在厨房做饭的孟野身上。

她思考了好一会儿，才在屏幕上敲下几个字：【应该……是同一个人。】

大三那年。

京城大学和京城公安大学一齐组织了一项活动，京城大学派一些大三的学生去公安大学开展一系列的采访活动，出一个专栏项目。

没人不知道京城公安大学里的男生，不仅成绩好，就连颜值都是一等一的好。

所以很多人都去报了名，想加入这个采访活动中。

包括阮蔓她们寝室的人。

幸运的是，她们寝室因为平时成绩绩点高，被光荣地全员选中。

但阮蔓对这个采访活动并没有什么兴趣，所以她就没有参加。

室友 A：“蔓，你真不去？公安大学的男生颜值那叫一个高，确定不去挑挑？”

阮蔓坐在椅子上翻着书，连头都没抬，回道：“我就不去了，你们去吧。”

室友 B：“那我们去物色一下，说不定真能遇上几个看对眼的。”

寝室另外三人都知道，阮蔓这孩子对什么都有兴趣，却独独对谈恋爱一点兴趣都没有。

上大学以来，寝室里最多人追的就是她。

她偏偏谁都看不上。

室友 A：“蔓，你要不去的话，下午帮我去打个辩论赛，和杭城大学的那一场，我是我们这边的三辩。”

阮蔓这才抬起了头，问道：“辩题是什么？”

看阮蔓这反应，想也不用想就能猜到，相比这个采访活动，阮蔓对辩论赛更有兴趣些。

“辩题是《遇到喜欢的人，该不该主动》。”室友 A 说着，把写好的稿子递给了阮蔓。

阮蔓伸手接过稿子。

她们这一方的立场是：应该主动。

阮蔓点点头：“好，我去。”

也就是阮蔓没去的那天下午，她的三个室友在京城公安大学见到了孟野。

那个留着干净利落的寸头，也依然酷得上天的男生。

男生面无表情地敲门进到学校的采访室，声音洪亮：“老师好。”

办公桌后坐着的是孟野的刑侦技术学老师，他正和几个女大学生模样的女生说着话，见孟野来了，便笑呵呵地招呼他进来。

“来来，让我们公安大学的颜值代表来配合一下你们采访。”

孟野的脚步停在门口那儿，他双手插兜倚着门站着，话语中净是不大乐意配合的语调：“老师，我还是找尚文来吧，他比较喜欢抛头露面。”

室友A碰了碰室友B的胳膊，小声说：“哇，这男生是真帅啊。”

室友C凑过来，三个脑袋聚在一起：“还有点酷。”

没等老师接话，孟野挑了挑眉，甚至目光都没有给到过沙发上倚着的几人，就径直走出了办公室。

“这孩子……”老师无奈地揉了揉太阳穴。

老师真是拿孟野没办法，他不想做的事，谁逼他做他都不会做。

“你问。”室友B戳了戳室友A的腰。

“问就问。”室友A挺直了身板。

“老师，我想问一下……”室友A的声音提高了几度，“刚刚那个男生叫什么啊？”

老师愣了愣，随即露出“我懂”的表情，回道：“刚刚那孩子？”

“对，是他。”

“孟野，年龄和你们一样大，但比你们小一届。”

“老师，哪个野啊？”

老师的眼珠子转了转，像是突然想到了什么，说道：“他第一次在班上自我介绍时，说自己的那个野是野什么……野有蔓草的野。”

三人愣了愣，低下头小声嘟囔着：“怎么和蔓蔓一样，大一第一次见面，她说自己的蔓是野有蔓草的蔓，太巧了吧。”

另一头，阮蔓代替室友去参加了和杭城大学的那场辩论赛。

也是在那场辩论赛上，向泽远第一次遇见了阮蔓。

所有人都对这个临时顶替上来的三辩产生了莫大的好奇心，不仅仅是因为她颜值出众，更因为她在这场辩论赛中大放光彩，逻辑清晰到对方自愧不如。

辩论赛结束后，阮蔓去卫生间时，才后知后觉这个月的“姨妈”提前来了。

第一天总是会疼到她直不起来腰。

所以在匆匆回到寝室后，她便在床上躺下了，就连寝室三人什么时候回来的都不太清楚。

室友A“哐”的一声打开门，大声朝里面嚷道：“蔓，你知不知道今天我们……”

寝室内一片寂静，甚至连灯都没有开。

“嘘——睡了。”室友C拍了拍室友A，示意她小声点。

“那就不能及时把这件事分享给她了。”室友A压低了嗓音，小声说。

“明天再说。”室友B轻轻地合上了寝室的门。

那一觉，阮蔓睡得有些晕乎乎，整个晚上都在做梦。

梦里一会儿是桥城的景象，一会儿是在杭城二中的那段时光，一会儿又回到了小时候，自己在父亲怀里撒娇的情景。

直到第二天早上，室友见阮蔓睡了这么久还没醒，这才发现她整个人浑身滚烫。

也正因为这样，室友们就把遇上孟野这回事给抛之脑后了。

阮蔓看完室友A发在群里的消息后，先是愣了几秒，然后像是不可置信般，往上划了划。

事实的确如此，她没有看花眼，室友也没有打错字。

她就是这么在大三那年错过了和孟野重逢的机会。

室友A：【我就说怎么你们都那样介绍自己，原来你们竟然有故事！】

阮蔓心里像打翻了五味瓶一样，说不上来的情绪在胸腔里不停地上下翻涌着。

所以，他们本可以不错过这么多年的。

阮蔓放下手机，往厨房走去。

孟野忙碌的身影在厨房里晃来晃去，他丝毫不知道客厅里这会儿发生的一切。

一双手环上他的腰。

阮蔓侧着头，把自己的脸贴在他的后背上。

孟野被这个举动吓得愣了一下，但立刻就反应了过来，问道："怎么了？饿了吗？"

"没有。"阮蔓吸了吸鼻子，脸颊在孟野的后背上蹭了蹭。

"怎么了？"他很快察觉出身后人的不对劲。

孟野关了火，转过身环着阮蔓。

"怎么了？"他耐心地问。

阮蔓不想让孟野看到自己在哭，只是把头垂着，整个人窝进了孟野的怀里。

"没怎么。

"只是觉得，你这些年都在我看不见的地方一直喜欢我，一定很难过吧。"

孟野用掌心顺着阮蔓脑后的头发，说道："可是你也一直在想着我啊。"

"那你不怕我哪天不想了吗？"阮蔓抬头看他。

过了几秒，孟野低声笑了笑，也垂眸看向她。

"怕，怕得要死。"他落了一个吻在她的发上，"但我从来不信，有谁能比我更爱你。所以就算你不来找我，我也会去再遇见你。"

如果可以，我想自私一回。

让你这辈子，只遇见我。

婚礼前夕，孟野挑了个休息日回了趟邱家。

他往客厅那块扫了眼。

家里有客人。

见是孟野回来了，邱智斌朝他招呼道："小野，来和你陈叔打个招呼。"

孟野换上拖鞋便朝客厅走去。

陈平江是邱智斌的好友，经常来家里做客，孟野偶尔也会碰上。

"陈叔好。"孟野冲陈平江礼貌地点了点头，一举一动之间都透露着沉稳。

对面沙发上的陈平江笑起来时倒有几分憨态可掬，他看着孟野，问道："小野越来越稳重了。

"听你叔叔说，你快结婚啦？"

"嗯，下个月办婚礼。"听到结婚二字，孟野整个人都稍放松了些，脸上也带了些许笑意。

"新娘子是我的同行？"

孟野点头道："她是一名记者。"

邱智斌说："是啊，这孩子当初拒绝相亲，我还以为他不喜欢记者这个职业呢。"

"这还是得看眼缘啊，我们急不来。当时想把阮蔓介绍给他，这不一眨眼，人家阮蔓也结婚了。"说完，陈平江端起茶几上的热茶，呼了呼热气，喝了一口。

熟悉的名字飘进了对面两人的耳朵里。

他们同时愣了愣。

孟野挑了挑眉。

"阮蔓？"他重复了一遍。

"是啊，这孩子是真不错，当时我打算介绍你俩认识，听你叔说你一口就回绝了。"陈平江把手中的茶杯放回到茶几上。

杭城说大不大，说小也不小。

之前孟野和阮蔓两人在杭城分明没有遇到过，却又在冥冥之中，那根系在两人之间的绳又重新连接了起来。

如果当时，他没有拒绝，会不会两人还要再早些重逢？

孟野脸上的笑容加重了几分，他微微偏过头问邱智斌："邱叔，你没告诉陈叔吗？"

坐在两人对面的陈平江愣了神，问道："告诉我什么？"

"陈叔，我老婆叫阮蔓。"

陈平江一脸茫然，好半天才反应过来："我们说的是同一个阮蔓？"

"我觉得……应该是的。"孟野收敛了几分笑意。

他不知道老一辈人会称这样的缘分叫什么。

但他知道，该遇见的人，无论错过了多少次，都还是会再遇见的。

从邱家出来后，孟野便驱车去电视台接阮蔓。

今晚是付晨组的局，他和付曦从国外回来了，把事业的重心放在了杭城。

为了这个局，丁航把做得风生水起的烧烤店关门歇业了一天，特意从桥城赶到杭城来。

孟野和阮蔓到的那会儿，大家都到了，只在等他们两人。

几个人难得聚在一块，就连嗓门都比平时要大了些。

“来晚的罚酒，自己喝啊。”丁航直接把酒杯塞进了孟野的手里。

孟野也不推脱，一口干了杯里的酒。

酒过三巡，大家都有些喝开心了。

丁航抱着孟野的胳膊不肯撒手，嘴里喃喃着：“野哥，你知不知道我有偷偷瞧不起你过。”

声音不大，只有两人能听见。

孟野只静静地听着，没接话。

“高三那会儿，我是真的瞧不起你……你就那样一走了之了，凭什么？

“大家伙儿都可以帮你兜着底，你这样把我们，把阮蔓都扔下了，扔在桥城，一个信儿也不留就消失了。

“当时我在心里把你骂了一百遍，你不把我们当兄弟，什么都不说，什么都自己扛，你怎么就那么大出息，那么大本事？”

丁航开始有些语无伦次，连他自己都不知道自己到底在说些什么。

只是有些话他憋了很久，即使头不对尾也要说出来。

“可是后来再大点，我就明白你了。

“你是想和阮蔓有未来，你比我们考虑得都要多。那个时候，怪我们还太小了，不怪你。

“我想通的那天，我就原谅你了。”

孟野拍了拍丁航的肩，依然用一种只有两个人能听见的声调，认真却又缓慢地朝他说：“谢谢。”

没人注意到他们两个人在这里交谈。

倒是付曦突然问道：“知非姐今天怎么没和你一块儿来？”

刘睿阳拿着手机回了个信息，不紧不慢地往席间扔了一个炸弹：“我老婆怀孕了，在家不愿意出门。”

“‘杀狗’了，‘杀狗’了。”

付曦大嗓门一呼，直接把醉醺醺的丁航给嚷清醒了。

“杀狗？哪儿来的狗？”丁航一边顺嘴接道，眼神一边往地上搜索着，看到底哪儿有狗。

“我说的是我这只‘单身狗’。”付曦脸上的笑容僵在那儿。

两人只要碰在一块儿，必然开始斗嘴。

万年不变的斗嘴组合。

阮蔓笑了笑，她倒是对这个话题异常感兴趣。

“哎，刘睿阳，你要不趁这个机会讲讲你和知非姐的故事，我们好像从来没听过完整版。”

几个人一齐围向刘睿阳。

刘睿阳被吓得往后一退，说道：“讲讲讲，都回到自己的位置上。”

那年的夏末，刘睿阳和往常一样，吃完晚饭后拿着妈妈给的钱，晃晃悠悠地往巷口的水果摊走去。

那年即将读初二的他，被赋予了一个神圣的任务——

每晚去巷口拎一个西瓜回家。

遇见许知非的那天，天空是粉蓝色的。

他记得很清楚，那是那个夏天他看到过的最好看的一次晚霞。

穿着吊带和短裤的许知非，就这样闯进了刘睿阳的世界。

“老板，还有西瓜吗？”许知非迎面走来，问水果店的老板。

老板朝刘睿阳手上提着的最后一个西瓜努了努嘴，说道：“最后一个，刚被买走。”

许知非把视线挪到刘睿阳的脸上。

面前的女生头发散在锁骨前，整个人白得发亮，独独那两片嘴唇，是红艳艳的。

“弟弟，分姐姐半个西瓜呗。”许知非对刘睿阳笑道。

那晚，刘睿阳只拎了半个西瓜回家。

那天之后，刘睿阳便开始频繁地遇见许知非。

后来，他知道她是那个富得流油的许家的女儿。

知道她在他们初中隔壁的桥城一中是风云人物。

知道她叫许知非。

也知道了她有一个很喜欢的男生，叫陈鹤年。

那时才十三岁的刘睿阳不知道什么叫作喜欢，但他知道自己总能在人群中一眼找到许知非。

他告诉自己，或许只是因为许知非太过漂亮。

大概所有人都能在人群中一眼看到她吧。

刘睿阳从没有主动靠近过许知非的世界。

直到许知非高考完那天，刘睿阳才和她讲上话。

下了晚自习后，刘睿阳往家走去。

六月初的夜晚，天气不算太热，倒也没有太凉。路边的树上偶尔传来几声蝉鸣，月色稀疏，洒在地上星星点点。

巷口的水果摊那儿，昏黄的路灯下，坐着一个人。

女生随意地坐在路边的石头墩上，旁边的地上散落着烟头，有一个还冒着点点星火。

不过才六月，许知非便早早穿上了短袖短裤。

花白的长腿随意地搭在马路牙子上，丝毫不顾忌路人的注视。

许知非仰头看着天，不知道在想些什么。

刘睿阳瞥了她一眼，本想掠过她往巷子里走去，却无意看到了她手指间的火光。

他不作声，却上前一步夺下了许知非手指间夹着的烟。

许知非回过神，看着站在自己面前的男孩。

那一年，刘睿阳不比许知非高出多少。

“弟弟，有事吗？”她的脸上带着似有若无的笑意，眼神虽停留在他的身上，却并没有多关注的意思。

“没事。”

这样一个回答，反倒让许知非往刘睿阳脸上多瞟了几眼。

“弟弟，我们是不是在哪里见过？”许知非脸上重新浮上了一丝玩味的神情，她像是在努力回想，又像是在等着面前的人给她一个答案。

刘睿阳撇头看了她一眼，给出了一个否定的答案：“没有。”

冷冷的声线划过寂静的夜晚。

那年，刘睿阳还没有开始变声，声音中还带着一丝小孩子气。

许知非也并不追问，她双手撑在石头墩上，继续仰头看着天。

刘睿阳同她一块儿仰头看天。

天空黑漆漆的一片，他不明白到底是什么吸引了她。

不知道过了多久，直到水果摊开始收摊准备关门，许知非才从石头墩上站起身。

“弟弟，我回家啦。”她起身拍了拍短裤上的灰。

刘睿阳蓦地出声问道：“对比你小的人，你都叫弟弟吗？”

“什么？”许知非平视着他。

“我叫刘睿阳，睿智的睿，阳光的阳。”刘睿阳整理了下书包带子，和她对视上。

许知非“扑哧——”笑出声，她笑着说：“我记住了。”

那是刘睿阳第一次朝许知非的世界靠近了那么一小步，虽然两人并没有多少言语上的交流。

刘睿阳知道，或许她会很快忘记自己叫什么，或许过了这个暑假，他再也没有机会遇见许知非。

路灯将许知非的影子拉得很长，刘睿阳一直注视着她的身影，直到再也看不见。

他在心里说：毕业快乐，许知非。

也是直到走到家门口，许知非才想起来，自己忘记告诉他自己的名字了。

算了吧，下次。

下次见到那个弟弟，再告诉他。

那一年的高考成绩出来后，陈鹤年的名字被挂满了桥城的每一条街道。

无人不知，无人不晓。

他是那一年的高考状元，以 713 分的成绩被京城大学录取。

大家口口相传的都是陈鹤年那年的光辉，却绝口不提他也在高中时期有一个欣赏的人，那个人叫许知非。

许知非没有留在国内，那一年的暑假都没有过完，就出了国。

刘睿阳很久都没有在桥城看见许知非。

他以为自己再也见不到她了。

再见到许知非，是在高一那个暑假末尾，许知非回来了。

许家破产了。

许父出了很严重的车祸，许知非不得不从国外的大学退学回到桥城。

那一年夏天，许知非用并不算太多的存款，在自己的母校门口开了一家奶茶店，取名为“一段”。

“后面的事你们都知道了。”刘睿阳喝了口水，看了看面前几个八卦的脑袋。

“你上大学那会儿，不是和知非姐分开过吗？”阮蔓问了一句。

“嗯，是分开过，但并不影响我继续喜欢她。”

“又‘杀狗’了！”付曦捂住眼睛，表示没眼看。

大家都以为刘睿阳和许知非的故事是从奶茶店开始的，殊不知还有这么一段往事。

一直半玩半聊到深夜，大家才散伙。

回家前，阮蔓和孟野已经困得睁不开眼了。

反倒是到家后，两人却格外清醒。

阮蔓索性拉着孟野躺在阳台上的摇椅上，看着月色。

“孟野，你说会不会有些人错过后就真的再也见不到了？”

“会吧，世界那么大，两个人很容易就走散了。”

“那……我们能再遇见，真是幸运啊。”

阮蔓被这春天的晚风吹得很舒服，她闭上双眼，任由这摇椅自顾自地晃着。

孟野看了身旁的人一眼，满脸带着笑容望向天空。

天上的星星在这浓得化不开的夜色中躲躲藏藏，一闪一闪。

“孟野，我有些困了，如果待会儿我睡着了……”阮蔓喃喃道，她把双手交叉叠在腹部，话说到一半就没了声音。

等了一会儿，孟野也没等到下半句话。

孟野转过头往身旁看去，摇椅上的人已经进入了梦乡。

黑色的长发搭在她的肩头，月色闯进阳台，洒在阮蔓的身上。

画面美得像一幅画。

这会儿孟野脑子里只有四个字：岁月静好。

这样的日子，他从和她在一起的那天就开始期待着了。

孟野轻轻起身，从摇椅上抱起阮蔓，走向卧室。

他给她身上搭上一条薄毯，在她的额间落下一个轻吻。

时间永远会推着人往前走。

孟野搂着身侧的人。

如果是和阮蔓，他希望时间能走得慢一些，他们的路能长一些。

番外二

这是他们最好的时光

1.

阮蔓是在婚后第二年的中秋节那天发现怀孕的。

因为两人工作忙的原因，回家看长辈的次数屈指可数。

这回好不容易到了中秋节，两人抽空回了趟邱家。何曼君和程林松也赶了过来，商量着吃顿团圆饭。

沈岚非常喜欢阮蔓，每次见到阮蔓就会拉住撒不开手。

一开始阮蔓还有些担心的婆媳关系，在沈岚这儿是一点儿都不存在。

饭刚开始吃，阮蔓就感觉到胸口不舒服。

摆在她面前的羊肉汤飘出来的味道，让她一阵一阵犯恶心。

她试着压下那股子感觉，但失败了。

阮蔓起身往卫生间冲去，伏在洗脸池那儿干呕。

孟野跟了上去，站在卫生间门口等阮蔓。

等了有一会儿，阮蔓才从卫生间出来，她用纸巾擦着手，脸色有点苍白。

见孟野在门口候着，她这才抿嘴冲他笑了一下，说道："没事，就是羊肉有点膻味，恶心到了。"

孟野沉思了一会儿后，看向阮蔓，问道："这个月，你例假来了吗？"

两人心里装着事，吃完饭后没多留，便匆匆驱车回了家。

当阮蔓拿着有两条杠的验孕棒从卫生间出来后，孟野感觉身上的每根寒毛都竖了起来。

一种巨大的欣喜感顿时侵占了他整个大脑，那一刻，他体会到了什么叫高兴到失声。

孟野懒得一个个打电话通知，索性直接拍照发了条朋友圈炫耀，顺带着往家庭群里也发了一张。

发完朋友圈十分钟后，两人的手机便一刻都没有消停过。

阮蔓接完何曼君的电话，紧接着又接沈岚的电话，刚挂了电话后，付曦的电话又打了进来。

她无奈地坐到床边，狠狠地瞪了孟野一眼。

而此时的孟野却沉浸在喜悦里，丝毫没注意到这一眼。

半个小时过去了，刘睿阳既没有点赞，也没有评论孟野的朋友圈。

孟野按捺不住了，一通电话打了过去。

电话倒是很快就被接通了，那头传来小娃娃的哭声，奶声奶气的。

“刘睿阳，人呢？”

而这个新晋奶爸此时正手忙脚乱地给自家女儿换尿布，自家女儿也嗓音洪亮地“配合”地哭了半个小时。

“我在给我女儿换尿布。”刘睿阳拿起放在茶几上的手机，坐到沙发上抹了把额头上的汗。

“噢。”孟野当下对别人家的女儿一点都提不起兴趣，继续说，“我马上也要有了。”

“有什么？”刘睿阳听得一头雾水。

“我老婆怀孕了。”

见孟野一脸得意，阮蔓在旁边扶了扶额。

不知道是不是男人越大，越有儿时的攀比心理，无论什么事都要攀比一番。

刘睿阳刚生女儿那阵，天天都会在他们几个的群里轮番把他们刺激一轮，然后火速下线。

电话那头再次传来一声比一声大的哭声。

刘睿阳敷衍了孟野几句后，说道：“恭喜恭喜，我女儿又哭了，我去哄女儿了。”

“嘟嘟——”电话被挂断，传来了忙音。

孟野“嘁”了一声，表示不屑，谁让他在刘睿阳那儿碰了壁。

他转身盯着阮蔓那还没一点突起的肚子瞧了好一会儿，喃喃道：“谁还不是个爸爸了不是？”

2.

阮蔓怀孕的时候，妊娠反应特别强烈，尤其是孕吐，基本上吃点东西就会立马吐出来。

前几个月，她的体重不增反减，急坏了两家的大人。后来去了趟医院，全凭医生开的营养液支撑着那几个月的营养。

不仅阮蔓自己难受，孟野看着也难受得很。

这些时候他又想，要是他能分担这些难受就好了。

怀孕后期，阮蔓不吐了，三餐也能正常吃了，体重也终于开始上涨。

沈岚和何曼君见阮蔓能吃下饭了，每天轮流给她做些有营养的东西送过去。

有些东西阮蔓不爱吃，于是这些东西都被她一股脑喂进了孟野的肚子里。

过了最爱睡觉的那一段时间，阮蔓也不乐意天天在家待着，每天都要跟着孟野去上班。

孟野拗不过她，索性就在自己的办公桌旁给阮蔓放了一个孕妇专用的沙发椅。

孟野出外勤的时候，阮蔓就一个人躺在沙发椅上玩手机，看看新闻，听听音乐。

直到有一天，李博从警局门口带进来了一个烤红薯后，阮蔓的乐趣又多了一项，就是指派孟大队长去门口给她买烤红薯吃。

阮蔓黏了孟野一段时间后，就消停了。

离预产期的日子越来越近了，她也懒得再往外跑，每天就在家散散步，看看书，等着日子准备“卸货”。

3.

孟见小朋友在谷雨那天准时来报到了，和预产期一天不差。

孟野第一次抱她的时候，就给孩子起了个小名，叫软软。因为这孩子抱在怀里真是十分软，孟野生怕自己一个不小心就把孩子磕着碰着了。

相比在肚子里的闹腾，软软出生后倒十分安静乖巧。

大家围在她身边看她时，她不哭也不闹，反倒是咧着还没有长牙的嘴巴咯咯笑。

为此，刘睿阳羡慕了好久，因为自家女儿天天哭得昏天黑地，非要看见许知非才能消停会儿。

自从有了这个小家伙，非必要时刻，孟野都是一下了班就往家赶。

不过相比之前的二人时光，孟野对这个突然多出来的小家伙还是多了些许不满的。

虽然不满，但是一看见孩子，孟野的心立马就化掉了。

这天，从浴室出来后，阮蔓看到一个老父亲趴在婴儿床边逗孩子的景象，倒也是一片其乐融融。

她边擦着头发，边走到孟野身边，从背后抱住了他，说道：“这位老父亲，你要不要考虑把目光从软软身上挪走一下？”

孟野虽然眼睛盯着孩子，耳朵还是能听见话的，他不解地问：“这孩子怎么在你肚子里闹腾得不行，一出来就这么乖？”

“可能是已经闹腾够了，觉得自己要听话懂事点了。”阮蔓胡诌道。

孟野伸手碰了碰正在睡觉的孩子的脸蛋，小脸蛋弹弹的，一戳下去像陷在了棉花糖里一样。

“都说女儿像爸爸，这软软怎么左看右看都更像你一点？”孟野在这种事情上尤为较真，特别是家里的亲人一见到软软都夸她长得像妈妈。

阮蔓把毛巾搭在婴儿床边，弓下身仔细看了看孟见小朋友。

她确实长得挺随自己的。

不过那双眼睛倒还是随了孟野的，嘴唇薄薄的，也像他。

阮蔓撇过头笑了一下，对于孟野的这种毫无道理的问题，她打算装听不见。

事实证明，关于孟见小朋友到底比较像谁这个问题，在她稍稍大点之后便有了答案。

虽然孟见小朋友的长相综合了两人的优点，从小阮蔓抱着她走到哪儿都是被人夸的那个，但是她的性格，倒是一点没有随妈妈。

在一个孟野独自在家带小孟见的下午，阮蔓接到了孟野的连环夺命电话。

彼时的阮蔓正在跟一个采访，手机放在口袋里，一点儿动静都没听到。

而家里的那个小魔王正在家里大闹天宫。

孟野已经连着两天没回过家了，这次回家也只是休息半天。

手里的案子一天没破，他们刑侦大队就一天不能得空。

要不是这次的案情陷入了死胡同，这会儿大家估摸还在警局里开会。

到家后的孟野直奔卧室里的床，甚至连阮蔓什么时候出的门都不知道。

而阮蔓出门时，顺手就把小孟见放在了熟睡的孟野旁边。

就在孟野正睡得天昏地暗时，他感觉到脸上有些异样的触觉，他下意识地伸手去捞，却捞到了一团软乎乎的东西。

孟野眯着眼睛看向面前，小孟见正拿着一支不知道从哪儿摸出来的黑色记号笔，往他的脸上肆意涂画着。

小鬼头见自家爸爸醒了，原本一脸严肃的神情顿时笑开了，抓着那支记号笔手舞足蹈着。

孟野的瞌睡顿时就清醒了。

孟野首先没收了那支“罪魁祸首”，然后直奔卫生间。卫生间的镜子里映出了一张满是黑色条纹的脸，有直线、曲线，还有一个小爱心。

镜子里的人无奈地笑了笑，想发怒却又舍不得对床上那一小团发火，只得弯下了腰，默默地洗脸。

脸上的黑色线条被洗掉了点儿，只剩下那个倔强的小爱心怎么搓也搓不掉。

十分钟后，那块皮肤被搓得通红，孟野也就放弃了。

可刚回到房间，孟野又发现小孟见不知道从哪里翻出来了一个小机器人，正在给它卸胳膊卸腿儿。

抢救了机器人，又接着抢救布娃娃。

在这样的事件持续了半个小时后，小孟见乐此不疲，总能从身边翻出别的新鲜玩意儿。

而孟野已经困得睁不开眼了，只得打电话求助自家媳妇儿。

打了十几通电话也没人接后，孟野只好打电话给沈岚。

阮蔓下班回到家后，一进门便看到了四个家长坐在沙发上哄着一个孩子。

她换了鞋，朝屋里环视了一圈，轻声问道何曼君：“妈，孟野呢？”

“在屋里补觉。”何曼君朝里屋的方向抬了抬下巴。

阮蔓轻手轻脚地走进里屋，开了门还没走几步路，就惊动了正在浅睡的孟野。

孟野睁着蒙眬的双眼看着阮蔓，脸上是一副还没有睡醒的神情。

“老婆，你回来了。”他翻了个身，在床上给阮蔓留了个位置。

阮蔓顺了顺他睡得稍有些凌乱的头发，问道：“不是让你带软软吗？怎么爸妈都来了？”

“你看我脸上。”孟野说着把头抬了起来。

阮蔓这才注意到他脸颊被记号笔画的黑色爱心。

“软软画的？”阮蔓伸手蹭了蹭，发现蹭不掉。

孟野轻哼了一声，说道：“你说这孩子小时候不是挺乖的，长大了怎么这么能闹腾了？妈说你小时候挺安静的，一个人可以在一个地方待一下午，不吵也不闹的。”

“那妈也说了，你小时候和泼猴有得一比，上蹿下跳，一刻不得安生，长大了也是。我刚认识你那会儿，你不也挺能闹腾的嘛。”阮蔓反驳道，“这下软软倒像你了，你开心吗？”

孟野撇了撇嘴，好像……也并不是很开心。

如果性格能更像阮蔓一点就好了。

4.

孟见小朋友长大了，已经上了幼儿园大班，便也成了幼儿园里的一方小魔王。

孟野和阮蔓被幼儿园叫家长也不是一次两次了，不是因为孟见咬了别的小朋友的苹果一口，就是她拍了一下别的小男生屁股一下。

这导致两个大人一看到幼儿园老师的电话就开始互相推辞，只能用剪刀石头布的方式来决定今天谁去幼儿园。

这天阮蔓上班抽不开身，孟野只得独自去了幼儿园。

听老师说，也没什么大事，只是小孩子走路不小心绊了一下，让家长先领回去休息半天。

虽然孟见今天没犯错，但孟野已经形成了条件反射，总觉得是自家孩子又在幼儿园大闹了天宫。

小孟见一看见爸爸，“金豆豆”便往下直落。

孟野的心一下子就软了下来，手不停地拍着孩子的后背安抚着。

哭了好一阵，小孟见才肯从自家爸爸怀里下来。

孟野拉着小孟见的手从幼儿园出来，往街道那头走。

小孟见走路还有些磕磕绊绊，额头前的刘海因为哭得太伤心而变成了一绺绺的。

“今天你为什么哭得那么伤心呀？能不能告诉爸爸？”孟野蹲下来耐心地柔声问道。

“因为……因为别人的名字比我的好听。”小孟见抽抽噎噎地回答着。

孟野继续问道：“那别的小朋友的名字叫什么呀？”

“周遇南。”小孟见奶声奶气的，说话时大眼睛还扑闪扑闪的。

“他说……他爸爸姓周，妈妈姓南，爸爸遇见了妈妈，所以才叫周遇南。”小孟见努力回忆着周遇南小朋友今天同她说的话，“他还说我的名字难听。”

孟野有些哭笑不得。

他伸手摸了摸自家女儿的脑袋，同她解释道：“我们小孟见的名字怎么会不好听呢？爸爸当时给你取名字时，也是成天都梦见妈妈，妈妈对于爸爸来说是无比珍贵的人，所以爸爸也希望小孟见也能梦见对自己来说珍贵的东西呀。”

小孟见似懂非懂，眨巴着眼睛点了点头。

“孟野。”

阮蔓站在马路另一边，朝街对面的父女俩挥了挥手。

秋日的阳光透过树叶的缝隙，细碎地洒在阮蔓身上。

孟野起身牵着小孟见望过去。

孟野想。

这就是最好的时光，属于他们当下，最好的时光。